Axt & ARKO

김미월

그 빛나는 얼굴들을
기억한다

이 책이 출간되기를 오래 기다려왔다. 이 지면에 작품을 발표한 여덟 명의 작가들도 물론 그러했겠지만 그들을 '한국예술창작아카데미' 지원사업의 수혜자로 선정하는 과정에 참여했던 심의위원들도 같은 마음이었을 것이다. 그 심의 과정이 여느 문학작품 심사와는 결이 조금 달랐기 때문이다.

일반적인 심사가 오직 작품만 읽고 판단하면 되는 이른바 '비대면' 심사인 데 반해 이 사업의 심의위원들은 지원자들과 '대면' 인터뷰를 해야 했다. 사업의 성격상 필요한 과정이기는 했지만 그 필요성에 동의하는 것과 별개로, 직접 얼굴을 마주하고 대화도 나눈 상대를 합격시키거나 불합격시키는 일은 그러한 과정이 없는 경우보다 곱절로 어렵고 부담스러웠다. 심의도 가일층 엄정해야 했다. 하지만 그래서인지 모든 과정이 끝났을 때 최종 선정된 작가들에 대한 심의위원들의 지지와 응원의 마음도 한결 크고 깊었다.

작년 3월 11일, 그러니까 세계보건기구가 마침내 코로나19의 팬데믹을 선언하던 그 역사적인 날, 대학로에서 심의위원들과 선정자들의 상견례가 있었다. 심의 이후 첫 대면이라 다들 서로 데면데면했고 시국 또한 코로나 시국인지라 많은 이야기를 나누지도 못했다. 그럼에도 그날 만났던 선정 작가 여덟 명의 얼굴을 나는 지금도 똑똑히 기억한다. 작품을 발표할 지면이 없다는 이야기가 오가는 동안 하나같이 난처한 표정을 짓고 있더니, 화제가 지금 쓰고 있거나 앞으로 쓰고 싶은 작품에 대한 것으로 바뀌자 일제히 약속이나 한 듯 환해지고 씩씩해지던 그 천생 작가들의 얼굴을.

그들이 지난 한 해 동안 거둔 결실이 바로 이 책이다.

출판사로부터 원고를 받은 직후 잠시 망설였다. 지금 당장 읽을까. 아니면 시간을 두고 천천히 읽을까.

오래전 아직 작가가 아니던 시절에 나는 과연 작가들은 공들여 쓴 작품을 독자들이 갈급하여 단숨에 읽어치울 때 더 기쁠까, 아니면 페이지가 줄어드는 것이 안타까워 야금야금 아껴 읽을 때 더 기쁠까 궁금했다. 작가가 되고 나서 돌아보니 정답은 없었다. 굳이 모범답안을 찾자면 '그저 읽어주기만 해도 기쁘다' 정도가 될까.

좌우지간 이 책의 원고를 앞에 두고 독자로서 나의 마음은 작가가 기쁘거나 말거나 빨리 읽고 싶어 견딜 수 없다는 쪽으로 기울었다. 단숨에 읽었다. 그리고 마지막 장을 덮으면서 나는 웃었다. 오래 기다리고 기대한 만큼 그들이 탁월한 문학적 성취를 보여주고 있다는 사실이 기뻐서였다. 소설가 변미나부터 임선우, 전예진, 조시현, 조진주, 지혜, 그리고 시인 조해주와 주민현까지. 그들의 신작이 실려 있는 이 귀한 책을 나는 단숨에 읽은 다음 천천히 아껴가며 다시 한번 읽었다.

변미나의 〈하얀 벌레〉는 기괴하면서도 매혹적인 상상력, 그것을 뒷받침하는 묵직한 통찰력으로 무장한 소설이다. 작가는 저마다 등 뒤에 지닌 하얀 벌레의 존재를 통해 인물 내면의 상처와 그것을 외면화하는 방식에 대해 독자들에게 가슴 서늘한 사유의 계기를 제공해준다.

임선우의 〈낯선 밤에 우리는〉은 두 여성이 거대한 십자가로도 치유하지 못했던 서로의 상처를 계란찜처럼 부드럽고 따뜻한 교감을 통해 어루만지는 작품이다. 주인공이 계란찜을 먹으며 수저로 박수를 치는 마지막 장면의 감동은 오래도록 잊히지 않을 것 같다.

전예진의 〈숨통〉은 인간 실존의 의미를 한 편의 다큐멘터리처럼 정밀하게 파고든다. 고래가 된 오빠가 바다 속으로 잠적한 후 화자가 그것을 회고한다는 황탄무계한 설정을 작가는 그물처럼 촘촘한 플롯과 무심한 듯 정곡을 찌르는 심리 묘사로 능히 소화해냈다.

조시현의 〈어스〉는 지금 여기 우리에게 꼭 필요한 전망을 보여주는 소설이다. 인간의 몸이 산업쓰레기로 분류되는 디스토피아적 미래에 대한 작가의 감각은 첨예하고 상상은 민첩하여 지구 너머까지 도약할 지경이다. 이미 완결된 서사인데도 속편을 읽고 싶어진다.

조진주의 〈모래의 빛〉은 유리병 속의 핑크빛 모래처럼 아름답다. 오래 만났다가 헤어진 커플과 오래 헤어져 있다가 다시 만난 커플의 이야기를 교차시키며 작가는 파도가 지나간 자리에 반짝이는 것들이 남듯 사랑이 지나간 자리에 남은 것들을 사려 깊은 눈으로 돌아본다.

지혜의 〈미미가 내게 말하려던 것〉은 거침없는 상상력과 치밀하게 계산된 플롯으로 '용(龍)'이 등장하는 기존 소설들의 도식적인 독법을 타격한다. 독자를 쥐었다 폈다 하는 예측불허 전개와 작가가 사방에 솜씨 좋게 부려놓은 유머 앞에서 나는 기꺼이 쥐어졌다 펴졌다 했다.

이제 조해주와 주민현이 남았다. 이미 첫 시집을 상재하고 현재 한국 시단의 가장 젊은 영역에서 종횡무진 활약하고 있는 그들의 시에 내가 무슨 말을 보탤까. 서사는 분절되고 이미지는 충돌하는데 그 자리에서 웬 이야기가 빚어진다고, 그 이야기를 따라가다 보니 자꾸 엉뚱한 정거장에 내리게 된다고, 그런데 묘하게도 그 정거장이 마음에 들어서 계속 읽고 싶어지는 시들이라고,

그렇게 말할까.

아니면 그들 시의 몇몇 문장을 빌려서 말해보는 건 어떨까. '이 세상은 알 수 없는 은유들로 가득'하고 '인생은 행운을 두꺼운 겹겹의 책 속에 숨'기고 있지만 그럼에도 '전기가 도달하는 가장 끝집은' 어디일까 궁금해하고 '투명함도 덧대면 짙어진다는 것'을 명민하게 감각하는 그들 덕분에 우리는 '한밤중에 불이 켜진 방이나 대낮에 커튼을 쳐놓은 방도 이해할 수' 있고 '근처 공원을 한 바퀴 돌' 수도 있다고, '공원보다 크게.'

그러니 실로 놀랍지 않은가, 하고 말이다.

쓸데없이 말이 길었다.

등단한 지 얼마 되지 않아 개인 창작집이 없거나 이제 막 첫 책을 냈을 뿐인 여덟 명의 신인 작가들. 아직 충분히 호명되지 않은 까닭에 독자 입장에서는 오히려 더 신선하게 느껴질 그들의 개성과 열정, 부드러운 감수성과 단단한 상상력으로 조탁한 언어, 경계를 무너뜨리고 영토를 확장시키며 질주하는 강력한 서사, 그리고 결정적으로 아무것도 아닌 것처럼 보이는 것도 알고 보면 아무것도 아닌 것은 아니라고 기어이 믿게 만드는 그들의 문학적 설득력, 그 안에 우리 문학의 미래가 있다. 그리 멀지 않은 시기에 업데이트될 한국문학의 새 주소가 있다.

시인 주민현과 조해주, 소설가 지혜와 조진주, 조시현, 전예진, 임선우, 변미나. 지난해 대학로에서 보았던 그 빛나는 얼굴들을 끝까지 지지하고 응원하는 마음으로 그들이 곧 당도할 새 주소를 기다리겠다. 🖂

Profile
김미월은 2004년 세계일보 신춘문예로 등단했다. 소설집 《서울 동굴 가이드》 《아무도 펼쳐보지 않는 책》 《옛 애인의 선물 바자회》, 장편소설 《여덟 번째 방》, 산문집 《내가 사랑한 여자》 등을 출간했다. 신동엽문학상, 젊은작가상, 오늘의 젊은 예술가상, 이해조소설문학상을 수상했다.

contents

변미나

변미나는 1985년 서울에서 태어났다. 2018년《문학사상》
신인문학상을 수상하며 작품활동을 시작했다.

하얀 벌레

변미나
小說家

그는 야간 순찰 중에 놀이터에 웅크리고 있는 누군가를 발견했다. 그는 시계를 봤다. 왼쪽 손목 위의 시계가 11시 54분에서 막 55분이 되었음을 알리고 있었다. 이제 곧 자정이었다. 아파트에서는 안전을 위해서 놀이터 이용시간에 제한을 두고 있었다. 밤 9시가 되면 놀이터 주변 가로등이 일제히 꺼져 어두웠지만 그 이후에도 그네나 시소에 앉아 대화를 나누는 십대 후반, 이십대 초반의 커플들이 있었다. 평소였다면 그냥 모르는 척 지나칠 수도 있었지만 이제는 그럴수 없었다. 보름 전 인근 아파트 놀이터에서 사고가 있었다. 사람이 죽었다고 했다. 사십대 정도 되는 남자였다. 사인은 알려진 바가 없었다. 뉴스나 신문에는 이 사건이 소개조차 되지 않았다. 다들 쉬쉬하는 분위기였다. 인근에 백화점 및 상업지구 형성 계획이 알려지면서 이곳을 비롯한 신규 아파트들은 상승세에 있었다. 다만 아파트 내부에서 민원이 빗발쳤다. 아파트 단지 내 사각 지대를 수시로 점검하여 혹시 모를 사고를 예방해달라는 거였다.

거기 이쪽으로 나오세요.

그는 손에 들고 있는 손전등을 비추며 말했다. 처음에는 발 언저리 쪽으로, 그다음에는 무릎 근처로 손전등을 비추며 재차 말했다. 여러 차례 이야기했음에도 상대는 아무 미동이 없었다. 그는 결국 손전등을 들고 가까이 다가가 조금 더 강한 어조로 외쳤다.

이쪽으로 나오세요, 이쪽으로 나오시라고요.

바로 앞까지 다가가 불빛을 비췄을 때, 그는 놀란 나머지 헙- 하고 일시적으로 숨을 멈출 수밖에 없었다. 그가 당연히 사람이리라 여긴 대상은 사람이 아니었다. 그것은 커다란 벌레였다. 사람이 웅크리고 있던 것이 아니라 1미터 정도 크기의 벌레가 서 있던 것이었다. 벌레는 투명에 가까운 하얀색의 딱딱한 껍질로 뒤덮여 있었다. 얼굴은 하회탈의 눈처럼 웃고 있었고, 코는 납작하게 눌려 있었다. 입은 보이지 않았다. 머리에는 하얀색 더듬이가 있었는데, 뭔가를 찾아 내려는 듯이 왼쪽과 오른쪽을 번갈아 움직여대고 있었다. 그는 그 자리에서 달아나야 할지 아니면 모르는 척 가던 길을 가야 할지 아니면 비명을 질러야 할지 판단이 서지 않았다. 아니 판단할 수 없었다. 그는 그 자리에 서서 얼어버렸다. 그는 여전히 손전등을 벌레 쪽으로 한 채 서 있었다. 그렇게 그는 몇 분간 자신의 의지와 무관하게 벌레와 대치하고 있었다. 그때 벌레가 불현듯 움직이기 시작했다. 한 걸음, 두 걸음, 마치 사람처럼 직립보행을 하고 있었다. 벌레는 그가 비춘 손전등 불빛을 무대 위 핀 라이트 조명 삼아 공연하고 있는 배우처럼 보였다. 그는 그 모습을 홀린 듯 보고 있었다. 그러자 불쑥 벌레가 그의 옆으로 다가왔다. 그는 눈을 질끈 감았다.

에이 씨발!

뒤에서 취객의 욕설이 들렸고 그 소리에 그는 눈을 번쩍 떴다. 그가 다시 앞을 바라봤을 때, 손전등이 비추고 있는 건 허공뿐이었다.

눈앞에 있는 것처럼 생생하게 떠오르던 그 알 수 없는 생명체의 모습은 새벽 시간이 지나자 점차 흐릿해졌다. 새벽 5시를 기점으로는 급속도로 밀려오는 피로감에 그는 초소에서 몇 번인가 졸았다. 그렇게 몇 번인가 졸다 깨다를 반복하다가 교대 시간을 맞이했다. 교대자인 윤과 그는 동년배였지만 교대 시간에 10분, 20분 만나는 게 고작이라 딱히 깊은 대화를 나눌 기회가 없었다. 그들은 평소처럼 교대 시간 동안 전날 있었던 특이 사항에 대해 짧게 이야기를 나눴고 관리사무소나 입주민들로부터 들어온 민원 사항에 대한 정보를 교환했다. 그는 초소 밖으로 막 빠져나오다가 초소 유리창에 비친 윤의 얼굴을 보게 되었다. 윤의 얼굴에서 그는 문득 전날 봤던 벌레를 떠올렸다. 그는 순간 전날 벌레를 봤다는 사실을 윤에게 불쑥 말하고 싶어졌다. 지금이 아니라면 또 누구에게 말할 수 있을까 싶었다. 그것도 잠시 그는 곧 입을 다물어버렸다. 의욕적으로 설명할 기운이 남아 있지 않아서였다. 그의 몸은 빨리 집으로 돌아가 쉬라고 명령하고 있었다. 그렇게 망설이는 사이, 그는 그를 바라보는 어떤 시선을 느꼈다. 그것은 바로 초소에 앉아 있는 윤으로부터 뿜어져나오고 있었다. 윤은 그를 뚫어져라 바라보고 있었다. 그는 윤의 검고 탁한 눈빛을 바라봤다. 윤이 도리어 그에게 뭔가를 털어놓고 싶은 눈치였다. 그는 일전에 청소용역 직원으로부터 들었던 이야기를 떠올렸다. 윤이 가벼운 우울증을 앓고 있다는 이야기였다. 약을 먹고 있다고, 거의 다 나은 거나 다름없다고 했다고. 그 이야기 뒤에는 지나치게 말이 많다며 불평했다. 자신을 잡고 놔주지를 않더라고. 윤에게 말하는 건 별로 좋은 선택이 아니다 싶었다. 그는 곧장 초소를 등지고 앞으로 걸어갔다.

그는 정확히 23시간 40분 만에 다시 초소로 돌아왔다. 하루

업무를 마치고 밤이 깊을 무렵 언제나 그렇듯이 그가 야간 순찰을 나왔을 때였다. 그의 머릿속에 벌레가 떠올랐다. 하얀 벌레. 까마득하게 잊고 있던 벌레의 생김새가 머릿속에 선명하게 그려졌다. 투명하고 하얀 거대 벌레라니. 잠시 소름이 돋았지만 그것이 진짜일 리 없다 싶었다. 헛것일 거였다. 경비일이란 단순하지만 피곤한 일이었다. 꼬박 하루를 뜬눈으로 지낸 뒤에 하루를 쉬었다. 나머지 하루는 사실 쉰다기보다 죽은 듯이 잠을 자는 데 모든 시간을 허비했다. 그가 퇴직 후 경비 일을 하겠다고 마음먹게 된 건 공교롭게도 그 이유 때문이었다. 하루를 꼬박 일하고 하루를 죽은 듯이 자야 하는 일. 그리하여 하루하루를 아무런 상념에 빠지지 않고 보내고 싶어서였다. 그는 아무래도 피로회복제나 비타민 같은 것을 좀 더 복용해야겠다 싶었다. 자신도 모르는 사이 체력적으로 점점 무너지고 있는 건 아닐까 싶었고 그게 바로 환시나 환청의 원인이라고 결론 내렸다. 그렇게 여기자 마음이 한결 가벼워졌다.

놀이터에 다다랐을 때는 전날 있었던 일에 괜히 긴장되고 머리에 식은땀이 흘렸지만 그뿐이었다. 그곳엔 아무도 없었다. 아무도. 그는 이 일을 무척 다행스럽게 여기며 다시 자신의 초소 쪽으로 걸음을 옮겼다. 그렇게 초소에 거의 가까워졌을 때였다. 그는 가로등 뒤에 서 있는 익숙한 물체를 발견했고 하마터면 손전등을 떨어트릴 뻔했다. 그랬다. 그것은 벌레였다. 하얀 벌레. 그 벌레는 전날보다 조금 더 커져 있었다. 기분 탓이 아니라 정말 커져 있었다. 40센티미터는 더 자란 듯 보였고 몸통은 옆으로 더 넓어져 있었다. 그 벌레는 가로등을 사이에 두고 왼쪽과 오른쪽을 번갈아 보며 갸웃거렸다. 그 모습은 춤을 추는 것처럼 보이기도 했고 뭔가를 찾아 헤매는 것처럼 보이기도 했다. 웃고 있는 거대 벌레가 리듬감 있게 몸을 움직이는 모습은 어딘지 모르게 기묘했다. 그는 그 벌레가 자신을 향해 다가오지 않을지 긴장하며 지켜보고 서 있었다. 잠시 후 그 벌레는 가로등 뒤에서 훌쩍 뛰어나왔다. 그러더니 그의 앞으로 다가오기 시작했다. 그는 천천히 뒷걸음질쳤고 이내 반대편으로 달렸다. 앞만 보고 달렸다. 멀지 않은 곳에 그의 초소가 있었다. 그는 서둘러 초소로 들어가 문을 걸어 잠갔다. 그는 안쪽에 걸쇠까지 걸어 잠갔다. 그제야 제법 마음이 놓였다. 그는 분명 헛것일 거라고 여겼다. 그리고 CCTV 모니터 옆에 놓인 물병을 집어들어 순식간에 마셨다. 물은 더없이 미지근했다. 평소라면 만족스럽지 않았을 물의 온도는 도리어 그의 이성적인 판단에 도움을 줬다. 그는 그 미적지근한 물을 마시며 이것이 꿈이 아니라 현실임을 깨달았고 자신에게 일어난 연속적인 일이 과연 무엇을 뜻하는지 생각했다. 분명 우연일 수도 있었다. 그러나 우연이 아닐 수 있었다. 세 번째나 네 번째, 그 이상으로 지속될 수도 있는 문제였다. 그는 지난 1년간 익숙해진 자신의 생활패턴을 버리고 싶지 않았다. 하루를 일하고 하루를 쉰다는 것. 집은 그저 잠만 자는 공간이면 충분했다. 그는 정답을 찾아내고 싶었다.

그렇게 커다란 벌레가 있을 수 있나.

그가 던진 첫 질문은 그것이었다. 그는 이런 일을 알 만한 사람들이 있을까 생각했다. 그는 제일 먼저 다른 경비원들을 떠올렸지만 초소와 초소 사이가 너무 멀어 자리를 이탈하여 말을 거는 일은 쉽지 않았다. 낮 동안에도 분리수거나 아파트 환경미화 보조 및 화단 점검과 같은 업무가 많아 대화를 나누는 게 극히 드문 일이었다. 한밤중에도 왕왕 아파트 단지 내 주취자의 고성방가나 층간소음 관련 민원 인터폰이 울렸다. 두 번 이상 울리게 내버려두면 업무태만이라는 민원이 즉각 돌아왔다. 무엇보다 이렇게 큰 벌레가 있다는 사실을, 자신이 그 벌레를 봤다는 말을 섣불리 하는 건 좋지 않을 것 같았다. 그는 자신과 교대하는 남자를 떠올렸다. 그가 가지고 있는 일신의 문제에 대해 이따금 사람들은 말을 보탰다. 그는 그렇게 화제에 오르내리는 건 사회생활 하는 데 있어서 좋지 않다는 것을 알았다. 그는 생각 끝에 초소 모니터 위에 놓인 돋보기안경을 꺼내 썼다. 우선 자신이 겪은 일이 실제로 일어날 수 있는 것인지에 대해 누군가에게라도 묻고 싶었기 때문이다. 그는 콧대에 안경을 반쯤 걸친 채로 전화번호 목록을 뒤졌다. 그렇게 익숙한 이름들을 보던 그는 남아 있는 이들보다 죽은 이들이 더 많다는 사실을 새삼 깨달았다. 그와 가장 가까운 친구는 바로 한 달 전에 죽었다. 평생을 힘들게만 살다가 간 친구였다. 사업 실패, 이혼과 같은 일련의 일 끝에 병에 걸렸고 요양병원에서 지냈다. 전화를 하고 싶은 의욕이 완전히 사라져버렸다. 물론 시간이 늦은 것도 이유였다. 대신 그는 인터넷 검색창에 머릿속에서 아직 사라지지 않은 벌레의 생김새를 적어넣었다. 하얀, 투명한, 딱딱한, 거대한, 기다란, 과 같은 형용사들이 떠올랐다. 그는 벌레를 설명하려 하면 할수록 어쩐지 아득해지고 더 멀어지는 기분에 사로잡혔다. 어둠 속을 더듬는 것처럼 어렵고 불편할 뿐이었다.

　　이후로도 그는 몇 번인가 벌레를 더 마주쳤다. 그렇게 반복되자 놀랐던 마음이 진정되고 자신이 벌레를 보게 되는 정황에 대해 골몰하게 됐다. 시간은 자정이 넘어가는, 인적이 드문 시간이었으며 벌레를 목격하는 곳은 외진 곳, 시선이 쉽게 닿지 않는 어두운 곳이 대부분이었다. 완전한 어둠이 아닌 약간의 빛이 있는 곳에서였다. 가로등 불빛이 건물들에 닿아 부서지며 다양한 그림자가 나타나는 곳이었다. 그는 이것이 분명한 현실이지만 결코 실재하지 않는 일이라고 판단하기에 이르렀다. 피로가 절정에 달하는 늦은 시간이었으므로 환청을 듣거나 환시를 보는 일은 부지기수였다. 그는 젊은 시절을 떠올렸다. 트럭 운전을 할 때는 한밤중 터널을 걷는 여자를 본 일도 있었다. 대낮에는 결코 그런 일을 겪지 않았다. 여자도, 벌레도 본 일이 없었다. 오직 특정 공간, 시간대에서만 본 거였다. 의사는 특정 공간이 그에게 말 못할 피로와 스트레스를 주기 때문이라고 했다. 조금 쉬면 나아지는 거라고 그랬다. 따로 심리 상담을 받은 건 아니었다. 터널에서 몇 번인가 여자를 봤을 때, 무릎이 아파 방문한 정형외과에서 가볍게 던진 질문이었다. 그 의사는 정신과전문의는 아니었음에도 친절하게 답변해줬다. 그 일은 그의 인상에 오래도록 남아 있었다.

그래, 피곤해서야.

그는 자신의 집 거실에 누워 중얼거렸다. 그러고 나서 헙- 하고 입을 다물었다. 즉시 달칵하고 안방 문이 열리는 소리가 들렸다. 그는 몸을 벽 쪽으로 돌렸다.

제형이니?

안방에서 바짝 마른 몸에 헝클어진 머리를 한 그의 아내가 뛰어나왔다. 그는 숨을 크게 고르고 자는 척을 했다. 아내는 머리를 긁적인 뒤에 다시 자신의 방으로 들어갔다. 달칵- 문이 잠겼다. 방 안에서 속삭이며 누군가와 대화하는 아내의 목소리가 들려왔다. 그들의 아이는 스무 살 때 죽었다. 여행 중에 일어난 실종 사고였다. 대학 친구들과의 첫 해외여행이었고 이 일 이후로 그들은 한동안 실의에 잠겨 있었고 서로를 비난했다. 10년쯤 지났을 때는 대화가 줄어들었고, 그 이후로 아내는 혼잣말이 늘었다. 한동안 관계를 회복하기 위해 노력했지만 어느 순간부터 이대로 살아가도 나쁘지 않겠다 싶었다. 어차피 하루 걸러 하루 만나는 사이였고, 이곳에서 그가 하는 일이라고는 잠자는 일뿐이었으니까.

　　　그는 이제 초소 바로 옆에서도 종종 그 벌레를 마주쳤다. 벌레는 여전히 그의 앞에 나타날 뿐 어떤 행동을 직접적으로 취하진 않았다. 어떤 날은 벌레를 마주쳐도 아무렇지 않았고 때로는 가볍게 웃어넘기기까지 했다. 그러나 어떤 날은 견딜 수 없이 두려워질 때도 있었다. 그는 점점 초소에 혼자 있어야 한다는 것이 부담스럽게 여겨졌다. 언젠가부터 그는 밤중에 친구들에게 전화를 걸었다. 사는 이야기에 대해 자신의 근황 혹은 가까운 누군가의 근황에 대해 이야기를 나눴다. 고등학교 시절 씨름 선수였고 건강 빼면 시체나 다름없던 친구가 갑작스레 폐렴에 걸려 죽은 이야기라든가, 누가 어떤 병에 걸려 투병 중이라는 소식이 대부분이었다. 그중에서도 반가운 이야기들이 있긴 했다. 친구의 자녀들이 결혼을 하거나 아이를 낳았다는 이야기들이 그랬다. 손주가 뒤집기를 처음으로 성공했다든가, 첫걸음마를 떼거나 초등학교에 입학했다는 내용이었다. 그는 이런 이야기를 들을 때면 만면에 미소가 번지다가도 전화를 끊고 나면 마음 한쪽이 더없이 스산해졌다. 분명 옷을 덧입고 있었음에도, 초소 안 창문과 출입구를 꼭 닫아놨음에도 그랬다. 그는 전화를 끊고 나면 괜히 초소 안에서 옷깃을 여미고 헛기침을 했다. 기지개를 켜고 잔뜩 움츠려진 자신의 어깨를 펴고 그 안에서 괜히 기운을 내보자고 맨몸 운동을 해보지만 그럴수록 초소 안에 감도는 냉기와 비좁은 공간의 크기를 인지하는 꼴이 되고 말았다. 그는 자신이 이곳에서 어떻게 하루를 꼬박 보내는지 놀랍기까지 했다. 그런 사실을 의식하기 시작하자 시간은 더디게만 갔다. 특히 밤은 낮보다 지루하기 짝이 없었다. 그는 누군가를 만나길 바랐다. 그런데 누굴 만난단 말인가. 그게 가장 큰 문제였다. 그는 생각 끝에 친구 하나를 불렀다. 일전에는 이곳에 제법 자주 오던 친구로 그가 일하는 아파트에서 한 블록 정도 떨어진 곳에 살고 있었다. 마지막으로 연락했을 때, 친구는 이제 자신의 아내가 요양원으로 가야 할 것 같다고 말했다. 이후에는 별다른 연락이 없었다. 근황이 거기에서 끊기고 나서 몇 번인가 연락해야지, 했지만 쉽게 말이 떨어지지 않은 건 좋지 않은 소식을 듣게 될까봐였다. 전화를 했을 때, 친구의 목소리는 제법 산뜻했고 10분 안으로 오겠다고 말했다. 그 목소리는 이상할 정도로 생기가 넘쳤는데, 그래서 그도 잠시 기분이 들떴다.

여-!

창문을 두드리며 익살스럽게 나타난 그의 친구는 익숙한 몸짓으로 초소 출입문을 밀고 들어왔다. 그리고 품에서 가져온 검정 봉지를 꺼내 모니터가 놓인 책상 아래 숨겼다. 보나 마나 막걸리와 새우깡일 거였다. 초소에서 술을 마시는 건 금지지만 새벽 시간이 넘어서 인적이 드물 때, 몰래 마시는 사람들이 있었다. 그는 술을 마시지 않았다. 절대로. 그저 친구가 가져온 새우깡을 몇 개 얻어먹으면서 대화를 나누는 게 다였다. 그의 친구는 그런 그를 꽉 막힌 놈이라고, 하긴 했지만

혹시 너 치매 아니냐?

친구는 다소 어렵게 꺼낸 그의 말에 불쑥 이런 답을 건넸다. 그는 치매,라는 것을 상상해본 적이 없었다. 치매는 가족력이 대부분이라는데, 가족 중에도 같은 병을 앓는 사람이 없었다. 그는 하루하루 정해진 일과대로 움직이고 있었기에 자신 있게 부정했다. 그러나 친구는 다시 한번 너 치매일지도 모른다,고 말했다. 다소 심각한 표정을 지

short story

으며 낮은 목소리로 말하는 친구의 말에 그는 조금 흔들렸다.

치매는 기억만 깜빡하는 게 아니야, 그게 증상이 많아. 나도 우리 애 엄마가 이 병을 앓고 나서 공부하게 된 거야. 헛것도 보인다더라. 너 일전에도 그런 적 있지 않았어?

그가 조심스럽게 고개를 끄덕였다. 친구는 그에게 보건소에서도 노인들을 위해 검사를 시행해준다고 했다. 무려 무료라고 시간이 될 때 가볍게 받아보는 것도 나쁘지 않다고 했다.

뭐든지 미리 예방해야 해. 우리 나이가 있잖아. 그래서 말인데…….

친구가 검정 봉지를 뒤적이며 뭔가를 꺼내 내밀었다. 그 표지에는 치매 완벽 보장 서비스,라고 적혀 있었다. 친구는 넉살 좋게 웃으며 새로 일을 시작했다고 했다. 아내가 그렇게 되면서 보험에 관심이 많아졌고, 간병을 하면서도 할 수 있는 일이라고 덧붙였다. 초록색 책상 매트 위에 놓인 하얗고 두툼한 보험 설명서를 보자 그는 다시 헛기침이 나왔다. 이후로 친구는 치매 보험의 필요성에 대해 늘어놓았다. 그가 애써 다른 화제로 돌리려고 했지만 결국 이야기는 다시 보험으로 돌아왔다. 그는 자신이 아니라 친구야말로 보험이 절실하게 필요한 건 아닌가 싶었다. 그는 친구가 돌아간 뒤에 보험 설명서를 쓰레기통에 처박아버렸다.

치매? 웃기고 있네.

그는 그렇게 중얼거리며 걸었다. 그런 일은 일어날 수 없었다. 그의 할아버지, 할머니도, 아버지나 어머니도 치매를 앓진 않았다. 그들은 다만 각각 다른 병으로 죽었다. 위암이나 간암의 가족력이 있었고 어머니는 그런 영향에서 벗어나지 못했다. 다만 그의 아버지는 생소하기 짝이 없는 병으로 돌아가셨다. 담낭암이었다. 어디에 붙어 있는지도 모르는 그 기관은 엑스레이상에서도 작디작았다. 그 작은 암세포는 몸 전체로 퍼져 그의 아버지를 집어삼켰다. 그런 일을 생각해보면 일어날 수 없는 일이란 없다 싶었다. 그에게 삶이란 살아갈수록 확신하기 어려운 것이었다. 그는 조금 불안해졌다. 그의 머릿속에 아내가 떠올랐다. 그는 자신의 아내가 지금과 같은 모습이 될 거라고 상상하지 못했다. 아내는 무척 밝은 사람이었다. 쉰 살이 다 되어갈 때까지도 소녀 같은 구석이 있었다. 낮고 작은 것들을 사랑하고 사람을 배려하는 그런 이였다. 교회에서 봉사도 도맡아 하고 좋은 일에 앞장섰다. 독실한 기독교 신자였던 아내는 어느 날 밤 무슨 큰 비밀이라도 되는 듯 조심스럽게 그에게 이런 고백을 한 적이 있었다.

여보, 나는 지금 이대로 살 수만 있다면 다시 태어나고 싶어. 천국에는 가고 싶지 않아.

그 말을 하던 날 밤은 아이가 막 스무 살 생일을 넘겼을 때였다. 아이가 원하는 대학에 합격하고 기쁨에 들떠 있던 날 밤에 그들 부부는 말할 수 없이 가슴이 벅차올랐다. 두 사람은 자신들의 남은 인생은 이대로 흘러갈 거라 생각했다. 그러나 그렇게 되지 않았다. 그에게 오래전 묻어뒀던 기억이 불쑥 떠올랐다. 막 태어난 아이의 말랑하고도 통통한 발을 만지던 기억이.

그는 어느새 아파트를 벗어나 횡단보도 앞에 서 있었다. 건너편에 사람들 몇몇이 서 있었다. 그들 대부분이 아파트 주민들일 거였다. 그는 가만히 서서 허공을 응시하는 사람들 틈에서 조금 이상한 형상을 발견했다. 때마침 신호가 바뀌고 마주 오던 사람들과 그가 건널목의 중간 즈음에서 만났다. 그는 바로 옆으로 자신을 스쳐가는 그

벌레를 발견했다. 분명 그가 알던 벌레였다. 그는 횡단보도 건너편에
도착해서 자신이 제대로 본 것인지 확인하기 위해 돌아봤다. 그것은
다시 봐도 하얀 벌레임에 틀림없었다. 그런데 어딘가 달라 보였다. 그
가 마주쳤던 벌레와는 달리 조금 체구가 작고 옆으로 넓었다. 무엇보
다 움직이지 않고 가만히 쪼그리거나 서 있던 그 벌레와 달리 누군가
의 뒤를 쫓아 부지런히 걷고 있었다. 벌레 앞으로 웬 여자가 잰걸음으
로 앞서가고 있었다. 기분 탓인지 몰라도 여자는 얼핏 뒤따라오는 벌
레를 곁눈질로 바라봤는데, 그것은 두려워하기보다는 잘 따라오고
있는지 확인하는 눈빛이었다.

　　미쳤어.

　　그의 입에서 빠져나온 그 말은 등 뒤로 멀어져가는 여자를
향한 것인지 자신에게 하는 것인지 모호했다. 그 하얀 벌레는 이제 뛰
기 시작했는데, 몸통 아래 하얀 실타래 같은 더듬이가 빠져나와 보도
블록 위를 미끄러지듯 달려나갔다. 그러다가 불현듯 벌레가 멈춰서
더니 뒤를 돌아봤다. 그리고 잠시 동안 그를 바라봤다. 벌레는 눈을
꼭 감은 채로 웃고 있었다. 벌레는 분명 그를 바라보고 있었다.

　　미쳤어!

　　그는 그 상태로 앞으로 달려나갔다. 그리고 이따금 뒤를
돌아봤다. 그러나 벌레는 앞선 여자를 따라 모퉁이 너머로 사라진
뒤였다.

　　환한 낮에도 벌레를 본다는 사실은 그를 보건소로 이끌었
다. 그는 직원의 호명에 따라 검사실로 들어갔다. 검사실 내부에는
넓은 원형 탁자가 있었다. 총 여덟 명 정도가 앉을 수 있는 탁자에는
이미 두 명의 노인이 서로에게서 멀찍이 떨어져 앉아 있었고 그 모

습을 바라보는 중년의 사내가 있었다. 그는 사내와 자신의 연배가 크게 다르지 않을 것 같다고 생각하면서 자리에 앉아 검사용 설문지를 받았다. 15분 안에 32문항의 설문지를 완료해야 했다. 기억력에 관련된 질문이 많았다. 사람의 이름이나 전화번호, 결혼기념일 같은 것들을 묻는 것이었다. 최근에 와서는 외울 필요가 없는 기억들이거나, 너무 오래되어 흐릿해진 것들이 대부분이었다. 그는 그 답에 일부는 네,라고 했고 또 다른 일부에는 아니오,라고 체크했다. 그는 생각보다 너무 많은 부분을 기억하지 못하고 있다는 사실에 좌절했고, 그래서 몇 가지 문항은 거짓으로 답했다. 그것은 치매가 두려워서가 아니었다. 누구라도 기억하기 어려운 엉터리 질문이라고 생각해서였다. 그렇게 검사를 마친 뒤에 그는 보건소 직원이 점수를 체크하는 것을 지켜봤다. 그는 이상하게 긴장이 되었고 괜히 마른침을 삼켰다.

치매는 아니지만, 최근에 평소랑 다른 점이 있어서 오신 거겠죠?

채점을 마친 보건소 직원이 맞은편 자리에 앉아 물었다. 보건소 직원은 검사 용지를 하나 더 내밀었다. 만 60세 이상 이제 막 노년기에 접어든 이들에게 나타나는 우울증에 대해 검사를 시행하고 있다고 했다. 이번에는 15분 안에 45문항을 체크해야 했다. 질문들의 내용은 이러했다. 혹시 죽음에 대해 생각해본 적이 있는가, 헛것을 본 적이 있는가, 과거에 충격적인 일을 직접 경험한 적이 있는가와 같은 것들이었다. 60년을 살아온 사람이라면 누구나 피해갈 수 없이 네,라고 대답할 법한 문항이었다. 60년을 살면서 충격적인 일을 겪지 않은 사람이 있을 수 있나. 죽음에 대해서 생각해보지 않았다면 거짓말일 거였다. 그는 문항에 하나, 하나 체크하면서 이런 것들이 우울증의 전

21   **short story**

조 증상이라니 말도 안 된다며 고개를 저었다. 빼곡하게 답변을 한 뒤에 점수를 매긴 보건소 직원의 얼굴은 다소 심각했다.

원하신다면 검사의뢰서를 적어드릴 수 있어요. 아니면 보건소에서 무료로 시행하는 심리 상담 프로그램이 있으니까 참여해보시겠어요?

반복적인 일, 지나친 노동, 여유 시간이 없음, 가지고 있는 자산의 규모, 학력, 개인사와 같은 이유들이 개인의 심리적인 부분에 영향을 준다는 건 있을 수 없다고 생각했다. 돈이 많으면 슬프지 않다는 건가, 노년에 충분한 여가 시간을 주면 더 행복하다는 건가. 그는 결과지를 손으로 구겨 주머니에 넣다가 문득 아파트에 살고 있는 사람들을 떠올렸다. 그가 일하고 있는 아파트는 지역에서 두 번째로 값이 나가는 곳이었다. 백화점 부지 바로 옆에 지어진 주상복합 아파트의 가격을 무서운 기세로 따라잡고 있었다. 거주민들의 생활 수준도 높은 편이고 교육 수준도 평균 이상이었다. 사람들은 대부분 상냥했다. 삼십대에서 사십대가 가장 많았고 아이들의 다수가 단지 내 어린이집에 다니고 있었다. 인근에서 일어난 사건 사고가 어린이집 차량을 기다리는 부모들 사이에서 화제가 되긴 했지만 그건 그들에게 그리 와닿는 문제가 아니었다. 문제가 생기기 이전에 민원으로 예방을 촉구했는데 그런 일들을 맡아 하는 건 그와 같은 직원들이었다. 생각해보면 그는 늘 다른 사람의 안전을 보호하는 일을 도맡아 했다. 젊은 시절에는 잠깐 트럭 운전도 하고 태권도장을 운영하기도 했지만 이후에는 긴 시간 동안 사설 경호 업무를 했다. 나이가 더 들어서는 경비를 보고 있었다. 그는 언제나 성실하고 모범적이며 든든하다는 평가를 받았다. 그러나 그는 아들을 잃었다. 당시에는 놀랍게도 덤덤했다. 슬펐지만 어쩔 수 없는 일이라 생각했다. 자신마저 슬퍼하면 아내가 더 힘들 것 같아서였다. 그는 그 이야기를 아내에게 하지 못했다. 어떤 식으로 말을 꺼내야 할지 몰랐다. 그 영향이 지금까지 오는 건가. 생각하다 혼자 중얼거렸다.

어쨌든 나는 아니야. 어쨌든 나는 아니라고.

교대를 하러 나타난 윤의 이마가 벌겋게 부어 있었다. 딱지와 같은 상처가 너무도 눈에 띄었다. 윤의 얼굴은 아파 보였는데, 이상하게 생기가 돌았다. 눈에 안광 같은 것이 돌았다. 윤은 희번덕거리는 눈으로 뭔가를 찾으려는 형사와 같은 눈빛으로 그를 바라봤다. 그 집요한 눈빛을 피하려 해도 피할 수 없었다. 그는 안면이 없는 사람도 아닌, 일면식이 있는 동료로서 (물론 함께 근무하는 날은 1년 중 하루도 없지만) 예의상 한마디 정도는 해야겠다 싶어 입을 열었다.

어디서 넘어지기라도 한 거예요?

네. 저는, 저는 알고 있습니다.

그는 윤이 자신의 질문에 대답 대신 이상한 말을 내뱉은 것을 듣고 괜히 물었나 싶었다. 사람들 말로는 윤이 점점 말이 많아진다고 했다. 통 말이 없다가도 누가 안부라도 물어보면 쉬지 않고 이야기를 한다던 말이 떠올랐다.

만나신 거죠?

무슨 말이에요?

보여요. 저는 보입니다.

그러더니 윤은 물끄러미 그의 어깨 너머를 바라보았다. 그는 그런 윤의 시선에 괜히 고개를 돌렸고 막 뒤편을 바라봤을 때, 거기에는 하얀 벌레가 웅크리고 앉아 있었다. 그 벌레는 출차하는 곳 왼편에 있는 삼각형 모양의 땅에 앉아 여전히 웃는 얼굴로 그를 바라봤다. 그리고 얼핏 그는 옆으로 길게 늘어진 벌레의 눈(눈으로 추정되는)이 살짝 들썩이는 것을 봤다. 꼭 닫힌 벌레의 눈꺼풀 아래로는 촘촘하고 가느다란 실타래 같은 것이 보였다. 그는 재빨리 고개를 윤 쪽으로 돌렸다. 윤의 어깨 너머로 경비 초소 바깥에 붙어 있는 기다란 거울 속에 사색이 된 자신의 얼굴이 있었다.

보입니다. 보여요. 아직은 얌전한 녀석이에요. 이미 봤으면 제 것도 보이시겠네요. 다들 어느 시기가 되면 보이기 마련이죠. 잘 모르겠지만. 그냥 각자 다 가지고 있는 거죠.

평소라면 횡설수설하는 윤의 말을 무시하고 그만 가볼게요, 했을 그였지만 지금은 달랐다. 그는 윤의 말에 여느 때보다 귀를 기울이고 있었다.

그래서요?

그는 계속해서 윤에게 질문을 했다. 그렇게 질문을 할 때마다 돌아오는 윤의 대답은 어떤 면에서는 해답이 되기도 했고 어떤 면에서는 더 큰 의문으로 돌아오기도 했다. 그렇게 두 사람이 대화를 나누는 사이, 아파트 주민 하나가 그 두 사람을 묘한 눈빛으로 바라보며 지나갔다. 일전에 아파트 내로 진입하는 외부 차량을 제대로 저지하지 못했다며 경비원들에게 욕설을 퍼부은 남자였다.

저 사람.

윤이 그에게 말하며 입주민의 등을 검지로 가리켰다. 그는 윤이 가리키는 방향을 바라봤다. 한참 그렇게 바라보고 있는데, 저 멀리서 길고 가느다란 벌레가, 삼각형의 뾰족한 뿔을 가진 녀석이 남자를 향해 달려갔다.

보셨죠?

윤이 손가락을 거두고 그를 바라봤다.

누구나 다 가지고 있는 거라니까요. 특별히 겁먹으실 필요 없어요. 보이다가 안 보이다가 그러는 거죠. 뭐 평생 안 보이는 사람도 있지만 한 번 보이기 시작하셨으면…….

그랬으면요?

본인이 미쳤다고 생각했죠?

그는 윤의 말에 고개를 끄덕였다. 여느 때보다 열성적이었다.

미친 게 아니에요. 보세요.

윤이 그의 어깨를 잡고 앞으로 돌려세웠다. 초소 밖으로 종종걸음으로 가는 수많은 사람들이 보였다. 몇몇 사람의 뒤에는 벌레들이 따르고 있었다. 얼핏 곁눈질로 서로의 벌레를 의식하는 모습도 볼 수 있었다.

'그게' 보여도 그냥 말하지 않는 것뿐입니다.

왜요? 왜?

다 보는 게 아니에요.

그래도 보는 사람이 있다는 거잖아요.

왜냐고요?

윤이 손짓으로 그에게 가까이 오라고 했다. 그는 천천히 그의 입가로 귀를 가져갔다. 뜨거운 입김에 약간 소름이 돋았다.

이상하잖아요.

그렇게 말하며 윤이 웃었다.

돌아오는 길에 그는 윤의 말에 안심이 되었다.

나는 미치지 않았어.

그만 이런 일을 겪는 게 아니라는 것. 그 사실은 큰 위안이 되었다. 그는 자리에 서서 횡단보도 맞은편에 걸어오는 사람들 몇몇의 뒤를 따르는 벌레들을 봤다. 사람들은 개의치 않는 듯 보였다. 그들은 어딘가에서 걸려온 전화를 받고, 시계를 봤다. 시시한 농담을 건네기도 했고, 활짝 웃기도 했다 그러나 그 웃음 뒤에는 분명히 어떤 쓸쓸한 미소 같은 것이 뒤따랐다. 신호가 바뀌고 이내 걸음을 옮기자 순식간에 얼굴에서 지워진 그 표정을 그는 알아볼 수 있었다.

그래, 나는 미치지 않았어.

지루하기만 했던 그의 근무시간은 이상한 활기가 돌기 시작했다. CCTV를 보거나 초소에 놓인 소형 텔레비전을 보는 게 다였던 그의 시선은 이제 창밖으로 향해 있었다. 그는 오가는 사람들의 뒷모습을 쉼 없이 눈으로 쫓았다. 그는 그때마다 사람들 등 뒤편에 가려 보이지 않던 벌레들을 찾아냈고, 그것이 자신의 벌레보다 큰지 작은지를 따져보기도 했다. 어느 날은 커다란 벌레를 등에 업고 다니는 남자를 봤다. 예순 정도 될까 싶은 남자였는데, 그는 언제나 굳은 얼굴로 느릿느릿 아파트 단지 안을 산책하던 사람이었다. 그 남자는 등이 굽었고 낯빛이 좋지 않았다. 그는 이제 그 남자의 등이 왜 그렇게 굽었는지 알 수 있었다. 그 보이지 않는 벌레가 (이제 그의 눈에 보이는 그 벌레가) 남자에게 찰싹 붙어 있었기 때문이었다. 때로는 유모차를 끌고 가는 아이 엄마의 등 뒤에서, 회사에서 퇴근하는 사람들의 등 뒤에서 벌레를 발견했다. 어린아이들에게서 발견할 때도 있었다. 그가 본 중에 가장 어린 아이는 다섯 살 정도 되는 아이였다. 아이는 한 여름에도 긴팔을 입고 다녔다. 잔뜩 주눅든 얼굴이었다. 아이 엄마와 아빠는 이따금 아이와 함께 산책을 나오기도 했지만, 대부분 아이 혼자 먼발치에서 그네를 타거나 짝 없이 홀로 시소를 탔다. 아이의 몸이 너무나 가벼워서 시소는 오르락내리락하지 않았다. 아이는 그저 그 자리에서 닿지 않는 다리를 버둥댔다. 그때, 어디선가 벌레가 나타나 아이의 맞은편에 앉았다. 벌레는 아이와 체구가 비슷했다. 벌레가 나타나자 아이는 싱긋 웃었다. 아이는 웃으며 벌레를 가리켰다. 그 바람에 시소 손잡이를 벗어난 한쪽 손이 미끄러지며 그대로 넘어지고 말았다. 아이는 그 자리에서 크게 울었는데, 부모는 한참이 지나서야 터벅터벅 걸어와 앞에 섰다. 그러고 나서 아이의 손을 거칠게 잡아채 안으로 들어갔다. 벌레가 아이의 뒤를 따랐다. 그는 아이의 작은 등이 들썩이는 것에 마음이 쓰였다. 마음이 쓰인 건 그뿐이 아니었다. 거칠게 아이의 손을 잡아채던 아이 부모의 모습도 마찬가지였다. 그는 그 모습이 머릿속에서 쉬이 지워지지 않았다. 그랬다. 그는 마음이 쓰였다.

저렇게 가까이 있으면 좋지 않은데.

그가 이른 시간부터 밖으로 나와 단지를 거니는 아이를 바라보고 있을 때 뒤에서 불쑥 낯익은 목소리가 들려왔다. 윤이었다. 윤은 그렇게 말하면서도 정작 심각한 표정이 아니었다. 아이는 여전히 긴팔을 입고 있었고, 그런 아이의 뒤를 벌레가 따라다니고 있었다. 벌레는 물구나무를 서기도 하고 공중에서 한 바퀴 돌기도 했다. 아이의 파리한 얼굴과 달리 벌레는 점점 더 생기가 넘쳐 보였다.

친근감을 느끼면 게임 끝이지.

가서 말해야 할까요?

뭘요?

윤이 도리어 물었다.

아니, 게임 끝이니 뭐니 그런 말. 저 아이에게 무슨 일이 생긴다는 거잖아요.

그래서 뭐요? 그럼 또 어쩌게요. 알은체해도 이상하잖아요.

윤이 초소로 들어가 벽에 걸린 모자를 쓰며 중얼거렸다. 중간중간 아이의 곁을 스쳐지나가는 사람들이 있었는데, 어느 누구도 아이에게 오래 시선을 두지 않았다. 그들은 각자 가야 할 곳을 가느라 바빴다. 아이가 꼬박 30분 동안 단지를 거니는데도 그랬다.

그는 교대를 끝내고 바로 정문 쪽으로 나가지 않고 단지 안을 한 바퀴 돌았다. 그대로 돌아가려고 할 때, 화단에 쪼그리고 앉아 있는 아이를 봤다.

거기서 뭐 하니 얘야.

아이는 괜히 식은땀만 흘리고 있었다. 그가 다가가자 뒤편에 있던 벌레가 슬쩍 멀어졌다. 그는 벌레를 한 번 쳐다보고 아이를 돌아봤다. 가까이 다가간 아이의 몸에서는 지린내가 났다. 손을 내밀어 가까스로 잡아끌었을 때, 바지 사이로 누런 덩어리가 쑥 하고 빠져나왔다. 똥이었다. 그러자 아이는 더 크게 울었다. 그는 아이의 손을 잡아끌었고 그럴 때마다 바닥으로 똥 덩어리가 점점이 떨어졌다. 그는 아이의 부모를 본 적이 있지만 몇 동 몇 호에 사는지 몰랐다. 아이에게 묻자 고개를 가로젓기만 할 뿐 답이 없었다. 그는 하는 수 없이 아이를 데리고 관리 사무소로 갔다. 들어서자마자 직원들이 코를 말아 쥐고 자리에서 일어서 아이를 굽어봤다.

울고 있지 뭡니까.

그가 멋쩍게 웃으며 말했다. 곧 안내 방송이 아파트 단지로 퍼졌다. 몇 번인가 방송을 해도 아이의 부모 되는 사람들은 찾아오지 않았다. 아이는 그 상태로 어정쩡하게 아파트 관리 사무소 구석 간이의자에 앉아 있었다. 점점 기온이 오르는 탓에 관리 사무소 안이 더웠고, 그러자 아이의 몸에서 지린내가 더 심해졌다. 아이는 잔뜩 주눅들어 있었고, 그는 그런 아이를 두고 바로 갈 수가 없었다. 그 와중에 민원차 방문한 한 입주민이 아이를 알아보고 동호수를 알려줬다. 아이는 직원들이 부모에게 전화를 걸 때 크게 울었다. 얼마 후에 느릿느릿 안으로 걸어 들어오는 남자를 봤을 때, 아이는 입을 꾹 다물고 땅만 쳐다봤다.

일어나.

아이가 그의 말에 자리에서 일어났다.

누가 찾은 겁니까?

남자의 말은 질문이라기보다 옥박지르는 것에 가까웠다. 직원들이 눈짓으로 그를 가리켰다. 남자는 그를 한 번 무섭게 노려보고서는 관리실 밖으로 빠져나갔다. 멀어져가는 아이의 뒤를 다시 벌레가 쪼르르 뒤따랐다.

그는 소장으로부터 경고를 받았다. 지나치게 입주민의 일에 관여하지 말라는 거였다. 이 소식을 전해들은 윤 역시 나서지 말라고 했다. 그는 윤의 말에 고개를 끄덕이면서 한편으로는 자신이 이상하다 여기던 남자로부터 조언을 듣는 게 우스웠다. 그런 생각을 하면서도 그는 윤에게 점차 의지했다. 그가 초소에서 보는 광경들, 특히 벌레에 대한 일을 말할 사람은 윤이 유일했다. 그는 일부러 느릿느릿 옷을 갈아입기도 했고 어느 날은 커피 한 잔을 마시기도 했다. 사람들은 이제 윤뿐 아니라 그런 그를 보고도 수군거렸다. 그러나 그는 크게 개의치 않았다. 그저 윤과 대화를 나누면 일시적으로 마음이 편해졌다. 그렇게 대화를 나누고 돌아보면 먼발치에 있는 벌레를 볼 수 있었다. 그는 초소에 앉아 사람들이 등에 매달고 다니는 벌레들을 보며 저런, 저런, 이라고 혀를 차기도 했다. 사람들은 벌레에 시달리고 있었다. 보이지 않는 벌레들. 그러나 존재하는 것들. 동시에 존재한다고 말할 수 없는 것들을 지켜봤다. 그의 벌레는 여전히 그와 거리를 유지하며 초소에서 2미터 정도 떨어진 자리에 웅크리고 앉아 있었다. 그러나 어떤 사람들은 벌레를 집으로 끌고 들어가기도 했다. 그는 벌레와 함께 사라진 사람들의 집이 어디쯤일까 궁금해하며 초소에서 나와 올려다볼 때가 있었다. 그럼 어디선가 흐느끼는 소리와 싸우는 소리 같은 것이 들렸다. 그는 어느 곳보다 아늑하고 멋지다고 생각하는 이 아파트 내부에 도사리는 어둠을 보고 있다고 생각했고 그럴 때면, 괜히 기분이 좋아졌다. 왠지 몰라도 그랬다. 그는 경비 초소로 다가와 악을 지르고 으스대는 사람들의 등 뒤에 달려 있는 거대한 벌레들을 봤다. 한껏 차려입고 우아한 태도로 말을 하는 사십대 남자 뒤편에는 초라하고 볼품없는 벌레가 매달려 있기도 했다. 그는 자신도 모르게 피식 웃었다. 물론 남자가 알아차릴 사이 없이 순식간에 벌어진 일이었다.

며칠이 더 지난 오후, 그는 허공에 매달려 있는 벌레를 발견했다. 벌레는 베란다 난간을 붙잡고 한 바퀴 돌고 있었다.

별 지랄을 다 하네.

그는 작게 욕설을 내뱉었다. 지나가는 입주민 하나가 그의 얼굴을 빤히 쳐다봤지만 개의치 않았다. 그는 그저 벌레 하나가 지랄을 하고 있겠거니, 알면 알수록 이상한 놈들이다, 여기고 있었다. 그때 그는 난간으로 다가오는 아이를 봤다. 아이가 난간 밖으로 몸을 쑥 내밀고 있었다. 위태롭기 그지없었다. 아이는 난간 쪽으로 몸을 내밀었다가 다시 들어갔다를 반복했다. 뭔가 망설이고 있는 눈치였고, 그는 그것이 결코 좋은 결과로 이어지진 않을 거라는 걸 직감했다. 그는 경찰이나 소방서에 신고할까 하다가, 이 사실을 소장에게 알렸다. 소장은 사실관계를 파악하기 이전에 먼저 확인해야겠다며 그를 따라 아이의 집으로 추정되는 곳을 올려다봤다. 햇살이 지나치게 비추고 있어서 눈이 부셨다.

에이, 씨발.

소장은 낮게 욕설을 하며 아무것도 보이지 않는다고, 그에게 요새 점점 이상해진다고 핀잔을 주고 들어갔다. 소장이 들어간 뒤에 그는 멋쩍은 얼굴로 초소 쪽으로 돌아가려고 하는데, 허공으로 번쩍하고 하얀 벌레가 뛰어올랐다. 그리고 얼마 지나지 않아, 아이가 난간으로 발을 쑥 내미는 것이 보였다. 그 작은 아이가 웃으면서 허공으로 몸을 쑥 내밀었다. 그는 사지가 떨렸다. 그런 기분을 느낀 건 아이가 실종되었다는 전화를 받았던 수십 년 전 그날 이후로 처음이었다. 그로부터 얼마 지나지 않아 그는 허공에서 그 반짝이는 작은 몸이 떨어지는 것을 봤다. 그는 그 자리에 주저앉았다. 구급대원이 찾아와 그에게 무슨 일이냐고 묻기 전까지. 구급대원이 해당 세대로 달려갔고, 곧이어 화단을 샅샅이 뒤지기 시작했다. 아파트 주민들이 나와서 이게 무슨 일이냐며 수군댔다. 뒤늦게 지역 신문사와 방송사가 찾아왔다. 아파트 안은 그야말로 어수선했다. 한참 후에 구급대원들이 나와서는 아이 시신이나 그런 정황은 찾지 못했노라,고 했다.

진짜 보신 거 맞아요?

사람들이 그에게 질문했다. 그는 사람들이 그에게 마이크를 들이대며 묻는 이 상황이 당황스러웠고 마땅히 할말을 찾지 못했다.

분명 봤는데.

그는 잠시 후에 수많은 사람들 사이로 불쑥 얼굴을 내민 윤을 찾아냈다.

그러니까, 그 벌레가 말입니다. 하얀 벌레가.

벌레요?

구급대원이 헛웃음을 지으며 말했다.

어이 윤씨, 그 벌레. 말 좀 해줘요.

그가 다급하게 손짓했지만 윤은 무슨 소린지 모르겠다는 듯 어깨를 으쓱했다.

아이는 아이 부모와 함께 여행 중이라고 했다. 그가 아이를 봤다고 말했던 그 시간 즈음 해당 세대의 차량이 아파트를 빠져나간 것으로 확인됐다. 소장과 아파트 입주자 대표가 그를 불러 면담을 했다. 이런저런 이유를 댔지만 결국 그를 해고하겠다는 거였다. 그는 해고됐다. 그는 초소에서 자신의 개인물품을 정리했다. 칫솔과 치약세트와 수건 그리고 물티슈 따위가 전부였다. 그는 그것들을 차곡차곡 작은 상자에 넣었다. 갈색 상자였는데, 그는 그것을 어디선가 본 듯한 인상을 받았다. 초소를 빠져나왔을 때, 그는 윤을 돌아봤다. 윤은 그에게 그동안 고생하셨어요,라는 말을 할 뿐 더 이상의 말을 하지 않았다. 그는 윤에게 진짜 벌레를 봤다고, 아이가 정말로 바닥으로 추락했다는 말을 하고 싶었지만 그러지 않았다. 그는 윤의 말을 떠올렸다. 이상하잖아요,라는 그 말을.

집까지 20여 분이면 걸어갈 수 있는 거린데 이상하게 멀게만 여겨졌다. 그는 한참을 기다려 버스에 올라탔다. 버스는 한산했고 놀랍게도 승객은 그 혼자였다. 그는 어디 앉을까 하다가 기운이 없어서 그냥 버스 맨 앞자리, 운전사의 뒤쪽에 앉았다. 버스가 흔들릴 때마다 상자 안의 물건들이 움직였다. 작게 들려오는 그 소음들. 꼭 닫힌 상자를 보던 그는 오래전 죽은 아들을 떠올렸다. 아들이 가지고 있던 유품들을 담았던 상자도 꼭 이만했다. 어디서나 살 수 있는 칫솔과 치약과 양말 속옷 여분 그리고 여행 중 부모에게 꾹꾹 눌러쓴 편지가 있었다. 아내는 유품들을 태우지 말자고 매달렸지만 그는 모두 버리겠다고 했다. 그리고 대부분 다 버렸다. 편지는 보지도 않고 태워버렸다. 그러나 그가 아내에게 말하지 않은 것이 있었다. 바로 아들의 칫솔을 버리지 않았다는 거였다. 아이가 몇 번인가 썼을, 아이의 체취가 남은 그 칫솔만큼은 버리지 못했다. 그는 그 칫솔을 얼마간 품에 가지고 다녔다. 그리고 아이의 방에 아내의 시선이 닿지 않는 곳에 숨겨놨다. 비록 상자 안에 담겨 있는 것이 그 칫솔은 아니지만 그는 그때를 떠올렸다. 차가 신호에 멈추고 조금 떨어진 인도에서 움직이는 사람들 뒤에 매달린 벌레들이 보였다. 기분 탓이겠지만 그들의 등에 매달린 벌레들의 얼굴이 일제히 그를 향하고 있었다. 그가 다시 확인하려고 쳐다봤을 때 버스가 출발했다.

그는 실로 오랜만에 피곤하지 않은 채로 집에 도착했다. 그는 대문 앞에서 집을 찬찬히 바라봤다. 그가 신경 쓰지 않는 사이 대문이며 벽돌이며 모든 곳이 빛바래 있었다. 정원의 잡초가 무성하고 벌레들이 끓었다. 그는 상자를 들고 집 안으로 들어왔다. 방 안에서 아내의 목소리가 들렸다. 그는 방 가까이 다가갔다. 굳게 닫힌 문. 한참 동안 노크하지 않은 그 문에 다가가자 어색하기 그지없었다. 안쪽에서 제형아, 하고 낮게 웅얼거리는 아내의 목소리가 들렸다. 그는 슬며시 손잡이를 돌렸다. 방문은 그의 예상과 달리 열려 있었다. 언제부터 잠그지 않고 지냈던 거지 싶었다. 침대 프레임에 등을 기대고 바닥에 앉아 있는 아내의 뒤통수가 보였다. 우뚝 솟아 있는 머리를 보고 방 안으로 깊숙이 들어갔을 때, 그 자리에는 놀랍게도 아무도 없었다. 그는 자신이 잘못 들은 건가, 잘못 본 건가 생각하며 서둘러 밖으로 나왔다. 그는 대신 오랫동안 열지 않았던 아들의 방문을 열었다. 삐걱- 하고 열리는 방 안에서는 오랫동안 갇혀 있던 공기와 함께 먼지 냄새가 묻어났다. 그는 몇 번인가 기침을 했다. 꼭 닫혀 있던 방 안에는 아들의 체취가 그대로 남아 있었다. 그는 조심조심 천천히 방 안을 둘러보다 아이가 쓰던 책장 맨 위 꼭대기를 손으로 더듬었다. 그곳에는 마땅히 있어야 할 아들의 칫솔이 보이지 않았다. 마음 한쪽이 이상하게 무겁게 내려앉았다.

분명 버리지 않았는데.

그는 중얼거리며 아내에게 전화를 걸었다. 어디선가 웅웅- 거리며 진동음이 들렸다. 그가 진동음을 따라 밖으로 나왔을 때, 거실에 벌레가 앉아 있었다. 어째서 벌레가 집 안까지 들어왔나 싶었다. 벌레가 웅크리고 앉아 있는 자리 옆에는 아내의 휴대폰이 놓여 있었다.

저기, 혹시.

그는 처음으로 벌레에게 말을 걸었다. 앞만 보고 있던 벌레가 그를 향해 고개를 돌렸다. 고개를 돌렸다기보다 목을 꺾었다고 해야 맞았다. 벌레는 목을 70도 가까이 돌려 그를 바라봤다. 곧 벌레의 두 눈이라 생각했던 것이 번쩍 뜨였다. 그것은 무한대로 커졌다. 커지고 커졌다. 그것은 눈이 아니라 입에 가까웠다. 그는 서둘러 달아났다. 그는 그의 앞에 펼쳐진 어두컴컴한 지하실로 들어갔다. 그곳은 습하고 역한 냄새가 났다. 꽤 오랫동안 닫혀 있던 듯했다. 그는 그곳에서 숨을 고르며 바깥에서 들어오는 희미한 빛을 바라봤다. 그는 그 빛을 보며 중얼거렸다.

우리 집에 지하실이 있었나.

얼마 지나지 않아 기괴한 소리와 함께 문이 닫혔다. 그는 완전한 어둠 속에서 바닥을 더듬다 익숙한 뭔가를 찾아냈다. 그것은 작고 딱딱한 아들의 칫솔이었다. ☕

임선우

임선우는 1995년 서울에서 태어났다. 2019년《문학사상》
신인문학상을 수상하며 작품활동을 시작했다.

낯선 밤에 우리는

임선우
小說家

내가 금옥을 다시 만난 것은 신촌역 4번출구 앞에서였다. 단번에 금옥임을 알아차리지는 못했다. 그저 저 여자 어디서 본 것 같은데…… 하고 말았을 뿐.

처음 눈에 들어왔던 것은 거대한 십자가였다. 지하철 에스컬레이터를 타고 올라오자, 바쁘게 걸어가는 사람들 틈에서 십자가 하나가 미동도 없이 우뚝 서 있었다. 그것을 쳐다보다가 그만 밑에 선 여자와 눈이 마주쳤다.

여자는 자기 몸만 한 십자가를 등에 지고서, 지나가는 사람들을 향해 큰 소리로 외치고 있었다. 새로운 믿음으로 새롭게 태어나세요. 목소리를 듣자 누구인지 생각났다. 금옥이었다. 최대한 빠르게 그를 지나쳐갔지만 잠시 뒤에 목소리가 들렸다. 희애니?

20년 만에 본 금옥은 아주 작았다. 중학교 때도 작은 키였는데, 그때 키가 그대로 멈춘 듯했다. 금옥은 내 손목을 덥석 움켜쥐었다. 희애 맞구나. 정말 너구나. 아버지께서 내 기도를 들어주셨나봐. 아주 잠깐, 나는 금옥의 아버지를 떠올려보았다. 그러고는 금옥이 그 사람을 지칭하는 건 아닐 거라고 생각했다.

어떻게 여기서 보게 되지. 내가 말했다. 서울 온 지 몇 년 됐어.

금옥이 대답했다. 그러더니 숨도 쉬지 않고 말했다. 있잖아, 희애야. 나 하나님 아버지께 구원받았어. 그때 그 개들 말이야. 젖먹이 새끼들까지 내가 다 구원받게 했어. 말하는 동안 금옥은 조금씩 손을 떨었다. 나도 모르게 금옥에게 잡힌 손을 빼내었다. 금옥아, 내가 지금 급하게 가봐야 할 데가 있어서. 나는 변명하듯 말했다. 그러자 금옥은 바지 뒷주머니에서 무언가를 꺼내어 내게 쥐여주었다. 내 명함이야. 여기로 전화해줘.

◆

　　　　파란색 수건 다음 흰색 수건. 흰색 수건 다음에는 파란색 수건. 나는 소파에 앉아 수건을 개었다. 결혼 전, 동거하던 시절부터 남편에게 당부한 것은 하나였다. 수건만은 각자 쓰자. 남편은 대놓고 서운해했다. 그렇지만 오랜 기숙사 생활로 생겨난 결벽증은 쉽게 고쳐지지 않았다.

　　　　남편과 수건을 같이 쓰기 시작한 것은 불과 1년 전, 난임에 대해 인지하고 난 다음부터였다. 4년의 결혼 생활 동안 2년간은 피임을 했고, 지난 2년은 임신을 시도했으나 뜻대로 되지 않았다. 아이는 부부가 준비됐을 때 찾아온다고 했다. 남편과 나는 재작년에 방 세 개 짜리 아파트를 무리해서 분양받았다. 배란일에 맞춰 관계를 가졌다. 아이는 그래도 오지 않았다. 시간이 지날수록 준비는 점점 더 사소한 영역을 침범해나갔고, 지난해부터 나는 누구의 강요도 없이 남편의 수건으로 몸을 닦기 시작했다.

　　　　시아버지가 병원을 권유해온 것도 그 무렵이었다. 서른다 섯만 넘어가도 힘들어진다는데 너는 곧 있으면 마흔 아니냐. 아버님 아들도 마찬가지예요, 나는 속으로 대답했다. 그렇지만 이제는 그가 추천하는 병원을 받아들일 수밖에 없었다.

2년간의 준비가 공공연하게 알려진 다음부터 시아버지의 호의 아닌 호의를 거절하는 일은 점점 더 어려워졌다. 나는 그가 구해다주는 이름 모를 약재들을 먹으면서, 때마다 날아드는 좋은 소식 기다리겠다는 문자에 일일이 답장해야 했다. 생각하다 보니 수건 각이 흐트러졌다. 나는 수건을 펼친 다음 다시 접었다. 그러자 이번에는 금옥이 떠올랐다. 시아버지가 추천한 병원이 아니었다면 금옥을 마주치는 일도 없었겠지.

나는 가방 안에서 금옥이 줬던 명함을 찾아 꺼내들었다. 신믿음교회라고 크게 적힌 하늘색 글씨 뒤로 예수가 양손을 내밀고 있었다. 신믿음교회. 뉴스에도 몇 번 등장했던 사이비 종교였다. 새로운 믿음으로 새롭게 태어나야 합니다. 금옥이 역 앞에서 외치던 구호 또한 명함에 그대로 적혀 있었다.

명함 오른쪽 하단에는 흰 네모 칸이 공백으로 남겨져 있었는데, 금옥은 그곳에 자신의 이름과 연락처를 검은색 볼펜으로 적어놓았다. 이런 식의 명함을 나는 처음 보았다. 낯선 느낌이 들어, 최금옥이라고 쓰여 있는 글씨를 손가락으로 천천히 문질러보았다.

금옥 하면 떠오르는 것은 트럭. 어렸을 적 내 기억 속에서 트럭은 점점 더 거대해졌고, 나중에는 집채만 해지기까지 했는데, 성인이 되고 나서야 나는 그것이 내가 죄책감을 덜기 위해 만들어낸 상상이라는 것을 인정했다.

중학교 마지막 사생대회가 열리던 날이었다. 학교 근처 저수지에서 아이들은 흩어졌고, 그중 몇몇은 담배를 피우기 위해 공터로 향하다가 우연히 그 트럭을 발견했다. 잠시 트럭을 살펴던 그들은 이 광경

short story

을 모두가 봐야 한다고 생각했다. 그래서 모두를 큰 소리로 불러 모았다.

처음에 우리가 본 것은 그저 낡은 트럭 한 대였다. 도로 옆 진흙탕 속에 앞바퀴가 처박힌 채였다. 아이들이 꽤 모이자, 한 아이가 바닥에 있던 나뭇가지로 트럭 짐칸의 천막을 걷어냈다. 그제야 나는 그들이 흥분하던 이유를 알 수 있었다. 트럭 안에는 개들, 고온을 견디지 못하고 죽어버린 60마리의 작은 새끼 개들이 있었다. 벌써 부패가 진행됐는지 악취가 코를 찔렀다.

그다음 일은 순식간에 진행되었다. 트럭 주인이 개 축사를 운영하던 금옥의 아버지였다는 사실이 알려졌고, 아이들에게 금옥은 있으면서도 없는 사람이 되었다. 아이들이라는 말에는 금옥과 가장 친했던 나도 포함되어 있었다.

인터넷에서 막대 아이스크림이 만들어지는 과정을 담은 영상을 본 적이 있다. 기계 속에서 액체는 막대가 꽂히고, 얼고, 돌아가고, 포장되었다. 금옥이 혼자가 되는 과정은 그처럼 매끄럽게 진행되었다. 열여섯 살 금옥은 수군거림과 욕설, 배척의 순서를 착실하게 밟아나갔다. 예쁜 포장지가 싸이는 것으로 끝나는 영상에서처럼, 졸업 이후 금옥과의 기억은 내게 오랫동안 밀봉되어 있었다.

생각할수록 복잡한 마음이 되어 나는 휴대폰을 집어들었다. 재작년을 마지막으로 연락이 끊어졌던 중학교 동창 두 명에게 문자를 보냈다. 나 오늘 금옥을 만났어. 금옥이 기억나니. 전송 버튼을 누르기 직전, 나는 '만났어'를 '마주쳤어'로 고쳐 보냈다.

❖

금옥을 마주친 다음부터 나는 다른 출구를 이용했다. 5분 더 돌아가야 했지만 상관없었다. 십자가를 지고 있는 금옥을 다시 볼 엄두가 나지 않았다. 그날, 동창들에게 보냈던 문자의 답은 느리게 도착했다. 금옥이 누구였지? 한 명은 기억하지 못했다. 어머, 서울에서 마주친 거야? 한 명은 기억했지만 금옥에 대해 나보다도 알지 못했다.

나는 신경 쓰지 않기로 했다. 처음 시도하는 인공수정 때문에 정신도 없었다. 이틀에 한 번씩 스스로 배에 주삿바늘을 찔러넣어야 했다. 생리 중에 초음파를 하기도 했다. 그런 일상에 금옥까지 끼워넣을 여유가 없었다. 어제부터는 오른쪽 옆구리가 결리듯 아팠다. 남편에게 말했더니 좋은 증상인 것 같다고 했다. 손으로 만져보니 배가 살짝 부풀어 있었고, 생리 예정일도 이틀이나 지나 있었다.

피검사 하는 날 아침 나는 평소보다 한 시간 일찍 일어났다. 남편은 출근하기 위해 나가려던 참이었다. 그는 내 손을 감싸쥐고는 잠시 기도했다. 나는 회사나 잘 다녀오라고 했다. 남편이 출근한 다음, 나는 오래도록 찬물로 세수했다. 그래도 밖에 나오자마자 더위에 숨이 막혔다. 지난주까지만 해도 이렇게 덥지는 않았는데.

지하철을 타자 상황은 더했다. 하필이면 내가 탄 열차 칸이 약냉방 칸이었다. 사람이 너무 많아서 칸을 옮길 수도 없었다. 자꾸 옆 사람들과 부딪히자 나는 팔로 배를 감쌌다. 우스운 행동을 하고 있어. 그렇게 생각하면서도 팔을 내리지 않았다.

8.5라고 적혀 있었다. 나는 검사지에 적힌 8과 5를 한참 쳐다보았다. 수치가 100 이상은 나와야 임신 가능성이 있다고 했다. 나는 의사에게 생리가 미뤄졌고, 옆구리 통증도 있다고 말했다. 의사는 과배란으로 인한 통증일 거라고 했다. 병원 밖으로 나와 몇 발자국 떼는 순간 아랫배가 묵직하게 아파왔다. 설마. 나는 병원 건물 1층에 있는 화장실로 들어갔다. 속옷에 생리혈이 선명하게 묻어 있었다. 부정

탄다는 생각에 생리대도 챙겨오지 않았다. 나는 다시 병원으로 올라갔다. 간호사는 중형 생리대를 한 장 챙겨주었다.

생리대를 하러 들어간 화장실 칸에서 나는 울고 싶었다. 그런데 눈물이 나오지 않았다. 대신 통증 때문에 바닥에 한참 동안 쪼그려 앉아 있어야 했다. 시간이 지나도 통증은 가라앉지 않았고, 종아리에 쥐만 났다. 결국 나는 일어나서 가까운 지하철 입구로 걸어갔다. 멀리서부터 금옥이 보였지만 돌아갈 여유가 없었다. 더위와 통증 때문에 시야가 자꾸만 흐릿해졌다.

희애야, 너 쓰러질 것 같아. 바로 앞에 서 있는 금옥의 목소리가 멀리서 들리는 것만 같았다. 금옥이 내 어깨를 붙잡고 나를 살피는 것이 느껴졌다. 당장 병원에 가야겠어. 금옥이 말했다. 나는 병원에서 돌아오는 길이라고 했다. 생리통이야. 내가 말했다. 그러자 금옥은 옆 사람에게 뭐라고 말하더니, 나를 부축하고 어디론가 향했다.

어디 가. 내가 물었다. 금옥은 이 근처에 자신의 집이 있다며 잠깐이라도 누워 있으라고 했다. 우리는 골목으로 꺾어 들어간 다음, 작은 언덕 하나를 올라갔다. 그러고는 한 슈퍼 앞에서 걸음을 멈췄다. 금옥은 슈퍼 옆에 있는 녹색 철문에 열쇠를 꽂았다. 문을 열자 돌계단이 나왔다. 내려가서 문을 하나 더 열었다. 거기에 금옥의 집이 있었다.

금옥의 집은 집이라기보다는 방이었고, 방이라기보다는 창고에 가까웠다. 방 하나에 싱크대 하나 놓인 것이 전부였다. 금옥은 들어가자마자 이불을 펴주었다. 거기에 눕자 섬유유연제 냄새가 났다. 방이 비좁아서 금옥이 움직이는 게 한눈에 들어왔다.

금옥은 우선 등에 지고 있던 십자가를 내려놓았다. 십자가

위에는 고리 모양의 끈이 달려 있었는데, 금옥이 그것을 벽에 박힌 못에다 걸자 벽면 전체가 십자가로 채워졌다. 이러고 있으니 꼭 제물이 된 것 같아. 생각만 한다는 게 입 밖으로 나와버렸다. 예상외로 금옥은 크게 웃었다. 희애 너, 아주 아픈 건 아니구나.

금옥은 따뜻한 국물을 먹는 게 좋을 거라고 했다. 괜찮다고 말려도 금옥은 어차피 밥을 먹어야 한다고 했다. 금옥은 손을 씻고 감자를 깎기 시작했다. 나는 그런 금옥을 가만 쳐다보았다. 감자를 깎고, 애호박과 양파를 써는 금옥은 길거리에서 봤던 금옥과 전혀 다른 사람 같아 보였다. 꼭 중학생 때의 금옥 같아. 그렇게 생각하다가 나는 깜빡 잠이 들었다.

눈을 떴을 때는 이미 한 상이 차려져 있었다. 깨우지 그랬어. 내가 말했다. 딱 맞게 일어난 거야. 금옥이 수저를 놓으며 말했다. 몸은 좀 어떠냐고 금옥이 물었고 나는 훨씬 나아졌다고 대답했다.

방금 끓인 고추장찌개에서 김이 올라오고 있었다. 나는 한 입 떠먹어보았다. 놀랄 만큼 맛있었다. 찌개 속 감자도 파근파근하고 따뜻했다. 반찬은 김과 감자볶음 두 가지였는데, 채로 썰어져 소금간이 된 감자볶음에 자꾸만 손이 갔다. 맛있다, 금옥아. 나는 자꾸만 말했다. 결국 나는 밥을 두 그릇이나 먹었다. 밥상을 치운 다음에도 우리는 소반을 사이에 두고 마주 앉았다. 금옥은 내게 따뜻한 음료를 주었다. 커피인 줄 알고 받았는데 숭늉이었다.

금옥은 5년 전, 아버지 장례를 치른 다음 서울에 왔다고 했다. 처음에는 여인숙을 전전했지만 얼마 안 가 신월동에 있는 미용실 보조로 취직할 수 있었다. 미용실 주인은 월급을 아주 적게 주는 대신에 금옥이 비품실에서 잘 수 있게 해주었다. 금옥은 미용실에서 한 발자국도 나가지 않고 열흘간 지내본 적도 있다고 했다. 종일 파마약 냄새를 맡으니 속이 메스꺼워서 살이 8킬로나 빠졌다. 그때 만난 사람이 수희. 수희는 미용실에서 유일하게 커트를 할 줄 알았고, 또 유일하게 금옥을 이름으로 불러주는 사람이었다. 단지 그 이유만으로 금옥은 수희가 좋아졌고, 얼마 지나지 않아 수희를 부모처럼 따르게 되었다.

그다음 얘기는 내 짐작대로였다. 금옥은 수희의 교회까지 따라가게 되었고, 그곳에서 수희처럼 웃고, 수희와 같은 어조로 말하고, 서로의 이름을 다정하게 불러주는 사람들에게 둘러싸였다. 너무나도 진부한 흐름에 내심 다행이라는 생각이 들 정도였다. 그때까지 나는 금옥이 학대당하고 있는 건 아닐까, 하는 의심에 사로잡혀 있었다.

아주 오랜 시간 동안, 하고 조용했던 금옥이 다시 입을 열었다. 어디서부터 잘못된 걸까, 생각했었거든. 그런데 마침내 알게 된 거야. 나에게는 원죄가 있었다는 거. 희애야, 믿음이 오면 힘든 건 힘든 게 아니게 돼. 그 말을 끝으로 금옥은 나를 가만 바라보았다. 나는 식어버린 숭늉을 한 번에 들이켰다.

성관계는 숙제가 되고 생리는 실패가 되는 일상이 지속되었다. 병원에서는 성관계를 숙제라고 했다. 이 날짜에 맞춰서 숙제하시면 되고요. 의사는 웃지도 않고 그렇게 말했다. 1차 인공수정에 실패하고 나서는 나 또한 그 표현에 웃지 않게 되었다. 우리는 곧바로 2차 인공수정을 진행했다. 남편에게는 시댁에 2차 얘기는 꺼내지도 말라고 당부했다.

호르몬 주사를 맞으면서 신경이 갈수록 예민해졌다. 어제는 물을 마시려다가 컵에 얼룩을 발견하고는 던져버릴 뻔했다. 자꾸만 빈 교실에 앉아 있는 꿈을 꾸기도 했다. 나는 정중앙에 앉아 있는데, 누군가 문을 열고 들어서는 순간 죽을 거라는 두려움에 떨었다. 상태가 안 좋을 때면 매번 꾸는 꿈이었다. 그래서 초음파 검사를 마치고 나왔을 때, 누군가 뒤에서 어깨를 붙잡자 나는 그만 소리를 지를 뻔했다.

내가 너무 놀라자 내 어깨를 붙잡았던 여자애는 연신 사과했다. 나는 괜찮다고, 누구시냐고 물었다. 금옥님 친구분이시죠? 대학생 정도 되어 보이는 여자가 말했다. 자신은 금옥과 같은 교회 사람인데, 금옥과 내가 인사 나누는 모습을 종종 보았다고 했다. 금옥과 밥을 먹은 이후로 나는 금옥이 서 있는 출구를 이용했다. 그때 금옥 주변에 있던 사람들 중 하나인 듯했다.

여자애는 나와 이야기를 나눠보고 싶었다고 했다. 근처 카페에서 커피 한잔하실래요? 나는 대답 대신 눈으로 금옥을 찾았다. 조금 떨어진 곳에서, 사람들 머리 위로 우뚝 서 있는 십자가가 보였다. 나는 우선 금옥과 얘기해보겠다고 했다. 금옥은 가까이에서 우리를 보고는 뛰어왔다.

여자애는 금옥에게 다 같이 시원한 데 들어가서 얘기 좀 나누자고 했다. 여긴 너무 덥잖아요. 나는 난감하다는 표정을 지었다. 금옥은 내 눈치를 보더니, 희애는 오늘 나랑 둘이 약속이 있다고 했다. 여자애는 자신도 따라가면 안 되냐고 물었다. 다음에. 금옥이 말했다.

고마워. 내가 말했다. 우리는 여자애를 피해서 돌다가 어느새 금옥의 집으로 향하고 있었다. 이렇게 된 거 밥이나 한 번 더 먹자. 김치전 해줄게. 금옥이 말했고, 나는 거절하지 않았다. 저 십자가를 진 상태로 음식점에 갈 수도 없는 노릇이었다. 금옥의 집에 도착했을 때 나는 화장실을 써도 되는지 물었다. 그런데 방을 둘러봐도 화장실이 보이지 않았다. 금옥은 건물 2층에 화장실이 있다고 했다. 그러고는 두루마리 휴지를 챙겨주었다.

집이라기에는 부족한 점이 많아. 원래는 1층에 있는 슈퍼

short story

창고로 쓰이던 곳이거든. 볼일을 보고 돌아오자 금옥이 말했다. 그래도 여기가 서울에서 처음으로 구한 내 집이야. 금옥은 서울에 와서 세 번 거처를 옮겼다. 미용실, 청년 숙소, 그리고 이 집이었다. 금옥은 믿음을 갖게 된 뒤로 청년 숙소에서 생활했다고 했다. 그러다 처음으로 혼자만의 집을 구해 나오게 된 것이라고.

금옥은 기름이 튄다며 떨어져 있으라고 했다. 나는 소반을 펴고 앉아 전 부치는 금옥을 바라보았다. 신촌에는 무슨 볼일이 있어서 이렇게 자주 와? 금옥이 물었다. 시댁이 이 근처야. 그러자 금옥이 뒤돌아서 나를 봤다. 내 정신 좀 봐. 나는 네가 혼자일 거라고 생각했어. 나는 결혼한 지 4년 되었다고 했다. 드레스 입은 모습이 근사했겠다. 연락처를 알 수 없어 결혼식에 부르지 못했다고, 나는 둘러댔다. 금옥은 고개를 끄덕였다. 서울 오면서 핸드폰을 처음 만들었어. 그 전까지는 쓸 일이 없었거든.

금옥은 순식간에 김치전 세 장을 부쳤다. 어떻게 하면 이렇게 바삭하게 부칠 수 있는 거지? 금옥이 부친 전은 모든 면이 바삭했다. 금옥은 반죽에도 기름을 조금 넣으면 된다고 알려주었다. 우리는 사이다와 함께 김치전을 먹었다. 의외로 잘 어울렸다. 내가 맛있다고 하자 금옥이 거짓말, 하고 중얼거렸다. 너는 진짜 맛있으면 수저로 박수치잖아.

무슨 말인지 생각하다가 놀랐다. 금옥은 내 중학교 때 버릇을 기억하고 있었다. 그거 고등학교 기숙사에서 고쳤어. 사감 선생님이 무서웠거든. 금옥은 내가 숟가락과 젓가락을 부딪치며 내는 소리가 듣기 좋았다고 했다. 그 소리를 듣고 나면 방금까지 먹던 음식도 더 맛있어지는 기분이 들어서.

김치전을 두 장째 먹던 중, 나는 금옥에게 청년 숙소는 어뗐는지 물었다. 좁았지. 금옥이 대답했다. 나는 지금 이곳보다 더 좁은 공간을 상상하기 힘들었다. 지금 같은 방에서 여덟 명씩 자고 그랬어. 신발을 신발 위에 얹어놓아야 할 정도였으니까. 금옥은 자기 손등에 손바닥을 얹으며 말했다. 그래도 거기 있을 때 좋았던 건 자는 시간이었어. 양옆에 누운 사람들이랑 손을 잡고 잤거든. 손을 잡고 다 같이 취침 기도를 드렸어. 그러면 무서웠던 마음이 가라앉았어.

그날 밤 나는 집에 돌아와서 잠든 남편의 손을 가만 쥐어보았다. 땀이 찰 때까지 쥐었다. 그래도 불안한 마음이 가시질 않았다. 영영. 영원히 같은 단어들이 자꾸만 머릿속을 맴돌았다. 나는 배란 주사액을 넣은 배를 문지르며 눈을 감았다. 손을 빼려고 했는데, 남편이 잠결에 손을 놓지 않으려고 꽉 쥐는 것이 느껴졌다. 그러자 금옥이 말했던 게 뭔지 조금 알 것도 같았다.

금옥은 청년 숙소에서 나오고 나서 한 달 동안은 잠을 이루지 못했다고 했다. 손이 너무 허전했다고. 그래서 양손을 깍지 끼고 자는 버릇이 생겼다고 했다. 그래도 여긴 좀 쓸쓸하네. 혹시 이렇게 시간이 맞을 때면 나랑 밥 한 끼 같이 먹어줄래? 잠깐 고민한 다음, 나는 알겠다고 대답했다.

그 뒤로 나는 병원에 가는 날마다 금옥과 밥을 먹었다. 보통은 일주일에 한 번, 어떨 때는 두세 번씩일 때도 있었다. 약속하고 만난 적은 한 번도 없었다. 병원에서 나오면 금옥은 언제나 그 자리에 있었다. 나는 금옥에게 다가가 알은체를 한 다음, 근처 맥도날드로 들어가서 천 원짜리 커피를 시켰다. 그러면 30분 이내로 금옥이 찾아오는 식이었다.

내가 매번 금옥과 마주칠 수밖에 없었던 이유도 알게 되었다. 금옥은 월요일부터 토요일, 아침 9시부터 저녁 6시까지 신촌역 4번 출구 앞에서 전도를 했다. 교대로 주어지는 점심시간을 제외하고는 온종일 그곳에 있는 거나 마찬가지였다. 금옥의 집에 자주 가다 보니 자연스럽게 규칙도 생겼다. 요리는 금옥이, 설거지는 내가. 먹고 싶은 음식이 있으면 식자재를 사와도 되지만 금액이 만 원을 넘지 않을 것. 만 원? 내가 되묻자 금옥은 그 이상은 부담스러워서 안 된다며 단호하게 거절했다.

내가 거절한 것도 있었다. 나한테 전도하지는 마. 금옥은 그렇지만, 하고는 오랫동안 입을 떼지 못했다. 네가 그러면 여기 오는 게 불편해져. 내가 다시 말하자 금옥은 안 할게, 하며 아이처럼 대답했다. 그렇다고 금옥이 종교 얘기를 아예 꺼내지 않은 것은 아니었다. 아버지께서 너를 보내주신 게 틀림없어. 오징어 볶음에 넣을 파를 썰며 금옥은 말했다. 구원이 없었다면 나는 죽었을 거야. 미역을 불리며 금옥은 말했다. 모두가 믿음을 갖게 된다면 법도 필요 없는 세상이 될 거야. 콩나물을 무치며 금옥은 또 말했다.

그때마다 나는 아무렇지 않게 대답했다. 콩나물 무침에 고춧가루도 넣어줘. 그러면 금옥은 말을 하다 말고 고춧가루를 찾았다. 이 정도면 나쁘지 않다고 생각했다. 무엇보다, 이 다섯 평짜리 방 안에서만큼은 아이에 대한 집착에서 잠시나마 벗어날 수 있었다. 그저 요리가 완성되어가는 과정을 설렘을 갖고 지켜보다가 맛있게 먹는 것. 그것이 이 방에서 일어나는 일의 전부였다.

숨 쉴 틈이 생겨서인지 2차 인공수정이 실패했을 때, 나는 1차 때보다 덤덤하게 사실을 받아들였다. 난리가 난 것은 주변이었다. 병원에서는 시험관 시술을 강권했고, 남편은 눈에 띄게 조급해했다. 실패 소식을 들은 날 남편은 저녁도 걸렀다. 그러고는 주말 내내 컴퓨터 앞에 앉아 새로운 병원을 검색했다.

약간의 다툼도 있었다. 내가 시험관은 싫다고 했기 때문이었다. 최선을 다해봐야 포기도 할 수 있는 거야. 남편이 말했다. 시술받는 건 내 몸이잖아. 하거나 하지 않는 건 내 선택이야. 내가 말했고 남편은 담배를 피우러 나갔다. 2년 전 끊은 이후로 처음이었다. 다음날, 나는 병원 상담을 마치고 나와 떡과 청양고추를 샀다. 오늘은 아주 매운 떡볶이를 먹고 싶어. 내가 말했다. 금옥은 마침 자신도 매운 게 먹고 싶었다고 했다. 우리는 청양고추를 다섯 개 넣기로 합의 봤다.

양념을 졸일 때쯤, 나는 못 참고 창문을 열었다. 매운 냄새에 자꾸만 콧물이 났다. 그거 나이 들어서 그렇다. 매운 거 먹을 때는 코 닦느라 정신없어. 금옥이 냄비째로 떡볶이를 내려놓으며 말했다. 우리는 떡볶이 한 입에 물 한 입씩 마셨다. 한참을 그러고 있는데, 금옥이 벌떡 자리에서 일어났다. 그러더니 냉장고에서 소주를 꺼내왔다. 자세히 보니 반병은 이미 비워진 상태였다.

딱 한 잔씩만 하자. 우리는 마시고 있던 컵을 비우고 소주를 따랐다. 하도 오랜만에 마셔서 그런가. 입술만 축였는데도 취기가 올랐다. 나는 금옥에게 시댁과 사이가 안 좋아져서 당분간 못 올 수도 있다고 했다. 금옥은 자신도 이번에 교회에서 꼴찌를 하는 바람에 바빠질 거라고 했다. 무슨 꼴찌? 그냥 꼴찌. 우리 둘 다 엉망이네. 그러네. 건배하자. 건배하기 전에 희애야, 시댁이랑 화해하지 않더라도 가끔은 들러줘. 그래. 그럼 이제 진짜 건배하자. 응.

❖

창문을 열자 선선한 바람이 들어왔다. 생각보다 이르게 가을이 찾아왔다. 가을은 추석의 계절이기도 했다. 시댁에 갈 생각을 하니 벌써 머리가 지끈거렸다. 추석 전날부터 가서 음식을 하고, 당일 아침 일찍 차례상을 올려야 했다. 결혼하고 나서 한 해도 빠짐없이 해온 일이었다.

거실로 나가자 식탁 위에 남편이 차려놓은 밥상과 함께 쪽지가 남겨져 있었다. 오늘 병원 잘 다녀와. 미안해. 당근과 햄을 잘게 다져넣은 계란말이가 예쁜 직사각형 모양으로 접시에 담겨 있었다. 나는 일어선 채로 계란말이를 잘라 입안에 넣었다. 당근이 익지 않아서 서걱거렸다. 계란말이 맛있다. 고마워. 남편에게 문자를 보내고 남은 계란말이를 냉장고에 집어넣었다. 긴장한 탓에 더 먹을 수가 없었다.

오늘은 시험관 시술을 하기로 한 첫날이었다. 며칠 전 본 텔레비전 프로그램에서는 출산 후 3년 만에 복귀한 코미디언이 집을 공개하고 있었다. 식탁에 앉아서 인터뷰를 하는데, 우연히 식탁 모서리마다 붙여진 보호대가 눈에 들어왔다. 원목 식탁에 붙은 샛노랗고 동그란 보호대들. 나는 인터뷰가 다 끝날 때까지 그것들을 뚫어지게 쳐다보았다. 그러고는 생각한 것이다. 저런 것들이 있는 삶이라면 조금 더 감수할 수 있을 것 같다고.

병원에서 나오는 길에는 금옥의 집 생각이 간절했다. 주의사항과 부작용에 대해 온종일 듣다 보니 당장 내일 어떻게 돼도 이상하지 않을 것만 같았다. 그래서 역 앞에 있는 금옥을 발견했을 때, 나는 평소와 달리 양손을 크게 흔들었다. 원숭인 줄 알았어. 집으로 같이 걸어가며 금옥이 말했다. 나는 웃었다. 먹고 싶은 거 있어? 아무거나. 집에 어묵 있는데. 그럼 그거 먹자. 응.

그런데 어묵 조림 맛이 이상했다. 금옥도 맛을 보더니 인상을 찌푸렸다. 맛술 대신 식초를 넣었나봐. 괜찮다고 했지만 금옥은 기

어코 짜장면 두 그릇을 배달시켰다. 짜장면은 빠른 속도로 도착했다. 나는 이 어묵 조림은 짜장면이랑 기가 막히게 어울릴 거라고 했다. 짜장면을 비빈 다음, 나는 단무지 대신 어묵 조림을 얹어 먹어보았다. 기가 막히게 어울리지 않았다.

금옥은 짜장면도 입에 잘 대지 않았다. 왜 안 먹어? 묻자 금옥은 어묵 조림을 입에 넣었다가 중간에 뱉어버렸다. 그러더니 이건 도저히 못 먹겠다며 개수대에 넣었다. 원숭이도 나무에서 떨어질 때가 있는데, 괜찮아. 내가 말했다. 그게 아니야. 금옥이 대답했다. 금옥은 싱크대를 잡고 선 채 잠깐 움직이지 않았다. 나는 짜장면을 먹다 말고 금옥을 올려다보았다.

멀리 가게 될 것 같아. 금옥이 입을 열었다. 지난주 예배를 마치고 나오는 길에, 총회 선교사는 금옥을 따로 불러냈다. 그러고는 이달 안으로 정리해서 교회 소유의 농지로 이사하길 제안했다. 몇 달째 한 명도 전도하지 못했거든. 농사를 통해 새 일꾼으로 거듭날 기회를 주겠다고 하셨어.

문제는, 하고 금옥이 잠시 뜸을 들였다. 그곳에 가면 아무것도 없어. 전화도 잘 안 터진대. 요즘에도 그런 곳이 있어? 내가 물었다. 그러게. 금옥이 대답했다. 금옥은 자리로 돌아와 나를 마주 보고 앉았다. 가는 게 좋을까? 금옥이 물었다. 갑작스러운 질문에 나는 글쎄, 하며 얼버무렸지만 금옥은 끈질기게 내 대답을 기다렸다. 네가 원한다면 가는 게 맞지 않을까? 나는 겨우 대답했다.

금옥은 오늘 설거지하지 않아도 된다고 했다. 요리를 망쳤으니 설거지도 안 하는 게 맞다는 것이었다. 나는 금옥의 눈치를 보다가 알겠다고 했다. 이사 얘기를 꺼낸 다음부터 금옥은 급격하게 말수가 줄었다. 오후 전도도 빠지겠다고 했다. 이런 날 일찍 자리를 피해주는 것이 내가 해야 할 일이었다. 나는 금옥에게 나오지 말라고 했다.

　　녹색 철문 밑에 짜장면 그릇을 내려놓다가, 검정 사인펜으로 그려진 작은 낙서를 발견했다. 똥 모양인 줄 알았는데 자세히 들여다보니 달팽이였다. 다음에 금옥에게도 보여줘야지. 금옥은 분명 좋아할 것이다. 중학교 때 선생님 눈을 피해 전달된 금옥의 쪽지는 막상 펴보면 의미 없는 경우가 대부분이었으니까. 긴장하며 펼쳐본 쪽지에 도토리 한 알이 달랑 그려져 있어 웃음이 터졌던 적도 있었다. 별일 아닐 거야. 금옥이가 알아서 잘하겠지. 그렇게 생각하며 언덕을 내려갔다.

❖

　　잘 자라고 있네요. 의사가 초음파 사진을 보며 말했다. 오른쪽에 세 개, 왼쪽에 다섯 개의 난포가 자라고 있었다. 나는 의사의 손가락을 따라 여덟 개의 검고 둥근 원들을 쳐다보았다. 원들의 지름이 2센티미터가 넘기를 기다려야 한다고 했다. 이틀 뒤에 다시 오라는 말과 함께 처방받은 약을 들고 나는 지하철역으로 걸어갔다.

　　4번출구에 가까워질수록 나는 걸음을 늦췄다. 출구 앞에는 한 여자가 바닥에 웅크려 껌을 팔고 있었다. 혹시나 해서 그 앞으로 다가가 얼굴을 확인해보았다. 금옥이 아니었다. 지난번도, 지지난번에도 나는 금옥을 보지 못했다. 맥도날드에서 두 시간 넘게 기다린 적도 있었다. 그때 얘기했던 농지로 간 건가 싶어 금옥과 함께 있던 여자에게 물어봐도 모른다는 대답만 돌아왔다.

　　나는 집에 돌아오자마자 안방으로 가서 서랍을 뒤졌다. 다행히 명함이 그대로 있었다. 나는 거기에 적힌 번호로 전화를 걸었다. 신호음이 가는 동안 씹고 있던 아카시아 껌을 휴지에 뱉었다. 오는 내내 씹었는데도 뱉으니 향이 났다. 전화는 연결되지 않고 끊겼다. 나는 곧바로 문자를 남겼다. 나 희애야. 이거 보면 연락해줘.

이틀 뒤 병원을 다시 찾을 때까지도 금옥에게서는 연락이 없었다. 순서를 기다리는 동안 나는 전화를 한 번 더 걸어보았다. 전화는 이제 꺼져 있었다. 간호사가 김희애 님 들어오세요, 하고 큰 소리로 외쳤다. 상담실에서 의사는 난포가 잘 자랐으니 내일 남편과 함께 내원하라고 했다. 예정대로 채취를 진행하겠다고. 오늘 밤에 좋은 꿈 꾸세요. 의사가 덧붙였다. 나는 그러겠다고 했다.

오늘도 금옥은 역 앞에 없었다. 나는 숨을 한 번 크게 들이마신 다음 내쉬었다. 그리고 반대편으로 걷기 시작했다. 골목으로 꺾어 들어가 작은 언덕 하나를 올라가자 익숙한 슈퍼가 눈에 들어왔다. 나는 슈퍼 옆 녹색 철문을 손으로 두드렸다. 초인종이 없어서 별다른 방법이 없었다. 금옥아. 나는 문을 두드리며 외쳤다. 금옥아, 거기 있니?

한참을 두드리자 문이 열렸다. 녹색 철문 말고 슈퍼 미닫이 문이. 그쪽이 하도 두드리는 바람에 내 가게 다 무너지겠어. 새하얀 머리를 빗어 넘긴 할머니가 나와서 말했다. 나는 죄송하다고 했다. 금옥이 아는 동생이야? 할머니가 물었다. 나는 친구라고 했다. 거짓말 같아. 네? 놀란 내가 되묻자, 할머니는 그쪽이 금옥이보다 10년은 더 젊어 보여, 하고 대답했다.

할머니는 안으로 들어와서 기다리라고 했다. 그는 안 그래도 금옥이 열흘 넘도록 보이지 않아서 이상하다고 생각했는데 어제 저녁에 마주쳤다고 했다. 어딜 갔다 돌아온 모양이던데. 오늘은 집에 돌아올 거야. 나는 할머니가 내준 자리에 앉았다가 놀랐다. 의자에 열선이 켜져 있었다. 아직 9월밖에 되지 않았는데 열선이라니. 의자가 따뜻해요. 내가 말했다. 나는 1년 내내 의자에 불을 때. 할머니가 대답

short story

했다. 한여름에도요? 응.

오래 앉아 있다 보면 더워질 줄 알았는데 아니었다. 기분 좋게 따뜻했다. 9월에도 따뜻한 의자는 좋구나. 나는 유리 너머로 밖을 내다보았다. 커다란 은행나무 한 그루 밑으로 사람들이 드물게 지나다녔다. 한참 나무를 쳐다보고 있는데, 미닫이문이 열리더니 노란 머리를 한 남자가 불쑥 들어왔다.

할머니는 남자 얼굴을 보더니 나만 들리게 속삭였다. 진라면. 남자는 정말로 진라면 다섯 개 묶음을 사갔다. 뒤이어 들어온 키 큰 여자를 보고도 할머니는 말했다. 홈런볼이랑 박카스. 여자는 홈런볼이랑 박카스 두 병을 집었다. 턱수염이 난 남자가 미닫이문을 열었을 때, 나는 반사적으로 할머니를 바라봤다. 할머니는 고개 들어 남자를 보았다. 그런데 이번에는 아무 말도 없었다. 저 사람은요? 내가 그새를 못 참고 물었다. 몰라. 할머니가 퉁명스럽게 대답했다. 그 바람에 나도 모르게 소리 내어 웃었다. 남자는 음료수를 고르다 말고 나를 쳐다봤다. 그가 고른 것은 오렌지주스였다.

남자가 돌아가자 할머니는 내 쪽으로 몸을 약간 틀어 앉았다. 나는 금옥이가 월세도 안 내고 도망간 줄 알았어. 그래도 금옥이가 그럴 사람은 아니지. 할머니가 말했다. 나는 맞다고, 금옥이라면 절대 안 그럴 거라고 대답했다. 그런데 왜 말없이 집까지 찾아왔어. 금옥이한테 뭐 잘못한 거라도 있어? 할머니가 물었다. 그 질문을 듣자 내가 잘못했다는 생각이 들었다. 네. 내가 대답했다.

그러자 할머니는 나를 바라보더니 손으로 의자를 두 번 툭툭 두드렸다. 여기 앉아서 다 반성하고 금옥이 오면 미안하다고 해. 나는 그러겠다고 했다. 은행잎들의 경계가 어둠에 흐려질 때쯤, 철문 흔들리는 소리가 들렸다. 얼른 가봐. 할머니가 내 손을 가볍게 쥐었다가 놓아주었다.

금옥아, 부르자 문을 열던 금옥이 깜짝 놀라며 뒤를 돌아봤다. 그러고는 재빨리 주변을 둘러봤다. 왜 그래? 내가 묻자 아무것도 아니라고 했다. 그러면서도 금옥은 내 손을 잡아끌더니 철문을 급히 잠갔다. 우리는 말없이 계단을 내려갔다. 집 안에 들어오고 나서야 나는 겨우 입을 열었다. 무슨 일 있어? 금옥은 아니라고 대답하며 불을 켰다. 그동안 어디에 있었던 거야? 나는 다시 물었다. 금옥은 잠시 침묵하더니, 행거에 겉옷을 걸며 의외의 대답을 했다. 애인이랑 잠깐 여행 다녀왔어.

애인이 있었어? 응. 왜 나한테는 말한 적이 없어? 말할 기회가 없었지. 어디를 갔는데? 인천. 가서 낚시도 하고 회도 먹었어. 낚시도 할 줄 알아? 그럼. 나는 바닥에 앉아서 옷 갈아입는 금옥을 올려다보았다. 정말이야? 그렇다니까. 금옥은 편한 옷으로 갈아입은 다음 나와 마주 앉았다. 그나저나 집에 먹을 거는커녕 마실 것도 없다. 어쩌니. 나는 괜찮다고 했다. 어차피 금방 가봐야 한다고. 금옥은 그래, 하고는 입을 다물었다.

잠시 침묵이 흘렀다. 나는 말없이 바닥을 내려다보는 금옥의 얼굴을 보았다. 금옥아. 나는 황급히 이름을 불렀다. 그러니까, 인천 여행은 어땠어? 금옥이 고개 들어 나를 보았다. 좋았지. 금옥이 말했다. 낚시도 했다며. 물고기는 잡았어? 응. 물고기가 희애 네 팔뚝만 했어. 그거 들어올리느라 지금도 팔이 저려. 금옥이 장난스레 팔을 주무르며 말했다. 먹었어? 뭘? 그 물고기. 얘는, 진짜. 내가 먹기만 하는 줄 알아. 금옥이 소리 내어 웃었다. 나도 덩달아 웃었다.

그렇게 웃다가, 나는 말했다. 열여섯 살 금옥이는 개미도 못

short story

잡았는데 말이야. 금옥은 웃음을 그치고 나를 바라보았다. 시선이 부담스러워질 때쯤 금옥이 입을 열었다. 시간 말이야, 희애야. 내가 고개를 끄덕였다. 시간이 많이 흘렀으니까.

오래 앉아 있다 보니 다리가 저렸다. 종아리를 주무르다가 나는 이만 가야 한다고 했다. 바래다주지 못해서 미안해. 금옥이 말했다. 나는 괜찮다고 했다. 그런데 금옥아, 혹시 다음에 여행이든 어디든 가게 된다면 말이야, 하고 내가 신발을 신으며 말했다. 나한테 미리 얘기해줄 수 있겠니? 응. 금옥이 대답했다. 나는 신발 신느라 굽혔던 허리를 펴고 금옥을 봤다. 어째서인지 금옥은 처음 봤을 때보다 키가 더 줄어든 것만 같았다. 인사하는 금옥을 보다가, 나는 그제야 무언가 달라졌음을 알 수 있었다. 금옥의 등 뒤로 벽에 걸려 있어야 할 십자가가 보이지 않았다.

◆

난자를 채취한 다음날, 나는 간단히 짐을 쌌다. 그러는 동안 남편은 계속해서 나를 말렸다. 이번 추석은 집에서 쉬라는 것이었다. 나는 몸 상태가 괜찮으니 걱정하지 말라고 했다. 몇 번의 실랑이가 오간 끝에야 남편은 내 뜻대로 하라고 했다. 나는 양말을 마지막으로 넣은 다음 지퍼를 잠갔다. 시댁에 가지 않을 경우 일어날 일들은 빤했다. 시아버지는 내년 추석은 물론, 5년 뒤에도 자신이 과거에 얼마나 쓸쓸한 추석을 보냈는지에 대해 털어놓을 것이었다. 그 얘기를 반복해서 들을 자신이 없었다.

우리는 저녁 시간에 맞춰 도착했다. 문이 열리자 음식 냄새가 났다. 아버님, 요리하셨어요? 내가 당황해서 물었다. 3년 전 어머님이 돌아가신 다음부터 음식을 준비하는 것은 언제나 내 몫이었다. 부엌에 가보니 정말로 토란국이 끓여져 있었다.

나는 준비하고 나오겠다고 말한 다음, 남편을 데리고 방에 들어갔다. 아버님께 시험관 했다고 말씀드렸지? 방문을 닫고 내가 물었다. 남편은 대답하지 않았다. 언제부터 말한 거야? 남편은 어제였다고 했다. 난자를 채취한 다음날 내가 쉬었으면 하는 마음에 말할 수밖에 없었다는 것이었다. 나는 화를 가라앉히기 위해 잠시 아무 말도 하지 않았다. 그러면 아버님이 아신다는 사실을 나는 계속 모르는 거로 해. 내가 겨우 말했다. 남편이 굳은 얼굴로 고개를 끄덕였다.

나는 꿋꿋이 모르는 척했다. 남편이 설거지하겠다고 나설 때도, 시아버지가 직접 참외를 깎을 때도 일일이 놀라고 미안해했다. 시아버지가 아이 얘기를 꺼내려다가 말을 흐릴 때도 짐짓 못 들은 척했다. 그렇게 신경을 곤두세우고 있다 보니, 시아버지가 방으로 들어갈 때쯤 나는 녹초가 되어 있었다. 세수하고 로션 통을 집어들자 무겁게 느껴질 정도였다.

저녁 시간 내내 말수가 없던 남편은 방에 들어와서도 입을 다물고 있었다. 예전부터 그는 화가 나면 침묵하는 버릇이 있었다. 상대방이 자신이 화가 난 이유를 파악하고 정확히 사과할 때까지는 절대로 입을 열지 않았다. 나는 어느 지점에서 그가 화가 난 건지 생각해보려다 그만두었다. 생각할 힘조차 남아 있지 않았다. 나는 미리 처방받은 약을 먹고 자리에 누웠다. 이불에서 묵은 먼지 냄새가 났다. 오래 뒤척일 거라는 예상과 달리 나는 금세 깊은 잠에 빠져들었다.

눈을 떴을 때는 한밤중이었다. 남편은 옆에서 자고 있었다. 나는 부엌으로 가서 커피포트에 물을 가득 부었다. 난자를 채취하고 나서부터는 계속 갈증이 났다. 물이 끓기를 기다리면서 나는

short story

식탁에 놓인 달력을 들여다보았다. 이틀 뒤면 수정란을 이식하는 날이었다. 그런데 9월 2일에 파란 동그라미가 쳐 있었다. 동그라미 밑에는 작은 글씨로 '가족'이라고 적혀 있었다.

그날이 무슨 날이었더라. 이번 달은 추석이 있어서 따로 가족 모임이 없었다. 시댁 식구들의 생일 또한 겨울에 몰려 있었다. 별생각 없이 달력 앞장을 넘겨보았다. 8월에는 파란 동그라미들이 훨씬 많았다. 넷째 주와 마지막 주에는 동그라미들이 연달아 있기도 했다. 나는 그것들을 유심히 들여다보다가 천천히 앞장을 넘겼다. 또 넘겼다. 계속해서 넘겼다.

택시 안에서 나는 금옥에게 전화를 걸었다. 전화는 끊어질 때쯤 연결되었다. 자고 있었니? 내가 물었다. 아니, 하고 금옥이 자다 깬 목소리로 대답했다. 금옥아, 나 지금 네 집에 가도 될까. 지금? 하고 금옥이 되물었다. 내가 그렇다고 하자, 금옥은 조심해서 오라고 했다. 전화를 끊고 나는 기사에게 도착지가 바뀌었다고 말했다. 시아버지 달력에 동그라미 표시된 날짜들은 내가 남편과 성관계를 가진 날들이었다. 그것들은 내가 인공수정을 시도하기 전부터 그려져 있었다.

녹색 철문은 이미 열려 있었다. 나는 문틈에 끼워져 있던 돌을 빼낸 다음, 계단을 내려가 현관문을 두드렸다. 두 번은 작게. 그다음 두 번은 좀 더 크게. 그러자 문이 열렸다. 희애야, 너 왜 잠옷을 입고 있어. 금옥이 나를 보자마자 말했다. 그 말을 듣고 내려다보니 정말로 잠옷 차림이었다.

나는 신발을 벗고 안으로 들어가 앉았다. 금옥이 웃음기를 거두고 내게 다가왔다. 금옥은 옆에 가만히 앉아서 내가 다시 입을 열 때까지 기다려주었다. 머리가 깨질 듯이 아파. 한참 뒤에 내가 말했다. 그러자 금옥이 자리에서 일어났다.

　　약을 찾으러 일어난 줄 알았는데 금옥은 갑자기 소반을 폈다. 그러더니 냄비를 들고 왔다. 금옥이 국을 끓이거나, 국수를 삶거나, 떡볶이를 만들 때에도 쓰던 낡은 냄비였다. 네가 오는 사이에 만들었어. 이거부터 먹고 약을 먹어야 속이 안 상해. 금옥이 말했다.

　　냄비를 열어보자 계란찜이 있었다. 숟가락으로 뜨자 하얀 김이 올라왔다. 나는 한입 먹어보았다. 계란찜은 부드럽고 따뜻했다. 말없이 계란찜을 떠먹다가 나는 수저로 박수를 쳤다. 그러자 금옥이 웃었다.

　　같이 웃다가 우리는 천천히 얘기하기 시작했다. 이야기는 길었고, 우리는 자주 쉬어갔다. 하나가 말하면 다른 하나는 얘기가 끝날 때까지 입을 열지 않았다. 대신 상대의 눈을 들여다보며, 온몸으로 자신이 얘기에 집중하고 있음을 드러냈다. 이야기가 진행될수록 우리는 함께 무언가를 지나가고 있었다. 더디지만 분명한 방향으로, 모난 곳 없이 부드럽게 부풀어오르는 시간을 지나, 우리는 처음으로 우리가 그리는 목적지에 도달하고 있었다. ▣

전예진

전예진은 1991년 서울에서 태어났다. 2019년 한국일보
신춘문예로 등단했다.

콩숨 숨통

전예진
小說家

김수민은 20년 전 고래가 되었다.

부모는 그가 두 돌이 될 때까지 무엇보다 그가 건강하기를 빌었다. 2.4킬로그램의 미숙아였던 그는 기도에 응답하듯 빠르게 성장했고 여섯 살에는 소아비만 진단을 받았다.

내 가장 오래된 기억 속에 김수민은 이미 방 안에 있다. 5학년이 되어 새로 맞춘 그의 교복이 거실에 걸려 있고 부모는 나가고 들어올 때마다 의식처럼 그의 방문을 두드렸다. 그는 대답하지 않았다. 부모가 강제로 문을 열고 그를 달래다가 등을 내리쳐도 그는 벌어진 입을 다물 뿐이었다.

아직도 작은 방에는 그가 사용한 침대와 책상이 있다. 책꽂이에는 만화로 된 역사책과 위인전, 자기 계발서, 내가 고등학교 때 쓴 요약집과 오답 노트, 대학 전공 책이 뒤죽박죽으로 꽂혀 있다. 그 옆으로 책꽂이에 기대어놓은 청소기, 가을·겨울옷이 담긴 플라스틱 수납 박스, 두루마리 휴지가 쌓인 비닐봉지가 보인다.

"뭐 찾아?"

문턱에 선 엄마가 입에 든 밥을 우물거린다.

"회사 에어컨 바람이 세서." 수납 박스에서 카디건을 꺼내 돌

short story

아선다. 엄마를 지나 방을 나간다. "팀장이 더위를 많이 타요."

"손수건도 둘러라." 아빠가 식탁에 앉은 채로 의자만 뒤로 기울여 소리친다.

"아니에요." 현관에 서서 손을 내젓는다.

아빠가 일어나 안방으로 바삐 걸어간다.

"늦은 거 아니야?" 엄마가 휴대폰을 확인한다.

시간을 확인하고 서둘러 집을 나선다. "다녀올게요."

"딸." 슬리퍼를 끄는 소리가 들리고 아빠가 아파트 복도로 나온다. "여름 감기 무섭다, 너."

나는 그가 내민 손수건을 받고 서둘러 엘리베이터에 탄다.

"다녀와." 그가 닫히는 문 사이로 손을 흔든다. 엘리베이터가 아래층으로 움직이고 그의 목소리가 희미하게 들려온다. "힘내라, 우리 딸."

부모는 내게 김수민이 겪은 일을 말하지 않았다. 나는 고등학교 1학년 여름, 그를 다룬 다큐멘터리를 보고 그가 겪은 일을 알게 되었다.

그를 재연한 배우는 또래보다 키가 작은 어린아이였다. 팔과 다리에 비해 어깨와 흉부가 컸고 교복 상의가 솜을 집어넣은 것처럼 부풀어 있었다. 뒤에서 세 번째 줄 창가에 앉은 그는 교탁에 선 선생은 아랑곳하지 않고 다리를 떨며 뒷문을 돌아봤다. 종이 울리자 그가 서둘러 교실을 나갔고 화장실로 들어가는 그를 카메라가 쫓았다. 그가 칸막이 안으로 들어가 문을 잠그고 네모난 초코 과자를 꺼냈다. 문밖에서 아이들이 키득거리는 소리가 들렸고 누군가 문을 두드렸다.

"아우, 더러워 ××."

"돼지×× 문 열어라."

칸막이가 부서질 듯 흔들렸고 욕설을 대신한 삐 소리가 들렸다. 김수민의 재연을 맡은 배우는 몸을 웅크리고 허겁지겁 과자를 입에 넣었다. 문밖의 아이가 대걸레 옆에 놓인 붉은 고무 양동이를 집어들었다. 변기 옆에 떨어진 과자봉지가 화면을 채웠고 철퍽 물이 쏟아지는 소리가 들렸다.

"친하게 지내는 애는 없었죠." 전신이 모자이크 처리된 그의 동창이 말했다. "말 없고 혼자 잘 노는 애? ……나중에 들으니까 그랬다고 하더라고요."

제작진은 4학년 담임을 찾아갔지만 그는 인터뷰를 거부했다. 3학년 담임이었다는 교사는 카메라를 등지고 정자에 앉아 말했다. "다른 친구가 말하는 걸 잘 안 들어주니까…… 아이들 사이에서 그런 게 있었던 것 같아요." 화면이 끊겼다 다시 이어졌다. "네, 기억나요. 불러도 대답을 안 하던 애가 복도를 지나다가 선생님, 부르더니 수영을 시작했다고…… 되게 좋아했어요." 그녀가 웃었다. "새로운 반에서 다시 시작하는 거니까…… 어쩌면 저 애가 바뀔 수 있겠다……."

카메라는 아이들이 있는 수영장을 비췄고 이어 재연 배우를 사이에 두고 상담실에 앉은 부모를 찍었다. 부모 역을 맡은 연기자들이 아이의 손을 잡고 코치 쪽으로 몸을 기울였다.

"유연성이 좋고 폐활량이 좋으니까." 코치의 얼굴은 모자에 가려 어두웠다. "살을 좀 빼면 충분히 가능성이 있습니다."

김수민은 살을 빼는 조건으로 초·중학생으로 구성된 서울의 한 클럽팀에 들어갔다.

"수영이 좋냐. 네, 좋아요. 그럼 최선을 다해봐야지. 네. 대답은 그렇게 해요." 모자이크된 김수민의 전 코치가 손을 내젓는다. "앞에서는 알겠다 하고 돌아서면 저 마음대로……. 그건 정신력 문제 다……. 재능만 믿고 열심히 하질 않는 거예요."

재연 배우가 수영복에 티셔츠를 입고 수영장 물을 내려다 봤다. 레일 앞에 선 코치가 들어가라며 그를 다그쳤다. 물속에 선 아이들이 그를 쳐다봤고 또래 몇 명이 그를 보며 키득거렸다. 돼지××. 웅성대는 소리가 점점 커졌다. 배우가 망설이며 티셔츠를 벗었고 느리게 물속으로 들어갔다.

레일 맨 앞에 대기하던 아이가 기다렸다는 듯 물속에 머리를 넣고 수영을 시작했다.

"10초, 각자 기록 확인해." 두 번째 아이가 출발하자 코치가 벽에 걸린 전자시계를 가리키며 소리쳤다. 앞서가던 아이가 수면 위로 올라와 자유형을 시작했다.

재연 배우도 자신의 순서가 오자 물속에 몸을 완전히 담그고 잠영으로 나아갔다. 또래 아이가 그를 쫓았다. "허이!" 코치가 소리쳤다. 재연 배우가 수면 위로 몸을 내밀었다. 빠르게 손을 저었고 발을 찼다. 턴을 하고 다시 잠영을 시작했다. 다시 물 밖에 나온 그의 팔과 다리가 점점 느려졌다. 그가 힘없이 팔을 들어올렸다가 던지듯 물속으로 뻗었다. 뒤따르던 또래 아이가 그를 따라잡았다. "제대로 안할 거면 빠져! 방해 말고." 코치가 말했다.

재연 배우가 몸에 힘을 주더니 수영장 깊이 잠수했다. 볼록한 배가 바닥에 닿자 떠오르지 않으려 팔다리를 버둥거렸다. 또래 아이가 놀라 그 앞에 멈춰 섰다. "계속 가!" 코치의 말이 들렸다. 아이가 재연 배우를 제치고 코치에게로 나아갔다. 다른 아이들도 수영을 계속했다. 김수민을 맡은 배우는 아직도 물속에 있었다. 마지막으로 출발한 아이가 그가 웅크린 곳을 지나 아이들이 모여 선 출발선으로 헤엄쳐왔다. 재연 배우가 잠수한 자리에서 커다란 공기 방울이 솟아올랐다. "김수민!" 코치가 그의 이름을 외쳤다. 출발선에 도착한 마지막 아이가 코치의 목소리에 고개를 들었고 그와 동시에 코치가 물속으로 뛰어들었다.

"의식을 잃을 때까지 숨을 참았다고 하더라고요." 거실 소파에 앉은 엄마가 말했다. 나란히 앉은 아빠가 고개를 젖히고 눈을 깜빡였다. "병원에서 무리하면 안 된다, 그렇게 말을 해서 며칠 집에서 쉬라고 했어요. 근데 그게 계기가 된 거죠."

그들이 거실에서 카메라를 보고 이야기할 때 나는 방 안에 있었다.

"따님에게도 여쭤볼 게 있는데요." 인터뷰 전, 부모가 나를 방으로 들여보내려 하자 제작진이 말했다.

"네, 아까 들었어요." 아빠가 대답했다. "애가 고1인데," 그가 내 어깨를 감싸고 나를 방 안으로 살짝 밀어넣었다. 닫히는 문 사이로 그의 목소리가 들렸다. "충격을 받진 않을까 걱정돼서요."

4월의 반이 지났는데 기온이 하루 만에 영하로 떨어진 날이었다. 집은 따뜻했고 조금 더웠다. 나는 외투를 벗고 의자에 앉아 부모의 목소리에 귀 기울였다. 목소리는 낮고 부드러웠다. 책상에 문제집을 펼쳐놓고 침대에 누워 눈을 감았다. 누군가 나에 대해 물으면 부모는 뭐라고 대답할까. 발밑에 둔 이불이 양말에 닿아 서벅거렸다.

사람들을 밀고 지하철 안으로 들어간다. 매일 오르는 출근길이 새롭다. 노란 리넨 셔츠를 입은 여자가 휴대폰을 들어올려 화면을 확인하고 전화를 받는다. 이어폰 밖으로 상대방의 목소리가 웅웅거린다. "예, 대표님." 그녀가 손으로 입을 막고 고개를 조금씩 숙이며 대답한다. "색이 바뀌어서 다시 맞춰봐야 할 것 같아요……. 제가……. 죄송합니다." 문가에 기댄 학생은 손바닥만 한 단어장을 들고 입속말을 중얼거린다.

내일은 다시 회사에 나가야 한다. 자리에 앉은 사람들과 그들이 입은 반팔 셔츠, 카디건, 티셔츠를 살핀다. 다들 어디로 가는 걸까. 아직도 통화 중인 여자와 단어장을 넘기는 학생을 바라본다. 왜 그곳에 가고 있을까. 환승할 역이 다가오고 문이 열린다. 사람들과 함께 지하철 밖으로 떠밀려 나간다. 사람들은 각자의 출구로 걸어가고 나는 표지판을 따라 고개를 돌리며 무작정 발을 움직인다. 오늘도 나는 생각을 끝내지 못한다.

김수민은 열네 살에 수중 학습 참가자를 모집한다는 광고를 보았다. 그는 부모의 서명을 위조하여 신청서를 제출했고 신체검사 이후 합격 통보를 받았다. 부모는 그가 드디어 마음을 잡고 초졸 검정고시를 준비한다고 믿었다. 뒤늦게 서명 위조를 확인한 연구소 직원들이 집으로 찾아왔고 부모는 그때서야 사실을 알았다.

"아드님은 우리나라 해양 과학에 큰 발전을 가져올 위인입니다." 책임연구원이라고 자신을 소개한 동그란 머리의 여자가 말했다. "수민 군은 굉장히 희귀한…… 거의 독보적인 존재예요." 그녀를 따라온 사람들이 말을 덧붙였다. "우리나라, 아니 전 세계에 이런 경우는 없을 겁니다."

연구원들의 말을 듣던 부모가 나를 방으로 들여보냈다. 초등학생이던 나는 그들이 오기 전 적던 독후감에 두어 문장을 더 붙이고 영어 학원 문제집을 꺼냈다. 입속말로 여러 번 문제를 읽어도 내용이 머리에 들어오지 않았다. 밖에서 일어나는 일이 궁금했지만, 자기 전에 수학 문제집까지 보려면 시간이 없었다. 나는 문제에 밑줄을 긋고 동그라미를 그리며 거실에서 들리는 소리가 멈추기를 기다렸다. 의자 끄는 소리와 발소리가 크게 울려 흩어졌다. 현관문이 열렸다 닫히고 집 안이 조용해졌다. 내 방과 마주한 김수민의 방문이 소리를 내며 닫혔다. 쿵쿵대는 소리가 들렸고 부모가 그의 이름을 불렀다. 나는 수학 문제집을 펼쳤다. 내버려두라고, 김수민이 소리쳤다. 부모가 문을 두드리며 그를 다그쳤다. 발소리가 멀어지다 다시 가까워지더니 아빠가 윽박지르는 소리가 들렸다. 김수민의 방문이 열리고 그가 들숨을 꺽꺽대며 무어라 말했다. 거실 바닥에 크고 무거운 것이 부딪히는 소리가 났다. 나는 책상에서 일어나 발끝을 들고 문가로 다가갔다. 눈과 귀를 번갈아 대며 그들을 보고 소리를 들으려 애썼다.

"싫다고 했잖아." 김수민이 말했다. 울먹이는 것 같았다. 문 손잡이를 잡았고 소리가 나지 않게 문을 열었다. 거실 바닥에 주저앉은 김수민과 한 걸음 떨어진 곳에서 그를 내려다보는 아빠가 보였다.

"그래도 해봐야지." 부엌 의자에 앉은 엄마가 말했다. "너 이대로 그만두면 초졸도 아닌 거야."

"그게 무슨 상관이야. 바다에서 살 건데." 김수민이 엄마에게 고개를 돌렸다. 그의 눈이 엄마를 지나 내게 닿는 것 같았다.

"너 그렇게 쉽게 포기할 거야?" 아빠의 목소리가 새어들어 왔다. "남보다 열심히 해도 먹고살기 힘든 세상이야."

"어쩌라고." 김수민이 덤벼들었다.

발소리가 가까워왔다. 나는 뒤로 물러섰고 문을 닫았다. 부모가 소리를 높여 그의 이름을 불렀다. "너 그냥 도망치는 거야."

방문이 열리는 소리가 들렸다.

"근데 뭐?" 김수민이 물었다.

그의 방문이 닫혔다. 부모는 그를 쫓아 문을 열지 않았다. 그들의 대화 소리가 낮게 이어졌다. 나는 작게 숨을 내쉬었고 다시 책상에 앉았다.

한 시간 뒤 아빠가 들어와 책상에 앉은 나를 안았다. 아빠는 한참 동안 말없이 그렇게 있다가 수학 문제지를 채점하고 거실로 나갔다. 늦은 저녁에는 엄마가 침대에 누운 내 앞머리를 쓸어넘기고 이불을 반듯하게 덮어주었다. 그날 나는 그들에게 사랑한다는 말을 들었다.

다큐멘터리에서 부모는 말했다. "쉽지 않았죠. 부모로서 그런 결정을 하는 게…… 그래도 제 능력으로 사회에 도움이 되고 싶다고 하니까 그러면 네가 하고 싶은 대로 해보자……."

나는 대학교 마지막 학기를 포함하여 4년간 취업을 준비했다. 인턴으로 일한 1년을 제외하면 취업 스터디 말고는 다른 사람을 만나거나 집 밖에 나가지 않았다. 그렇게 원하던 회사에 들어간 첫 달, 무엇인가 잘못되었다는 생각을 했다. 2년만 버텨봐. 주변 사람들은 하나같이 말했다. 그만한 곳 없어. 올해로 나는 3년 차가 되었다. 회사는 올해 신입사원을 뽑지 않기로 했다. 매년 나오는 보너스가 없을 거라는 소문이 돌았다. 이렇게 힘든 시기에 공기업에 있으니 얼마나 다행이니. 부모는 말했다.

갈아탄 지하철에서 내려 터미널로 들어간다. 프랜차이즈 카페와 음식점, 편의점, 나가는 문이 늘어서 있다. 몇 번 플랫폼으로 가야 했더라. 나는 티켓을 들여다보고 이해하려 애쓴다.

김수민이 최고의 실험체였던 이유는 아이러니하게도 복부를 둘러싼 살과 큰 흉부 때문이었다. 두꺼운 피하지방, 큰 폐와 폐활량, 높은 미오글로빈 수치, 낮은 골밀도를 보면 마치 이 실험을 위해 태어난 아이처럼 느껴진다. 책임연구원의 말이 여러 신문과 방송에서 인용되었다. 김수민은 2년 동안 세 차례 수술을 받았고 열여섯 살 봄, 포근한 바람이 부는 날에 포항 구룡포에서 바다로 들어갔다.

무대는 광장 한쪽 끝에 있었다. 단이 낮은, 학교 구령대만 한 무대였는데 스피커와 수조를 놓아 더 좁게 느껴졌다. 무대 앞 빨간 플라스틱 의자에 연구소장, 시장과 국회의원, 카메라를 든 기자들이 앉았다. 의자가 놓이지 않은 곳에도 사람들이 들어찼고 광장을 따라 세워진 차가 점점 늘어났다.

나는 부모 옆에 앉아 흰 천이 덮인 수조를 지켜보았다. 바람에 천이 조금씩 들썩이다 다시 늘어졌다. 기업 대표라는 남자가 오자 행사가 시작되었고 짧은 안내에 이어 연구소장이 마이크를 잡았다. 연구에 힘을 실어주었다는 시장과 국회의원, 마지막으로 기업 대표가 소감을 전했다.

광장 옆에 세워진 차들과 부두에 정박한 배 너머로 먼바다가 보였다. 해를 가린 구름이 눈부셨고 회청색 바다는 잔잔했다. 시력만 좋다면 멀리 떠가는 배나 고래도 보일 것 같았다. 어느새 무대에는 동그란 머리의 책임연구원이 서 있었다. 그녀가 잠시 말을 멈추더니 마이크 스탠드를 위로 잡아당겼다. 스탠드는 더 길어지지 않았고 그녀가 허리를 굽힌 채 말을 이었다.

"가족을 비롯한 많은 분이 걱정해주셨는데요. 몸 안에 GPS 칩을 넣었기 때문에 실시간 위치 파악이 가능합니다. 한 달을 적응 기간으로 두고 이상이 없는지 매일 검진할 예정이고요. 그 안에 어떤 문제라도 발생하면 바로 실험을 중단하고 수민 군을 연구소로 옮길 겁니다." 그녀가 확신에 찬 얼굴로 고개를 끄덕였다. "모든 과정에서 수민 군의 안전을 최우선으로 하겠습니다."

　　　　그녀가 수조에 덮인 천을 거두며 김수민을 소개했다. 그가 커다란 눈동자를 움직이더니 입을 닫은 채로 안녕하세요, 같은 소리를 냈다. 웅성거리던 사람들이 사회자를 따라 환호하며 손뼉을 쳤다. 그가 꼬리를 흔들자 물이 수조 밖으로 튀어올랐다. 나는 익숙해진 그의 몸을 새삼스레 바라보았다. 머리, 등, 꼬리지느러미를 비롯한 몸 대부분이 검은 무늬로 덮였고 턱과 배에만 원래의 살갗이 남아 있었다. 볼록 튀어나온 이마, 더욱 커진 흉부와 배는 고래보다는 등지느러미가 달린 바다사자의 변종처럼 보였다. 팔을 따라 길게 난 지느러미와 손가락 사이의 물갈퀴가 그의 움직임에 따라 펄럭였다.

　　　　부모가 무대로 나가 그가 준비해둔 소감문을 읽었다. 행사가 끝나자 귀빈들이 한 명씩 서서 그와 사진을 찍었고 마지막으로 부모와 내가 그 옆에 섰다. 김수민이 목을 돌려 나를 쳐다봤다. 그가 그르륵거린 뒤 까가각 하는 소리를 냈다. 나는 고개를 들어 그가 뒤통수로 내뱉은 수증기가 물방울이 되어 떨어지는 모습을 바라보았다.

　　　　"곧 있으면 오빠가 바다로 들어가는데 기분이 어때요?"

　　　　무대를 내려오는 내게 검은 티셔츠를 입은 기자가 물었다.

　　　　김수민은 두 번째 수술을 받을 때까지 후원 기업의 병원에 있었다. 나는 학원이 끝나면 병실로 가 회복 중인 그 옆에서 숙제를 하며 시간을 보냈다. 맞벌이하는 부모를 대신해 내가 김수민의 간병인이 되었고 그는 내 시터가 되었다. 그가 서울 병원에 머문 열 달 동안 우리는 처음으로 마주 보며 대화를 나눴고 별다른 문제가 없는, 화목하게 자라난 남매처럼 행동했다. 그는 통증이 심하지 않은 날이면 내 숙제를 도와주기도 했는데 문득으로 소리를 지르던 기억과 다르게 차분하고 조심스러워 보였다.

"너 2학년 아니냐?" 내가 그의 턱 아래 갖다댄 문제집을 보며 그가 물었다. "나 이거 4학년 때 했는데."

"B반은 다 이거 해."

"어렵지 않아?"

나는 문제집을 그의 가슴에 내려놓고 병실 소파에 앉았다. "그래야 늘어."

그가 고개를 돌려 나를 반히 바라봤다.

"하기 싫으면 하지 마. 그래도 돼." 그가 말했다.

그는 항구에서 십여 킬로 떨어진 곳에서 바다로 들어갔다. 몸이 뒤집힌 채로 바다에 빠지자 팔과 꼬리를 움직여 몸을 돌렸고 곧바로 물속으로 들어가는가 싶더니 배를 맴돌며 얕은 다이빙을 반복했다. 물 밖으로 그의 머리와 등이 조금씩 보이다 사라졌다.

햇빛을 받아 하얗게 빛나는 그의 등을 바라보다 부모의 얼굴을 쳐다보았다. 부모의 눈이 김수민을 따라 움직였다. 광장에서 웅성대던 사람들의 목소리가 떠올랐다. 어쩌다가 저렇게 됐대? 어린애가. 머리가 그렇게 좋대. 머리가 좋았으면 다른 거 했겠지. 부모가 돈이 필요했던 거 아니야? 바닷바람에 눈을 깜빡이던 아빠가 깊은 숨을 내쉬었다. 엄마가 내 머리를 감싸 품에 안았다.

김수민이 멀어지면서 파도와 그를 분간하기가 점점 어려워졌다. 이따금 솟아오르는 물줄기와 퍼지는 물보라로 위치를 가늠하며 그를 눈으로 좇았다. 사람들은 물줄기가 보이지 않을 때까지 그를 지켜봤다. 나를 감싼 부모의 손을 내려다보며, 나는 그가 비겁하다고 생각했다.

항구가 가까워지자 바다를 따라 난 빛바랜 벽화가 보인다. 귀엽게 그려진 김수민이 바다거북과 고래 사이에서 헤엄친다. 벽화

는 세 블록쯤 이어지다가 연노란 페인트로 덮이고 이내 아이들이 뛰
노는 그림으로 바뀐다. 엊그제 칠한 듯 반짝이는 파스텔색 페인트를
보다 팔에 닿는 에어컨 바람을 느낀다. 카디건을 꺼내 입고 아빠가 준
손수건을 목에 묶는다. 갑작스럽게 든 한기는 바로 사라지지 않는다.
목을 움츠리고 창문으로 들어오는 햇빛에 손바닥을 갖다댄다.

　　　김수민의 몸에 심은 GPS 칩은 6년이 지나 알래스카 앵커
리지에 있는 킨케이드 해변에서 발견되었다. 연구 실적을 기대한
만큼 거두지 못한 연구소 측에서 김수민에게 드는 비용을 줄이기
위해 그를 처리한 게 아니냐는 유언비어가 돌았다. 연구소는 이를
부인했지만 몇 개월 뒤 기다렸다는 듯 이름을 바꾸고 다른 사업을
시작했다.

　　　다큐멘터리 제작진은 그 전해 연구소를 떠나 미국 매사추세
츠에 있는 해양 연구소에 들어간 전 책임연구원을 찾아갔다. 여전히
둥근 단발머리를 한 여자는 제작진의 질문에 고개를 저었다.

　　　"실제는 정반대라고 봐야죠." 그녀가 말했다. "수민 군은 이
미 4년 차부터 약속한 장소에 나오질 않았어요. 열 번 시도하면 겨우
한두 번이었죠. 그래도 저희가 할 수 있는 게 없으니까……." 그녀의
말이 잘리고 다시 시작됐다. "당시 기록을 보면, 최근 것도 그럴 텐데
요. 수민 군이 바다에 적응을 아주 잘하고 있어요. 저는 오히려 수민
군이 연구소와 관계를 끊고 싶었던 게 아닌가 생각합니다."

　　　바뀐 장면에서 그녀는 발견 당시에 찍은 GPS 칩 사진을 손
가락으로 짚었다. "만약에 수민 군의 사체에서 떨어져나왔다고 한다
면 몇 개월 만에 이렇게 칩만 발견되기는 어렵거든요……. 스스로 어
떤 과정을 거쳐 빼지 않았을까 추측합니다."

　　　"연구소에서 수민 군의 생사를 확인하지 않고 있잖아요."

제작진의 목소리와 함께 화면에 자막이 나타났다. "어떻게든 찾아야 하는 거 아닌가요?"

"계약상 의무는 없어요." 그녀가 말했다. "수민 군이 지난 2~3년간 연구에 성실하게 응하지 않았고 어떻게 보면 계약을 일방적으로 파기한 상황이니까……."

"그래도 연구소 입장에서는 살아 있다는 걸 보여주는 게 좋지 않나요?"

"비용 문제죠. 정확히 수민 군이다, 이걸 알 수 있을 정도로 조사를 하려면 시간과 돈이 많이 드니까요."

김수민은 과연 죽었을까. 다큐멘터리는 환히 웃는 그의 어린 시절 사진을 화면에 띄웠다. 이어 그가 바다로 들어가는 날의 영상이 나왔다.

화면 가득 그의 얼굴이 보였고 그르륵 하는 울음소리가 들려왔다. 붉은빛이 도는 그의 검은 눈동자가 움직였다. 화면이 확대되고 수조 옆에 몸을 기울인 내가 보였다. 하늘을 보는 내 얼굴 위로 흰 물방울이 느리게 떨어져내렸다.

"힘이 들어서 그렇지 비강 내 압력과 근육을 쓰면 사람의 언어로 소통하는 데는 문제가 없어요." 전 책임연구원이 미간을 찌푸리며 말했다. "굳이 울음소리를 냈다면 그런 마음이었을 수 있겠죠. 특정한 사람만 알아듣길 바라는."

다큐멘터리 제작진이 집에 온 날, 학원에서 돌아온 나는 열린 현관문 너머로 낯선 사람들을 보았다. 거실에는 카메라가 있었고 사람들은 부모와 함께 거실과 김수민의 방을 오가며 무언가를 상의했다. 부모가 거실에서 인터뷰하는 동안 나는 침대에 누워 그들을 기다렸다. 교복을 입은 채로, 참을성 있게. 어수선한 소리가 났고 문이 열렸다. 나는 그들이 가리키는 대로 카메라를 등지고 김수민의 방으로 들어갔다.

6년이 넘게 주인이 없는 방에서 김수민의 흔적을 찾아 서랍과 책꽂이를 뒤적였다. 책꽂이에 꽂힌 중학교 교과서와 참고서를 쓸다가 파란 책등에 손이 닿았다. 책을 꺼내자 먼지가 일었다. 바닷물고기가 그려진 책 표지의 반이 먼지로 부옜다.

"도감이네요?" 모자를 쓴 남자가 책상에 손을 짚으며 물었다. "오빠가 읽던 거예요?"

남자가 손을 얹은 책상에서 턱을 괴고 책을 들여다보던 김수민의 모습을 떠올렸다. 나는 문틈에 눈을 대고 그를 내다보고 있었다. 학원 차가 올 시간은 지났고 30분만 더 버티면 학원에 가기에는 너무 늦은 시간이 됐다. 부모에게 전화가 오면 받지 않다가 뒤늦게 깜박 잠이 들었다고 말할 예정이었다.

나는 책을 읽는 김수민의 옆얼굴을 살폈다. 부모가 바다로 들어가는 일을 허락한 뒤 그는 자주 방문을 열었고 부모와 대화를 나눴다. 어쩌면 이제 부모는 그에게 전화를 걸어 동생을 깨우라고 말할지도 몰랐다.

부풀어오른 반죽 같은 볼이 씰룩였다. 그의 입이 벌어졌고 눈동자는 책을 향한 채 움직이지 않았다. 그가 천천히 머리를 숙여 눈을 책 가까이 대더니 기지개를 켜듯 오른팔을 뻗었다. 그가 팔베개를 하고 눕자 문틈으로 그의 온 얼굴이 보였다. 그가 눈동자만 돌려 책에 그려진 물고기를 보았다. 그러다 살며시 눈을 감았다 떴고 웃음 지었다.

나는 문틈에서 눈을 떼고 물러섰다. 눈이 침침해져 불 꺼진 방이 제대로 보이지 않았다. 소리가 나지 않도록 문을 닫았다. 의자에 앉자 몸이 바닥으로 내려앉는 기분이 들었다. 몸에 담긴 물이 모두 발 아래로 떨어지는 것 같았다. 마음속 기대와 희망이 욕조에 고인 물처럼, 그러다 배수구로 빨려들어가는 소용돌이처럼 부풀다 사라졌다. 책상 위 탁상시계, 필통, 문제집, 영어 프린트, 지퍼만 연 채 둔 가방이 눈에 들어왔다. 짐을 싸려고 가방을 들었는데 책상에 놓인 모든 것이 낯설어 무엇부터 집어야 할지 알 수 없었다. 나는 가방을 쥐고 시간이 지나기를 기다렸다.

김수민이 바다로 들어간 뒤 연구소에 있던 짐이 집으로 배달되었다. 부모 몰래 도감을 챙겨 방으로 들어갔다. 동해, 수심과 수온, 플랑크톤, 해조류, 물고기, 고래……. 책을 들여다보던 그의 얼굴을 생각했다. 그가 보던 물고기들은 흰 바탕에 늘어선 그림에 불과했다.

불을 끄고 창문으로 들어오는 빛에 도감을 비춰 보았다. 빛과 부유물 사이로 헤엄치는 물고기들. 김수민은 이런 풍경을 보고 있을까. 나는 창가에 선 채로 첫 장을 펼쳤고 책을 읽어 내려갔다.

책에서 빠진 종잇조각이 모자를 쓴 남자 앞에 떨어졌다. 그가 종이를 주워들자 손바닥만 한 종이가 힘없이 그의 손등으로 늘어졌다.

"이 사진도 수민 군 거예요?" 남자가 문턱에 선 부모와 책꽂이 앞에 선 나를 번갈아 바라보았다.

"아니요." 내가 대답했다. "그건 오빠가 들어간 다음에 끼워 놓은 거예요."

중학생이 될 때까지 나는 눈을 감거나 천장을 보는 일처럼 김수민의 도감을 꺼내들었다. 책을 펴지 않아도 수십 마리의 물고기가 머릿속에 그려질 때쯤 중학교에 들어갔고 학원을 더 늘렸다. 그즈음 도감 읽는 일을 그만두었다.

　사진은 두꺼운 회색 영어 문법책에 실려 있었다. 8장과 9장
사이, 빈 종이에 인쇄된 흑백사진이었다. 바다에 가라앉은 군함이 사
진의 반을 채웠고 군함 아래 무릎을 꿇고 앉은 다이버가 보였다. 군함
에 비하면 다이버는 너무 작아 얼굴과 팔의 형체도 제대로 보이지 않
았다.

　사진을 처음 보았을 때 나는 고개를 숙여 눈을 가까이 대거
나 웃지 않았다. 그러나 먼지 같은 부유물이 쌓인 군함과 작은 다이버
에게서 눈을 떼지 못했다. 사진을 오려 책상 앞 벽에 붙였다. 몇 년이
지나 바닥에서 구겨진 사진을 발견한 뒤에는 찢어진 곳을 테이프로
붙여 도감에 끼워넣었다.

　제작진과 문턱에 선 부모가 대답 없이 나를 바라보았다. 모
자를 쓴 남자가 입을 열었다 다물었다.

　"한참 있다가요." 잠긴 내 목소리가 갈라졌다. 괜한 오해를
피하려고 목을 가다듬었다.

　"오빠랑 사이가 각별했던 것 같은데……." 모자를 쓴 남자가
태블릿을 꺼내 들었다. 태블릿에서 김수민의 영상이 흘러나왔다. 남자
는 김수민이 내게로 고개를 돌리는 부분에서 영상을 멈췄다.

　"여기," 그가 김수민의 얼굴을 확대했다. "이때 오빠가 뭐라
고 말했는지 기억나요?"

　"저한테요?" 나는 눈을 가늘게 뜨고 화면을 들여다봤다.

　"네."

　"저한테 얘기한 게 맞아요?"

　모자를 쓴 남자가 김수민의 얼굴을 든 채로 나를 쳐다보았다.

　다큐멘터리에는 내 마지막 대답 대신 거실에 앉은 부모의

영상이 나왔다.

"마지막 인사를 했나 싶어서……." 태블릿을 켠 엄마의 손가락이 화면을 채웠고 아빠의 한숨 소리가 들렸다.

수민 군은 정말 일방적으로 연락을 끊은 걸까요? 바다에 남기 위해 사회와 가족에게서 등을 돌렸을까요? 내레이션이 이어지고 고래 언어의 권위자라는 교수가 나왔다.

"확신할 순 없지만," 그가 말했다. "향유고래가 하는 의사소통 방식 중에서…… 방향과 거리를 이야기하는 소리와…… 유사한 것으로 보입니다."

"다시 돌아온다고 말하는 걸까요?" 제작진이 물었다.

"그렇게 생각할 수도 있겠죠." 교수가 말했다.

화면이 어두워지고 그르륵대고 까가각거리는 김수민의 울음소리가 울리며 다큐멘터리는 끝났다.

방송이 나가고 한동안 나는 부모와 주변 사람들에게 질문을 받아야 했다.

"그래도 너한테는 말하지 않았어?"

나한테는? 나도 모르게 숨을 참았다가 크게 들이마셨다. 내가 누군데? 그가 처음으로 내게 귀기울였을 때 그는 이미 바다로 갈 날을 이야기하고 있었다.

그가 바다로 간 뒤에도 나는 학교에 갔고 중·고등학교를 거쳐 수능을 봤다. 대학생이 된 뒤에는 갑작스러운 자유도 얻었다. 하루 열 시간을 앉아서 보내지 않아도 괜찮지만, 그만큼 책임이 뒤따른다는 말을 들었다. 하루 사이에 공부가 아닌 다른 것들이 중요해졌다. 적어도 고등학교 3년 동안은 시간 낭비라고 들은 일들이었다. 다양한 사람들과 시간을 보냈다. 쏨뱅이처럼 입이 크고 움직임이 굼뜬 사람,

경계하는 데 과한 에너지를 쓰는 가시복 같은 사람, 쥐치, 볼락, 베도라치…….

　　김수민과 비슷한 사람도 있었다. 남들이 아가미로 숨을 쉬며 나아갈 때 콧구멍으로 수증기를 뿜어대는 사람들. 당장의 삶에 사로잡혀 가족이나 미래는 생각지 않는 포유류들. 그들 중 다수는 졸업할 때가 되어서야 현실로 돌아와 모자란 학점을 메웠고 몇 명은 허무할 정도로 쉽게 원하는 바를 이뤄 떠났다.

　　취업 준비 끝에 공기업에 입사했을 때 나는 안도했고 과거의 나를 자랑스러워했다. 그러나 때로 나도 모르게 숨을 멈출 때가 있었다. 숨을 들이쉬고 내쉴 때마다 수를 세는 버릇이 생겼다. 사무실에 남은 공기를 한 번, 두 번, 세 번, 조금씩 먹어 치웠다. 기도로 들어오는 공기의 양이 줄어드는 듯해 참기 어려워지면 화장실로 향했다. 가장 끝에 있는 칸에 들어가 휴대폰을 봤고 당장 웃거나 슬퍼하며 몰입할 수 있는 이야기를 찾았다.

　　이틀 전에도 나는 그곳에 있었다. 자극적인 제목이 적힌 기사를 클릭하고 스크롤을 내렸지만 글자가 번져 보이지 않았다. 숨이 찼고 눈앞이 흐릿해졌다. 오래전 읽은 내용을 떠올렸다. 아가미가 달린 물고기는 물에 녹아 있는 산소를 흡입한다. 물 밖에서 입을 뻐끔거리면 필요한 산소를 반도 얻지 못한다.

　　산소를 반도 마시지 못하니까. 말도 안 되지만 그게 이유라는 생각이 들었다. 뒤통수에 달린 숨구멍이 없으니까…….

　　휴대폰 화면을 끄고 눈을 감았다. 숨을 길게 들이쉬고 내쉬자 혀 안에 고인 침이 느껴졌다. 허벅지와 발목 주변에 저릿한 감각이 돌아왔다.

　　칸막이 밖으로 나와 수도꼭지를 틀고 손을 넣었다. 손바닥

안으로 미지근한 물이 흘러내렸다. 머리를 숙인 채 눈을 치켜떠 정수리를 살폈다. 김수민은 어떻게 알았을까. 자신의 숨통이 어디인지를.

연구원이 붕대를 떼자 김수민의 미끈한 뒤통수가 드러났다. 그가 병실 침대에 앉아 손거울을 보며 이마를 긁적였다. 아홉 살의 내게 세워진 침대는 조금 높아서 그의 뒤통수를 살피려면 발꿈치를 들고 종종거려야 했다.

"그거는 뭐야?" 내가 물었다.

그가 눈을 껌벅이더니 거울을 머리 뒤로 갖다댔다. "이거? 분수공."

"그게 뭔데?"

"새 콧구멍 같은 거야."

"코?"

내가 키득거리자 그가 맥없이 웃었다. "숨 쉬는 걸 새로 배워야 돼."

나는 침대 틀에 발을 대고 45도로 기운 등받이에 매달렸다. 침대가 반대쪽으로 조금 밀렸고 그의 새 콧구멍이 닫힐 듯 작아졌다 다시 벌어졌다.

"폐로 들어간 숨을 다 쓰면 근육이랑 혈관에 있는 산소를 쓸 거거든. 바다에서 지내려면 새 콧구멍이 필요해."

나는 그가 한 말을 이해하려 애썼다. 그는 내가 알아들을 수 있도록 말을 바꿔가며 여러 번 이야기했다. "몸에 있는 산소를 다 쓸 때까지 물속을 돌아다닐 거야."

"산소가 뭔데?" 내가 물었다.

"그러니까……." 그가 뒷머리에 난 콧구멍으로 숨을 내쉬었다. 얼굴에 따뜻한 김이 닿았다. "가고 싶은 대로 갈 거라고. 질릴 때

79

short story

까지."

나는 등받이를 잡은 손을 놓고 병실 바닥에 주저앉았다.

"뭐가 나왔어."

"괜찮아." 그가 힘없이 입을 벌리며 웃었다. "무서운 거 아니고 살아 있다, 하는 거야. 잘 있다고."

광장을 지나 항구가 내려다보이는 공원으로 향한다. 계단을 반 정도 오르자 금세 숨이 가빠온다. 땀이 흐르고 몸이 열기로 가득 찬다. 카디건을 벗어 넣고 목에 두른 손수건을 풀어 손에 든다.

"네 오빠를 봐라. 마음이 약해서." 부모는 자주 말했다. "조금만 더 버텼으면 너처럼 좋은 데 들어가서 맘 편히 살 수 있지 않았겠니? 그 영특한 애가."

바다로 들어가는 날 김수민은 긴 숨을 내뿜었고 나를 쳐다보았다. 하늘에 생긴 물줄기가 사람들 사이로 안개처럼 흘러내렸다.

살아 있다, 하는 거야. 잘 있다고.

바다를 보는 아이의 동상을 지나 공원에 들어선다. 지역 이름에 얽힌 설화에 따르면 이곳에서 열 마리의 용이 하늘에 올랐고 그중 한 마리가 떨어졌다. 바다를 향한 울타리 앞에 아홉 마리 용을 깎아 놓은 조각상이 몸을 맞대고 있다.

괜찮아.

바다를 내려다본다. 언덕 아래로 20년 전 현수막이 걸렸던 작은 무대, 방파제, 항구와 등대, 먼바다가 눈에 들어온다. 내리쬐는 해에 뒤통수가 뜨겁고 목과 등에서 땀이 흘러내린다. 손수건으로 목을 닦는다. 습기와 소금 냄새가 섞인 바람에 땀이 조금 식는다. 젖은 손수건을 펴 들고 울타리로 한 걸음 더 다가선다. 물줄기와 둥글고 검은 형체를 찾아 바다를 훑는다. 파도에 반사된 빛이 솟아올랐다 떨어지는 물방울처럼 흔들린다.

입안에 남은 침을 삼키며 생각한다. 이제 무엇을 해야 할까. 하루가 지날 때까지 아직 시간이 많이 남아 있다.

나는 울타리에 기대 생각을 시작한다. 🎴

♦ 소설에 나오는 사진은 David Doubilet의 〈Russian Destroyer 356 known as The M/V Keith Tibbetts〉입니다.

short story

조시현

조시현은 1992년 서울에서 태어났다. 2018년《실천문학》
신인상으로 소설을, 2019년 상반기《현대시》신인상으로 시
를 발표하기 시작했다.

사이어스

조시현
小說家

나를 묻어줘.

그게 안나가 남긴 유언이었다.

인간의 몸이 썩지 않는다는 사실이 공식적으로 발표된 것은 2047년의 일이었다.

썩지 않은 쥐를 처음 발견한 것은 뉴델리로부터 98킬로미터 떨어진 한 시골 마을에서 축구를 하던 아이들로, 2043년 제정된 환경 정책의 일환으로 사육, 목축, 양계가 금지되어 가죽으로 만든 새 공을 구할 수 없었던 그들은 바람이 다 빠진 플라스틱 공을 차며 놀다가 하수구에 걸쳐 있는 쥐의 시체를 발견했다. 쥐의 시체는 흔했다. 누군가 그걸 발로 차기 시작하자 어느새 그것은 놀이가 되었다. 얼마 안 가 근방의 농작물들이 이유 모를 병에 걸려 시들고 있다는 사실이 뉴델리국립과학원에 보고되었다. 전문가들이 파견되었다. 원인은 명확하게 밝혀지지 않았지만 인근 농가에서 거의 썩지 않은 쥐 무더기가 발견되면서 이 사실은 본격적으로 세계의 이목을 끌었다. 썩지 않는 물고기나 새, 반려동물에 대한 보고는 꾸준히 있었지만 야생동물의 개체수가 확연히 줄어든 탓에 줄곧 예외적인 사태로만 여겨지던 상황이었다. 하지만 뒤이어 파리 인근의 매장지에서 방사능 피폭 수준의 심각한 토질오염이 발견되면서 최근 몇 년간 매장된 인간들이 조금도 썩지 않았다는 사실이 알려지자 사람들은 더 이상 사태를 외면할 수 없는 지경에 이르렀다. 반경 몇 킬로미터 이내에서는 살아 있는 것을 발견할 수 없었고 땅은 회생이 아예 불가능한 정도였다.

인간을 매장하는 것이 쓰레기―혹은 그보다 더 나쁜 것―를 묻는 것이나 다름없다는 사실이 국제환경과학자들에 의해 공식적으로 보고되었다. 원인으로 지목된 것은 인간들이 만들어낸 모든 것, 더 정확하게 말하자면 거기서 발산하는 화학물질들이었다. 오래전부터 인간의 몸에서는 미세플라스틱과 중금속이 꾸준히 검출되어왔다. 심각한 수준의 호르몬 변화는 종종 다큐멘터리의 소재가 되었고, 각종 유해물질에 지속적으로 노출된 지구환경은 임계점을 넘어선 지 오래였다. 독성 스모그, 바다 생태계 오염, 토양 부식, 미세먼지를 비롯한 환경재난과 온난화로 유발된 재해가 거듭되는 상황에서도 인간에게는 해야 할 일이 많았고, 늘어난 수명만큼 스스로를 책임져야 했다. 모두가 건강을 생각했다. 그중에서도 가장 화두가 되는 것은 위생이었다. 식수와 식량을 확보하고 깨끗하고 안전한 물건을 사용하기 위해 더 많은 화학물질이 필요했다. 그럴수록 더 많은 것들이 오염되었다. 인간들은, 그저 지구가 조금 더 버텨주길 바라며 하던 일을 계속할 수밖에 없었다. 그것들이 한데 모여 어떤 식으로 화학작용을 일으켰는지는 알 수 없었지만 먹이사슬의 최정점에 있는 인간에게 이를 피할 방법은 없었다.

엄마는 못된 일을 저지른 아이라도 결국 품에 안아주었다. 그런 식으로 지구에서 태어난 모든 생명체는 안식을 맞이했다. 때문에 지구로부터 거부당했다는 사실을 알아챈 인간들은 몹시 당황할 수밖에 없었다. 어떻게 감히 그럴 수가 있지? 엄마는 어떤 아이라도 용서해야 했다. 인간들은 자연스럽게 용서라는 말을 떠올리고 나서야 지구와 그들의 관계를 되짚어보았다. 당연한 기대. 당연한 믿음. 그들은 이제 아무 데에서도 받아들여지지 못하고 표면을 떠도는 존재에 불과했다. 동그란 지구에서는, 톡 치기만 하면 언제든 굴러떨어질 수 있었다. 그제야 인간들은 아주 많은 기회를 그냥 흘려보냈음을 깨달았다. 미래에 대해 말하고 상상할 수 있었던 모든 순간이 전부 기회의 순간이기도 했다는 것을.

그렇다면 죽은 인간의 몸을 이제 무엇으로 분류해야 하는가. 윤리와 실존을 두고 무수한 말이 오갔다. 심각한 기후재난은 티핑포인트를 넘어선 지 오래였고, 논쟁할 시간은 많지 않았다. 마침내 세계보건기구와 국제환경협약표준에 의해 인간의 몸은 산업쓰레기로 분류되었다. 매장도 화장도 금지되었다. 둘 다 심각한 수준의 토질오염과 대기오염을 유발하기 때문이었다. 산업쓰레기는 으레 그렇듯이, 쓰레기 매립장으로 이동하게 되어 있었다.

수많은 항의가 이어진 뒤, 인간들을 위한 매립장이 따로 만들어졌다. 사망신고를 한 뒤 수거원이 방문하면 그를 통해서만 매립장에 보낼 수 있었다. 죽은 몸이 내뿜는 유해물질이 몹시 지독했으므로 매립장에 들어가도록 허락되는 것은 수거원들뿐이었다. 사람들이 처음부터 선뜻 새로운 법을 받아들인 것은 아니었다. 절대 그런 식으로 할 수는 없다고 매장이나 화장을 하다 어마어마한 벌금을 물게 된 사람도 여럿 있었다. 벌금을 기꺼이 지불할 수 있는 사람도 있었지만, 그렇지 못한 사람이 더 많았다. 초반에는 한때 사랑했던 이를 차마 매립장으로 보내지 못해 방 안에 감춰두는 사람도 있었으나, 몸에 있는

구멍이 열리고 유독성 물질을 뿜어대기 시작해 아파트 전체를 폐쇄하는 등의 사건이 연이어 일어나자 법이 강화되었다. 대부분의 사람은 각종 청구 비용과 배상 비용을 감당할 수 없었다. 모두에게, 몸이 하나 겨우 들어갈 정도의 플라스틱이 배분되었다. 그런 의미에서 죽음은 거의 공평해졌다.

방치된 죽은 몸이 수거원들에게 폭탄이라는 은어로 불린다는 사실을 알려준 건 모란이었다. 병주의 남동생에게 들었다고 했다. 폭탄을 몇 개 처리한 뒤로 안색이 부쩍 나빠져 병주의 걱정거리가 늘었다는 말이었다. 요샌 아예 눈이 맛이 갔대. 그런 식으로 매립지에 대한 얘기를 전해들으며 나와 안나는 평소와 같이 출근했다. 우리의 일상은 거의 변하지 않았다. 생활에는 물건이 필요했고, 물건을 사기 위해서는 돈이 필요했다. 아직 50억에 육박하는 인구가 살아 있었다. 일련의 사태에 우리가 할 수 있는 일은 없었다. 나빠지는 것에 일조하고 있다는 것도, 사람들이 우리를 원인으로 지목하고 있다는 것도 알았지만 일을 섣불리 그만둘 수는 없었다. 환경 정책에 맞춰 공장들은 생겼다가 사라지기를 반복했다. 플라스틱 관을 만드는 공장에 취직할 수 있었던 건 천운이었다. 어쨌든 살아 있는 사람이 남아 있는 한 공장은 멈추지 않을 테니까. 예상대로 관공장은 멈추지 않았고, 안나는 죽었다.

에코피아에 사는 것이 자랑스러운 일은 아니었다.

그래도 이곳은 나와 안나의 소중한 보금자리였다. 우리는 이사하면서 집을 합쳤고, 3년간 함께 살았다. 에코피아는 2054년 국가의 주도로 지어진 친환경아파트로 집을 구하거나 옮길 여력이 되지 않아 구(舊)아파트에 사는 전부가 이주 대상이 되었다. 그것은 말하자면 환경부담금을 감당할 수 없는 저소득층이라는 낙인이었고, 각종 환경오염에 큰 책임이 있다는 의미였다. 네오시티가 등장한 지 7년 만의 일이었다. 네오시티는 신재생에너지를 이용하여 스스로 에너지 공급을 할 수 있는 아파트 단지였는데, 친환경건설이라는 말을 앞세워 기존의 아파트를 헐고 건설되었다. 처음에는 시험적으로 운영되던 것이 10년이 채 지나지 않아 아파트단지의 대부분을 차지하게 됐다. 그것을 필두로 공공기관이나 큰 건물들도 보수 개축되었다. 자가 에너지를 공급할 수 있게 된 대부분의 건물들은 각종 세금을 면제받았다. 여유가 되는 사람들은 당장 이사를 시작했다. 한편 기존의 방식대로 에너지를 사용하는 건물은 세금은 물론, 페널티까지 지불해야 했다. 어떻게 해도 신형 아파트로 이사를 갈 정도의 돈을 마련할 수는 없어서 비난과 비용을 고스란히 감당할 수밖에 없었다. 그 억울함과 어쩔 수 없음이 나와 안나의 마음을 한데 묶었다.

차별과 혐오가 극에 달하자 정부는 불평등을 완화시키고 이산화탄소를 비롯한 오염물질 배출량의 국제기준을 맞춘다는 명목으로 에코피아를 조성했다. 네오시티의 시설과 크게 구분되지 않는 방식으로 지어져 열과 빛과 바람이 전기로 전환되고, 인분은 곧장 분해되어 물과 바이오가스로 활용되었다. 바닥을 밟을 때마다 전기가 만들어졌다. 생산한 에너지만큼 포인트가 발생해 할인을 받거나 각종 사회 사업에서 우선순위가 될 수 있었다. 환경부담금을 면제받기도 했다. 나나 안나의 경우, 대부분의 시간을 공장에서 보낼 수밖에 없었기 때문에 포인트를 얻기는 어려웠다. 사람들이 으레 말하듯 게으름 탓은 아니었다. 그래도 구(舊)단지에서 생활하며 가질 수밖에 없었던 죄책감은 조금이나마 덜 수 있었다. 사실 이제 세계가 어떻게 되든, 이대로만 살 수 있다면 아무 걱정 없겠다고 생각했다.

어떻게 됐냐.

1층으로 내려오자마자 평상에 앉아 있던 복자가 물었다. 걱정이 담긴 눈빛이었다. 내가 썩 좋아하지 않는다는 것을 빤히 알면서도 저런 얼굴로 말을 붙이는 이유는 안나 때문일 터였다. 무슨 말을 해야 할지 알 수 없어 입술만 달싹였다. 공기는 축축했고, 쿰쿰한 냄새가 났다. 해가 나는 날이 거의 없는데도 복자는 매일 평상에 앉아 알아들을 수 없는 말을 혼자 중얼거리면서 햇빛을 기다렸다. 우리가 들어오기 한 달 전에 들어왔다는데, 듣자하니 처음부터 그랬던 모양이었다. 보기에는 거슬리지만 해를 입히는 것은 아니어서 내버려두었더니 계속 저런다고, 이제 와 뭐라고 하기도 애매해서 사람들도 그냥 내버려두고 있는 것 같다고, 옆집 사람에게 들었다. 처음 복자에게 말을 건 것은 안나였다. 안나는 천성이 밝고 명랑했다. 그날도 복자는 어김없이 평상에 앉아 있었다. 내게 복자는 뜨지도 않는 해를 하릴없이 기다리는 이상한 할머니에 불과했다. 다들 자신의 위치에서 열심히 힘을 내서 살아가는데, 복자 같은 사람이 눈에 다 띄는 데서 저러고 있으니 동네 평판까지 나빠지는 거라고 내심 생각해왔기 때문에 안나가 인사를 건네는 것이 당황스러웠다. 애초에 안나의 그런 성격 때문에 가까워질 수 있었던 것이었으면서도 나는 안나가 쓸데없이 오지랖을 부린다고 생각했다.

꿈에 나온다.

네?

인사에 대한 대답은 아니어서 나도 안나도 당황했다.

노인이 나와서 자꾸만 운다.

나는 안나에게 눈짓을 하며 어깨를 으쓱였다.

테레비에서 본 적이 있다. 모르는 할아버지가 나와서 몸을 덜덜 떨며 춥다고, 춥다고 내내 울더란다. 몇 날 며칠을 울더란다. 알고 보니 관에 물이 새고 있었던 거다. 조상이 나와서, 무덤 좀 돌봐달라고 그랬던 거지.

무덤이라니. 너무 오래된 얘기였고, 지금 와서는 가능한 일도 아니었다. 그게 조상이 할 말인가. 이미 없는 사람인 주제에 뭘 돌보라는 거야. 세상을 이렇게 만들어놓고 멋대로 낳은 주제에 죽어서까지 책임지라니. 그건 이미 투정 수준도 아니었다. 미신적인 이야기를 늘어놓는 복자가 더 불편해졌다.

아버지가, 자꾸 시끄럽다고 한다. 여기가 너무 시끄럽다고, 죽어서도 나를 들들 볶아서 잘 수가 없다.

이쪽을 올려다보는 복자의 눈이 퀭했다. 나는 안나의 팔을 잡아끌었다. 놀란 탓인지 안나는 순순히 끌려왔다.

거봐. 이상한 할머니라니까.

웬만하면 말을 걸지 말라는 뜻이었는데 안나는 종종 복자와 이야기를 나누었다. 아프게 된 뒤로는 더 그랬다. 무슨 말을 했느냐고 묻자 꿈 얘기를 한다고 했다. 아예 하루 종일 평상에 앉아 복자와 해를 기다리기도 했다. 안나가 그런 유언을 남기게 된 것에 복자의 영향은 얼마나 있을까. 정상적인 사람이라면 그런 부탁을 할 리가 없잖아. 그러나 이미 들어버린 말을 잊어버릴 수도 없었다. 복자는 내 얼굴을 보고 사정을 다 알아차린 듯, 별다른 말도 없이 엉덩이를 옆으로 물리고 방금까지 앉아 있던 자리를 두드렸다. 잔뜩 소리라도 지르면 없던 일이 될까, 꿈에서 깰까, 속이 시원해질까, 여러 생각이 스쳤지만 복자의 표정을 보자 맥이 풀렸다. 모란과 병주에게 소식을 전해야 한다고 생각하면서도 나는 복자의 옆에 앉았다. 복자의 앙상한 손이 어깨에 올라왔다. 내내 미친 노인 취급을 하며 무례하게 굴었는데,

어째서 나를 위로하는 걸까. 내가 아니라, 안나를 애도하는 걸까.

안나는 오랫동안 아팠기 때문에 마음의 준비는 오래전부터 되어 있었다. 하지만 그 애는, 대체 어쩌자고 그런 유언을 남긴 거야. 너무 이기적인 거 아닌가. 들킬 확률이 훨씬 더 높고, 들킨다면 나는 벌금을 물어야 하고, 그 벌금은 아마 내가 평생 일해도 갚을 수가 없을 것이고, 그것과는 상관없이 안나는 결국 매립장으로 가게 될 거다. 그러면 나는 유언을 제대로 지켜주지 못한 것에 평생 죄책감을 안고, 갚을 수도 없는 벌금을 조금씩 헐어가며 인생을 낭비하겠지. 죽은 애인과 관련된 빚을 평생 갚아나가는 사람을 사랑할 머저리도 없을 것이다. 어쨌든 지구에도 못할 일이었다. 죽어서 묻히는 일 따위, 뭐 그리 대수라고. 억울해서 눈물이 날 것 같았다.

할머니가 부추겼어요?

어깨를 다독이는 손을 쳐내며 사납게 묻자 복자의 눈이 동그래졌다.

뭘 말이냐?

요즘 걔랑 가장 많이 얘기한 게 할머니잖아요. 걔가 그렇게까지 황당한 애는 아니었단 말이에요.

나는 복자를 노려보며, 내가 없는 곳에서 그녀가 안나에게 불어넣었을지도 모를 불온한 생각의 기미를 찾아내려 애썼다. 복자는 시선을 피하지도, 의심을 부정하지도 않았다. 먼저 눈을 피한 것은 나였다. 그 사실에 더 화가 났다. 자꾸만 화가 났다. 현관 언저리에는 아직도 화분이 놓여 있었다. 처음 여기로 이사 오는 날, 나와 안나는 뚱뚱한 화분을 샀다. 나름대로의 기념이었고, 우리에겐 상징적인 의미가 컸다. 양쪽에서 잡고 함께 옮겨야 할 정도로 무거워서 몇 번이나 들었다 내려놓았다 하며 집 앞까지 왔지만, 그걸 들고 차마 계단을 올라갈 엄두가 나지 않아 나중에 가져가자고 잠깐 내려둔 것이 자리가 됐다. 안나는 모종삽도 구입했다.

우리가 해치기만 하는 것은 아니야.

토질오염이 한계치를 넘어서면서 농작물 재배는 특수구역에서만 가능해졌고 종자를 보호해야 한다는 이유로 씨앗은 정부와 기업이 관리했지만, 아예 구할 수 없는 건 아니었다. 녹지를 되살리려는 캠페인은 꾸준히 이어지고 있었다. 우리는 두 달 치 월급으로 씨앗을 샀다. 알려진 바에 의하면, 마지막으로 인간의 손에서 씨앗이 싹을 틔운 것은 20년 전이었다. 우리는 출근하는 길마다 텀블러에 물을 담아 내려와 화분에 뿌렸다. 매일매일 화분을 확인했다. 아무런 일도 일어나지 않았다. 애초에 죽은 씨앗이었을 거라고 단정 지은 나와는 달리 안나는 자신의 손을 오랫동안 의심했다. 햇빛 아래 뿌리처럼 뻗은 손금을 이리저리 비춰보며 산업쓰레기, 조그맣게 중얼거리는 말에는 나도 모르게 화가 나서 안나의 어깨를 때렸다. 안나는 없는데 화분은 그 자리에 그대로 놓여 있었다.

좋은 애였어.

내 시선을 따라간 복자의 말에 나도 모르게 울음을 터트리고 말았다.

우리는 공장에서 만났다. 누구나 먹고 입어야 했으므로 식품공장과 방직공장은 자주 개정되는 환경정책에도 유연하게 살아남아 인기가 좋았다. 나는 그다음으로 인기가 높은 관공장을 선택했다. 운과 확률이 내가 알고 있는 삶의 전부였고, 내 삶은 그 확률을 조금이나마 높이는 방향으로 이루어져 있었다. 안나는 내 맞은편 대각선 자리에서 일했다. 느슨하게 묶은 머리가 뺨을 타고 흘러내려서 왼뺨에 있는 점을 자꾸 가렸다. 그게 신경 쓰여서 계속 흘끗거렸더니 자꾸 눈을 마주쳤다. 안나가 씨익 웃었다. 정말로 씨익, 하는 웃음이었다. 서둘러 시선을 피했는데 점심시간이 되자 안나가 옆자리로 다가왔다.

얼굴 뚫어지겠다.

공장에서는 점심마다 단체로 도시락을 제공해주었다. 노란 플라스틱 그릇에 매일매일 조금씩 다른 음식이 담겨 나왔다. 플라스틱은 이미 생활의 너무 많은 부분을 차지하고 있었기 때문에 문제라는 걸 알면서도 벗어날 수 있는 방법이 없었다. 인원을 전부 수용하기에는 터무니없이 작은 식당에서 먹어도 되었고 운동장이라고 말하기에도 민망한 작은 공터나 자기 자리에서 먹는 것도 크게 상관은 없었다. 그날 나온 것은 삼각김밥이었다. 완벽하게 멸균된 제품입니다. 옆얼굴로 느껴지는 안나의 시선 때문에 포장지에 쓰인 글자에서 눈을 떼지 못했다.

삼각김밥 좋아해?

나는 고개를 끄덕였다. 안나가 자꾸 말을 붙이려 한다는 사실이 놀라웠고, 좀 더 그럴싸하게 대꾸하지 못하는 것에 화가 났다.

김치참치? 참치마요?

뭐든 상관없어.

그러면 안 돼. 언제나 더 나은 것을 선택할 수 있어서 인간이잖아.

안나가 신중한 얼굴로 나무라듯 말했다. 삼각김밥에 대한 말 치고 너무 거창하게 들려서 또 말문이 막혔다. 내 표정을 본 안나가 다시 씨익 웃었다. 옆자리에 앉은 안나는 별로 불편한 기색 없이 포장을 벗기고 삼각김밥과 노란 그릇에 담겨 나온 된장국을 번갈아가며 먹었다. 나도 얌전히 내 몫을 먹었다. 맛에 대해서라도 얘기하고 싶었지만 어떤 맛인지 알 수가 없었다. 그때 머리 위로 새까만 그림자가 어렸다. 당시의 사장으로, 지금 사장의 큰아버지였다. 그에게서는 늘 곰팡이가 핀 오렌지 같은 묘한 향이 풍겼다. 어찌나 독한지 직원들은 냄새로 그가 가까이 다가오고 있음을 알아챌 수 있었고, 딴짓을 하다가도 그 냄새를 맡으면 곧장 자세를 고쳤다. 그를 주제 삼아 농담을 꾸며내는 일이 공장 생활의 몇 안 되는 낙이었다. 왜 하필 그런 향수를 뿌리는지를 모두가 궁금해했는데, 얼마 가지 않아 그가 공장에서 일하는 어떤 직원을 좋아한다는 소문이 돌았다. 자꾸만 직원들 사이를 알짱거리는 것도 그 때문이라는 말이었다. 사장이 좋아하는 게 설마 안나였던 걸까? 그는 어딘가 화가 난 듯한 얼굴로 우리를 내려다보고 있었다.

왜요?

안나가 묻자 그는 사무실 쪽으로 턱짓을 했다. 안나가 자리에서 일어났다. 그 소문이 진짜였나. 사장을 소재로 한 농담에 안나가 웃었던 적이 있나. 두근두근 하고 있는데 그가 미간을 찌푸리며 나를 보았다.

너도 일어나야지.

그는 사무실에 쌓여 있는 박스를 우리에게 들게 했다. 별로 무겁지는 않았다.

뭐가 들었어요?

안나가 밝은 목소리로 물었다.

주걱.

별로 대답을 기대하진 않았는데, 말투에 섞인 명랑함 탓인지 사장은 선뜻 대답해주었다.

주걱을 이렇게나 많이요?

동호회 사람들에게 나눠줄 거야.

우리의 표정을 보고 무슨 생각을 한 건지 사장은 생분해되는 친환경이라고 덧붙였다. 사장은 걷기 동호회 소속이었다. 바닥을 밟으면 발생하는 에너지가 즉시 포인트와 전기로 전환되는 탓에 여유가 되는 사람들은 틈틈이 운동을 하곤 했다. 이미 인간이 맨발이 될 수 있는 구역은 건물 내부나 시멘트, 아스팔트뿐이라는 요지의 법이 통과된 이후였다. 맨살이 닿으면 식물이 견디지 못하는 탓에 특수복을 입지 않으면 입산을 하는 것도, 정원을 가꾸는 것도 모두 금지되어서 사람들은 주로 실내스포츠를 즐겼다. 옛날이 좋았는데, 옛날이 좋았는데, 하며 트랙을 뱅글뱅글 돌고 클라이밍을 했다. 이동할 형편이 안 되면 그냥 제자리걸음을 하기도 했다. 그런 것을 혼자 하기 민망해서 동호회라는 이름을 붙이는 사람이 많았다. 박스를 다 옮기자 사장은 수고했다며 우리에게 주걱을 한 묶음씩 들려주었다.

동호회나 즐기다니 형편 좋네.

막상 안나에겐 대답도 못해놓고 불만스러운 목소리가 튀어나왔다. 안나가 눈을 크게 뜨더니 그러게 말야. 근데 너 목소리 좋네, 하며 웃었다. 그때부터 우리는 같이 밥을 먹었다. 어느 순간부터는 자연스럽게 연차를 맞추고 있었다. 서너 달쯤 뒤 사장이 바뀌었다. 전 사장의 조카라는 남자는 이마에 사마귀가 난 것을 빼면 전 사장과 두루뭉술하게 닮은 얼굴이었다. 공장 전체가 술렁거렸지만, 사장의 조카는 그의 죽음에 대해 아무런 이야기도 해주지 않았다. 사람들은 그게 향수 때문일 거라고 수군거렸다. 그 무렵 에코피아 입주가 시작되었다. 월세, 아끼는 편이 좋지? 우리는 포인트가 적으니까. 삼각김밥 비닐을 벗기며 태연한 척 말했지만 가슴이 미친 듯이 뛰고 있었다. 안

나의 팔꿈치가 옆구리를 부드럽게 찔렀다. 너 진짜 멋없는 거 알지? 나니까 살아준다.

우리는 싸고 튼튼한 물건을 구입했다. 내일도, 모레도, 일단은 살아 있을 테니까. 그런 것들이 중요했다. 일을 하기 위해서는 먹어야 했다. 우리 자신의 몸을 책임져야 했다. 거두고, 먹이고, 보살필의무가 있었다. 그것을 잘하는 것. 윤리가 있다면 그런 것이었다. 나는 항상 미래를 생각해야 했다. 미래를, 다음에 올 것을. 매번, 매번, 매번, 쉴 틈 없이. 생활을 애썼고, 비참해지지 않기 위해 노력했다. 그게 너와 함께 살아가게 될 미래였기 때문에, 정말이지 열심히 했어.

여기서 뭐 해.

모란이 얼굴을 잔뜩 찌푸린 채로 다가왔다. 내가 하도 오지않아 와본 모양이었다. 늘 입고 다니는, 폴리에스테르 재질의 연한 갈색 트레이닝복 주머니에 양손을 끼워넣은 채였다. 모란은 A동에 살았기 때문에 출근길에 복자를 지나칠 필요가 없었다. 그래도 아파트에서 복자를 모르는 사람은 없었다. 내가 복자의 어깨에 머리를 기대고 있는 것을 보고 모란은 어이없다는 표정을 지었다. 동시에 안나의 상태를 눈치챈 것 같았다. 안나가 공장에 나가지 못하게 된 지도 어느새 두 달이나 되었으니까.

병주가 기다려.

모란은 복자는 아는 척도 않고 내 팔뚝을 잡아끌었다. 딱히무례하게 굴려는 의도가 아니라 원래 이런 것에 신경을 안 쓰는 애였다. 내가 튕기듯 일어나자 복자는 다시 새까만 하늘로 고개를 들고 혼잣말을 중얼거리기 시작했다. 병주의 차에 올라 공장까지 가는 동안둘은 아무것도 묻지 않았다. 룸미러로 흘끔흘끔 눈길이 닿아서 먼저 입을 열기를 기다리고 있다는 것을 알 수 있었지만 모르는 척 창밖으로 고개를 돌렸다.

모란과 병주를 알게 된 것도 안나 덕분이었다. 전 사장이 모란을 쫓아다녔다는 소문이 어디에서 시작되었는지는 알 수 없지만 한 번 떠오른 소문은 좀처럼 사라지지 않았다. 누군가가 지금 사장과 싸우는 것을 봤다고 했다. 모란은 인상이 차가웠지만 얼굴이 하얗고 체구가 작아 어딘가 연약해 보였다. 그 때문인지 아무도 자신을 얕보지 못하게 하겠다는 듯 늘 사나운 표정을 짓고 있었다. 모란은 소문을 부정하는 대신 무시했지만 그게 더 악의적으로 말을 부풀렸다. 그날은 간만에 휴가를 맞춘데다 주말까지 끼어 있어서 나와 안나는 밤새 영화를 보고 섹스를 하고 졸다가, 문득 눈을 떠 입을 맞추고 다시 몸을 섞고, 다음 영화를 고르며 내키는 대로 시간을 보냈다. 한참 그러다가 편의점에 가려고 집을 나선 차였다. 아직 해가 뜨기 전이어서 아파트는 조용했고, 세상은 파란빛이었다. 후드를 쓴 채 앞서 걷는 누군가를 발견한 안나가 팔꿈치로 옆구리를 찔렀다.

어. 쟤. 걔 아냐?

알아?

우리 구역에서 일하잖아.

아무도 없는 곳에서 속삭이는 목소리는 지나치게 크게 들렸다. 자신에 대한 이야기임을 알았는지 모란이 고개를 돌렸다. 눈빛이 매서웠다.

안녕.

안나가 웃으며 인사를 건넸지만 모란은 우리를 쏘아보고는 빠른 걸음으로 사라져버렸다.

소문이 진짠가?

소문?

사람들과 곧잘 어울리기 때문인지 안나는 여기저기서 들어오는 얘기도 많았다. 듣는 사람이 없는데도 안나는 볼륨을 낮췄다.

주말마다 매립장에 간대.

거길 왜? 어차피 못 들어가잖아.

매립장은 위험 구역이었다. 인공위성까지 동원해서, 수거원과 수거로봇 이외의 것이 들어가지 못하도록 철저히 관리한다고 했다. 죽은 몸이 내뿜은 유해물질은 방사능과 비슷한 수준으로 나쁘다고 했다. 설사 들어가는 길을 찾았다고 한들, 그건 자살행위에 가까웠다.

뭘 찾는대.

그런 위험을 감수하는 거라면 돈 문제일 확률이 높았다. 죽은 몸이 신고되면, 인도된 시신은 그대로 플라스틱 관으로 들어갔다. 가끔 시신의 몸이나 주머니를 뒤져 쓸 만한 재산을 뒤지다 잡히는 사람들이 있긴 했다. 사람들은 그들을 하이에나라고 불렀다. 모란은 체구가 작아 날쌔 보이긴 했지만, 하이에나처럼 보이진 않았다.

애인일지도 몰라.

안나가 중얼거리며 내 손을 꼭 잡았다. 갑작스러운 온기에 어깨가 떨렸다. 다음날 퇴근길에 다시 모란을 봤다. 모란은 길가에 세워진 스타렉스 운전수와 이야기를 나누고 있었다. 구형차는 여러 환경 문제로 거의 폐기되었고, 특별허가를 받은 사람만 몰 수 있었다. 공장에서는 좀처럼 볼 수 없는 누그러진 얼굴로 대화를 나누던 모란이 조수석에 올라타는 걸 보고 눈이 동그래진 안나가 팔을 잡아끌었다. 아무렇지 않게 뒷문을 연 안나가 나를 먼저 밀어넣었다.

같이 좀 타자!

뭐야. 아는 애들이야?

운전수가 우리를 돌아보더니 모란에게 물었다. 모란은 당황해서 인상을 쓸 겨를도 없는 것처럼 보였다. 무방비한 얼굴에 내심 친밀감이 들었다.

응, 직장 동료! 우리도 에코피아야. 근데 이쪽은 누구? 이거 구형차 아니야? 허가 난 거 아니면 안 되는 거 아냐?

안나는 자연스럽게 말문을 텄다. 모란은 뭔가 말하려다 말고 한숨을 내쉬며 앞좌석에 몸을 깊이 파묻었다.

아, 난 구형 아파트를 철거하고 있어서 허가받았어. 모란이 공장 얘길 한 적은 없는데. 어떡하지? 일단 출발할까?

병주가 백미러로 모란의 얼굴을 확인했다. 당장 내리라고 할까봐 약간 긴장했지만, 모란은 찌푸린 채로 고개를 끄덕였다. 나중에 알게 된 바로는, 병주는 용역업체에서 구아파트를 허무는 일을 하고 있었다. 일자리를 늘리기 위한 정부사업의 일환이었다. 지속적인 일자리가 적어 정부는 여러 가지 종류의 사업을 주도했다. 부수고, 다시 세우고, 다시 부수고. 그냥 똑같은 짓 하면서 새로운 척하는 거지 뭐. 병주는 그것을 비웃곤 했지만, 일을 그만둘 순 없었다. 아직도 부술 것이 많았다.

난 안나야. 앤 여리.

난 병주.

근데 너, 진짜 매립장에 가?

안나가 앞좌석에 찰싹 몸을 붙이자 모란이 눈을 찡그렸다.

그게 왜 궁금한데.

모란의 말투에는 그만 꺼져달라는 기색이 역력했지만 안나는 아랑곳하지 않았다.

네가 하이에나일 것 같진 않아서.

모란은 잠시 말을 멈추고 가늠하는 기색으로 우리를 살폈다. 어쩐지 긴장감이 들었다. 마침내 유해하지 않다는 판단이 든 것인지 모란은 약간 풀어진 얼굴로 고개를 돌렸다. 둘이 붙어 있어도 사람들은 우리를 그렇게 판단했다. 그렇게 물러서는 서로를 지킬 수 없어. 누구도 지킬 수 없다. 왠지 자존심이 상했다. 원할 때는 얼마든지 나빠질 수 있다는 것을 보여주고 싶었다.

누굴 찾고 있어.

그러나 이어진 모란의 말에, 나는 그것을 다음으로 미루기로 했다.

누구를? 왜 찾는데?

그 새끼 얼굴에 침을 뱉을 거야.

무시당할 줄 알았는데 의외로 대답이 돌아왔다. 그러니까, 누군가의 얼굴에 침을 뱉기 위해 목숨을 걸고 매립장을 돌아다닌다는 거야? 대체 얼마나 어마어마한 원한을 품었기에 그런 일을 하는 걸까. 저런 표정으로 저런 말을 하게 하는 사람이라면, 모르긴 몰라도 좋은 관계는 아닐 터였다. 안나도 말실수를 했다고 생각한 건지 당황스러움을 감추지 못하고 모란과 병주의 눈치를 봤다.

혹시 전 사장이야?

무심코 묻자 모란이 어림도 없다는 듯 코웃음을 쳤다.

모란은 체구가 작아서 잘 안 들키더라.

분위기를 풀려는 건지 병주가 아무렇지 않게 대꾸했다. 어느새 에코피아 앞이었다. 우리를 내려주고, 이제 자신은 일을 하러 가야 한다고 했다. 이 녀석 좀 잘 부탁해. 착한 애야. 병주가 모란의 머리를 쓰다듬자 모란이 그의 팔을 때렸다. 태워줬으니까 저녁은 우리 집

에서 먹을래? 안나가 묻자 모란이 거절하기도 전에 병주가 고개를 끄
덕였다. 그거 잘됐다. 내 몫까지 먹고 와. 그날부터 우리는 함께 다니
기 시작했다.

　　신고는 했어?

　　병주의 질문이 나를 현실로 잡아당겼다. 어느새 공장 근처
였다. 추위가 느껴져 몸을 웅크렸다. 자꾸 입안이 말랐다. 내가 도움
을 청할 수 있는 건 이들뿐이었다.

　　안나가 유언을 남겼어.

　　둘은 대답이 없었다.

　　자신을 묻어달라고 했어.

　　내 말에 모란이 눈을 가늘게 떴다. 책망하는 듯한 기미가
섞여 있었지만, 곧장 타박이 돌아오지는 않았다. 나는 다시 창밖으로
시선을 돌렸다. 눈을 마주하기가 어려웠다. 건물가의 쓰레기장은 소
주병으로 가득했다. 육안으로 볼 수 있는 유일한 초록색이었다.

　　도와줘.

　　뭘.

　　땅을 파야 해.

　　의도했던 것보다 내 목소리는 더 고집스럽게 들렸다.

　　걘 미쳤어.

　　한참 만에야 모란은 사납게 중얼거렸다. 혼자서는 할 수
없었다. 안나를 옮기기도 전에 들켜버릴 것이다. 병주가 한숨을 내쉬
었다.

　　네 마음은 알겠지만 어떻게 그런 짓을 해? 그건 불법이야.
들키면 어떡하게? 벌금을 감당할 자신은 있어? 당장에 땅이 죽는다
고. 사람이 죽는다고.

도와주지 않으면 너넬 신고할 거야. 하이에나라고. 공사장
용 차로 매번 매립장에 숨어든다고.

차가 갑자기 멈춰서는 바람에 몸이 앞으로 기울어 헤드에
머리를 박았다. 병주가 처음 보는 얼굴로 나를 노려보고 있었다.

너는 우리가 바보로 보여? 신고하면 누가 잡혀갈 거 같은
데? 상황 복잡하게 만들지 말고 절차대로 해. 그게 걔를 위한 거야.

우릴 감싸고 있던 부드럽고 호의적이었던 분위기가 순식간
에 깨져버렸다는 사실을 알 수 있었다. 도착할 때까지 차에는 싸늘한
침묵이 감돌았다. 안나가 없다는 사실만으로도 나는 안온한 세계에
서 밀려나고 있었다. 복자라면 이해해줄까. 할 수 있는 가장 큰 힘으
로 문을 닫고 내렸다. 내가 지금 할 수 있는 유일한 화풀이였다.

아프기 시작한 뒤로도 안나는 계속 일했다. 관을 만들었다.

텔레비전에서는 종종 매립지의 모습을 비춰주었다. 마치
벌집처럼 구획이 나뉘어 있었다. 수거원들은 쓰레기 봉지를 버리듯
툭, 툭 관을 던졌다. 방사능복 같은 것을 입고 있어서 표정은 보이지
않았다. 안나는 말없이 채널을 돌렸다. 약을 챙겨 먹고 가끔 병원에
가는 것을 제외하면 생활에 큰 변화는 없었다. 우리는 공장에서 돌아
와 씻고 밥을 먹고 눕거나 엎드려 이야기를 나누다 잠들었다. 핸드폰
게임을 하고, 어깨를 맞대고 엎드려 세계를 구한 대가로 자기 자신은
사라져버리는 마법소녀 애니메이션을 봤다. 하고 싶은 게 없느냐고
묻자 안나는 바다에 가고 싶다고 했다. 바다가 접근금지 구역이 된 것
도 오래전의 일이었다. 모래사장에 설치된 높다란 방파제는 바다를
보호하기 위한 거였다. 우리는 어디로 떠나는 대신 구글맵을 켰다. 마
우스로 지도의 화살표를 계속 누르면 가고 싶은 곳까지 갈 수 있었다.

살아 있는 것의 흔적은 조금도 없었다. 페트병이나 캔, 스티로폼, 플라스틱과 비닐로 이루어진 쓰레기 산은 멀리서 보면 예술작품 같기도 했다. 인적이 없고, 넓고, 끝이 없는 회색의 땅들을 한참 누비고 있자면 어느새 세상에 이 방만 남은 것처럼 느껴졌다. 나는 안나에게 무너지듯 몸을 기댔다. 안나는 무겁다고 하면서도 머리를 받쳐주었다.

주말에는 함께 장을 보러 갔다. 한참동안 카트를 밀고 다니며 통조림과 시리얼, 맥주, 과자 따위를 카트에 담았다. 간편식이나 레토르트가 대부분이었다. 어차피 공장에서 도시락과 간식을 제공받으니 굳이 요리를 할 필요가 없는 탓이기도 했다. 계산대로 카트를 미는데 안나가 아무래도 안 되겠던지 소매를 잡아끌었다.

토마토도 먹자.

좀 심했지?

나는 머쓱하게 웃으며 카트의 방향을 돌렸다. 신선식품의 가격은 날로 뛰었다. 일반 토마토와 유기농 토마토는 전혀 다른 가판대에 진열되어 있었다. 유기농은 크기가 좀 더 작았다. 가격은 네 배가 비쌌다. 농약을 비롯한 화학물질에 대한 노출을 최소한으로 한 토마토는 유통기한도 훨씬 짧았다. 일을 마치고 돌아오면 우리는 거의 쓰러지듯 침대에 누웠다. 토마토를 먹을 여유 따위는 없었다.

그래도 하나는 좋은 걸 먹어야지.

우리는 토마토를 집었다가 내려두길 반복하며 카트를 밀고 가판대 사이를 오갔다. 손목에 찬 스마트워치가 연신 진동했다. 포인트가 올라가고 있다는 뜻이었다. 시간을 헛되이 보내고 있는 것은 아니었다.

토마토 하나를 유기농으로 먹은들 뭐가 크게 달라지지는 않을 거야, 그렇지?

그러나 안나는 결국 마지막에는 그렇게 말했다. 안나가 아프다는 사실을 알게 된 뒤로, 적어도 일주일에 한 번쯤은 유기농을 먹자고 결심했으면서도, 나는 늘 머뭇거리다 안나의 말을 따랐다.

내내 공장에 서 있어야 했으므로, 한번 외출할 때 우리는 걸을 수 있는 만큼 걸었다. 건강을 위해서이기도 했지만, 포인트를 위해서이기도 했다. 그러나 어느 날부턴가 안나는 포인트 블록을 벗어나 자꾸 구단지로 내 팔을 이끌었다. 환경 문제는 조금도 고려하지 않은 구단지 아파트들은 사람들도 오가지 않아 스산하고 흉흉했다. 친환경소비만능주의 타도, 뭐 그런 게 적혀 있을 플래카드가 머리 위에서 펄럭거렸다. 이 근방은 거의 방치된 것이나 다름없어 범죄율도 높았다. 처음에는 불안했지만 손을 꼭 맞잡은 채 가로등조차 없는 구단지를 가로지르고 있자니 꼭 우리가 헤매던 지도 안에 들어와 있는 기분이었다. 깍지 낀 손에 좀 더 힘을 주었다. 부서진 벽돌 같은 것이 자꾸 발에 차였다. 무너지고 흩어진 잔해들은 이곳에 살던 사람들의 삶에 대해 조금도 알려주지 않았다. 목적지가 있는 듯, 안나는 그 무엇도 돌아보지 않고 부지런히 움직였다. 한동안 서로의 숨소리를 들으며 걸었다.

어렸을 때, 사탕인 줄 알고 방부제 먹은 적 있다.

안나가 침묵을 깼다. 내게도 그런 기억이 있었다. 자그마한 봉지에 들어 있던 동그란 방부제와 제습제 알갱이들은 투명하고 반짝였고 단맛이 날 것 같았다. 어디에나 들어 있어서 구하기도 쉬웠다. 막 뜯어서 입에 넣으려던 찰나 엄마에게 크게 혼이 나 먹으면 안 되는 것도 있다는 걸 알게 됐다. 모르는 새 먹어버린 것도 있을 터였다. 내가 치약인 줄 알고 폼 클렌저로 양치한 얘기를 했더니 안나가 웃음을 터트렸다. 자기는 술에 몹시 취해서 콜라인 줄 알고 간장을 마신 적이

short story

있다고 했다. 불이 붙어 물건을 착각해 일어난 실수들을 하나씩 얘기하다 정신을 차려보니 우리는 자기가 더 바보라고 주장하고 있었다. 그사이 대체 얼마나 걸었는지 한참 안쪽으로 들어와 있었다. 어느 아파트 뒤쪽이었다. 부수다 말았는지 건물은 거의 무너지고 헐어 3층 높이에서 끊겨 있었다. 철근이 앙상하게 드러난 상태였고, 아스팔트도 반쯤 뜯겨나간 채였다. 발밑으로 느껴지는 낯선 감각에 나도 모르게 아래를 내려다보았다. 안나는 신발 끝으로 흙을 밀고 있었다. 흙이라니. 이런 상태의 땅은 아주 어릴 적 이후로 처음이었다. 처음부터 여기 올 계획이었다는 듯, 안나는 태연해 보였다.

이런 데를 어떻게 알았어?

병주한테 물어봤는데, 여기는 당분간 이대로 둔대.

왜?

공사가 중지됐나봐.

차마 만질 용기는 없어서 발끝으로 흙을 문댔다. 부드럽게 파여들어갔다. 그 너그럽고 다정한 감각에 나는 깜짝 놀랐다. 신식으로 다시 짓고 포인트 블록을 깔면 이 흙도 완벽하게 덮힐 터였다. 인간이 닿지 못하도록. 흙에 대해서는 잘 알지도 못하면서 내가 흙을 그리워하고 있다는 사실이 우스웠다. 안나는 뭔가 딴생각을 하는 것 같았다. 흙이 부서지고 흩어지는 감촉이 좋아서 나는 발장난을 계속했다.

널 떠나고 싶지 않아.

그때, 안나가 축축한 목소리로 말했다. 이 순간에 이런 얘기는 하고 싶지 않았다.

떠나지 마.

단호한 말에 돌아오는 대답은 없었다.

무슨 생각해?

너에게 내가 쓰레기로 남는 건 싫어.

그렇게 생각해본 적은 한 번도 없었다. 너는 쓰레기가 아니야. 그렇게 말하고 싶었다. 그렇게 말하면 될 일이었다. 왜 목소리가 나오지 않는 건지, 스스로도 이해할 수 없었다. 안나에게 뻗으려던 손끝을 물끄러미 쳐다보았다.

있잖아, 여리야.

갑자기 안나가 내 이름을 불렀다. 금방이라도 사라져버릴 것 같은, 은근한 조바심이 섞인 목소리였다. 뭔가를 예감하게 만드는 목소리였다. 어쩐지 속이 울렁거렸다. 응, 간신히 고개를 끄덕였다.

나를 묻어줘.

대답하지 못한 것은 순전히 놀랐기 때문이었다. 분명 멍청한 표정을 짓고 있을 터였다. 안나가 이렇게 비상식적이고 이기적인 말을 할 거라고는 상상도 못했다. 그런 욕망이 어디서 나왔는지도 알수 없었다. 어디서 그런 욕심이 생겼어? 그게 무슨 의미인 줄은 알아? 어째서 그런 터무니없는 생각을 하게 된 거야?

네가 나를 생각했으면 해. 잊지 않았으면. 찾아왔으면. 기억해줬으면.

안나가 내 뺨을 쓸었다. 그런 식으로 말하는 건 비겁했다. 감옥에 가라는 말이야? 그 말은 입 밖으로 나오지 않았다. 너무나 거칠고 여윈 얼굴을 보며 나는 그냥 안나에게 입을 맞췄다. 다음날에 신발장에는 모종삽이 올라와 있었다.

일하는 내내 모란은 나를 외면했다. 점심도 따로 먹었다. 가끔 시선이 느껴졌지만 고개를 들면 모란은 다른 곳을 보고 있었다.

혼자 감당하기 어렵다고 억지로 가담시키는 게 비열하다는 건 잘 알고 있었다. 이런 일에 공범자가 되기를 강요할 수는 없었다. 불법이고. 지구를 망치는 일이고. 지구에는 아직 50억의 사람이 있고. 그들에게도 생활이 있는데. 누군가 정말 아프게 될지도, 죽게 될지도 모르는데. 정말로 물리적으로 발밑이 좁아지는 것인데. 모르고 하는 일도 아니고, 완전히 의도를 가지고 하는 일인데. 이미 죽은 안나 하나만을 위해. 어쩌면 내 마음이 편하자고. 그러나, 다들 그렇게 살았잖아. 안나가 아직 누워 있잖아. 그 애의 마지막 소원이었다. 집에 돌아오자마자 10시에 알람을 맞추고 자리에 누웠다. 선잠에 들자 관을 블록처럼 쌓는 꿈을 꿨다. 전부 내가 만든 것이었다. 이 어딘가에 안나가 있을 텐데, 하면서도 손을 멈출 수가 없었다. 나를 둘러싼 블록은 점점 더 높아졌다. 제대로 자지도 못했는데 알람이 울렸다. 혼자서는 기민하게 움직여야 했다. 장소라고 한다면, 구단지의 그곳이었다. 나와 안나가, 종종 산책을 가서 발끝으로 흙을 헤집어놓곤 했던. 터지고 부서진 아파트 뒤쪽의 부드러운 땅. 햇빛이 들지는 않지만, 다른 곳보다 조금 더 따뜻하게 느껴지는 곳. 잔열이 오래 머무는 곳. 특별한 의미가 있는 것이 아니라, 들키지 않고 땅을 팔 수 있을 만한 곳은 거기밖에 없었다. 체한 것 같은 기분으로 집을 나섰다. 에코피아는 어둠에 잠겨 있었다.

환상의 커플이네.

갑자기 들려오는 빈정거리는 목소리에 흠칫 어깨가 튀었다. 고개를 돌리자 화난 표정의 모란이 거기 서 있었다.

모란?

착각하지 마. 네 같잖은 협박 때문이 아니라 안나 때문이니까.

병주는,

걘 내가 하자는 건 뭐든 다 해. 몰라. 오늘 밤엔 일해.

앞장서라는 듯 모란이 턱짓을 했다. 못마땅한 얼굴이었지만 신고하려는 것처럼 보이지는 않았다. 어쩐지 목이 메는 기분이었다. 구단지로 가는 내내 아무런 말도 오가지 않았다. 안나 없이 찾아가는 건 처음이었다. 몇 번이나 헤맨 끝에 아파트 뒤편으로 가자 나와 안나가 발로 헤집은 작은 구덩이가 나타났다. 슬쩍 파여 있는 것을 보고 모란이 눈을 굴렸다. 괜찮을까. 정말 괜찮은 걸까. 하지만 구덩이가 나타난 이상 어쩔 수 없었다. 내가 가방에서 모종삽을 꺼내자 모란이 어이없다는 듯 웃었다. 흙에 삽 끝이 들어가는 느낌은 여전히 부드러웠다. 한참을 파냈지만 모종삽으로는 기껏해야 세숫대야만큼밖에 팔 수 없었다. 모란은 여전히 내키지 않는다는 듯 내 움직임을 물끄러미 바라보고만 있었다.

그때 깡, 하는 소리가 울리며 삽 끝에 뭔가가 부딪혔다. 나는 힐끔 모란을 쳐다보고 조금 더 땅을 파내려갔다. 자그마한 보석함이 묻혀 있었다. 여기저기 흙이 묻은데다 군데군데 녹이 슬어 전체적으로 붉은 기가 감도는 상자였다. 싸구려 큐빅은 빛을 잃어 탁했다. 20~30년은 된 것 같았다. 그제야 모란이 관심을 보이며 다가왔다.

뭐야?

보석함 같아.

안 잠겨 있는 거 같은데.

확실히 그랬다. 선뜻 열어도 되는 것인지 확신이 서지 않아 상자를 가만히 매만졌다. 어디에나 사람들의 흔적이 있었다. 감당할 수 없는 것을 발견하게 되고 싶지는 않았다. 이미 죄책감은 충분했다. 모란이 상자를 뺏어 들었다.

열어볼까?

그러나 대답하기도 전에 모란의 손은 상자를 열고 있었다. 안에 있던 발레리나가 음악에 맞춰 빙글빙글 돌아갔다. 바흐의 3번 미뉴에트는 점심시간에 공장에서 나오는 노래였다. 음이 반음씩 튀어 기괴한 느낌을 주었다. 안에 들어 있는 것은 별게 아니었다. 밀봉되어 있는 크기가 제각각인 편지봉투와 사진, 압화로 만든 책갈피, 반지, 그리고 접힌 종이가 다였다.

타임캡슐인가봐.

시시해.

모란은 상자를 내게 떠밀었다.

왜 다시 찾으러 오지 않았을까?

죽었나보지.

모란은 어깨를 으쓱이며 떨어진 모종삽을 주워 땅을 파기 시작했다. 나는 반쯤 삭은 사진을 꺼내 물끄러미 들여다보았다. 색이 많이 바래 얼굴을 제대로 알아볼 수가 없었다. 편지를 훔쳐보는 것은 어쩐지 죄책감이 들었지만 접혀 있는 쪽지는 궁금했다. 볼륨감이 있었고, 어쨌든 편지가 따로 있으니까 개인적인 용도는 아닐 것 같았다. 안에 오돌토돌한 것이 만져졌고 몹시 가벼웠다. 조심스럽게 펼치자 크기가 다양한 흙갈색의 알갱이들이 나왔다. 떨어뜨리지 않기 위해 종이를 둥글게 말자 모란이 뭘 그렇게 조심하냐는 듯 고개를 들었다.

씨앗이네.

손에 닿지 않게 조심하면서 그것을 다시 원래대로 접어 주머니에 넣었다. 모란의 눈이 내 손끝으로 향했다.

그걸 왜 니가 챙겨.

죽었을 거라며.

변명하듯 중얼거리는 말에 돌아오는 말은 없었다. 누가 어떤 마음으로 씨앗을 이런 곳에 담아뒀을지 상상할 수 없었다. 집 앞에 놓아둔 화분이 떠올랐다. 나와 안나는 결국 싹을 틔우지 못했던. 지구에 사는 누구도 아직 틔우지 못한. 한참 땅을 판 모란이 다시 내게 모종삽을 내밀었다. 내가 지치면 모란이 파고, 모란이 지치면 내가 팠다. 어깨와 등이 아파서 부서질 것 같았다. 밤새 팠는데도 내 상반신도 들어가지 않을 것 같았다. 여전히 이게 잘하는 일인 건지 알 수 없었다.

밤을 새우고 공장에 출근하는 것은 처음이었다. 안나가 유해물질을 내뿜기 전에 해결해야 했다. 누군가 알아채기 전에. 정말로 안나가 아닌 것이 돼버리기 전에. 그렇게 서로 사랑하고 아꼈는데, 이대로 두면 나를 해칠 거라는 것이 믿어지지 않았다. 온몸이 욱신거렸지만 수상해 보일 수는 없으니 평소처럼 움직이기 위해 노력했다. 공장 앞에 병원 차가 서 있어서 걸음을 멈췄다. 날짜를 헤아려보니 공장에서 1년마다 하는 건강검진이었다. 안나는 재작년 이맘때쯤, 저기서 복잡한 이름의 환경질병을 판정받았다. 모란은 나를 한 번 노려보고 삐딱하게 줄에 합류했다. 손바닥의 물집을 감추기 위해 주먹을 쥐었다. 차례를 지키며 엑스레이를 찍고 소변검사를 하고 피를 뽑았다. 줄 사이사이에서 마른기침 소리가 새어나왔다.

숨을 깊게 들이마시고, 내쉬세요.

의사는 내 가슴에 청진기를 댄 채로 말했다. 나는 시키는 대로 했다. 마침내 의사는 청진기를 떼며 건조한 얼굴로 차트에 뭔가를 적었다. 이해할 수 없는 꼬부랑글씨였다.

건강합니다.

건강이라니. 그건 그냥, 내가 아직 쓰레기가 되지 않았을 뿐

short story

이라는 의미가 아닐까. 마치 반쯤 마신 페트병처럼. 알고 싶은 건 따로 있었다. 일어나지 않고 머뭇거리자 의사가 고개를 들었다.

끝났는데요.

내가 살아 있나요?

갑작스레 튀어나온 질문에 의사는 무슨 엉뚱한 소리를 하느냐는 듯한 표정이었다.

심장은 확실히 뛰고 있어요.

내가 원하는 건 그런 대답이 아니었다. 나는 인간인가요? 그것은 무엇으로 증명할 수 있죠? 인간은 이럴 때 어떻게 하죠? 더 나은 것을 선택할 수 있어서 인간이라면, 내가 어떻게 해야, 온갖 질문이 목 끝까지 차올랐지만 끝내 입 밖으로 나오지 않았다. 그저 침을 삼켰다. 여전히 일어나지 않는 나를 보고 의사는 한숨을 삼키며 차트를 뒤집었다. 축객령이었다. 간호사가 등 뒤에서 문을 열어주었다.

그날 밤, 나와 모란은 다시 구단지에서 만났다. 얼떨떨해하는 나를 보고 한숨과 함께 모란이 꺼낸 것은 모종삽이었다. 우리는 마주 보고 허탈하게 웃었다. 처음에는 수월했지만 파내려갈수록 땅은 더 단단해졌다. 밤새 말없이 일했다. 어느새 한 사람을 묻을 수 있을 만큼의 깊이가 됐다. 우리는 구덩이를 한참 내려다보았다. 어디선가 바람이 불어와 몸이 차갑게 식었다. 어제 입은 운동복을 그대로 입고 있었으므로, 주머니에서 우둘투둘한 것이 자꾸 만져졌다. 종이에 싸인 씨앗들일 터였다. 안나. 지구. 구덩이. 씨앗. 이런 식으로 저울에 올려서는 안 되었다.

침 뱉었어?

모란이 나를 쳐다보는 것이 느껴졌다. 나는 돌아보지는 않왔다.

그 개새끼 얼굴에, 침을 뱉었어?

모란이 고갯짓을 하는 기척이 느껴졌다. 돌아오는 길은 고요했다. 우리는 A동 앞에서 헤어졌다. 평상에는 이미 복자가 앉아 있었다. 복자는 흙투성이가 된 나를 물끄러미 보고도 아무런 말도 하지 않았다. 주춤거리며 다가가 복자의 옆에 앉았다. 안나. 지구. 구덩이. 씨앗. 통증은 내가 살아 있다는 사실을 선명하게 상기시켰다. 그렇게 한참을 복자의 곁에 앉아 있었다. 자꾸만 꿈에 나온다는 조상에 대해 뭐라도 말해주길 바랐지만, 복자는 입을 열지 않았다. 나는 계속 살아가야 했다.

해가 뜨지 않네요.

좀처럼 뜨지 않지.

복자의 중얼거림을 들으며, 자리에서 일어났다. 찾아갈 곳, 돌아갈 곳, 나에게는 필요했다, 그게.

그게, 안나가 남긴 유언이었다. ■

조진주

조진주는 1985년 서울에서 태어났다. 2017년《현대문학》
신인추천으로 등단했다.

모래의 빛

빛 의래모

조진주

小說家

헤어진 뒤 종종 윤재가 꿈에 나왔다. 꿈속에서 윤재는 같은 말을 반복했다. 더 이상 사랑하지 않아. 때로는 거기서 멈추지 않고 계속 말했다. 우리가 함께 보낸 시간들은 생각만큼 대단한 의미를 품고 있는 것이 아니라고. 그건 그냥 시간이 흐르면 자연히 퇴색될 수많은 기억 중 일부일 뿐이라고. 더 이상 사랑이 아니라는 건 어떻게 판단할 수 있을까. 마음속에 긴 선을 긋고 여기부터 저기까지가 사랑이고 그 선을 넘어서면 더 이상 아니라고 할 수 있는 것도 아닌데. 그러나 결국 그것이 우리가 헤어진 이유였다. 굳이 다른 이유를 들 수도 있겠지만 결국은 관계를 지속시킬 감정이 소진되었기 때문이었다.

윤재와 헤어진 뒤에도 하루는 똑같이 흘러갔다. 아침에 일어나면 출근을 하고, 퇴근 후 집에 돌아오면 넷플릭스나 왓챠를 틀어놓고 조금 늦은 저녁을 먹은 뒤 부른 배를 두드리다 잠이 들었다. 하루 일과를 보고하던 문자와 자기 전의 짧은 통화 정도가 생략되었을 뿐이었다. 어쩌면 그동안 우리는 서로에게 딱 이 정도의 영역을 내어주었던 건 아닐까. 뭔가 대단한 걸 했던 것 같지만 사실 그런 게 아니었던 거야. 그러나 그건 나의 오만한 바람일 뿐이었고, 조금만 돌아보면 곳곳에서 윤재의 흔적을 찾을 수 있었다. 그를 생각나게 하는 것을 처리하자면 내 방에 놓인 대부분의 물건을 버려야 할 것이었다. 윤재와 찍은 사진은 지우지 않고 외장하드에 담아 책상 서랍 구석에 처박아두었는데, 그것을 지우고 나면 내 인생 중 3분의 1 이상의 기록이 사라지는 셈이었기 때문이었다. 그래서 나는 그것들을 그냥 무시하기로 했다.

　　그럼에도 불구하고 책장 위에 놓여 있는 집게손가락만 한 유리병은 조금 거슬렸다. 유리병 안에는 윤재와 함께 갔던 해변에서 가져온 모래가 담겨 있었다. 핑크빛 모래로 유명한 해변은 모래를 외부로 반출하는 것이 금지되어 있었다. 모래를 가져가다 걸리면 벌금이 부과된다고 했다. 그러나 나는 해변을 떠나기 전, 과자 상자 안 내용물을 비우고 몰래 모래를 담았다. 윤재조차 그 사실을 알지 못했다. 상자에 모래를 담을 때, 모래가 든 상자를 수화물 캐리어에 넣고 비행기에 오를 때, 불안해하면서도 한편으로는 누군가 알아채주기를 기대했다. 그럼 윤재는 어떤 반응을 보일까. 나와 같이 처벌을 받을까, 내게 화를 낼까. 윤재와 함께 세관에게 붙잡혀 격리당하는 상황을 상상했다. 둘이서 나란히 앉아 뻔뻔한 얼굴로 아무것도 몰랐다며 잡아떼는 장면을. 게이트를 통과하는 내내 일탈을 계획하는 십대처럼 두근거렸다. 다행인지 불행인지 아무도 내 죄를 알아차리지 못했고 모래는 지금까지 내 손안에 있다.

　　다른 건 몰라도 이 모래 정도는 버려도 되지 않을까. 나는 모래가 든 유리병을 집어 그대로 쓰레기통에 던져넣었다. 그러나 다음날, 다시 그것을 꺼내들었다. 딱히 미련이 남아서 그런 건 아니고 유리병은 재활용 쓰레기이니까. 뚜껑을 열고 모래를 쏟아부으려다 쓰레기통 안을 들여다보았다. 사용한 휴지와 머리카락 뭉치, 구겨진 영수증 따위와 한데 엉킬 모래를 생각하니 썩 유쾌하지 않았다. 다른 곳에 버릴까. 이 모래도 기껏 비행기를 타고 여기까지 날아왔는데 고작 이 지저분한 쓰레기통 속으로 떨어지면 얼마나 허무하겠어. 나는 유기를 잠시 미루고 유리병을 다시 원래 있던 곳에 두었다.

유리병은 엄마의 전화가 걸려올 때까지 계속 책장 위에 놓여 있었다.

"성연이 생일이 이번 토요일인 건 알지? 내려와서 간만에 얼굴이라도 보고 가. 토요일 아침에 일찍 와서 하룻밤만 자고 가든가, 아니면 금요일에 회사 끝나고 바로 와도 좋고."

이미 어제부터 성연 이모집에 가 있다던 엄마는 이모의 생일을 핑계로 주말까지 그곳에 머무를 모양이었다. 성연 이모는 1년 전부터 동해안에 자리한 작은 마을에서 지내고 있었다. 이모의 말에 따르면 시내에서도 멀지 않고 자연을 느낄 수 있는 최고의 장소라고 했는데, 내가 보기에는 그냥 평범한 시골 동네였다. 한 가지 좋은 점이 있다면 가까운 곳에 바다가 있다는 거였다. 나는 이모의 집을 방문하는 게 그리 편하지만은 않았는데 엄마는 그곳이 마음에 들었는지 자주 내려가 며칠씩 지내다오곤 했다.

"알았어. 갈게."

"올 때 케이크 좀 사 와. 여긴 괜찮은 케이크 집이 없어. 이왕이면 다른 맛있는 빵도 좀 넉넉히 사 오고."

조금 들뜬 엄마의 목소리를 듣고 있는데 모래를 담은 유리병이 눈에 들어왔다. 이모집 근처에 있는 바다의 풍경이 눈앞에 그려졌다. 거기에도 모래사장이 있었지. 저 모래를 그곳에 버리고 오면 어떨까. 바다는 넓고, 파도가 계속 칠 테니까. 모래는 파도에 쓸려 멀리 흘러가지 않을까. 어쩌면 원래 있던 곳으로 돌아가게 될지도. 그런 생각을 하다 문득 윤재 몰래 모래를 주워 담던 내 모습이 떠올라 고개를 내저었다.

잘 시간이 지났지만 좀처럼 잠이 오지 않았다. 며칠째 불면의 밤이 이어지고 있었다. 잠을 쫓아 뒤척이다 보면 아주 오래전 일부터 최근의 기억까지 불쑥불쑥 나를 덮쳐왔다. 언제를 떠올리든 윤재가 있는 것이, 아무래도 우리가 너무 긴 시간을 함께한 모양이었다. 그런데 이제 그와 나 사이에는 무엇이 남아 있을까. 그와 내가 공유했던 그 시간은 대체 무엇이지.

윤재와는 8년을 친구 사이로, 7년을 연인 사이로 지냈다. 열일곱 살에 만나 15년을 함께했으니 나의 십대 끝 무렵과 이십대의 모든 시절을 그와 보낸 셈이었다. 열일곱 살의 나는 무기력했다. 언니가 죽은 뒤로 세상 어떤 일도 시시하게 느껴졌다. 언니는 누구보다 열심히 살던 사람이었다. 공부도 열심히 해 좋은 대학을 갔고 사람도 열심히 사귀어 대학 내 동아리 장도 되었다. 그리고 싸움도 열심히 말렸다. 동아리 회식이 있던 날 밤, 부원 한 명이 술에 취한 남자와 시비가 붙었고, 언니는 그 많은 다른 부원들을 놔두고 자신이 직접 싸움에 끼어들어 말렸다. 덩치가 크고 성질이 더러웠던 상대편 남자는 자신의 체중을 실어 주먹을 휘둘렀고, 그 주먹에 맞고 넘어진 언니는 다시 일어나지 못했다. 그 일이 있은 뒤, 나는 절대로 열심히 살고 싶지 않았다. 언니는 입버릇처럼 자주 내게 말하곤 했다. '파이팅이 필요한 순간이야. 빨리 파이팅 해줘.' 그러나 세상에는 파이팅을 외치는 것만으로 되지 않는 것들이 있었다. 삶은 덧없는 것이었고 노력, 정의, 미래 같은 단어는 쉽게 우스워질 수 있는 것이었다. 다도부에 들어간 이유도 그와 무관하지 않았다. 내가 다니던 고등학교에서는 누구든 부서 하나씩을 가입해야 했고, 다도부는 부서 가운데 가장 하는 일이 없어 보였기 때문이었다. 다도부원은 많지 않았고 특히 남학생은 드물었는데, 윤재는 그 몇 안 되는 남자 부원 중 하나였다. 예상대로 대부분의 부원들은 차 따위에 별로 관심이 없었다. 다도부 1학년 대표를 맡은 윤재만이 홀로 열심이었다. 그렇다고 딱히 다른 부원들을 독려한다거나 하는 것은 아니었고 그저 자신의 차를 우리는 데에만 열중할 뿐이었다. 나는 차를 마시는 방법 같은 건 애초에 지킬 생각이 없었다. 향을 맡고 음미하는 과정 따위는 건너뛰고 그냥 한입에 털어넣곤 했다. 차 따위가 무슨 상관이란 말인가. 어차피 음료의 한 종류에 불과한 것을. 윤재는 가끔 나를 위해 차를 우려주었다. 그가 정성스레 차를 우리면 나는 그걸 원샷해버렸다. 그의 집중한 얼굴과 최선을 다하는 손놀림이 마음에 들지 않았다. 그래도 그는 또다시 나를 위해 찻잔을 데웠다. 시간이 흐른 뒤, 그에게 그때 왜 그랬는지 물었을 때, 그는 답했다. 차에는 관심도 없으면서 내가 차 내릴 때마다 뚫어져라 쳐다봤잖아. 시큰둥한 척하면서 주는 차는 다 받아 마시고. 그냥 그게 웃겼어.

　　　　유난히 기분이 가라앉았던 날이었다. 1교시가 끝날 무렵에는 생리까지 시작되었다. 점심을 거르고 양호실에 갔지만 그날따라 양호실에는 사람이 많았고 나는 다시 양호실을 나와 잠시 방황하다 다도부실로 향했다. 아무도 없는 다도부실에 혼자 앉아 있으려니 괜히 눈물이 났다. 모든 게 망가지고 있다는 불안감과 이대로 회복되지 않을 것 같은 초조함이 나를 덮쳐왔다. 그 무렵에는 시도 때도 없이 울음이 터졌는데 대개는 울면 곤란해지는 상황이었기에, 정확히는 내가 아니라 주변 사람들이 곤란해졌기에 꾸역꾸역 참아내곤 했다. 그러나 텅 빈 부실에서는 그럴 필요가 없었으므로 그냥 울어버렸다. 그때 갑자기 문이 열리더니 윤재가 들어왔고 나는 민망한 마음에 급히 눈가를 훔쳤다. 윤재는 그런 나를 흘끗 살피고는 잠시 가만히 앉아 있다가 다도 세트를 꺼내 차를 우리기 시작했다. 그리고 자신이 내린 차를 후후 불더니 한 번에 들이켰다. 이렇게 마시는 것도 나쁘지 않네. 그런데 식도에 화상 입은 거 같아. 그의 엉뚱한 말에 피식 웃음이 터졌다. 윤재는 내게 찻잔을 건네며 말했다. 아무래도 난 이렇게 못 마시겠다. 그래도 넌 계속 네가 마시고 싶은 대로 마셔. 그러는 거 되게 좋아 보여. 윤재의 말은 내게 큰 위안이 되었다. 그날 이후로도 나는 여전히 차 마시는 방법 따위에 관심이 없었지만 그가 건네는 차를 꼬박꼬박 받아 마셨다. 찻잔을 돌려주며 내 이야기를 하나씩 털어놓았다. 그는 찻잎이 우러나기를 기다릴 때처럼 두서없는 내 이야기를 묵묵히 견뎌주었다. 그런 윤재를 보며 이 정도로만 열심히 살아도 되지 않을까 생각했다. 그러니까 혼자 조용히 차를 내리는 정도로. 누군가에게 피해를 끼치지 않고 누구에게도 간섭받지 않는 선에서 그렇게.

졸업 후에도 우리는 종종 함께했다. 어느새 나는 그를 조금 더 좋아하게 되었다. 그와 더 긴 시간을 보내고 싶었고 그의 일상에 깊게 관여하고 싶었다. 그게 잘못이었을까. 내가 고백했을 때, 윤재는 망설였다. 그냥 이대로가 더 나을 수도 있어. 그가 거절할 거라 생각하지 못한 나는 당황했다. 그의 눈빛에는 분명 나를 향한 애정이 담겨 있고 그래서 우리가 당연히 같은 마음일 거라 생각했기 때문이었다. 그는 우리의 관계가 변하는 것이 두렵다고 했다. 그 변화가 우리를 나쁜 방향으로 이끌지도 모른다는 생각에 주저하게 된다고. 나는 그가 겁쟁이라고 생각했지만 그만큼 나와의 인연을 소중하게 여기고 있다고 생각했다. 네가 나를 위해 차를 내려주었잖아. 그때처럼만 하면 돼. 딱 그 정도로만. 그는 결국 내 고백을 받아들였고, 우리는 연인 사이가 되었다. 그가 옳았을까. 애초에 시작하지 않는 것이 나았을까. 그럼 우리의 시간은 여전히 함께 흘러가고 있었을까. 그는 내가 가장 힘들었던 시간을 지켜본, 나의 은밀한 속마음을 알고 있는 유일한 사람이었다. 나의 십대이자 이십대였던 사람. 그러나 지금은 아무것도 남지 않았다. 15년 동안 내게 하나뿐이었던 존재는 나를 더 이상 사랑하지 않는다는 말과 함께 사라져버렸다. 이렇게 쉽게 사라질 수 있는 것이었나. 이토록 허약하고 깨지기 쉬운 연결고리로 묶여 있었나. 나는 우리가 함께 보낸 시간의 의미를 찾고 싶었다. 그러나 그럴수록 애써 찾은 의미마저 부정하게 되었고 그로 인해 밤마다 잠을 이루지 못했다.

금요일 오후, 반차를 내고 이모의 집으로 향했다. 버스 터미널에는 이모와 엄마가 마중을 나와 있었다. 오랜만에 보는 이모는 조금 더 까무잡잡하게 그을려 건강해 보였다. 나이보다 어려 보이는 인상과 개구진 미소는 여전해서, 다정하고 씩씩한 바닷마을 소녀 같았다. 이모의 차를 타고 읍내를 벗어나자 건물과 건물 사이가 멀어지고 곧 짙은 녹음에 둘러싸인 풍경이 이어졌다. 조수석에 앉은 엄마는 기분이 좋은지 콧노래를 흥얼거리고 있었다.

"생일파티인데 외삼촌은 안 불렀어?"

"걔 요즘 바쁘대."

"불러서 뭐 해. 오빠 오면 재미없어."

퉁명스러운 엄마의 답에 이어 이모가 씨익 웃으며 장난스러운 말투로 덧붙였다. 그러나 사실 우리 모두 외삼촌을 부르지 않은 이유를 알고 있었다. 지금쯤 이모집에서 우리를 기다리고 있을 여자 때문이었다. 외삼촌은 이모가 그 여자와 함께 사는 것을 반대했었다.

차창 밖을 내다보던 엄마가 길가에 핀 해바라기 몇 송이를 발견하고 중얼거렸다. 소은이가 좋아하는 해바라기가 폈네. 나는 갑자기 들려온 언니의 이름에 흠칫했다. 이모가 엄마의 말에 맞장구를 쳤다.

"아, 기억난다. 소은이가 어릴 때 해바라기 키우겠다고 해바라기씨 모양 초콜릿을 화분에 심어놨었잖아. 몇 날 며칠 열심히 물을 주기에 뭔가 봤더니 초콜릿이었어."

언니 이야기를 꺼내는 엄마를 보니 비로소 이모의 집에 왔
다는 게 실감 났다.

마을 어귀에 도착한 이모의 차가 슈퍼 옆으로 난 좁은 길로
들어섰다. 속도를 낮추고 길을 따라 조금 달리자 주변에 펼쳐진 논밭
과 슬레이트 지붕을 덮은 오래된 집들 사이로 회색 페인트칠을 한 단
층 건물이 눈에 띄었다. 잡지에 소개될 만큼 멋진 전원주택은 아니었
지만 단정하고 깨끗한 집이었다. 담벼락 옆에 차를 세우자 현관문이
열리고 여자가 나왔다.

"오느라 고생 많았어요."

작고 마른 체구에 차분하지만 도전적인 눈빛을 가진 여자
는 한때 이모가 좋아했던 사람이었다. 그리고 그녀는 이모가 빌려준
돈을 들고 사라졌었다. 이모가 스물여덟 살 무렵, 우리 집에서 함께
살고 있을 때의 일이었다. 당시 나는 열 살짜리 어린애였음에도 불구
하고 그때의 기억을 제법 또렷하게 간직하고 있었다. 여자가 사라졌
다는 사실을 알아차린 날 밤, 이모는 펑펑 울었다. 엄마는 이모가 천
만 원이나 되는, 지금도 큰돈이지만 22년 전에는 더욱 큰 액수였던 돈
을 여자에게 선뜻 빌려주었다는 사실에 놀랐고, 이모가 돈보다 여자
를 더 걱정하는 것에 또 한 번 놀랐다. 그리고 나는 이모가 너무 많이
울어서 놀랐다. 그때의 이모는 온몸이 물로 만들어진 사람 같았다. 어
린아이처럼 엉엉 소리를 내 울다가 한참 뒤에는 기운이 빠졌는지 흐
느끼며 울었다. 그렇게 울어대다 매듭 풀린 물풍선처럼 작게 쪼그라
들고 말까봐, 자꾸 들여다보게 되었다. 그날 밤, 요의를 느끼고 잠에
서 깬 나는 화장실을 가다가 이모의 방문 틈에서 새어나오는 목소리
를 들었다. 미란아, 미란아. 반복하여 불리는 이름이 고통스러운 신음

처럼 들렸다. 이모가 내뱉는 애절함은 가시덩굴처럼 뻗어나와 내 두 발을 묶었다. 때문에 나는 한참 동안 그 소리를 들으며 서 있어야 했고, 결국 오줌보가 터지고 말았다. 다리를 타고 흘러내리던 뜨뜻한 물줄기와 간절하게 불리던 여자의 이름. 그 밤의 기억이 아직도 선연한데, 이모는 정말 다 잊은 걸까. 이모가 다시 여자를 만난 건 3년 전쯤이라고 했다. 여자는 폐암을 앓고 난 뒤였고 남편과는 이미 오래전 이혼했으며 하나뿐인 아들은 남편과 살고 있는 상태였다. 이모는 여자와 살림을 합치게 된 계기에 대해 자세히 설명해주지 않았다. 시골에 자리를 잡은 뒤로 대학과 아카데미 사진 수업 출강을 위해 일주일에 사흘씩 고속도로를 타느라 고단해졌을 텐데도, 한 번쯤 도시를 벗어나 살아보고 싶었다며 만족감을 표할 뿐이었다.

작업실을 제외하고는 방이 세 개뿐이어서, 나는 2박 3일 동안 엄마와 함께 방을 쓰게 되었다. 대충 짐을 풀고 나니 어느새 저녁 식사 시간이 되어 있었다. 집 안 가득 퍼진 달달하고 고소한 음식 냄새에 허기가 느껴졌다. 거실로 나가니 식탁 가득 생일상이 차려지고 있었다. 불고기와 잡채, 비름나물, 된장찌개, 미역국. 음식을 보자 식욕이 돌았다. 곧 다 함께 상에 둘러앉았고 식사가 시작되었다. 음식은 모두 맛있었다. 특히 간이 잘 배인 불고기는 부드럽고 적당히 달달해서 자꾸 젓가락이 갔다. 잘 먹네. 이모가 흐뭇한 표정으로 나를 바라보았다.

"얘가 소고기를 좋아해. 소진인 소고기, 소은이는 돼지고기. 둘이 식성이 달라서 내가 고생했다니까. 식성뿐이야? 옷이며 장난감이며 취향이 다 달랐지. 다른 자매들은 옷도 서로 돌려 입곤 한다는데 얘들은 그런 것도 없었어."

"그래도 싸움은 덜했겠어요."

듣고 있던 여자가 끼어들었다.

short story

"그게 또 그렇지가 않더라고요. 둘 다 고집이 세 가지고. 다른 건 다르면서 왜 그것만 똑같은지 몰라요."

엄마는 나와 언니가 다투었던 일화를 늘어놓았고, 이모와 여자는 흥미롭게 들었다. 여자는 엄마가 신나게 이야기할 분위기를 만드는 데 능숙해 보였다. 그러나 나는 그들처럼 편하게 대화에 참여할 수가 없었다. 자꾸만 언니의 이름이 들려오는 게 아무래도 익숙하지 않았다. 원래 우리 집에서는 언니 이야기를 잘 하지 않았는데 그때마다 아빠가 너무 괴로워했기 때문이었다. 엄마나 내가 언니에 대한 이야기를 꺼내면 아빠는 매우 고통스러워하는 얼굴로 입을 다물어버렸다. 그러면 대화는 더 이상 이어질 수 없었다. 그러는 사이 언니의 이름은 애틋하면서도 섣불리 부를 수 없는 이름이 되고 말았다. 시간이 흘러 언니의 부재를 받아들이게 되었을 때도 그와 같은 분위기는 계속 이어져왔다. 그런데 이렇게 웃으며 부르는 언니의 이름이라니, 어색했다.

저녁 식사는 자연스레 술자리로 이어졌다. 이모는 레드와인을 꺼내왔고 여자는 그릇에 포도와 치즈, 내가 사 온 케이크를 담아왔다. 세 사람 사이에는 이야기가 끊이지 않았다. 여자가 이모보다 네 살이나 많았는데도 이모는 여자를 미란아, 하고 불렀다. 엄마는 여자를 미란 씨로, 여자는 엄마를 성미 씨로 불렀다. 자른 지 오래되어 지저분한 내 머리를 살피던 엄마는 여자를 가리키며 말했다.

"머리가 산발이네. 미란 씨한테 좀 다듬어달라고 해."

"내가 미용실을 했었거든요."

여자가 웃으며 설명을 덧붙였다.

"이 머리도 미란 씨가 해준 거야."

엄마는 고개를 이리저리 돌리며 내게 가지런한 뒷머리를 보여주었다. 여자에게 머리를 맡긴 채 얌전히 앉아 있는 엄마의 모습이 잘 그려지지 않았다. 여자가 돈을 들고 사라졌을 때 누구보다 열성적이고 꾸준하게 욕을 내뱉었던 엄마였다.

두 번째 와인병이 비워져갈 즈음, 엄마가 아빠와의 관계에 관해 답답함을 털어놓으면서 대화는 자연스레 여자의 전 남편에 대한 험담으로 흘러갔다. 와인빛으로 물든 얼굴로 가만히 이야기를 듣고 있던 이모가 불쑥 끼어들었다.

"그때 그렇게 도망가지 않았다면 그 남자를 만날 일도 없었겠지. 그럼 그 더러운 꼴 보며 그 인간과 갈라서는 일도 없었을 거고. 안 그래?"

나는 갑자기 튀어나온 불편한 주제에 긴장하며 눈치를 살폈다. 그러나 이런 이야기를 나누는 게 처음이 아닌 듯, 여자는 자신을 공격하는 이모의 말을 태연하게 받아쳤다.

"그러게 말이야. 그때 성연이 네가 나한테 돈만 안 빌려줬어도 그 인간은 안 만났을 텐데."

"그럼 나 때문인가?"

이모가 조금 익살스러운 말투로 맞받아쳤다.

"그래. 돈 같은 거 빌려주지 말았어야지. 나 같은 사람한테 돈이나 떼이고 말이야."

"그때 성연이 얘가 어찌나 울던지. 그때 소은이가 너 쓰러지면 바로 119 부른다고 전화기 붙잡고 있던 거 기억나? 소진이는 따라 울고 난리도 아니었지."

엄마는 당시의 일이 떠오르는 듯 인상을 살짝 찌푸리며 고개를 저었다.

"그치. 내가 많이 울었지. 그때 다 울어서 요즘은 슬픈 거 봐도 눈물이 안 나. 얼마나 편한지 몰라."

유쾌하지 않은 기억을 마치 어제 본 텔레비전 프로그램 이야기하듯 늘어놓는 이들 사이에서 나는 그저 빨리 이 대화가 끝나기를 바랄 뿐이었다. 그러나 잠시 뒤 더 불편한 주제가 나를 기다리고 있었다.

"소진이는 남자친구랑 잘 만나고 있고?"

나는 망설이다 결국 윤재와 헤어진 사실을 털어놓았다. 이별한 사실을 누군가에게 말하는 것은 처음이었다. 윤재를 알고 있는 친구들이 제멋대로 추측하고 각색하는 것이 싫어, 굳이 주변에 알리지 않고 있었다. 나는 우리의 마지막을 최대한 덤덤하게 전하고 싶었다. 그러나 이야기할수록 말이 꼬이고 목소리가 자꾸 갈라지는 바람에 결국 입을 다물고 말았다. 시간이 지날수록 세 사람 사이에 앉아 있는 게 힘들었다. 모두들 웃고 떠들며 고통스러웠던 기억의 머리채를 잡고 꾸역꾸역 끄집어내고 있었다. 내 마음이 꼬인 탓일까. 그들의 유쾌함이 왠지 억지로 꾸며낸 듯 느껴졌고, 꼭 서툰 연극을 보고 있는 것 같았다. 그사이에서 나 역시 산뜻한 기분으로 윤재와의 마지막을 전해야 할 것 같았는데, 도저히 그럴 마음이 들지 않았다.

술자리는 자정이 넘어 끝이 났다. 샤워를 하고 방에 들어왔을 때, 엄마는 유리병에 담긴 모래를 들여다보고 있었다. 짐 정리를 하며 화장대 위에 올려두었던 것을 발견한 모양이었다.

"이건 뭐냐?"

"모래야."

"모래? 모래는 왜 들고 다녀? 중요한 거야?"

"아냐. 버리려고 가져온 거야."

엄마는 유리병을 화장대 위에 다시 올려놓으며 중얼거렸다.

"쓰레기를 버리러 왔구나."

그리고는 요 위에 드러누워 길게 하품을 하더니 얼마 지나지 않아 작게 코를 골기 시작했다. 나는 엄마 옆에 누워 눈을 감았다. 엄마의 규칙적인 숨소리와 노곤하게 올라오는 술기운 덕분에 곧 잠이 들 수 있을 것 같았다.

오랜만에 언니가 꿈에 나왔다. 악몽이었다. 잠에서 깨 습관처럼 윤재의 번호를 누르려다 그만두었다. 다시 눈을 감아보았지만 잠은 오지 않았다. 새벽녘에 전화를 걸면 들려오던 가라앉은 윤재의 목소리가 생각이 났고 더 이상 가만히 누워 있을 수 없어 조심스럽게 자리에서 일어났다. 엄마는 깊은 잠에 빠져 있었다. 창문을 여니 눅눅한 밤공기가 방 안으로 밀려들어왔다. 숨을 깊게 들이마시자 어디선가 바다 냄새가 나는 듯했다. 새벽 3시 반. 하릴없이 보내기에는 남은 밤이 너무 길었다. 나는 잠시 고민하다 대충 옷을 챙겨 입고 집을 나섰다.

주변의 집들은 모두 불이 꺼져 있었고, 드문드문 세워진 가로등 불빛이 길을 비추고 있었다. 고개를 들어 마을 너머로 시선을 돌리면 온통 어둠뿐이었다. 호기롭게 대문 밖으로 나왔지만 선뜻 발이 떨어지지 않았다. 집에서 멀지 않은, 동네 입구 슈퍼까지만 다녀오기로 하고 천천히 걸음을 옮겼다. 어둑한 길이 낯설게 느껴져 자꾸 주변을 살폈다.

윤재를 기다리던 밤이 생각났다. 핑크빛 모래사장이 있는 해변에 다녀온 다음날이었을 것이다. 우리는 현지인들에게 인기 있다는 식당에서 저녁을 먹고 야경을 구경하기 위해 강변을 향해 걸었다. 틈틈이 길을 확인하며 목적지로 향하던 그가 문득 걸음을 멈추었다. 쇼핑한 것이 담긴 비닐봉투를 두고 왔다고 했다. 봉투 안에는 먹다 남은 초콜릿과 윤재가 산 마그넷 두 개, 그리고 내가 산 잭나이프가 들어 있었다.

"아무래도 식당에 두고 온 것 같은데."

윤재가 곤란한 표정을 지으며 말했다. 나는 매우 피곤한 상태였고, 지금까지 온 길을 되돌아가고 싶은 마음이 없었다.

"그냥 가자. 비싼 것도 아닌데. 아니면 내일 아침에 다시 찾으러 가지, 뭐."

그러나 윤재는 아무래도 다녀오는 것이 좋겠다며 내게 잠시 기다리라는 말을 남기고는 발걸음을 돌렸다. 홀로 남겨진 나는 근처 벤치에 앉아 오가는 사람들을 지켜보며 그를 기다렸다. 한 부부가 유모차를 끌고 내 앞을 지나갔다. 아이가 조금 칭얼거렸고 남자가 유모차 안을 보며 무어라 달랬다. 정확히 알아들을 수는 없었지만 분명 어서 집으로 가자는 말일 거라고 생각했다. 실제로 그들의 걸음이 조금 빨라졌으니까. 그 모습을 보며 전날 해변에서 나누었던 대화를 떠올렸다. 핑크빛 모래 위에 앉아 바다를 바라보며, 윤재는 자신이 먼 훗날 살고 싶은 집에 대해 말했다. 좀 한가로운 곳에 마당 있는 집을 짓고 오래오래 살고 싶어. 각자의 이유로 집을 떠나더라도 다시 모일 수 있는 구심점 같은 곳을 내 사람들에게 마련해주고 싶으니까. 어릴 적, 수차례 집을 옮겨다녀야 했던 윤재는 자신이 꾸릴 가정에 대해 뚜렷한 이상향을 가지고 있었다. 너는 어떤 집에서 살고 싶은데? 그가 물었다. 나는 번화가에서 살고 싶어. 근처에 영화관도 있고 쇼핑몰도 있고 오가는 사람들도 많은 곳. 끊임없이 변화하고 언제나 시끌벅적한 곳에서 살면 덜 외로울 수 있을 것 같아. 우리가 꿈꾸는 미래에는 서로가 존재하지 않았다. 나는 언젠가 우리가 함께하지 않을 시간에 대해 생각했다. 그도 나와 같은 생각을 하고 있었을까. 그가 나를 바라보며 미소를 지었다. 그 순간, 그의 얼굴이 아득하게 느껴졌다. 나는 앞으로 그를 생각할 때마다 이 아득함을 떠올리게 되리라는 것을 예감했다. 앞으로의 우리의 관계가 지금과 다른 형태로 변하게 되리라는 것도. 한참 동안 그의 얼굴을 쳐다보다가 시선을 떨구었다. 발 아래 반짝이는 모래가 너무 예뻐서 두 손 가득 쥐고 싶었다. 나는 아 무도 모르게 모래를 향해 손을 뻗었다.

30분이 다 되어가도록 윤재는 돌아오지 않았다. 식당까지 오가는 거리를 생각하면 슬슬 모습을 보여야 했다. 윤재에게 전화를 걸자 내 무릎 위에서 진동 소리가 들렸다. 그가 맡기고 간 가방 안에 휴대전화가 들어 있었다. 만약 윤재가 길을 찾지 못하면 어떡하지. 다 시 호텔로 돌아가야 할까. 윤재가 이대로 영영 돌아오지 않을 것만 같 았다. 언젠가 책에서 읽은 이야기가 떠올랐다. 가족과 함께 여행을 온 남자가 아내와 아이를 잃어버린 뒤 처음부터 그런 사람들은 함께 오 지 않았다는 말을 듣게 되는 내용의 이야기였다. 남자는 아내와 아이 의 존재를 증명하기 위해 애를 쓰지만 사건은 점점 미궁 속으로 빠져 들 뿐이었다. 호텔에 돌아갔는데도 윤재가 없으면 어쩌지. 데스크에 있던 호텔 직원이 내게 진지한 표정으로 말한다면. 당신은 심각한 정 신 착란을 겪고 있군요. 처음부터 이 호텔에 온 사람은 당신뿐이었습 니다. 그가 애초에 내 인생에 존재하지 않았을 가능성에 대해 생각했 다. 그랬다면 지금 이렇게 그를 기다리며 앉아 있을 필요도 없어지겠 지. 그런데 그는 정말 돌아오는 걸까. 몇 발자국 떨어진 곳에서 관광 객으로 보이는 두 사람이 서로 머리를 맞대고 휴대전화를 들여다보 고 있었다. 두리번거리는 것을 보아 길을 찾는 모양이었다. 강아지를 끌고 산책하는 남자가 그들 옆을 지나갔다. 중년 여자가 빠른 걸음으 로 걸어와 맞은편 가게 안으로 들어갔다. 그 거리에서 누군가를 기다 리는 사람은 나뿐이었다. 당장 거리를 벗어나고 싶었다. 애초에 아무 것도 기대하지 않았다는 듯 가볍게 자리를 털고 일어나 목적지를 향 해 걸어가고 싶었다. 그러나 나의 목적지는 결국 윤재가 있는 곳이었으므로 멍청한 얼굴로 주변을 두리번거리며 앉아 있을 뿐이었다.

　　　　윤재가 돌아온 것은 그로부터 10분이 더 지난 시각이었다. 그는 땀에 잔뜩 젖어 있었고 지쳐 있었다. 식당에도 없어서 그 전에 들렸던 서점과 카페에도 가보았다고 했다. 비닐봉투는 카페에 있었던 모양이었다. 뿌듯한 표정으로 봉투를 들어 보이는 그의 모습에 화가 났다. 그깟 싸구려 기념품들 따위가 뭐가 중요하다고. 이 사람은 왜 이렇게 열심인 걸까. 정작 나와는 다른 미래를 생각하고 있으면서. 이 관계는 무엇을 의미하는 걸까. 문득 두려워졌다. 그가 내게 최선을 다하고 있는 걸까봐. 그리고 어느 날 불쑥 나를 떠나 열심히 나를 잊을까봐. 결국 남겨지는 사람은 내가 될 것이다. 내가 괜찮다고 했잖아. 없으면 그냥 올 것이지. 나의 퉁명스러운 반응에 그는 몹시 서운해했고, 그날 밤 우리는 야경을 보지 못하고 호텔로 돌아왔다. 그가 찾아온 잭나이프는 결국 한국으로 가져오지 못했는데, 수화물과 함께 부치는 것을 깜박 잊었기 때문이었다. 뒤늦게 그 사실을 떠올린 나는 다시 수화물을 찾아 나이프를 맡길까 하다 그만두었다. 나이프는 검색대를 통과하기 전, 화장실 변기 위에 버려두었다.

　　　　윤재에게 문자메시지를 썼다 지웠다. 더 이상 함께할 수 없다는 것은 무슨 의미일까. 삭제. 너와 만났던 시간을 후회해. 삭제. 이럴 거면 처음부터 나를 신경 쓰지 말았어야지. 메시지는 보내지 않았다. 미련 가득한 전 여친 따위는 되고 싶지 않았다. 걷다 보니 어느 새 슈퍼 앞에 도착해 있었다. 길은 다음 마을로 향하는 찻길과 만나며 끝이 났다. 갈 길이 사라지자 남은 선택지는 되돌아가는 것뿐이었다. 나는 불 꺼진 슈퍼 앞을 잠시 기웃거리다 다시 발길을 돌렸다. 모든 것이 원점으로 돌아가고 있는 기분이었다.

눈을 떠보니 창밖은 이미 한낮이었다. 엄마가 누웠던 자리는 정리되어 있었고 문밖에서는 이야기 소리와 그릇 부딪치는 소리, 물소리가 들려왔다. 나는 자리에 누운 채로 가만히 그 소리를 듣고 있었다. 잠시 뒤, 방문이 열리고 엄마가 고개를 들이밀었다.

"일어났네? 깨우러 왔더니. 뭔 잠을 그렇게 죽은 듯이 자? 너 살아 있나 몇 번을 찔러봤다. 어서 일어나서 나와. 아침은 진작 우리끼리 먹었고, 점심으로 국수 먹을 거야."

그제야 시계를 확인하니 12시가 넘어 있었다. 6시쯤 다시 잠이 들었으니 그 이후로 여섯 시간을 내리 잔 셈이었다. 나는 천천히 몸을 일으켜 방을 나섰다.

"푹 잤나 보네. 눈이 퉁퉁 부었어."

내 얼굴을 본 이모가 씩 웃으며 놀리듯 말했다. 식탁에는 이미 국수 네 그릇이 놓여 있었다. 모두들 자리에 앉아 말없이 국수를 먹기 시작했다. 멸치와 다시마로 낸 국물이 깔끔하고 시원했다. 내 맞은편에 앉은 여자는 매우 느린 속도로 국물을 한 숟가락씩 떠먹고 있었다. 웃고 떠들던 전날 밤의 모습이 사라지고 다시 무뚝뚝해진 얼굴이 새삼 낯설게 느껴졌다.

식사가 끝날 즈음 이모가 바다에 다녀오자고 제안했다. 소진이도 모처럼 왔는데 바다는 보고 가야지. 모두들 그 의견에 찬성했고, 바닷가에 나갈 채비를 했다. 선크림을 꼼꼼히 바르고, 모자와 선글라스를 챙겼다. 엄마는 이모에게 빌린 카메라를 들고 벌써부터 여기저기에 렌즈를 들이밀고 있었다. 나는 잠시 망설이다가 모래가 담긴 유리병을 에코백에 넣었다.

준비를 마치고 거실로 나오는데 현관 앞이 소란스러웠다. 이모와 여자가 설전을 벌이고 있었다.

"그 선글라스 좀 쓰지 말라니까. 안 어울린다고."

"놔둬. 이게 딱 맞아서 편해."

"편하긴 뭐가 편해. 다 늘어나서 곧 벗겨질 거 같구만. 쓰려면 나사나 조이고 쓰던가. 소진아, 이거 봐봐. 지금 이 사람이 쓰고 있는 선글라스 별로지? 그거 벗고 이걸 쓰라니까. 기껏 예쁜 걸로 사줬더니 왜 안 쓰고 다녀?"

나는 갑자기 맡게 된 심판관 역할에 난감해져 이모와 여자의 얼굴을 번갈아 보았다. 붉은색 두꺼운 테와 캣츠아이 스타일의 프레임은 여자의 전체적인 스타일에 비해 지나치게 튀어 보이기는 했다. 반면 이모의 손에 들린 검정색 둥근 프레임의 선글라스는 여자의 얼굴에 무난하게 어울릴 듯했다.

"놔둬. 나 편한 거 쓰고 갈 거야."

여자는 퉁명스럽게 쏘아붙이고는 그대로 현관문을 열고 나가버렸다.

"지 엄마한테 뭐가 어울리는지 생각도 안 해본 거지. 그러니까 저딴 물건을 사 왔지."

이모는 눈앞에서 닫혀버린 현관문을 바라보며 짜증 섞인 목소리로 중얼거리고는 거친 손길로 들고 있던 선글라스를 신발장 위에 올려두었다. 그러고는 여자를 따라 마당으로 나섰다. 나는 순식간에 싸늘해진 분위기에 당황하여 저들을 따라 나서도 되는 것인지 고민했다. 그냥 집에 있자고 할걸 그랬나. 슬그머니 후회가 되기 시작했다. 그러나 엄마는 두 사람의 설전 따위 신경 쓰지 않는 듯 카메라를 들어 이모가 던져놓은 선글라스를 찍을 뿐이었다.

바다에 도착해서도 두 사람은 여전히 입씨름을 벌였다. 이번에는 여자가 신고 나온 신발이 문제였다. 여자는 삼선 슬리퍼를 신고 있었는데 이모는 그 점이 영 마음에 들지 않는 모양이었다.

　"그 슬리퍼 좀 신지 말라고. 전에도 그거 신고 다니다 걸려서 넘어졌었잖아."

　"다들 이런 슬리퍼 신고 다녀. 어쩌다 한 번 넘어진 거 가지고 그렇게 오버 좀 하지 마."

　둘 사이의 분위기가 원래 저랬던가. 기억을 돌이켜보려 했지만 내가 아는 두 사람의 모습은 1년 전 이모가 이곳에 온 지 얼마 안 되었을 때 보았던 게 다였다. 그 뒤로는 내가 이모집을 찾는 대신 이모가 혼자 서울로 올라오곤 해서 굳이 마주할 기회가 없었다. 그동안 엄마와 이모를 통해 수차례 이야기를 전해들은 탓에 여자의 존재가 익숙할 뿐이었다. 안절부절 못하는 나를 알아챈 엄마가 나지막이 말했다.

　"저 둘은 신경 쓰지 말고 넌 나랑 저쪽에서 사진이나 찍자."

　엄마는 나를 끌고 다니며 셔터를 눌러댔다. 해변은 한쪽 끝에서 반대편 끝까지 한눈에 담을 수 있을 만큼 작았다. 해변의 길이에 비해 모래사장이 꽤 깊숙한 곳까지 펼쳐져 있어서 보고 있으면 아늑한 기분이 들었다. 모래사장이 끝나는 곳에는 바위들이 늘어서 있었고 바위틈과 뒤편으로 덤불과 관목이 자라고 있었다. 아기자기한 매력이 있는 곳이었지만 근처에 크고 유명한 해수욕장이 있어서인지 찾는 사람은 많지 않았다. 우리가 도착했을 때도 커플 한 쌍과 젊은 여자들 한 무리가 모래 위를 거닐고 있었을 뿐이었다.

　"거기 좀 서봐."

　엄마가 가리킨 바위 뒤편에는 누가 일부러 심어놓은 것처럼 해바라기 다섯 송이가 피어 있었다. 나는 바람에 조금씩 흔들리는 해바라기 옆에 서서 포즈를 잡았다. 여러 장을 내리 찍은 뒤 결과물을 확인한 엄마는 마음에 들었는지 잠시 그것을 들여다보다 내게 물었다.

"엄마가 자꾸 언니 이야기하는 거 불편해?"

"아니. 언니 이야기인데 불편할 게 뭐 있어. 그동안 안 한 게 더 이상하지."

"너도 많이 힘들어했으니까."

"오래전 일이잖아. 그리고 그 일이 있었을 땐 나도 어렸고."

그 이후로 많은 시간이 흘렀고 어느새 나는 언니보다 훨씬 큰 어른이 되어 있었다. 그러나 그동안 나를 단단하게 만들어준 것은 단지 시간뿐만이 아니었다. 꾸준히 나를 지켜봐준 윤재가 있었고 나는 그런 윤재를 버팀목 삼아 바로 섰다. 그런데 그런 윤재가 이제 내 옆에 없다. 그래서 나는 두려웠다. 내가 의지해왔던 것들이 모두 허상이었을까봐. 버팀목을 걷어낸 뒤 다시 이전처럼 내가 무기력하게 기울어버릴까봐. 불안한 마음에 자꾸만 온몸에 힘을 주게 되었다. 나야말로 지금 파이팅이 필요한데. 그러나 누구도 내게 그 말을 외쳐주지 않는다.

"요즘은 네 아빠가 종종 먼저 소은이 이야기를 꺼내더라. 지금껏 누가 옛날이야기만 꺼내면 혼자 입 꾹 다물고 숨어버리더니, 그 양반도 이젠 말할 사람이 필요한가봐."

"그런데 아빠가 아예 언니 이야기를 안 한 건 아니잖아."

"그랬지. 그런데 그때마다 울었지. 나는 우리 딸의 예쁜 모습을 추억하고 싶었던 건데 그 사람은 그걸 큰 상처처럼 받아들이곤 했어. 그렇게 이야기를 하고 나면 네 언니가 마치 커다란 슬픔거리가 된 기분이어서 싫었어. 소은이랑 함께했던 시간까지 불행처럼 여겨지는 것 같아서. 나한테는 그 시간들이 참 기쁘고 소중했었는데. 그래서 웃으면서 행복한 기억을 나누고 싶었는데 네 아빠하고는 그게 잘 안 됐지. 내가 이상했던 건지도 모르지만. 그래서 난 그날 이후 소은이뿐만 아니라 가족 모두를 잃어버린 기분이었어."

"이제는 서로 이야기가 좀 되지 않을까? 아빠도 달라졌다 니까."

"글쎄, 과연 그럴까. 네 아빠한테 좀 말해주고 싶다. 모른 척 묻어두는 게 정답이 아니라고. 봐, 이렇게 이야기하니까 좋잖아."

엄마는 바다를 향해 나란히 서 있는 이모와 여자를 바라보 며 말했다.

"가끔은 나도 저런 기회가 있었으면 좋겠다고 생각해. 헤어 졌던 사람을 다시 한번 만날 수 있는 기회."

"그러게."

"그러니까 너무 섣불리 보내려 하지 마. 냉정하게 모른 척 하려 하지 말고, 억지로 다 지우려 하지도 말고. 그냥 덤덤하게 다음 에 찾아올 것을 기다리는 것도 나쁘지 않은 것 같아."

나는 언니를 떠올리며 고개를 끄덕이다가, 곧 윤재와 재회 하게 될 가능성에 대해 생각했다. 언니와 다시 만난다면 하고 싶은 일 은 수십 가지도 댈 수 있었는데, 같은 상황에 윤재를 대입하자 아무것 도 떠오르지 않았다.

숨을 들이쉴 때마다 비릿하고 후끈한 공기가 밀려들어왔다. 목덜미에 조금씩 땀이 맺히고 있었지만 불쾌하게 느껴지지는 않았다. 살갗에 내리쬐는 따가운 햇볕을 느끼며 잔잔한 물결을 보고 있노라니 시간이 아주 느리게 흘러가는 듯했고 뭐든 흘러가야 할 방향으로 흘러 가지 않을까 하는 생각이 들었다.

그러나 평화로운 시간은 오래가지 못했다. 이모와 여자가 옥신각신하며 엄마와 내 앞에 나타났기 때문이었다. 결국 넘어진 쪽 은 이모였다. 바위에 올라가려다 그만 발이 미끄러지고 말았다고 했 다. 이모의 무릎 부분에는 붉게 긁힌 자국이 나 있었다. 여자는 그렇게 잔소리를 해대더니 결국 자기가 자빠졌다며 못마땅한 얼굴로 이모를 쳐다보았다. 이모는 무언가 잔뜩 억울한 표정이었지만 여자의 말에 아무 대꾸도 하지 않았다.

집으로 향하는 차 안은 고요했다. 운전대를 잡은 이모도, 조수석에 앉은 여자도 서로에게 한마디도 하지 않았다. 엄마 역시 창밖을 내다보며 생각에 잠겨 있었다. 나는 그들을 신경 쓰지 않으려 애쓰며 엄마가 찍어준 내 사진을 보았다. 멍청한 표정으로 주변을 두리번거리는 모습과 해바라기 옆에서 차렷 자세로 서 있는 모습을 보고는 나도 모르게 피식 웃고 말았다. 그러다 어떤 사진에 오래 눈길이 머물렀다. 해바라기를 바라보는 내 옆모습이 찍힌 사진이었다. 두 눈이 접히도록 웃고 있는 얼굴이 내가 보기에도 언니와 매우 닮아 있었다. 사진의 초점이 살짝 흔들린 덕분에 더욱 그렇게 보였다. 언니가 나만큼 나이가 들었다면 이런 얼굴을 하고 있었을까. 문득 어릴 적, 언니와 내가 종종 흥얼거리던 노래가 떠올랐다. 나는 창문을 내린 뒤 고개를 살짝 내밀고 조용히 그 멜로디를 흥얼거렸다. 내가 볼 수 있는 건 단지 노란 레몬 나무 하나뿐이야. Fool's Garden, 〈Lemon tree〉.

후렴구를 모두 불렀을 때, 가방 안에 넣어둔 유리병을 그대로 되가져왔다는 사실을 깨달았다.

이모와 여자의 실랑이는 저녁 시간까지 이어졌다. 여자가 반주로 청하를 마시겠다고 하자 이모가 이틀 연속으로 하는 음주는 좋지 않다며 말렸고, 그 바람에 또 티격태격하기 시작했다. 나는 낯선 이모의 모습에 어리둥절할 뿐이었다. 내가 알던 이모는 세상 쿨한 사람이었다. 다른 사람이 싫다는 일은 절대로 강요하지 않았고, 각자 원하는 대로 살아야 한다는 게 인생의 모토였으며, 인간관계에 있어서도 맺고 끊음이 깔끔했다. 그런데 지금 내가 보고 있는 이 광경은 무엇일까. 여자는 잔뜩 짜증이 어린 얼굴로 불만을 늘어놓았다.

"내가 매일 마시는 것도 아니고, 한 번 마실 때 코가 삐뚤어지게 마시는 것도 아니고, 그냥 마시고 싶을 때 한두 잔 마시겠다는데 왜 이렇게 참견이야? 하는 일마다 사사건건 눈치 주면 어디 숨 막혀서 살겠어? 넌 내 행동 하나하나가 다 거슬려 죽겠지?"

"무슨 말을 또 그렇게 해? 다 생각해서 하는 말이잖아."

"나 챙길 필요 없으니까 네 앞가림이나 제대로 해. 그렇게 남 사정 생각하며 신경 쓰다가 뒤통수 맞고 손해 보지 말고. 오늘도 봐. 내 무르팍이 깨졌어? 니 무릎만 깨졌잖아."

두 사람의 말다툼은 쉽게 끝날 기미가 보이지 않았다. 나는 서둘러 식사를 마치고 방으로 들어왔다. 잠시 뒤, 엄마도 내 뒤를 따라 들어와 이어폰을 끼고는 휴대전화로 유튜브 영상을 시청하기 시작했다. 나는 가지고 온 책을 읽어보려 했지만, 좀처럼 페이지가 넘어가지 않았다. 무슨 말인지 이해하지도 못한 채 글자만 읽어내려가다가 결국 그만두고 괜히 이런 저런 기사들을 검색하며 시간을 보냈다. 그러다 언젠가부터 문틈으로 조금씩 새어들어오던 말소리가 더 이상 들려오지 않는다는 것을 깨달았다. 두 사람의 대화는 결국 비틀린 채 끝이 났을까. 살며시 방문을 열고 나가보았다. 불 꺼진 거실에는 아무도 없었다. 화장실을 들렀다 다시 방으로 돌아가려는데, 거실에 난 통유리 창 너머로 이모의 모습이 보였다. 이모는 마당 구석에 놓인 나무 벤치에 앉아 혼자 담배를 피우고 있었다. 나는 잠시 망설이다가 마당으로 나갔다.

"담배 끊었다더니."

이모는 몰래 장난을 치다 들킨 아이처럼 혓바닥을 조금 내밀고 콧등을 찡긋해 보였다.

"가끔 피우는 거야. 아주 가끔. 아, 미란이한텐 비밀이야."

"비밀은 무슨. 오며 가며 다 보이는 데서 피우고 있으면서."

내 핀잔에 이모가 피식 웃었다. 조금 피곤해 보이는 웃음이었다.

"오늘 자꾸 시끄럽게 해서 미안. 신경 쓰였지?"

"그러게 왜 일일이 참견하려고 해? 난 이모가 그렇게 잔소리 대마왕인 줄 몰랐네."

"몰라. 보고 있으면 나도 모르게 자꾸 싫은 소리를 하게 돼."

"왜? 뭐가 그렇게 마음에 안 들어서."

"마음에 안 들기보다는……. 그래, 마음에 안 들어. 아니, 개차반 같은 전남편 이야기는 왜 자꾸 해? 잘 만나지도 않는 아들은 뭐그리 챙겨? 내 돈 갖고 날라서 고작 그딴 인간 만나 불행하게 산 게 뭐그리 잘한 일이라고 자꾸 떠들어대는 거야? 사람이 그렇게 염치가 없어? 하긴 그렇게 염치가 없으니 나랑 함께 산다고 했겠지. 미워. 아주그냥 미워 죽겠어."

이모는 마치 여자가 앞에 있기라도 한 듯 목소리를 높였다. 나는 마당 쪽을 향해 난 여자의 방 창문을 흘끗 쳐다보았다. 커튼이 쳐진 방 안쪽에서는 아무런 움직임도 보이지 않았다.

"뭐야, 두 사람 좋아서 같이 살자고 한 거 아니었어?"

"이럴 줄은 몰랐지."

이모는 들고 있던 담배꽁초를 버리고 새 담배를 꺼내 불을 붙였다. 타들어간 담배는 곧 절반으로 줄어들었고, 이모는 아까보다 작아진 목소리로 말을 이었다.

"아니, 사실 이럴 줄 알았지. 알면서도 같이 살 생각을 했지."

"그러니까 대체 왜?"

"글쎄…… . 소진아, 만약 네가 나라면 어떻게 했을 거 같아?"

"잘 모르겠어. 근데 아마 나는 이모처럼 못할 거야."

"그렇지. 네가 나처럼 할 필요는 없지. 넌 네 방식대로 해야지."

그 순간, 오래전 윤재의 말이 떠올랐다. 넌 네가 마시고 싶은 방법으로 계속 차를 마셔. 그런 거 되게 좋아 보여. 그때는 위안이 되었지만 지금은 아프게 느껴지는 그 말.

"나도 모르겠다. 결국 미련 같은 거지 뭐. 그때 못해본 걸 지금이라도 하면 그동안 쌓였던 감정이 좀 사라질까 싶어서. 만약 그때 그런 일이 없었으면 어땠을까, 내가 그렇게 행동하지 않았다면 좋았을 텐데. 그런 후회들이 사람을 미치게 하잖아."

"그래서 쌓인 감정이 좀 사라졌나?"

"글쎄. 어쩌면 오히려…… 후회하게 될 순간들을 계속 만들고 있는지도 모르지."

커튼 뒤로 아주 잠깐 그림자가 스쳐지나간 듯했다. 잘못 본 걸까. 움직임을 찾아 고요한 창 너머를 유심히 바라보고 있노라니 마치 이모의 예전 작품을 보고 있을 때와 같은 기분이 들었다. 이모의 연작 〈Trace〉는 누군가 자신이 머물던 자리를 뜨는 순간을 포착하는 작업이었다. 의자에서 일어나는 사람, 막 침대를 벗어나는 사람. 어떤 사진에는 얼굴 아래 몸통 전체가, 다른 사진에는 손끝이나 옷자락만이 찍혀 있었고, 모델이 프레임에서 완전히 사라져버린 사진도 있었다. 움직이는 피사체는 잔상을 남겼는데 그것은 보는 이로 하여금 초조함과 아쉬움을 불러일으켰다. 흐릿해진 누군가를 보고 있노라면 손을 뻗어 그의 흔적을 잡고 싶어졌다. 떠나는 이 뒤로는 의자와 침대, 테이블이 남았다. 때로는 자동차 앞좌석, 정류장, 은행 앞 ATM 기계 따위가 남겨졌다. 당시 이모가 나타내고 싶었던 것은 그런 것들이 아니었을까. 한때 이곳에 누군가 머물렀다는 증거들. 베개에 떨어진 머리카락. 비뚤어진 의자 같은. 작품 이야기를 꺼내자 이모는 슬며시 미소를 지었다.

"그 작업 나도 좋아했지. 그리고 그다음에 했던 게 아마 자화상 작업이었지? 흔적들을 찍다가 문득 그런 생각이 들었거든. 왜 굳이 다른 곳에서 흔적을 찾아야 하나. 내가 바로 그 사람이 머물렀던 장소인데. 시간이 지날수록 흔적은 옅어지겠지만, 결국 그 흔적마저 내 일부가 되니까. 그러니까 내가 완전히 사라지지 않는 한 흔적도 계속 남아 있는 거지. 그런 생각을 했던 거 같아."

이모의 말은 내게 잔인하게 느껴졌다. 그리고 한편으로 조금 안심이 되기도 했다.

"이럴 줄 알았으면 사랑 같은 건 하지 말걸 그랬어."

"그런가. 사랑 같은 거 하지 않는 게 좋았나."

이모는 내 말을 따라했다. 그만 들어가야지. 몇 번이고 중얼거리면서도 좀처럼 움직일 생각이 없는 이모를 두고 먼저 자리에서 일어났다. 내가 집 안으로 들어갈 때까지 이모는 진회색빛 구름으로 뒤덮인 먼지 같은 하늘을 올려다보며 그곳에 앉아 있었다.

방에 들어오니 엄마는 이어폰을 귀에 꽂은 채 잠이 들어 있었다. 나는 조심스럽게 이어폰을 정리하고 엄마를 바로 눕힌 뒤 그 옆에서 잠을 청했다. 자리에 눕자 윤재를 기다리던 이국에서의 밤이 떠올랐다. 초조한 마음으로 기웃거렸던 길목과 윤재의 이마에 맺혀 있던 땀방울. 그리고 우리가 결국 보지 못했던 다리의 야경이. 다리에서 바라보는 도시가 정말 아름답다고 했는데. 휴대전화를 들고 다리의 밤 풍경을 찍은 이미지들을 검색해보았다. 주황빛 가로등 불빛 아래 은은하게 반짝이는 강물과 오래된 조형물들로 장식된 소박한 다리.

그리고 그 위를 오가는 많은 관광객들. 우리가 그 위를 걸었을 수도 있었겠지. 함께 다리를 건너는 사람과 소중한 비밀을 나누게 된다는 전설 따위를 이야기하면서. 그럼 네 손에 들려 있던 그 초라한 비닐봉투가 이렇게 오래 기억에 남을 일은 없었을까.

시간이 흐를수록 잠은 점점 달아나고 있었고 결국 파우치 안에 넣어두었던 수면유도제를 꺼냈다. 물을 떠오기 위해 다시 거실로 나왔을 때, 마당에 나란히 앉아 있는 두 사람을 보았다. 이모와 여자는 하늘을 올려다보며 무언가에 대해 열심히 이야기를 나누고 있었다. 여자가 손가락을 뻗어 무언가를 가리키자 이모는 여자의 손가락이 향하는 쪽을 유심히 들여다보며 고개를 끄덕였다. 나는 바짝 맞닿아 있는 두 사람의 어깨를 바라보다가 물컵을 갖고 방으로 돌아왔다.

화장대 위에는 작은 스탠드가 은은한 빛을 밝히고 있었고 그 옆에 모래가 담긴 유리병이 놓여 있었다. 나는 잠시 동안 그것을 보며 끝나버린 것과 끝나지 않는 것에 대해 생각했다. 그리고 거울에 비친 나의 얼굴과 마주했다. 눈, 코, 입을 차례로 들여다보고 있노라니 내가 잘 모르는 다른 이의 얼굴처럼 보였고, 문득 섬뜩한 기분이 들었다. 잠자리에 들어서도 방금 본 내 얼굴을 떠올려보려 했지만, 얼굴은 자꾸 다른 이들의 얼굴로 변하려 했다. 나는 내 본래 얼굴을 기억해내기 위해 애를 쓰다 까무룩 잠이 들었다. 그리고 조금 긴 꿈을 꾸었다.

내 몸에서 분홍색 모래가 쏟아지는 꿈이었다. 흩어지는 모래를 보며 어쩌면 조금 울었는지도 몰랐다. 잠에서 깨어났을 때, 오랫동안 누군가와 마주하고 있었던 듯한 기분이 들었다. 여전히 자리에 놓여 있는 유리병을 보자, 다시 바다에 다녀오고 싶어졌다.

아침을 먹은 뒤 이모가 차를 내왔다. 선물로 받은 영국산 홍차라고 했다. 이모는 찻잎을 티 포트에 덜어 넣고 끓인 물을 부은 뒤 3분여 정도 기다렸다. 그리고 유리로 된 찻잔에 천천히 따르기 시작했다. 소은이가 홍차를 좋아하지 않았었나? 엄마가 중얼거렸다. 그러나 언니가 정말 홍차를 좋아했는지는 기억이 나지 않았다. 언니는 어떻게 차를 마셨더라. 나는 앞에 놓인 찻잔을 들어 한 모금 꿀꺽 들이마셨다. 너무 뜨거워서 조금 눈물이 났다. 조심히 마셔. 이모가 말했다. 나는 그새 벗겨진 입천장을 천천히 혀로 쓸며 입안에 남은 홍차의 맛을 느꼈다. 그리고 남은 차를 조금 더 천천히 마셔보았다. 차의 온도에 점점 익숙해지는 듯 입안에 느껴지던 고통이 잦아들었다. 언니가 맞았어. 역시 파이팅이 필요해. 나는 내 몸에 차오르는 열기를 참아내며 마지막 한 모금까지 모두 삼켜낸 뒤 이모에게 물었다.

"이모, 잠깐 차 좀 써도 되나?"

"차는 왜? 어디 가게?"

"올라가기 전에 바다에 한 번 더 다녀오고 싶어서."

"같이 가줄까?"

"아니. 그냥 혼자 다녀오는 게 좋을 것 같아."

이모는 무슨 말을 하려다 그만두고 알았다는 듯 고개를 끄덕였다. 이모에게 차키를 건네받은 나는 서둘러 집을 나섰다.

다시 찾은 해변에는 커플 한 쌍이 모래사장을 거닐며 서로의 사진을 찍어주고 있었다. 전날 보았던 이들과 인상이 비슷해 보여 같은 사람들일지도 모른다고 생각했다. 그러나 어쩌면 전혀 다른 사람들일 수도 있었다. 아이를 데려온 젊은 부부도 보였다. 부부는 모래사장 위 평평한 곳에 접이식 텐트를 쳐두고 그 그늘에 앉아 아이들이 노는 모습을 지켜보고 있었다. 초등학교 저학년쯤 되어 보이는 여자아이와 대여섯 살쯤 되어 보이는 남자아이는 해안선 가까이에서 장난을 치는 데

여념이 없었다. 바닷물이 들어오는 지점 근처에 모래무덤을 만들어놓고 파도가 칠 때마다 까르르 웃으며 뒤로 물러나곤 했다. 밀려들어오는 바닷물은 아슬아슬하게 모래무덤 앞에서 멈추고 다시 되돌아갔다.

날이 더울 예정인지 아직 점심 전인데도 햇살이 뜨거웠다. 샌들을 신은 발바닥 아래로 자꾸 모래가 들어왔다. 가벼워 보이는 아이들의 맨발을 바라보다가 나도 샌들을 벗어 손에 들었다. 달궈진 모래의 온기가 발바닥에 고스란히 전해졌다. 샌들을 벗고 조심스럽게 모래 위에 발을 올리던 윤재가 그려졌다. 진짜 뜨거워. 인상을 찌푸리면서도 익숙해질 때까지 발장난을 치던 모습과 그의 발가락 사이로 흘러내리던 분홍빛의 모래들. 이제 모두 지나간 순간이다. 모래가 모두 떨어진 모래시계처럼, 우리의 시간은 멈추었다. 언젠가 우리에게도 재회의 순간이 찾아올지도 모르지. 그렇다 해도 우리가 모래시계를 다시 뒤집어 새로운 시간을 시작할 수 있을까.

해안선 쪽으로 조금 더 가까이 다가가자 축축한 모래가 발에 달라붙었다. 문득 발바닥이 간지러웠다. 나는 바닷물이 들어오는 곳까지 걸어갔다. 파도가 쳤고, 바닷물이 내 발등을 부드럽게 훑고 지나갔다. 내 몸에서 떨어진 모래가 물속으로 사라졌다. 나는 그 자리에 서서 자꾸만 밀려오는 푸른 물을 기다렸다.

우와, 엄청 큰 파도가 온다.

아이들이 외쳤다. 등 뒤에서 장난기 어린 웃음소리가 들려왔다. 바닷물은 순식간에 나의 무릎까지 차올랐고, 뒤를 돌아보았을 때 모래무덤은 이미 반쯤 허물어져 있었다. 모래가 다시 발등위에 달라붙었다. 서걱거리는 조각들이 내 몸에서 모두 떨어져 사라질 때까지 나는 한참 동안 그 자리에 서 있었다. 파도가 지나간 자리에 반짝이는 것들이 있었다. 🥢

지혜

지혜는 1986년 제주에서 태어났다. 2018년 경향신문 신춘
문예로 등단했다.

미미가 내게 말하려던 것

지 혜
小說家

1.

　　그날은 오후 내내 유인원사에 머물렀다. 인터폰 너머 사육사는 거의 울고 있었다. 선생님, 빨리 좀 와주세요. 보넷원숭이 한 마리가 아침부터 철창에 매달려 내려오지 않는다고 했다. 제리는 어릴 때부터 붙임성도 없고 무리에 잘 적응하지도 못했다. 팔이 부러진 이유도 그 때문이었다. 제리가 새로운 우두머리에게 공격당한 후, 유인원사는 한동안 조용할 날이 없었다.

　　이동 카트를 타고 유인원사에 도착했을 때 제리의 깁스는 거의 부서져 있었다. 나뭇가지처럼 가느다란 손가락으로 상처를 긁어대는 모습을 보자마자 소리를 지를 뻔했다. 알아듣는지도 모르면서 나는 매번 동물들에게 명령했다. 먹지 마, 하지 마, 제발 좀 가만히 있어, 그런 말들. 제리는 날 발견하자마자 재빨리 유인원사 구석으로 숨었다. 저 인간이 어쩌려나, 오늘도 날 괴롭히려나, 그런 표정을 지으며. 곧이어 사육사에게 안긴 제리는 유난히 끼긱거리며 울었다.

　　동물원에서의 하루는 대개 그런 식으로 흘러갔다. 네다섯 군데에서 많게는 열다섯 군데의 동물사를 돌며 다치거나 병이 난 동

143

물들을 돌봤다. 그때 동물원에 남은 수의사는 나뿐이었다. 재단에서 동물원을 축소한다고 결정한 이후 가장 먼저 한 일은 상주하던 직원들을 해고한 것이었다. 사육사, 청소부, 회계 담당, 콜센터 막내 직원까지 순차적으로 권고사직을 당했다. 비정규 직원들의 재계약을 앞둔 기간이었다. 퇴사 전날 동물 병원에 들른 강 팀장은 20여 년간 맹수사에 근무한 베테랑 사육사였다. 재단의 명분은 간단했다. 동물을 내보내는 것보다 사람을 내보내는 게 더 값이 쌌다.

"선생님들 좀 잘 부탁해."

강 팀장은 유독 고령의 호랑이와 사자 '선생님들'에게 많은 신경을 썼다. 나이가 들수록 이빨과 소화기관이 약해져 식사를 거르는 맹수들에게 뭐라도 먹이기 위해 온갖 레시피를 개발하곤 했다. "쌤, 같이 갈래요?" 나는 고개를 저었다. 강 사육사는 백팩에 남은 짐을 챙기고 냉장고에서 소주 한 병을 꺼냈다. 동물위령탑에 가는 모양이었다. 자연사하는 개체는 해가 갈수록 늘어나는데 나는 점점 그곳에 가기가 꺼려졌다. 동물들의 삶을 돌보는 데도 하루가 짧아 그들의 죽음까지 신경 쓰고 싶지 않았다. 솔직히 말하자면, 피곤했다.

병원으로 돌아와 한숨 돌리려는데 다시 인터폰이 울렸다. 용 사육사였다. 전화를 받자마자 익숙한 목소리가 말했다.

미미가 숨을 안 쉬어요.

케이는 하루에도 몇 번씩 용의 상태가 이상하다고 인터폰을 했다. 점점 그 횟수가 늘어나더니 급기야 '옆구리 비늘의 윤기가 이상하다'든가 '트림 소리가 어제보다 시원찮다'는 이유를 대며 나를 호출했다. 동물염려증. 케이는 용에 관해서라면 확실히 광적인 데가 있었다. 세계에 50여 마리 남은 용과 그 사육사. 어떠한 기관의 검열도 없이 오직 용을 위해서만 일하는 특수한 존재.

　　　미미의 사육장은 동물원 깊숙한 곳, 하이라이트 존에 있었다. 동물원에 관람객이 끊이지 않던 시절, 미미는 동물원의 가장 인기 있는 동물이었다. 미미美尾, 커다란 꼬리를 가진 파충강의 옛 영수. 그 땐 다들 용을 보러 동물원에 왔다. 용사 앞에 놓인 포토존에 서면 동굴 밖으로 얼굴을 내민 미미와 더불어 포즈를 잡고 사진을 찍을 수도 있었다. 이제는 다 옛날이야기다.

　　　휴대용 엑스레이를 도로 카트에 넣고 마저 짐을 챙겼다. 약품이 담긴 상자, 마취제, 블로우 파이프, 다양한 크기의 수액용 바늘도 필요했다. 용은 파충류와 포유류의 성질을 둘 다 가지고 있어 어떤 치료를 해야 할지 육안으로만 알기는 어려웠다. 다행히 병원 서고에는 동물원을 거쳐간 용들에 대한 기록이 남아 있었다. 전산화되기 이전 자료들이라 클라우드에 저장되지 않은 기록도 많았다. 용의 이빨과 맹장 샘플, 분석되지 않은 혈액과 비늘 등 수장고에 있는 자료만으로도 몇십 편의 논문을 쓸 수 있을 정도였다. 나는 모두가 퇴근한 사무실에서 홀로 그것들을 찾아보고는 했다. 지금은 사라진 아메리칸테일드래곤과 도쿠드래곤을 돌보던 수의사의 일지는 외울 수도 있었다. 성체의 꼬리가 300여 미터나 되는 아메리칸테일드래곤을 어떻게 잡아뒀을까? 달아난 용을 발견한 북악 터널의 현장은 어땠을까? 이런 기록을 남긴 전임자는 어떤 사람이었을까? 그는 용을 돌보며 무슨 생각을 했을까? 이동용 카트를 타고 10여 분쯤 달렸다. 카트의 최대 속도는 50킬로미터였다. 잠시 후 등산로로 이어지는 산의 입구가 보였다. 그곳에 인공 굴을 파고 만든 용사龍舍는 동물사 중 가장 많은 비용이 들어간 곳이었다. 보수하려면 동물원의 1년 예산에 가까운 돈이 필요해 지은 지 20년이 넘도록 한 번도 손을 댄 적이 없었다.

　　　　　　　　　　　　　　　　　　　　　　　short story

나는 언젠가 용이 동굴을 부수거나 동굴이 부서져 용이 다치거나 하는 날이 온다는 생각만으로도 위가 다 아팠다. 미미를 위해 들인 돈을 회수하려면 100년쯤 동물원을 더 운영해야 했다. 나는 그때 미미가 동물원에 얼마나 머물지 장담할 수 없었다. 용의 수명에 대해 자세히 알려진 바가 없고, 늙은 용에 대한 어떠한 매뉴얼도 없이 사람들은 용을 돌보기로 결정했다. 용에게 물어보지 않은 채. 가끔 그 사실이 너무나 이상했다. 한번은 케이가 나에게 물은 적이 있다. 드물게 제시간에 먹게 된 점심 식사 자리였는데, 인원 감축도, 관람객 제한도 없던 때였다. 어쩐 일인지 케이가 구내식당에 나타났다. 용사에서 기거하다시피 하는 케이는 웬만해서는 사람들과 어울리지 않았다. 화장실에 가는 때를 제외하고 거의 모든 업무를 용사에서 처리했고, 사육장 한편에 자신의 집무실을 만들어 누구와도 마주치지 않았다. 용의 몸값은 나날이 올라가는데 용 사육을 맡겠다는 사람은 드물어서 케이는 용만큼 중요한, 동물원의 핵심 자원이었다.

피곤에 찌든 모습으로 자리에 앉는 케이에게 직원들이 반갑게 말을 걸었다. "사육사님, 얼굴 까맣겠어요." "반찬 더 드실래요? 제가 가져다드릴게요." 뭐야, 언제부터 그렇게들 관심이 있었어? 나는 속으로 구시렁거리며 케이의 흰머리를 흘끗 쳐다봤다. 삼십대 중반이라는 케이의 머리카락은 탈색한 것처럼 백발이었는데, 모두 자연모였다. 용과 오래 지내면 노화가 빨라진다는 건 케이가 밝혀낸 사실 중 하나였다. 케이는 말없이 고개를 끄덕이며 사람들의 호의에 적당히 반응했다.

그때 경영지원팀의 최 팀장이 새로운 화제를 꺼냈다.

"뉴스 보셨어요? 티베트에 지진 난 거."

"또 용 때문이에요?"

"발정긴가?"

"용들은 그런 게 없다면서요?"

"그건 모르지."

그 말에 케이가 고개를 들었다. 티베트에 용 생츄어리가 생긴 이후 지진이 일어나는 횟수가 늘어났는데, 지난밤 진도 10.2의 강진이 일어나 생츄어리 일대가 쑥대밭이 되었다는 것이다. 오랫동안 사람이 살지 않은 황무지라서 인명 피해는 없었지만, 용들의 서식지에 문제가 생긴다면 그들이 어디로 이동할지는 아무도 알지 못했다.

"다 자업자득이죠."

케이가 미역국에 숟가락을 말며 말했다. 모두의 시선이 케이에게 집중됐다.

"뭐가요?"

"제때 풀어줬으면 알아서 개체수를 조절했을 겁니다. 남은 애들끼리 영역 싸움을 하다가 난리가 난 거죠."

케이는 세계 곳곳에 사는 동물원 용들에 대해 말하기 시작했다. 동물원에서의 용 학대와 수많은 범죄들. 비싼 것일수록 잘게 나뉘는 법이고 사람들은 쪼개진 조각에 또 다른 값을 매겼다. 그것이 보석이든 희귀한 짐승이든 간에. 나는 그릇을 들고 후루룩 소리를 내며 남은 국을 마셨다. 미역국에 든 성게에서 비린내가 났다. 어서 식당을 벗어나고 싶었다. 한번 용 얘기가 시작되면 케이는 주변 사람들 안색이 바뀌는 줄도 모르고 떠들어댔다. 진작 동물원이 사라져야 했다고 말하자마자 누군가 케이에게 물었다.

"그래도 많이 괜찮아지지 않았어요? 저번에 영국에서 노튼 드래곤 세 마리를 방생하기도 했고."

"더는 가둘 수 없어서 포기한 거겠죠."

"에이, 설마요."

"진짭니다."

누군가 국그릇을 들고 한입에 마셨다. 잠시 후 테이블에 앉아 있던 대여섯 명의 직원들이 서둘러 점심 식사를 끝냈다. 사람들을 따라 일어나려는데 케이가 나를 지긋이 쳐다봤다. 뭐야, 저 할말 있다는 얼굴은. 나는 헛기침을 하며 도로 자리에 앉았다. 케이가 무말랭이를 젓가락으로 뒤적거리며 나에게 물었다.

"선생님도 그렇게 생각하세요?"

"뭐가요?

"발정기 때문이라는 거요."

흠. 그건 쉬운 문제가 아닌데. 공식적으로 용의 발정에 대해 알려진 바는 없었다. 용의 생태, 삶과 죽음, 생식과 출산까지 어느 것 하나 명확하게 말할 수 있는 게 있던가? 어느 날 용의 알이 발견되었고, 인류는 그것을 기르기 시작했다……. 용에 대해 우리가 안다고 할 수 있는 건 용이 알려주고자 한 것들뿐이다. 몸이 크고, 성격이 제각각이며 대체로 예민하다는 것. 용 사육사가 고급 인력인 이유이기도 했다. 용은 자신이 선택한 존재에게만 곁을 내줬다. 낯가림도 심해 사람이 돌보기 무척 어려운 동물이었다. 어쩌면 우리나라, 아니 세계에서 용에 대해 케이보다 많이 아는 사람은 드물 것이다.

"그럴 수도 있겠죠. 발정기가 있다면요."

"전 그렇게 생각하지 않아요."

지금 저랑 용에 대해 토론하고 싶으신 건가요……. 나는 부러 들으라는 듯 헛기침을 하며 의자를 끌어당겼다. 점심시간은 고작 10여 분 남아 있었다. 그런 얘기 하기에 좋은 타이밍이 아닌데. 케이가 심드렁하게 한마디 했다.

"그냥 모두 집으로 돌아가고 싶은 게 아닐까요? 용들 말이에요."

집이요? 나는 멍청하게 되물었다. 케이가 나를 보더니 숟가락을 들어 식사를 시작했다. 갑자기 웬 집 타령이람. 그 말을 들으니 퇴근 생각이 간절해졌다. 어서 집으로 돌아가 소파에 누워 혼자만의 시간을 보내고 싶어. 문득 케이는 퇴근하면 무엇을 할까 궁금해졌지만, 케이에게 물어본 적은 없었다. 그가 동물원을 떠나는 날까지. 그때 내가 조금 더 물어봤으면 뭐가 달라졌을까? 퇴근하고 뭐 하나, 용 말고 좋아하는 건 없냐, 뭐 그런 것들. 그러나 다시 돌아간다고 해도 그럴 일은 없을 것이다. 어느 날 갑자기 과거로 시간여행을 한다 해도, 절대 일어나지 않을 일도 있는 법이니까.

나는 식탁 끄트머리를 물끄러미 보다 식판을 들고 자리에서 일어났다. "먼저 일어나보겠습니다." 케이는 말없이 고개를 끄덕이고는 묵묵히 밥을 먹었다.

2.

동물원 상공에는 1년 내내 9월의 맑은 날씨를 유지하는 인공 돔이 설치되어 있었다. 용사가 가까워질수록 코를 찌르는 냄새가 났다. 용에게서 나는 독특한 체취—마늘과 양파를 한데 섞은 것 같은—는 여간해서는 잘 사라지지 않았다. 용은 어디에나 자신의 체취를 남겼다. 이제는 찾는 사람이 거의 없는 동물원 기념품점에는 용의 체취로 만든 방향제와 탈취제가 먼지를 뒤집어쓰고 곱게 포장되어 있었다. 대체 그런 걸 어디에 쓰라는 걸까. 그러나 세상엔 용의 냄새보다 더 쓸모없는 것도 많은 법이다.

　　　케이는 초조한 얼굴로 용사 밖에 서 있었다. 사육사 학교를 졸업하자마자 경력을 쌓은 케이는 동물뿐 아니라 심리학과 식물학에도 해박했고 나는 혼자서 그를 '번역기'라고 부르고는 했다. 용의 말을 알아듣는(것 같은) 인간. 대체로 용의 말만 알아듣는, 인간.

　　　"어디 들렀다 오셨어요?"

　　　케이가 다소 불만스런 목소리로 물었다. 왜 이렇게 늦게 왔냐는 뜻이었다. 전화를 받은 지 10분도 지나지 않은 것 같은데. 나는 말없이 카트에서 엑스레이와 약품 상자를 내렸다.

　　　"언제부터 그랬어요?"

　　　"아침부터요. 뭔가 이상해서 들어가봤죠."

　　　"사육장 안으로 들어갔다구요?"

　　　"네."

　　　케이의 목소리는 의연했다. 그는 자신이 용을 위해 동물원에 입사했다고 할 만큼 공공연한 '용 덕후'였다. 아무리 용을 좋아한다 할지라도 직접 용을 대면하는 건 용기가 필요한 일이었다. 나는 카트를 끌며 사육장의 문을 열었다.

　　　"숨은 쉬는 것 같은데, 움직이질 않아요."

　　　아까는 안 쉰다면서요. 나는 속으로 궁시렁거리며 케이의 안색을 살폈다. 케이의 눈시울이 붉었다. 평소 하루의 반 이상을 자거나 동굴에 머무는 용의 생태를 볼 때 생체 징후가 다소 느려지는 건 그리 특별한 일은 아니었다. 문제는 희미하게 달라진 사육장의 환경이었다. 용은 환경에 따라 자신의 신체 조건을 바꾸는 변환變環 동물로, 바다에 살면 아가미가, 산에 살면 엽록소가, 황무지에 살면 소량의 털과 물주머니가 생기는 신비로운 체질이었다. 바꿔 말하자면, 용들이 삭막한 곳에 살며 적응할수록 주변 사람들에겐 이로웠다. 아무것도 없는 곳에서 용들은 무엇도 바라지 않게 되니까. 사람들이 용 무리와 마주치지도, 용 때문에 일어나는 피해를 겪을 필요도 없이 단지 용이 거기 있다는 사실만으로 주변 집과 땅값이 상승하는 호재를 누릴 수 있었다. 용은 살아 있되 접근하기 어려운 생명체였고 동시에 인간에게 큰 영향을 미칠 수도 있는 도시괴담 같은 존재라고나 할까.

용사 안은 어딘지 생기가 없었다. 정원에 핀 꽃들은 늦가을의 낙엽처럼 시들거나 말라 있었다.

"스프링쿨러는 문제없죠?"

"네. 그게 문제는 아닐 거예요."

묘하게 정곡을 찌르는 말이었다. 나는 못들은 척 용사를 둘러봤다. 용사의 정원은 모두 그가 가꿔놓은 것이었다. 그는 용의 신경을 거스르지 않으면서 향기가 좋고 먹어도 탈 없을 종류의 식물을 골라 정원을 꾸몄다. 내가 바이탈과 염증 수치에 몰두하는 사이 케이는 미미의 안색과 기분을 살피며 용이 좋아하는 꽃과 나무를 골라 심었다. 용사 전체가 미미를 위한 케이의 홈 스타일링 작품이었다.

미미는 고개를 돌린 채 날개를 접고 옆으로 누워 있었다. 몸의 절반이 굴 안에 들어가 있어 멀리서 보면 야트막한 동산 같기도 했다. 굴은 북한산 자락의 등산로와 연결돼 있었는데 그곳에 들어가본 사람은 오직 케이뿐이었다. 용이 자신의 영역을 중요시하고 누구도 들어오지 못하게 한다는 사실—스스로 인정한 무리를 제외하고—은 미미가 한국에 온 뒤 밝혀졌다. 케이 덕분이었다.

다른 건 모르겠지만 미미를 만나던 무렵의 케이에 대해서는 궁금한 점이 있었다. 그는 어떻게 미미와 친해질 수 있었을까? 말도 통하지 않는 태산 같은 짐승의 마음을, 어떻게 얻을 수 있었을까?

미미 옆으로 그의 머리 반만 한 사과나무가 보였다. 그 나무는 내가 입사하던 해에 케이가 심은 것이었다. 그때까지 용에게 사과가 어떤 영향을 끼치는지 알려진 바가 없었다. 나는 함부로 용사에 과수를 심으면 위험하다고 했지만, 케이는 단호하게 말했다. "이거 청송 사과예요." 거의 '왜 우리 애 기를 죽여요?'라고 말하는 듯한 눈빛이었다. 그거 함부로 심어도 되는 거예요? 용의 먹이에 대한 권한은 모두 케이의 몫이었다. 그러나 용이 사과를 먹을까? 사과뿐 아니라 감, 배, 귤 등의 제철 과일들을 좋아할까? 먹어보면 알 수 있을 거라는 말은 인간에게나 해당된다. 설사 용이 그것들을 먹고 지금 당장 괜찮을지라도, 지속적으로 괜찮을 거라는 보장은 없었다. 수의사가 된 이후 내가 절대 믿지 않는 건 동물의 식성에 대한 확신이었다.

나는 카트에서 방화복을 꺼내 입었다. 용의 체내에는 높은 온도의 발열체가 있어 불을 뿜을 수 있다고 하지만, 실제로는 불이 아니라 고온의 기체가 체액을 만나 불처럼 보이는 현상이었다. 한번은 부산에서 용이 탈출해 난리가 난 적이 있었다. 브라질에서 온 어린 용이 사육장의 문을 부수고 훌쩍 날아가버린 것이다. 용이 물어뜯은 동물사 철창은 녹여서 쓸 수도 없을 만큼 오염됐는데, 용의 목구멍에서 나온 액체 때문이었다. 사람으로 치면 '콜록' 한 번으로 현관문을 뜯어버린 셈이다. 문제는 뜨거운 게 아니라 체액의 상태였다. 용의 입 밖으로 나온 액체는 염산과 비슷하게 용해 작용을 한다는 사실이 그 어린 용을 통해 세상에 알려졌다. 용은 마음만 먹으면 기침 몇 번으로 세상을 녹일 수도 있었다. 만약 세상의 모든 용들이 일제히 한 날 한 시에 가래를 뱉는다면…… 그런 일은 상상하고 싶지도 않았다.

블로우 파이프에 마취약을 넣고 준비를 마쳤다. 금방 끝납니다, 이 한마디를 동물에게 전할 수 있다면 얼마나 좋을까. 그러나 동물들은 기본적으로 인간을 믿지 않는다. 나를 알아보고 몸을 맡기는 순한 개체도 있지만 대개 카트의 바퀴 소리만 들려도 털이나 비늘을 세우고 바짝 긴장했다. 그게 엑스레이를 찍기 전 동물에게 마취를 하는 이유였다.

훅, 하고 한 번에 주사를 날렸다. 호환되는 마취 앰플 덕분에 여러 번 시행착오를 겪을 필요가 없었다. 처음 동물원에 발령받았을 즈음에는 동물마다 각각 다른 마취약을 주사해야 했고 용량도 개체마다 다 달랐다. 마취약은 즉시 효력이 나타났다. 나는 미미의 앞으로 가 눈꺼풀을 들어올렸다. 옆에서 케이가 조심스럽게 말했다.

"살살 해주세요. 미미 예민한 거 아시죠?"

잘 모르긴 해도 우리나라, 아니 지구에 살아 있는 개체 중 미미보다 강한 존재가 있을까? 약이 잘 들었는지 미미의 숨소리가 규칙적으로 느려졌다. 미미의 가슴께에 청진기를 가져다 댔다. 손바닥보다 작은 청진기는 개체의 크기와 상관없이 동물의 심박 소리를 모두 들려줬다. 쿵—쿵—. 느리지만 분명하게 뛰는 심장 소리가 들렸다.

"심장은 괜찮아요. 세 개 다 잘 들려요."

세 개의 심방과 심실이 각각의 울림을 내는 순간을 직접 듣는 경우는 흔치 않았다. 나는 조금 더 청진기에 귀를 기울였다.

"다른 증상은 없었나요? 평소와 다른 점이라든가."

"식욕이 좀 떨어졌지만……."

"식욕이요? 언제부터요?"

동물의 식욕이 떨어졌다는 건 무슨 문제가 있다는 가장 크리티컬한 신호였다. 케이는 어정쩡한 표정으로 멀찍이 떨어져 미미의 체온과 맥박을 재는 나를 쳐다봤다.

"물은요? 평소와 똑같았나요?"

케이는 밖으로 나가 무언가 손에 들고 돌아왔다. 그의 손에는 플라스틱 생수병이 들려 있었다. 미미는 오직 커클랜드사의 생수만 마셨다. 처음에는 스트레스로 식욕이 저하되었나보다 했는데, 예전에 있던 동물원에서 넘겨받은 차트에는 다음과 같이 적혀 있었다. 오직 커클랜드 물만 마심. 커클랜드? 약 이름인가? 나는 차트에 웬 농담이 적혀 있나 싶었지만, 용이 정말로 물 한 모금 마시지 않는 상태가 3일을 넘어가자 조급해졌다. 미미의 예전 담당자였던 동물원 수의사에게 메일을 보낸 뒤 한 시간도 지나지 않아 답장을 받았다. 메일에는 레일라—미미의 예전 이름—의 식성이 꽤나 까다롭다는 것, 그중에서도 하루에 커클랜드사의 물을 10리터씩 마신다는 것, 몇 개의 알러지가 있는 먹이—구운 돼지고기, 코리안더, 각종 허브, 시리얼, 정제된 밀가루, 고지방 우유 등—에 대한 A4 열 장 분량의 레포트가 첨부돼 있었다. 차트만 보면 용이 아니라 식단조절을 하는 할리우드 스타를 모시고 있는 것 같았다. 그는 미미—레일라—를 10여 년간 돌본 사람이고 그런 존재를 하루아침에 한국에 보내게 됐다는 사실을 어떻게 받아들였을까? 나는 고맙다는 말과 함께 언젠가 미미—레일라—를 보러 오라고 메일 말미에 적었다. 답장은 오지 않았다.

케이는 커다란 대접에 생수를 붓고 설탕 한 봉지를 털어넣었다. 잠시 후 미미의 몸이 꿈틀거렸다. 지진이 나는 것처럼 땅과 주변 공기가 흔들리더니 용의 코에서 바람이 불었다. 케이가 고개를 절레절레 흔들며 나를 바라봤다. 나는 미미의 주변을 돌며 육안으로 확인할 수 있는 문제가 있는지 살폈다. 몸 길이 45미터, 몸무게 30여 톤, 나이 서른 살 전후. 세상에 남은 50여 마리의 용 중 가장 고령인 미미는 원인을 알 수 없는 식음전폐의 증상을 보이고 있었다. 대체 문제가 뭘까? 모로 누운 미미의 표정은 낮잠에 빠진 고양이처럼 평화롭기만 했다.

3.

미미가 서울에 도착했을 때 나는 재수를 준비하고 있었다. 첫 번째 대학 입시에서 실패하고 방황하던 때였다. 반신반의로 준비하던 학교는 예상보다 상향이었고 나는 어찌할 바를 몰랐다. 나보다 등수가 낮은 애가 내가 지망했던 대학에 붙었을 때 나는 무언가에 크게 배신당한 기분이었다. 세상에, 성적에, 나 스스로에게.

재수학원이 끝나고 집으로 가는 버스에는 같은 학원에 다니는 학생들이 많이 탔다. 나는 맨 뒷좌석에 앉아 눈을 감고 있었다. 모든 게 얼른 끝나버렸으면. 한 무리의 아이들이 흥분하며 떠들어댔다. 듣고 싶지 않았지만, 학생들이 나누는 대화가 귓가에 들려왔다.

"야, 그거 봤냐?"

"뭐가."

"용 온다며."

"뭔 소리야."

대박, 대박. 학생들의 목소리가 조용한 버스 안에 울렸다. 잠시 후 몇몇 사람들이 스마트폰과 태블릿을 꺼내들었다. 나는 그때까지 학생들이 내뱉은 말의 내용을 이해하지 못했다. 용이라니? 그게 뭔데?

그때까지 용을 실제로 봤다는 사람은 드물었다. 10여 년 전부탄에서 우연히 발견된 알이 부화했다는 소식을 들었을 때도 마찬가지였다. 나는 용이 뱀의 사촌이라는 진화론적인 입장을 고수하고 있었기 때문에 큰 흥미가 없었다. 수시나 논술 시험에 나올 정도로만 알고 있었을 뿐. 버스 안이 순식간에 술렁거렸다. 용이 온다는 건 어찌되었든 엄청난 이벤트였다. 나는 슬그머니 휴대폰을 꺼내 검색을 했다. ㅇㅛ. 자모 몇 개만 입력했는데 연관 검색어가 주르륵 떴다. 용 서울. 용 도착. 용 언제 도착. 용 얼마. 용 오는 방법. 용 섹스 어떻게. 마지막 검색어를 누르자 성인 인증을 하라는 메시지창이 떴다. 나는 검색 창을 닫았다.

용의 탄생과 죽음에 대해 자세히 알려진 바는 없었다. 용이 어떻게 태어나고 죽는지, 인류는 그 과정에 대해 아무것도 알지 못했다. 다만 어느 날 발견된 알과 부화, 성장과 또 다른 개체의 출현. 이런 것들로 순식간에 용을 만나게 되었을 뿐이다. 용이 우리에게 스스로를 드러내기로 마음먹었기 때문에. 심지어 용은 무성생식을 한다는데, 그건 아메바 아닌가? 나는 논술 시험에 용 얘기가 나올 수도 있겠다는 생각에 서둘러 기사를 살펴봤다. 포털 사이트는 용 관련 기사로 도배가 되어 있었다. 미국에서 사육하던 성체 용 한 마리가 여객선을 타고 한국으로 온다는 것이었다. 그 용의 정확한 나이는 알 수 없지만 지구에 현존하는 50여 마리의 용 중 하나였고, 그런 귀한 개체가 한국과의 수교를 이유로 이동한다는 기사가 뉴스의 헤드라인마다 커다랗게 쓰여 있었다.

용이 한국에 도착하던 날, 인천항은 용을 보러 온 사람들로 북적였다. 나는 논술 시험이 코앞이라 집에서 텔레비전으로 그 광경을 지켜봤다. 당시 지망하던 대학의 생명과학부는 정시임에도 면접과 논술 시험을 봐야 했다. 대체 어떤 신입생이 그 학교에 들어가는 걸까, 나로서는 안 되는 걸까. 자존감이 바닥을 치던 시기였다.

        텔레비전에서는 전날부터 특별 편성된 용 관련 프로그램을 하루 종일 내보내고 있었다. 수많은 인파에 둘러싸인 기자는 용을 신고 온 여객선 앞에서 벅찬 소리로 말했다. "지금 막 도착했습니다. 한국에 용이 도착하는 역사적인 순간입니다!" 태풍이 불어오듯 세찬 바람이 항구 근처를 휩쓸었다. 사람들이 일제히 고개를 숙여 바람을 피했다. 천막이 바람에 날리며 삼시간에 거대한 소음을 만들어냈다. 용을 기다리는 사람들 사이로 수많은 노점과 단체들이 몽골텐트를 치고 있었다. 푸드덕푸드덕. 그건 바람이 아니라 규칙적인 날갯짓 소리였다. 수십 개의 방수천을 일제히 같은 박자로 접었다 폈다 하는 소리가 났다. 아직 용이 내리는 식순이 시작하지도 않았는데 여객선 위가 소란스러웠다. 용을 위해 특별히 개조된 여객선 객실 위에는 검은색 가림막이 커튼처럼 둘러져 있었다. 누군가 바람 사이로 고개를 들어 객실을 바라봤다. 용이다! 그 소리에 사람들이 일제히 배를 향해 고개를 돌렸다. 더욱 거세지는 바람에 잔잔하던 수면에 파도가 일기 시작했다. 항구 주변이 희끄무레한 해무로 자욱해졌다. 속보를 준비하던 뉴스의 자료화면이 멈췄고 아나운서와 기자가 번갈아가며 화면에 잡히는 방송사고가 일어났다. 텔레비전 화면으로 본 항구의 풍경은 무성 영화의 한 장면처럼 어딘가 이질적이고 어색한 움직임으로 가득했다. 그 순간, 나는 안개 너머 여객선 안에 숨겨진 거대한 날개 한 쌍을 보았다. 항구에 모인 사람들이 우왕좌왕했고, 객실을 덮고 있던 가림막이 한 순간에 날아갔다. 가림막 아래에는 으레 있을 법한 여객선의 선실이 아니라, 거대한 바위덩어리 같은 뭔가가 놓여 있었다. 기이하게 몸을 웅크린 용의 옆구리가 규칙적으로 움직였다. 용의 몸은 여러 번 교차한 커다란 쇠사슬로 묶여 있었다. 그 사이로 한쪽 날개가 비집

듯이 튀어나와 천천히 팔딱였다. 그건 마치, 심장 같았다.

　　　용은 준비운동이라도 하듯이 날갯죽지를 움직이더니 이윽고 쇠사슬 한쪽을 끊어냈다. 파직, 하는 파열음과 함께 순식간에 항구가 아수라장이 됐다. 미처 끄지 않은 카메라에는 흐릿한 안개 너머 겁에 질린 사람들의 모습과 여객선이 고스란히 잡혔다. 뉴스 화면이 스튜디오의 아나운서로 바뀌기 직전, 나는 배 위로 날아가는 용의 모습을 똑똑히 봤다. 용의 다리에 묶인 쇠사슬까지도.

　　　그날 용의 날갯짓으로 항구에 설치된 백여 개의 몽골텐트와 노점, 방송국의 기기가 부서지거나 사라졌다. 크게 다친 사람은 없었지만 제풀에 놀라 달려가다 넘어지거나 응급실에 실려간 사람들이 더러 있었다. 저녁 뉴스에는 난리가 난 항구와 구급차와 울먹이는 사람들의 모습이 번갈아 나왔다. 나는 그때까지도 내가 본 장면이 정확히 무엇이었는지, 그게 용이 맞는지 확신하지 못했다. 생전 처음 본 용의 날갯짓이 떠올라 새벽 내내 뒤척였다. 그러다가 문득, 대체 저용을 어떻게 잡아 쇠사슬을 묶고 매달았는지 궁금해졌다. 누가, 어떻게 그 거대한 짐승을 잡아 가둘 생각을 했을까? 용에게 물어봤나? 지금 널 잡아 엄청난 여행을 강제로 시키고 생전 처음 보는 곳으로 데려갈 거라고, 그렇게 말한 적이 있었을까?

　　　4.

　　　구름 한 점 없이 새파란 하늘 아래 황야가 펼쳐져 있었다. 황야에 끝이 있을까? 그곳에 미미가 있는지 없는지 직접 보고 싶었다. 미미가 뭔가 말해주길 원했더라면, 내가 그 말에 귀를 기울였더라면 뭐가 달라졌을까? 나는 멀리 펼쳐진 산골짜기를 향해 발걸음을 내딛는 상상을 했다. 먼 산 너머 짐승 울음소리가 들리는 것 같았다. 울음소리는 점점 가까워지더니 순식간에 빠져나가는 해질녘의 썰물처럼 사라져버렸다.

창밖으로 펼쳐진 풍경은 오랫동안 꿈에서 본 것처럼 익숙했다. 사방으로 펼쳐진 가파른 산 정상에는 희끄무레하게 눈이 쌓여 있었다. 눈이 내린 산봉우리는 마치 크리스마스 쿠키에 바른 아이싱처럼 햇빛 아래 반짝였다. 문득 용들도 크리스마스를 보낸다면 무엇을 위해 기도하는지 궁금해졌다. 동물들은 자신이 할 수 있는 방식으로 스스로를 구한다. 그게 어떤 결과를 불러오든지 간에.

생츄어리가 있는 황무지 일대는 오래전부터 사람이 살지 않았다. 가는 교통편을 구할 수 없어 고민하던 차에 국경을 지나는 한 단체를 만났다. 그들은 티베트를 경유해 러시아로 간다고 했다. 목적지를 얘기하자 단체 사람들은 근처까지 데려다주겠다고 했다. 그러면서도 거기까지 가는 차는 없다고, 이제 아무도 그곳에 가지 않는다고 말했다. 그들의 심각한 표정을 보며 나는 내가 제대로 찾아왔다는 걸 알았다.

5.

동물어 번역기가 유행했을 때, 나는 미르에게 그걸 써보고 싶었다. 손바닥보다 작은 기계에 동물의 울음이나 숨소리를 녹음하면 사람의 말로 번역한 문장이 화면에 나타났다. 열두 살이 넘은 미르는 나보다 나이가 많았다. 아주 어릴 땐 미르가 날 돌보기도 했다는

데 전혀 기억나지 않는다. 미르는 하루의 대부분 자거나 약간의 사료만 먹고 으르렁댔다. 심장비대증을 앓던 미르는 녹내장으로 눈이 거의 멀었고 신장도 좋지 않았다. 나는 미르에게 뭐라고 물어봐야 할지 몰랐다. 동물의 상태에 대한 지식이나 관찰 방법도 알지 못했다. 나는 단지 미르의 기분을 알고 싶었다. 울음이 아니라 감정을, 상태가 아니라 말로 표현되는 마음을.

택배로 주문한 번역기를 받자마자 미르에게 가져다 댔다. 미르야. 나는 조심스레 미르를 불렀다. 그때 미르는 노환과 투병으로 하루가 다르게 말라가고 있었다. 고작 어른 손바닥보다 조금 큰 정도였다. 나는 미르가 눈을 뜨길 기다렸다. 한참 뒤 미르는 날 보며 코를 킁킁대더니, 잇새 사이로 희미하게 으르렁거렸다. 나는 소곤거리며 말했다. 나도 반가워. 그동안 미르에게 너무 무심했다는 생각이 들었다. 잠시 후 번역기에 문장 하나가 떴다.

―날 내버려둬.

시간이 지나 번역기가 사라지고 동물 언어학이 본격적으로 연구되면서 나는 동물의 말을 듣는 일에 쭉 관심을 가졌다. 관련 논문을 찾아 읽고 대학원에 갈 생각까지 했다. 그러나 몇 번의 시행착오 끝에 내가 깨달은 것은, 나에게 동물 언어에 대한 감각이 거의 없다는 사실이었다. 수차례 실습 끝에 나는 더 고민하는 것을 포기했다. 남은 건 내가 동물 언어 소통 전문가가 되는 것인데, 그건 도무지 이번 생에서는 못할 것 같았다. 수의사는 기본이고 데이터 관련 자격증에 박사 학위와 관련 경력, 수습 활동을 몇 년이나 해야 한다는데, 아무리 생각해도 자신이 없었다. 노력할 자신이.

물론 동물들은 말이 아니라 다른 표현을 통해 의사소통을 한다. 짖거나, 꼬리를 흔들거나, 가까이 다가오거나, 발톱을 세우는 등 다양한 방식으로 자신의 상황을 설명하고 알린다. 내가 그것들을 다 알아챌 수 있을까? 이를테면 이런 것. "동물이 모두 사람의 말을 할 수 있다면 어떨까? 그걸 믿을 수 있겠니?" 동물 행동학 수업 첫 시간에 던진 교수의 말처럼.

어떤 정보는 그것을 알기 전보다 더욱 진실로부터 멀어지게 하는 법이다. 학부 시절과 실습, 동물 보호 센터와 임상 진료를 거쳐 동물원으로 가게 된 후 나는 내가 그리 영민하지 않다는 사실을 받아들이기로 했다. 나는 신중히 해석해야 하는 정보에 몰두할 열정이 없었다. 나에겐 동물과의 아침 인사보다 임상이 완료된 새로운 진통제, 동물이 태어나던 날의 기억을 공유하는 것보다 나이 든 너구리의 충치를 뽑고 오래된 치석을 없애는 게 더 중요했다. 동물원에 온 이후, 수액을 맞고 잠이 든 동물들의 모습을 보면 마음 한쪽이 편해지면서 병원 사무실로 돌아가 남은 일을 처리할 수 있었다. 나에겐 동물의 말을 알아들을 능력이 없고 그럴 의지도 없었다. 다만 내가 할 수 있는 일─상태를 확인하고 적절한 약물을 처방하고 외과 처치로 병리적 원인을 제거하는─이야말로 확실하고 간단한, 인간의 영역이라는 것을 시간이 지날수록 깨달았을 뿐이다. 그게 내가 지난 몇 년간 동물원에서 배운 것이었다.

6.

미미의 상태는 빠르게 악화됐다. 음식을 거부하더니 이윽고 완전히 굴 안으로 들어가 나오지 않았다. 의논할 사람이라곤 오직 케이뿐이었지만, 그는 미미의 상태를 주기적으로 보고하는 것 외에 평소와 다를 것 없이 행동했다. 아침 일찍 출근해 용사를 청소하고, 미미의 식사를 준비한 뒤 밀린 서류 작업을 하다 퇴근을 했다. 미처 처리하지 못한 용사의 음식물쓰레기가 쌓여갈 즈음, 나는 다시 사육장을 찾았다. 용사 입구에는 이동용 카트가 아무렇게나 바닥에 쓰러져 있었다. 나는 카트를 끌고 주차 구역에 세운 뒤 다시 사육장으로 돌아갔다.

용사는 오래된 사진처럼 빛이 바래 있었다. 바닥에 깔린 잔디는 누렇게 변해버렸고 굴 입구에 막 자라나기 시작한 덩굴은 녹슨 못의 끝부분처럼 우중충한 붉은색이었다. 물통에서 쏟아진 물이 바닥에 흥건했고, 그 위로 시커먼 개미떼가 설탕물을 따라 길게 행진하고 있었다. 새파란 열매를 맺은 나무의 이파리들은 붉게 물들어 금방이라도 타올라 사라질 것 같았다.

나는 허리춤에 찬 호출기를 한손에 쥐고 용사 안으로 들어갔다. 순식간에 위가 콕콕 쑤셨다. 설마 무슨 일이야 있겠느냐고 마음을 굳게 먹었지만, 손바닥에 식은땀이 났다. 예기치 않은 사건은 모든 준비를 마치기도 전에 찾아오는 법이니까.

"사육사님, 계세요?"

굴 안으로 한 발자국 들어갔다. 그건 남의 집에 허락도 없이 들어가는 거나 마찬가지였다. 입사 후 수습 기간을 빼고 굴에 들어간 적은 한 번도 없었다. 미미가 동물원에 온 후 용사를 떠난 적이 없었기 때문에 나는 그곳에 들어갈 수 없었다. 생각해보면 이상한 일이었다. 용이 동물원에 온 이후 날개를 쓰는 모습을 한 번도 본 적이 없다는 것이. 용을 가두기 위해 날갯죽지 아래를 자르고 발에는 특수 합금된 쇠사슬을 달았지만, 그것만으로 충분했을까? 고작 그것들로 미미 가둘 수 있었을까? 혹시 미미 스스로 그곳에 머물고자 했기 때문에, 그동안 아무 일도 일어나지 않았던 건 아닐까?

　　발소리를 죽이고 굴 안으로 걸음을 옮겼다. 그곳은 한 줌의 빛도 없이 컴컴했다. 손전등으로 굴 안쪽을 비추자 울긋불긋한 석순과 종유석들이 시야 곳곳에 줄기처럼 피어나 있는 것이 보였다. 흠, 하고 목을 가다듬자 목소리가 메아리치며 길게 이어졌다. 몸의 털이 쭈뼛 곤두서는 것 같았고 곧이어 한기가 돌며 입김이 나왔다.

　　"사육사님……?"

　　그때 익숙한 냄새가 코를 찔렀다. 도무지 사그라들지 않는 양파 냄새. 냄새는 평소보다 배는 지독했다. 마치 양파즙을 바른 터널에서 숨을 쉬는 것 같았다. 소매로 코와 입을 막고 천천히 걸음을 옮겼다. 어디선가 똑, 하고 물 떨어지는 소리가 났다. 굴은 무척 깊고 어두웠다. 나는 내가 어디로 향하는지도 모른 채, 물소리를 나침반 삼아 안으로 들어갔다. 손전등이 굴의 끝을 비췄을 때, 나는 우두커니 자리에 서서 눈을 비볐다. 벽 한쪽에 영사기로 틀어놓은 것 같은 화면이 떠올랐는데, 굴 어디에도 비디오를 송출하는 장치는 없었다. 심지어 그곳까지 전기를 끌어다 쓴 적도 없었다. 나는 벽에 펼쳐지는 영상에 시선을 고정했다. 나는 눈가를 비비고 그것을 자세히 봤다. 등산복을 입은 누군가가 배낭을 메고 산길을 걷는 모습이 일일드라마의 한 장면처럼 펼쳐지고 있었다. 그의 양옆으로 눈 쌓인 높다란 산봉우리가 그림처럼 펼쳐져 있었다. 그건 바로 나였다.

　　나는 등산은커녕 눈이 쌓인 골짜기에 간 적도, 그곳에서 산에 오른 적도 없었다. 이상한 건 장면 속에서 산을 오르는 사람이 나였고 그게 무척 자연스러웠다는 것이다. 언젠가 일어날 미래처럼, 혹은 오래전 겪었던 일처럼.

　　그 장면은 몇 분간 반복되더니 잠시 후 천천히 불이 꺼지는 무대처럼 사라졌다. 주변이 암전된 극장처럼 새까맣게 변할 때까지, 나는 방금 본 장면의 여운을 곱씹었다. 반복해서 꾸는 꿈처럼 익숙한 감상이 온몸에 감돌았다. 환영은 집요하고 고독하게 내 안에 머물렀다. 나는 서둘러 사무실로 돌아가 짐을 챙기고 집으로 돌아갔다.

그날, 꿈에서 나를 기다리던 건 아주 오랜만에 보는 미르였다. 미르는 나의 말을 알아듣는데 나는 여전히 미르의 말을 알아듣지 못했다. 우리는 주말 오후의 강변을 산책하며 시간을 보냈다. 꼭 미르가 살아 있는 것 같았다. 미르가 나를 향해 꼬리를 흔들며 다가왔다. 미르는 조막만한 얼굴 가득 웃음을 짓고 있었다. 그 얼굴은 마치, 나 이제 아프지 않아, 하나도. 그렇게 말하는 것 같았고 나는 자리에 서서 엉엉 울어버렸다. 미르는 우두커니 서서 나를 보더니 고개를 갸웃하고는 꼬리를 흔들며 저만치 가버렸다. 나는 미르의 목소리가 듣고 싶어 새하얀 작은 몸을 따라 강변 끝을 향해 달려갔다.

다음날 용사를 찾았을 때 미미는 예전처럼 굴 밖으로 머리를 내놓고 심드렁하게 누워 있었다. 반쯤 뜬 눈꺼풀을 느리게 감았다 뜨며 나를 흘끗 보더니 이내 눈을 감고 잠들었다. 멀리서 케이가 긴 호스를 끌어와 미미의 몸에 물을 뿌렸다. 나는 미미 곁에서 멋쩍게 서성거리다 발로 땅을 찼다. 케이가 다가와 뭐 하냐고 물었고 나는 우물쭈물하다 아무 말도 못했다. 나는 내가 뭘 말하려고 했는지도 정확히 알지 못한 채, 별다른 인사도 없이 용사를 빠져나왔다. 호스에서 나온 물이 바닥을 흥건히 적실 때까지, 케이는 미미의 몸에 차가운 물을 오래도록 뿌렸다.

7.

마침내 동물원에는 케이와 나 둘만 남았다. 케이가 용사에
서 미미를 돌보는 데 하루를 쓰는 동안 나는 나머지 열네 개의 동물사
를 돌며 청소를 하고 사료를 주며 크고 작은 문제들을 돌봤다. 동물원
에서 동물들의 건강보다 중요한 건 없었다. 먹지 않는 동물에게 밥을
주는 것만큼 더 큰일은 없고, 더욱이 모든 동물을 혼자 보살필 수는
없었다. 나는 재단 담당자에게 전화를 걸어 이대론 못 버틴다고, 사람
을 더 보내든 문을 닫든 마음대로 하라고 소리쳤다.

　—그럼 그러세요.

수화기 너머 담당자는 심드렁하다 못해 산뜻한 목소리로
말했다. 어차피 폐장은 할 건데, 시기를 보고 있었어요. 아시죠? 거기
용…….

비싸게 사올 땐 언제고 이제 와서? 나는 기가 찼다. 케이가
이 사실을 알면 뭐라고 할까? 재단 건물 앞에서 1인 시위도 마다하지
않을 것이다. 아니다, 1인 시위는 나에게 시키고 자기는 미미를 봐야
한다고 하겠지……. 눈앞이 깜깜해졌다.

"그래서, 어쩌자는 건데요?"

　—돈 더 드릴게요.

"뭐라고요?"

　—지금까지 나온 공임에 추가 수당, 식대까지 정산해서 보
내세요.

나는 말문이 막혔다. 지금 돈 때문에 이러는 것 같아? 그러
나 머릿속으로 재빠르게 계산된 추가 수당은 내 대답을 0.1초 정도 늦
췄고, 수화기 너머 담당자는 그 순간을 놓치지 않았다.

─선생님만 알고 계세요. 용을 사겠다는 데가 있어요.

"미미를요?"

─네, 그 용이요. 애물단지.

애물단지. 나는 그 말을 속으로 곱씹었다. 케이에게 당장 알려야 한다는 생각이 들면서도 한편으로 이대로 나만 조용하면 모든 게 순조롭게 끝날 거라는 걸 알 수 있었다. 너만 조용하면 돼. 수화기 너머 산뜻한 목소리가 그렇게 말하는 것만 같아, 나는 대답을 하지 못한 채 입 안쪽을 씹었다.

"그럼 케이는요?"

─누구요?

"사육사요. 용 사육사.

─아, 그 흰머리…….

담당자는 그건 벌써 해결되었다고, 혹시 모르고 있냐고 물었다.

─그만두신다던데, 그분.

누가요, 케이가요? 나는 예상치 못한 말에 얼이 빠져 새된 목소리로 물었다. 마치 전화로 상대방에게 차인 것처럼 어이가 없었다. 그러면서도 어째선지 일어날 일이 일어났다는 생각에 마음 한편이 쓸쓸해졌다.

용의 호르몬은 용의 주변 환경에 심각한 영향을 끼친다. 그게 땅이든, 사람이든. 케이는 미미를 돌보며 수도 없이 많은 검사를 받아야 했다. 말이 검사지 생체실험이나 마찬가지였다. 용을 위한다는 건지 용을 돌보기로 한 인간들을 위한다는 건지. 그 실험실에 자료를 보내는 와중에도 나는 케이의 속마음을 알지 못했다. 왜 이런 힘든 일을 하세요? 그렇게 묻지 못했다. 그 말이 목구멍까지 올라와 소리치고 싶을 때면, 케이의 흰 머리카락을 떠올렸다. 염색약도 얼마 못가 나중에는 착실하게 색을 잃는 모습을 실시간으로 봐야 했다. 잃은 게 머리카락 색만이 아니라는 걸, 나는 왜 미처 몰랐을까?

미미는 어쩌구요. 그 말이 목구멍까지 올라왔지만 담담한 케이의 표정을 보자 아무 말도 물을 수 없었다. 케이의 마지막 출근날이었다.

"그럼 이제 뭐 하실 건데요?" 케이는 내 말에 대답하지 않았다. 그에겐 퇴사나 퇴근이나 별다를 바 없어 보였다. 케이의 붉게 충혈된 흰자위가 그날따라 더욱 선명했다. 케이는 미미가 있는 곳을 한 번 바라보고는 나에게 고개를 숙여 인사했다. 그건 마치 묵념 같았다.

나는 충동적으로 그날 굴에서 일어난 일에 대해 말했다. 내가 본 환영은 말하지 않았다. "거기 미미가 없었어요. 아무것도요." 케이는 알 듯 말 듯한 표정을 짓더니 이내 희미하게 웃었다. 처음 보는 케이의 표정이었다. 케이가 자신의 흰 머리카락을 만지작거리며 말했다.

"그거, 보호색이에요."

"용도 보호색이 있어요?"

케이는 뭐 그런 바보 같은 질문이 다 있냐는 표정으로 말했다.

"그럼요. 더한 것도 있을걸요."

뭐요. 그게 뭔데요. 그게 케이와의 마지막이었다. 그 후 지금까지 케이의 소식을 들은 적이 없다. 케이는 동물원이 문을 닫을 때까지 미미를 보러 오지 않았다.

케이가 떠난 뒤 폐장을 앞둔 동물원은 아무도 살지 않는 숲처럼 고요하기만 했다. 전국의 중소 동물원과 보호 단체에 보낸 뒤 남은 동물은 열 개체 정도였다. 결국 미미만 남게 될 것이다. 그리고 비싸게 팔아넘겨지겠지.

그때, 내가 뭘 할 수 있었을까? 오랜 시간이 지나도록 그날에 대해 떠올렸지만 어떤 답도 찾지 못했다. 단지 미미가 떠나던 날의 기억, 오직 그 기억 때문에 나는 이 먼 곳까지 올 수밖에 없었다.

재단에서는 남은 동물들에 대한 정리를 통보했다. 더러는 옮기기로 했고, 더러는 방법을 찾지 못했다. 그중 가장 딱한 건 제리였다. 나는 마지막의 마지막까지 제리를 데려갈 기관을 찾아 여기저기 연락을 돌렸다. 온순하지 않고 병들었으며 흔한 개체인 제리를 데려가겠다는 곳이 없어, 재단에서는 가장 합리적인 방식을 나에게 요청했다. 안락사였다. 어떤 동물들의 죽음에는 순서가 있었다. 그건 그들의 삶과 아무 상관없는 일이었다.

나는 약품이 든 상자를 들고 유인원사로 갔다. 넓은 사육장에는 제리 혼자 남아 있었다. 홀로 남은 이후 같은 자리를 돌거나 철창에 머리를 부딪히는 등 정형행동을 보이던 제리는 마침내 모든 상황을 받아들였다는 듯이 바위처럼 꼼짝도 않고 나무 밑동에 등을 대고 앉아 있었다. 나는 약물이 든 주사기를 호주머니에 넣고 사육장 안으로 들어갔다. 제리는 오랜만에 보는 나에게 약간의 호기심을 보이더니 이내 나무 꼭대기로 올라가 철창 천장에 매달렸다.

"제리야, 이리 와."

나는 사과 한 알을 손에 들고 제리를 향해 흔들었다. 제리가 나를 보고 활짝 이를 드러내며 웃었다. 그건 꿈에서 본 미르의 표정과 아주 많이 비슷해, 나는 잠시 아득한 기분이 들었다.

8.

　　아침 일찍 출발한 차는 정오가 너머 생츄어리에 도착했다. 가는 길에 종아리에 쥐가 났다. 발가락에 힘을 줬다 풀며 창밖으로 펼쳐진 낯선 풍경을 눈에 담았다. 사람들은 그곳에 아무것도 없을 거라고 했지만, 그건 사실이 아니었다. 건물을 올리지 않은 넓은 땅, 농사를 짓지도 사람이 살지도 않는 대지가 그곳에 있었다. 풀이 아니라 잘게 부서진 돌멩이가, 꽃이 만발한 풍경이 아니라 회색과 빛바랜 이파리 색의 창백함으로 이루어진 전혀 다른 세계가 생츄어리 일대를 둘러싸고 있었다.

　　혹시 덜 자란 용을 발견하거나 도움이 필요하면 연락하라고 차에 탄 누군가가 말했다. 운이 좋으면 부자가 될 수도 있어요. 나는 의외라는 듯 물었다. 조수석에 앉아 있던 단체의 간부가 말했다.

　　"모르셨어요? 엄청 비싸게 팔려요."

　　"뭐가요?"

　　"알이요."

　　보이면 우선 확보해야 해요. 우리가 먼저. 나는 간부의 말을 잠자코 들었다. 그들이 무슨 이유로 국경을 넘어 다른 나라로 가는지 물어본 적 없다는 것을 그제야 깨달았다. 이윽고 도착한 황무지 앞에 나를 내려주고 차는 곧바로 떠났다. 나는 속으로 묻지 못했던 말들―뭘 보호하는데요? 왜요? 누가 누굴 보호한다는 거예요?―을 곱씹으며 생츄어리를 향해 걸음을 옮겼다.

　　생츄어리의 입구에는 용이 그려진 팻말이 세워져 있었다. 여기서부턴 함부로 들어오면 안 된다고, 용은 당신을 해치지 않지만 보호하지도 않는다는 주의사항이 큼지막하게 적혀 있었다.

short story

황무지에는 사람이 살지 않는다고 알려졌지만 그건 사실과 다르다. 생츄어리 곳곳에는 엉성하게 세운 움막과 텐트가 설치돼 수많은 인파가 오갔다. 모두 용을 보기 위해 모인 사람들이었다. 나는 봉사자들이 있는 간이 보호소로 갔다. 밀리터리 무늬의 조끼를 입은 봉사자들은 세계 각지에서 모인 용 해방론자들이었다. 환경운동가, 동물 연구가, 동물 복지와 동물 해방을 위해 기꺼이 먼 길을 달려온 사람들, 혹은 그들을 따라온 사람들. 그들은 별다른 말도 않고 나에게 휴대용 침낭과 물, 크래커를 줬다. 고갯짓으로 가리킨 곳에는 나처럼 다양한 인종의 여행자들이 들뜬 표정으로 모여 앉아 있었다.

"너도 용을 보러 왔니?"

나는 그렇다고 대답했다. 곧 도착할 것 같다고 누군가 말했다. 어젯밤부터 날개를 퍼덕이는 소리가 끊이지 않았다고, 근처에 용 무리가 있는 것 같다고 했다. 나는 물을 마시며 그들의 말에 귀를 기울였다. 온갖 언어가 섞인 캠프장에는 젊은 사람들뿐 아니라 어린아이, 개와 고양이도 돌아다녔다. 괜찮은 거야? 나는 불에 구운 마시멜로를 건네준 누군가에게 물었다. 저렇게 마음대로 돌아다녀도 괜찮냐고, 여기가 그런 데냐고.

"다들 원해서 있는 거니까, 괜찮아."

나는 그들이 스스로 그곳에 있길 원한다는 건지, 용이 그들을 원한다는 건지 헷갈렸다. 사람들은 언제나 자신이 원하는 곳에서 함부로 돌아다니기 마련이지만, 용이 사는 황무지에 단체로 자리를 잡고 신나게 떠들어대는 모습은 이해하기 어려웠다. 축제의 전야제처럼 사람들은 삼삼오오 모여 음식을 먹고 술을 마시며 흥에 겨워 춤을 췄다. 그 모습은 100여 년 전 유럽 어딘가에서 열린 음악 페스티벌의 활동사진 같았다.

잠시 후 천막이 바람에 흔들리는 소리와 함께 세찬 바람이 불었다. 곳곳에 피어올랐던 모닥불들이 순식간에 꺼지고 크래커 봉지가 허공에 날렸다. 아이들이 소리쳤고 사람들이 짐을 싸 보호소 앞으로 달려갔다. 나는 사람들 사이에 끼어 어디로 가는지도 모른 채, 무작정 그들을 따라 갔다.

"용이다!"

누군가 하늘을 보면서 소리치자 사람들이 일제히 고개를 돌려 탄성을 질렀다. 끝없이 펼쳐진 산등성이 너머 한 마리의 용이 커다란 양 날개를 펼치고 날아오고 있었다. 그 주위로 선두보다 작은 세 마리의 용이 사각형의 대형을 이뤄 쫓아왔다. 오래전 사라졌다고 알려진 아메리칸테일드래곤이었다. 커다란 꼬리와 태산 같은 몸. 먹구름이 몰려오듯 삽시간에 주위가 깜깜해졌다. 해를 가린 용의 출현에 사람들이 각국의 언어로 찬사와 욕설을 내뱉었다. 영상으로만 봤던 멸종된 개체가 눈앞에 나타났지만 도무지 실감이 나지 않았다. 나는 몇 번이나 눈을 깜빡이며 느리게 이동하는 용의 아랫배를 눈으로 쫓았다.

두 발로 땅을 디디고 거대한 몸을 일으킨 미미의 모습은 카메라 테스트를 받는 노련한 배우처럼 망설임이 없었다. 지진 같은 울림이 한적한 동물원 안을 흔들었다. 손에 든 사과가 떨어지자마자 제리가 순식간에 다가와 그것을 앗아갔다. 나는 카트를 타고 용사로 달려갔다. 시속 50킬로미터로 달리는 카트는 금방이라도 멈출 듯 달달거렸다. 뭔가, 감당할 수 없는 일이 일어났다는 걸 알 수 있었다. 제리가 흥분해 날뛰는 소리가 점점 멀어졌다. 제리의 울음소리는 어째선지 늙은 맹수의 고함처럼 커다랗게 울려 돔 천장을 징징 흔들어댔다.

미미가 거대한 꼬리를 휘두르자 굴로 이어진 용사 입구가 부서졌다. 나는 카트에서 내려 용사를 둘러싼 유리벽 밖에서 소리쳤다. 뜻도 없는 비명을 들은 미미가 고개를 흔들며 두레질을 하고는 바닥에 침을 뱉었다. 용사 한가운데 작은 연못만 한 샘이 고였다. 샘 주위로 연기가 나며 잔디가 깔린 바닥이 녹아내렸다. 고약한 냄새와 함께 시퍼런 연기가 허공으로 피어올랐다. 미미가 날개를 퍼덕이더니 잠시 후 동물원 상공을 향해 날아올랐다. "미미야!" 미미가 내 말에 반응하지 않으리란 걸 알면서도 나는 소리치는 걸 멈추지 못했다. 나는 줄곧 내가 하고 싶었던 말이 무엇이었는지 그제야 알았다. 단조롭고 감동 없는 세 음절의 말, 아무런 힘도 없는 말.

"가지 마!"

미미는 고갯짓 한 번으로 돔에 금을 내더니 꼬리를 휘둘러 투명한 유리 천장을 부줬다. 부서진 돔은 수천만 개의 작은 유리조각으로 나뉘어 텅 빈 동물사 위로 떨어졌다. 그건 마치 반짝이는 눈송이 같았다. 9월의 완벽한 날씨로 세팅되었던 동물원 안은 바깥의 공기가 들어오자마자 영하의 초겨울 날씨로 변했다. 오작동을 알리는 사이렌이 동물원 안에 울려퍼졌다. 제리의 끼긱거리는 비명이 경고음에 섞여들어 귀가 찢어질 것 같았다.

날개를 펼친 용에게 내가 무슨 말을 할 수 있었을까? 그건 텔레비전에서 봤던 것보다 훨씬, 근사했다. 나는 황망하게 서서 동물원을 빠져나가는 미미에게서 눈을 떼지 못했다. 미미가 고개를 돌려 폐허가 된 용사를 바라봤다. 그러고는 나를 향해 알 듯 말 듯 한 표정을 짓더니 순식간에 먼 하늘로 날아갔다. 잠시 후 미미의 모습이 점처럼 작아지다가 완전히 눈앞에서 사라졌다. 회색 구름이 잔뜩 낀 하늘에는 새 한 마리 보이지 않았다. 원내에 울리는 사이렌 너머 기쁨에 찬 제리의 울음소리가 들렸다.

영영 미미가 무슨 생각이었는지 알 수 없을 테지만.

오랫동안 황무지에 머문 사람들의 몸에서는 고약한 냄새가 났다. 나는 그 냄새를 온전히 들이마시며 하늘에서 시선을 떼지 못했다. 문득 이곳 어딘가에 케이가 있을 것만 같다는 생각이 들었다. 그도 지금 이곳에서 용을 보고 있을까? 나는 떨리는 손에 힘을 주고 주먹을 꽉 쥐었다. 어디선가 머리가 완전히 세어버린 은퇴한 사육사가 같은 풍경을 보고 있을 것만 같아, 숨이 차올랐다. 나는 알고 싶었다. 그때 미미가 나를 향해 지었던 표정은 뭐였을까, 혹시 하고 싶은 말이 있었던 건 아닐까? 어쩌면 그것만큼 중요한 일은 없을지도 몰랐다. 케이는 어떻게 미미의 모든 걸 알 수 있었을까? 나는 모르고 케이는 아는 것. 미미는 알고 나는 모르는 것. 나는 미미에게 묻고 싶었던 말을 천천히 곱씹으며 사람들과 함께 조금씩 앞으로 나아갔다. 멀리서 짐승의 길고 날카로운 울음소리가 들렸다. 소리는 점점 커졌고 무척 위협적이었지만 집중해서 듣다 보면 무언가 알 수 있을 것 같은, 그런 울음이었다. 사람들은 황홀한 음악을 듣는 표정으로 하늘을 향해 한껏 귀를 기울였다. 아무도 상공을 덮은 육중한 용의 무리에서 눈을 떼지 못했다. ■

short story

Poem

조해주

조해주는 1993년 서울에서 태어났다.
시집 《우리 다른 이야기 하자》가 있다.

밤산책

조해주
詩　人

저쪽으로 가볼까

그는 이쪽을 보며 고개를 끄덕인다

얇게 포 뜬 빛이
이마에 한 점 붙어 있다

이파리를

서로의 이마에 번갈아 붙여가며
나와 그는 나무 아래를 걸어간다

아이스박스

상해가던 열매가
익어갈 때

줄 게 없다며
그를 나의 창고로 불러냈을 때

문이 열리는 순간 그는
이 중에 내 것이 뭐냐고 묻고
콕 집어 말할 수는 없어
나는 망설이다가

선반에는 각설탕 같은 상자들이
빼곡하다 고개를 갸웃하면
선반이 기운다

물을 따르다 말고 생각에 빠진다
한쪽이 멈추지 않을 때
나머지 한쪽도 멈추지 않는

깨닫는 순간 깨지는
생각 속에서
미지근한 밤의 호숫가에서

창문에서 흘러나오는 달큰하고
끈적한 빛
원하지 않아도 얻게 되는

상자 하나를 안겨주자
그는 기쁜 듯이 창고를 나간다

품 안에 얼음이 다 녹을 때쯤
그는 부서지겠지

나무가 깨져도
금세 회복하는 호수처럼

여의도

거기 사람이 있다는 생각

바람이 불고
나는 미간을 찌푸리며 고개를 떨군다

손거울을 꺼내어 눈을 크게 뜬다
눈으로 볼 수 없는 것을
본다

생각보다 눈이 크구나,
옆에서 걷고 있는 사람이 말한다

꽃잎의 형태로 증명되는 가로등의 존재

사람의 표정은 기억나지 않고
어깨 너머로
포장마차의 불빛들이 야시장을 이루고 있다

하나 건너 하나

몇 걸음 걸어가면 꼬치를 파는 곳이다
포장마차는 반복된다

하나
하나

천막 아래로 흘러나오는 까만 전선들

산책이 길어질수록
어둠은 가늘어지고 있는 것일까

점차 선명해지는 대교 너머를 바라보면서
생각보다 멀구나,
옆에서 걷고 있는 사람이 말한다

빛이
벌린 입안으로 쑥 들어온다

한동네에서 오래

어디야? 전화 너머에서 묻는 말에
어디인지 모르겠다
나온 김에 병원에 들러야겠다 나는 대답하고

만날 수도 있었는데 아쉽다
그는
자신도 방금 전까지 거기 있었다고 한다

내가 아는 많은 사람들은 병원에서 태어났지

멀쩡하던 사람을
아픈 사람으로 만들면서

병원에서 삶이 시작되었다는 걸 자주 잊는다
병원에서 태어나지 않은 사람들 또한
얼마나 많은지도

링거줄 같은 그림자를 달고
여기에서 저기로

투명함도 덧대면 짙어진다는 것
매일 유리를 닦는 사람이 있다는 것

꼬이는 줄도 모르고

가는 곳만 가게 된다

밤의 쓰레기장
내용물이 남아 있는 유리병
삼키지 못한 말들이
금방이라도 무너질 것처럼 거대한 산을 이루고 있다면

쪽지 하나 찾기 위해 코를 틀어막은 내가
어떤 표정이든 지으려고
거기 서 있겠지

체조경기를 보다가

내가 아주 잠깐
나라면
나는 아주 완벽한 삶을 살 텐데

인생은 길기 때문에

나는 올림픽에 나가지 못할 것이다
평생 프러포즈도 하지 못할 것이다

도대체 언제 시작하는 거야?
있을 리 없는 관객의 항의에 대하여

대답을 회피하려는 것은 아니지만
앞구르기 연습을 했다

앞구르기 장인이 되어
뉴스 인터뷰를 한다면 이렇게 대답해야지
할 말이 떠오르지 않을 때마다 구른 게 전부입니다

비결은 아마도

갖고 싶어요

당신이 좋아요
그런 말을 떠올리지 못했기 때문일지도 모른다

체조 선수가 완벽한 공중회전 뒤에
양팔을 벌리고 착지하는 순간

TV를 끄고
등을 돌려 눕는다

이제껏 한 번도 일으켜보지 않은 근육을 움직인다

내일은 시금치를 사야지
근처 공원을 한 바퀴 돌아야지
공원보다 크게

셔츠의 크기

셔츠의 소매 부분이
활짝 열려 있다
단추가 떨어지는 바람에

끄트머리는 젖기 쉽다
잡아당기면 길어지니까

줄자를 갖다 대는 경우
셔츠의 크기는 천차만별이다

깃부터 등부터
줄자의 시작점을 어디로 하느냐에 따라

셔츠에 달린 단추가 모두 떨어지면
셔츠는 펄럭인다
달려 나가지 않아도

단추는 반짝일 때
앞면과 뒷면을 번갈아 보여준다

넉넉한
셔츠를 입고

그는 찌르듯이 걷고 있다

셔츠가 그의 몸을 드나든다
그네처럼

이거 떨어뜨리셨어요
나는 그에게 달려가 손을 뻗는다

셔츠를 움켜쥐면

더 큰 셔츠가 날아간다

가방

이상하다
분명히 넣었는데

손을 넣어 한참을 뒤적여도 잡히는 것이 없다

가방의 입구는
왜 이렇게 크게 뚫려 있는 거지

바닥까지

평생 걷는 거리를 환산하면 지구 몇 바퀴를 돌 수 있을 테고
누구나 자신의 키 보다 책을 높게 쌓을 수 있으니까

수납공간은 얼마든지 있다
가방은 점점 무거워진다

자꾸 흘러내린다 어깨에서

훤히 들여다보이는
가방의 밑부분을 손으로 슬쩍 받쳐보는 순간
나는 잠시 들어올려진다

잘 생각해보아야
떠오르는 생각처럼

백년서점

지금 눈 와요
휴대폰을 내려두고 커튼을 젖히면
눈이 오지 않는다

숲인지 밤인지 모를 정도로
깨끗한 창

눈을 비비적거릴 때
빗자루를 벽에 세워둘 때
신발 안에 들어간 모래를 털어낼 때

붉은 책장과 난로 위로
불타는 숲 위로
눈이 내린다는 생각

음악 들으며 잡지를 읽고
서 있으면서 눕고
생각에 빠진 채로 아무것도 보지 않을 때

눈발이 몸 안으로 날아든다

숲의 정수리를 중심으로 하얗게 소용돌이치는 겨울

머리카락을 질끈 묶는다

들어갈 엄두가 나지 않는다
너무 활짝 펼쳐진 숲의 입구 앞에서는

펜팔

한 번도 만난 적 없는 사람으로부터
사랑한다는 말을 들었다

내가 곶감을 보내주고 싶다고 했기 때문이다
동티모르에 사는 사람에게

아직은 답장을 보내지 않은 채
노트북 앞에 앉아 잠옷을 고른다

해먹은 폭이 좁고
파인애플은 편안해
언덕은 까끌까끌하고
오두막은 덥다

어떤 잠옷은 너무 얇아서
손을 집어넣으면 손바닥이 보이고

받는 사람과 보내는 사람이 같은
편지처럼 어디로도 떠나지 못한 채

사각거리는 잠옷을 입고 침대에 누워
한 번도 가본 적 없는 동네를 떠올려보게 된다

동티모르에서 중년은 포르투갈어를 쓰고
아이들은 테툼어를 쓴다고 한다

보아 노이트
본디아
보아 노이트
본디아
아침에는 커피를 마시고 감자를 먹고

바닷가에는 돼지가 뛰어다닌다고 한다

일곱 시

나의 말투는
내가 아는 사람과 어딘지 모르게 닮아간다

울창한 여름 아래에서
그림자는 잘게 부서지는 것으로 나뭇잎을 표현하고

조금 흔들린다

어둠이 바스락거리는 조각이 될 수 있다는 것은

다시 말해 어둠이
산산이 부서질 수 있다는 것

가루가 되도록

눈에 보이지 않을 만큼 아주 작은
작은
입자로써 존재할 수 있다는 것

그렇다면
한밤중에 불이 켜진 방이나 대낮에 커튼을 쳐놓은 방도 이해할
수 있다

검은 비닐봉지로 덮어두고 실내에서 키우는 식물이 있다
끄트머리는 노랗기도 하고 푸르기도 하고

가끔 입안에서 모래가 씹히고

직접 키운 콩나물은
맛이 다르다

나는 이걸 어떻게 했느냐고 묻는다

앞치마를 두른 사람은 손을 채 닦기도 전에

그냥 이것
저것

하고 대답해주었지만
내게 똑같이 만들어보라고 하면 전혀 다른 맛이 나겠지

아무도 모르게
출렁이는 식탁 밑으로 뿌리를 내리는
가느다란 🎤

Poem

주민현

주민현은 1989년 서울에서 태어났다.
2017년 한국경제신문 신춘문예로 등단했다.
시집 《킬트 그리고 킬트》가 있다.
창작동인 켬으로 활동 중이다.

오래된 영화

주민현
詩 人

깊이 잠들었다 눈뜬 아침에
내 인생이 오래된 영화처럼 느껴질 때가 있어

오래된 것은 그저 오래된 것
한옥마을 앞에서 '얼마든지, 얼마든지'
약속하는 두 사람 같은 것

레트로풍의 활짝
벌어지는 주름치마를 입고

인간의 역사를 뛰어넘을 때

활짝 펼쳐진 입체 그림책같이
올록볼록 솟아나는 사람과 풍경들

이 세상은 알 수 없는 은유들로 가득하고

어느 날 우리 집 초인종이 울린다면
시킨 적 없는 택배들이 우르르 도착한다면

죽은 택배기사와 언 손을 문지르며
쿠키를 쪼개 나누어 먹는 고요한 시간에 대하여

아코디언 연주자가 처음부터 다시
연주를 반복하는 것

트럼프 카드를 쥔 마술사가
여러 종류의 카드를 펼쳐두는 것

긴 기억의 회랑을 건너
문지방을 밟고 나의 방을 바라보면

녹색 담요를 두른 작은 개와
어둠에 휩싸인 책들

문지방을 밟고 반대편을 바라보면
할머니가 된 나에게 물어보고 싶은 것

무엇을 먹고 무슨 꿈을 꾸는지,
어떤 일과로 하루가
굴러가는지

그 방에는 아직 녹색 담요가 남아 있는지

작은 개가 내 손을 건드릴 때

내 인생이 오래된 레코드처럼
튀었다 흐르기 시작해

활짝 벌어진 주름치마는
무언가 말하려 살짝 벌어진 입술같이

도래할 미래

이 도로 위에는 조수석에 앉아 두 발을 올린 사람,
담배 피우며 라디오 듣는 사람,
창문에 기대 꿈꾸는 사람도 있네

이 도로를 달려 도착하는 곳은
꽃놀이를 위한 놀이동산이거나
엄마가 있는 요양병원, 혹은 절과 유치원, 나는
거래를 끊으려는 거래처의 마음을 돌리러 가고 있네

도로 옆을 흐르는 강물은 어제도 본 강물, 그 옆에
살기 좋게 펼쳐진 집은 그제도 살기를 소망한 집
"같은 강물에 두 번 발을 담글 수 없다"
유명한 철학자의 경구를 경고처럼 받아들이며 살아왔네

지난 몇 년간의 납품목록; 특수 볼트와 너트, 산업용 공구, 기름 냄
새, 무릎이 다 닳아도 좋아, 추위 속의 멋지지 않았던 프러포즈까지

우연히 발견한 좋은 문장을 다시는 찾을 수 없듯
인생은 행운을 두꺼운 겹겹의 책 속에 숨겼네

이 차를 되돌려 돌아갈 집은 셋의 미래를 담기에는 좁은 집
넷의 기쁨을 누리기엔 불가능한 집

우리가 침대 밑에서 하지 않는 대화들; 사랑해, 고마워, 당신은
좋은 사람이야

1400년 된 은행나무처럼 아스라하고 왠지
평화로울 것만 같은 22세기 대학을 상상하며 또 한 발짝
나아가는 곳에서 그곳이 어디든 도착하기엔
이미 늦어버렸다는 생각에 빠진 한 사람, 두 사람, 세 사람을 싣
고 이 도로가 향하고 있는 곳은.

피아노의 우연한 탄생처럼

피아노의 우연한 탄생처럼◆
우리는 태어났지

몹시 심심했던 폭발물 관리자가 터트린
농담 속에
내리는 진눈깨비처럼

최후를 맞이했을 때 떠올리게 되는 가장 최초를

보리 한 줌만큼의 사랑, 귀금속
하나만큼의 행복을 손에 쥐고서◆◆

널 만나러 건너던 최초의 다리와
우리가 보았던, 인간의 웃음을 전시한

최초의 사진전과
우리를 빨아들인 최초의 블랙홀

우리가 발견하고 건설한 것들이

◆ "그 필요성에도 불구하고, 정작 1700년경 피아노라는 악기가 탄생한 것은
우연이었다. 한 이름 없는 악기 제조자와 무절제한 군주의 기묘한 만남이 이 일
의 발단이다." (스튜어트 아이자코프, 《피아노의 역사》)

◆◆ "기록에 남아 있는 최초의 화폐 단위인 세겔sheqel은 보리와 귀금속의 중량이었
다." (스튜어트 로스, 《모든 것의 처음》)

우리를 낡아가게 만드는 이곳에서
최초의 어둠이 내려 천천히 우리 눈꺼풀을 덮을 때

썩은 것들이 모여 다시
지구를 작동하게 만든다

인간의 원형은 작고 둥근 씨앗에 가까웠으며
우리의 언어는 우연히 발화되었다는 것

우리는 우연히 만나서
우연히 몸을 섞었지

그리고 이렇게 죽으니 좋다
구름이 우리를 관찰한다
오래전에 우리가 구름을 그리했듯이

우리 위로 날아온 것은 빛으로 가득 찬 공간에 관한 매거진이다

죽은 것들이 넘쳐서
이 공간을 풍부하게 살아 숨 쉬게 만든다

우리는 우리를 슬프게 만든

돌리면 언제든 터져 나오는 최초의
수도꼭지를 기억하네

"돈에 미친 사냥꾼들이라면 밤의 거죽도 뒤집어 하얗게 만들 거
야"
우리가 쫓기며 속삭이던 말들이 흰 밤을 불러와

이제 아무도 쫓아오지 않는 곳에서

아무도 훔쳐가지 않는 책이
아무렇게나 숨 쉬는

이 텅 빈 서점을 이리저리 배회하는 유령이라는 점이 좋아
오래전 이곳에 서울이라는 곳이 있었다고

편지의 형태로 도착하는 모든 책을
주인 없는 서점에서 바라보는

최후의 세계는 최초의 세계를 닮아 있어

우리가 만나기 전에 상관없이
무의미하게 마구 흘러가던 시간처럼

우리의 가느다랗게 뒤엉킨 머리카락처럼

콜트식 권총은 불가능한 꿈⬦
불가능한 꿈을 가능하게 만들어왔던
작은 인간들이 이곳에 살았다고

⬦ 앞의 책.

전구의 비밀

마을버스란 꼬마전구 같아. 도시를 이으며 반짝이는.
작은 사람들은 작은 꿈을 꾸고. 그 꿈을 이으며
전기는 흐르네. 덕분에 어제의 길을 오늘도 걸어갈 수
있는 거라고. 세상엔 불 켜진 집들만큼이나
불 꺼진 집들이 있고, 하염없이 바라보다 보면 어둠에
두 발이 빠질 것 같지. 버스에 흐르는 오래된 유행가도
불 꺼진 집 사람들이라면 웃기고 만지지 못해.
깨진 전구는 늘 날카로움을 가르치고, 그건 우리가
밤에 속삭이듯 말하게 되는 이유라네. 버스는 도시의
가장 구불구불한 곳까지 가고, 우리가 불빛과 유행가와
전기로 이어져 있다면, 나도 어디선가 네 손을
잊지 않고 꽉 붙들고 있는 것이라고. 전기가 도달하는
가장 끝 집은 어딜까, 인생의 불씨를 꺼트리려던 사람이
아직 희미하게 불을 켜두었을 때, 이렇게나
많은 곳에서 동시다발적으로 전기란 존재하지만,
몹시 어두운 얼굴을 하고 있던 이들의 표정을
잠깐 따라해 보자. 그들의 음성을 우리의 입술로
말해 보면, 우리 눈에서 같은 것이 반짝, 어릴지 몰라.
어린 시절에 우리는 보자기만으로 유령과 공주가
될 수 있었지. 금은보화가 가득한 항아리를 꿈꾸기도 했어.
어느 날에, 어느 날에 꾸었던 꿈들이 가까스로 일어나
불을 켜게 만들고 저녁 일곱 시에 가로등이 켜지고

전조등을 켜고 안개비를 뚫고 우리가
서로의 집을 방문해 번쩍 불이 들어오게 만드는 거야.

역사적인 단추

어느 밤에 여행자가 집으로 돌아와
전등을 탁 켜는 순간처럼
투어를 마치고 돌아온 소프라노 가수로서 나는
옷장에 모든 것을 처박을 때 만족을 느낀답니다
반짝이는 드레스와 새것 같은 구두
누구보다 돋보이게 해줬던
세공된 액세서리까지

스카프는 목을 보호하는 기능이 있고
목을 조르는 기능도 있고
내 성대에서 나오는 음색을 당신은 사랑했고
점점점 높아지는 천장과
보이지 않는 객석의 당신을 나는 사랑했지요

노래하지 않을 때도 내 목소리를 듣고 있는 이 누구인가,

나의 밤은 짐을 풀어 한꺼번에 꽝, 옷장을 닫을 때
심벌즈처럼 시작되고
제각기 다른 열두 개의 단추가 달린 옷에는
열두 개의 비밀이 숨어 있어

마당에서 땅을 파낸 개가 물어온 단추와

한때 사랑했던 사람의 주머니에서 나온
처음 보는 단추들;
알록달록한 단추만 남기고 떠난
어린 조카의 것까지도

탁, 켜진 전등에 비친
나의 옷들은 무시무시한 그림자를 뿜내고
그렇게 완성된 무시무시한 역사가
나의 음색을 한층 돋보이게 해준답니다

절친한 친구 대머리 여가수◆와
고장 난 기타를 메고
이 고장을 가장 천천히 떠나는 열차를 타고서
나로부터 서서히 멀어질 때

아주 긴 창이 난 집과도 같이
아주 긴 열차에 올라타면
열차는 육백 개의 단추를 가진 옷이 되고
호른의 빛과도 같이
번들거리며 당신이 사는 고장을 지나고 있답니다

◆ 대머리 여가수: 외젠 이오네스코의 희곡선 제목

와이파이

우리는 여행을 왔다
전구 없는 스탠드가 빛나고 있다
사람이 없는 복도에 서서히 불이 들어온다

앙리 루소의 그림을 이야기할 때
창밖으로 떠가는 검은 열기구
이 풍경은 앙리 루소식으로 재조립된다

미라보 다리 위의 신사와
집중하는 눈빛과
프랑스에서의 총살 사건을 주머니에 넣고

주파수 도약 발명가였다는 헤디 라머의 이야기에
깊이 몰입할 때

우리는 모두 새로운 주파수를 발명하게 될 거야
우리가 모르는 곳에 도달하고 싶다

비가 와서 쓰지 못한 비치 타월과 수영복이
우리의 이야기를 듣고 있다
너울거리는 조명과 흔들리는 커튼이
연인에게 맞은 이야기부터 세상을

그리는 게 꿈이었다는 이야기까지

폭력으로 돌아오는 사랑의 말들을 위해
준비한 작은 창문을 넘어

와이파이는 넘어 연결되고
우리는 서사적으로 밤을 완성한다

이 넓은 테라스가 생각을 뻗어나가게 한다
이 테라스의 주인은 누구인가

우리는 어둠 속에서
여행지에서만 할 수 있는 말들을 속삭인다

피 묻은 시트는 교체될 것이다
천사의 동상이 달린 수전을 만지며

헤디 라머의 머리 위를 떠도는 천사들이 있다면
우리의 웃음소리를 닮았다면 좋겠다
퀸과 킹, 하트와 스페이드, 카드 패를 섞고
섞이는 얼굴과 섞이는 웃음을

기울어진 가방이 듣고 있다
테이블 위의 물병이 듣고 있다

자기에게만 들리는 주파수로
속삭이는 미완성의 이야기까지

에리카라는 이름의 나라

제주에서 만나 친구가 된
에리카의 뺨이 희다 해도 검다 해도

에리카는 에리카
화를 내도 격렬하게 웃어도

내가 좋아하는 에리카에게
내가 좋아하는 텅 빈 수수깡을 한 다발 안겨주고 싶다

눈이란 외로운 사람들이 모아둔 일기 같고
도착하기도 전에 사라지는 것들이 있다

내가 포착한 에리카와
그 포착을 빠져나가는 에리카 사이

"여자를 싫어하는 사람들은 나를 우울하게 만든다"라고 쓴

울프의 일기와 비비안 마이어의
익살스러운 사진 속으로

우리가 피워낸 고독한 향을 흔들고 싶다
에리카의 머리카락이 붉다 해도 흐른다 해도

우리에게는 노래하는 유쾌한 모자가 있어
뉴 노멀의 시대, 뉴 노멀의 시대, 마치
해피 버스 데이, 노래처럼 흘러나오고

제2공항의 건설로 이 테이블은 대립하고
이 탁자는 쪼개질 것 같다

이 해안선을 정치적이고 상업적으로
해석할 수 있는 자는 누구인가

우리의 몸에 관하여 법적으로 죄를
물을 수 있는 이들은 또한

오늘의 날씨와 오늘의 막차 오늘의 홍차를 마시며

에리카라는 꽃의 꽃말에 따르면
오늘은 고독하겠지만

에리카의 뺨이 붉다 해도 희다 해도
에리카는 에리카
웃고 화내고 격렬하게 우리는 함께

킥보드를 타고 해안선의 멀리까지 나아간다

우산의 용도

색색의 우산은 색색의 알사탕과 어떻게 다를까
우산도 없이 흔들거리며 걸었네

우산은 공산품일 텐데
가지처럼 솟은, 활화산 같은
구멍 난 우산은 저마다 표정이 다르다

기록적으로 비가 내리고 집이
떠내려가는 늦여름에 우리는
나무를 흔들고 빨래를 하고
고독한 주유소에서 오랫동안 주유를 했다

비의 세계에서는 눈썹이 무거워지고
모두가 공범자 같다고

비는 스냅사진 속에 포착되지 않는 성질이 있고
비는 울고 있는 얼굴을 숨기기에 좋다

자두는 달콤하게 익으며 상해간다
불쑥 솟아나는 껍질 속에
오토매틱한 음악이 솟아오른다
누구일까, 색색의 우리를 볼에 넣고 굴리는 자는

우산을 타고 날아가버려도 좋겠지

77일째 장마, 320일째 바이러스,
새로운 칩셋을 개발했으며 새 핸드폰이 나왔다

낮게 태풍의 바람이 불 때 나는 바람에 매달린
나무기둥 같고, 금세 뿌리 뽑힐 어금니 같아

'힘을 내어 공동체의 위기를 극복합시다'
현수막은 붙어 있고
이 공동체에 북극곰은 포함되지 않습니다

주유를 마친 뒤 우리는 깜박이를 켜며
멀어져간다 우리로부터, 진실로부터

세계에서 가장 두꺼운 빙하마저
녹아버린 늦여름에 기록적으로 많은
북극곰이 죽고 해수면이 높아지고 소가
떠내려가고 강물에 모자가
떠내려가던 늦여름에
우리는 횡단보도를 건넜다
음식점에서 서로 뒤바뀐 우산을 들고

우산은 흉기가 되기도 하고
이것으로 무엇을 막을 수 있을까
우산의 용도를 생각하면서

어떤 소리를 듣고 있었다

폐수영장에 앉아 하늘을 보면
우리 마음까지 다 맑아지는 듯하고

아, 좋다, 하고 숨을 들이마신다
공기가 좋은 가을 오전이니까

텅 빈 폐수영장엔 잡초와 쓰레기가 널려 있고
옆에선 비둘기가 부리로 딱딱한 바닥을 쫀다

도시에 사는 동물들은 복잡한 환경에 맞춰 진화한다고
신문에서 읽은 적이 있다

우리는 작은 쓰레기 더미들이 어디서 왔는지 모른다,
우리가 어디서 왔는지 모르는 것처럼

알 게 뭐람, 하고 너는 말한다
알 게 뭐람, 하고 말하면서도 청소부가 없는 도시는 상상할 수 없다

옆에 앉은 너는 오로라를 보았던 어느 날에 대해 말한다
폐수영장의 풍경은 그것과 멀지만
눈을 감으면 어렵지 않게 상상할 수 있다
우리의 지구는 아직 깨끗하고 광활하다고 믿으니까

바닥엔 비에 젖은 낙엽이 흐트러져 있다

미세 플라스틱이 섞인 빗방울을 만지며
이 모든 풍경이 평화롭고 자연스럽다고 여긴다

후드득, 빗소리, 식물이 자라는 소리, 쌀쌀하고 맑은 아침

우리는 또 걷고 있다
법에 따르면 소나 말, 당나귀, 노새, 닭, 꿀벌 등은 가축으로 분류
되어 관리된다

인간을 위한 법을 위한 자본을 위한 법은 듬성듬성하고 법은 수
호되고 법은

무자비하고 너무 많은 새, 너무 무성한 풀은 어쩐지 공포스럽다,
새와 풀은
아름다운 풍경을 제공하기 위해 존재한 적이 없음에도,
멀리서 아이들이 이기고 지는 놀이를 하고 있다
누군가 분에 차서 울면서 돌아가기 전까지

이게 공정한 룰이야,

누군가 버린 한쪽이 고장 난 이어폰에서
작은 소리가 흘러나온다

가정폭력 피해 아내의 정당방위는 여전히 인정되지 않아……
          '학대 논란' 스리랑카 코끼리, 결국 숨져……

요즘은 선이 없는 게 유행이니까요
이어폰 매장에서 판매자가 했던 말을 떠올린다

돌이켜보면 나는 이 작은 폐수영장을 만들고
거기서 나는 어떤 소리를 계속 듣고 있었다

가장자리

여기서, 인간이 할 수 없는 이야기가 시작되는 것이다

여기서 오래된 웃음거리가 되는 것이다

여기서, 얼굴이 섞이는 것이다

귀엽거나 미친 것들이 세상을 지배한다

마음이 만든 무기로는 남을 해칠 수 없어

이상한 뿔 모양의 마음을 만든다

오래 쌓인 것들이 터지고 있다 세상은 변하지 않을 것처럼 변한다

무언가 돌아본다는 것은 이미 그것이 끝났다는 것이다

여기서 이미 지나간 장면이라는 걸 알게 되는 것이다

여기서 다음 장면을 기다리는 것이다

여기서 여기가 이미 저기라는 것을 알게 되는 것이다

별종, 침묵, 가려움, 재채기

여기서 새로운 종이 시작되는 것이다 🔖

Answer
& Answer

photo **Paik Da huim** 백다흠

편집자 다들 어떻게 지내고 계세요?

주민현 저는 일하고 글 쓰고 그냥 조용히. 코로나 때문에 사람을 많이 못 만나가지고요. 마감하면서 열심히 살고 있습니다.(웃음)

조해주 저도 비슷해요. 사람 거의 못 만나고 혼자서. 요즘 운동을 시작해서 매일 공복에 걷기 운동을 조금씩 하고 있고, 논문 쓰고, 강의도 하면서 지내고 있습니다.

조시현 저는 최근에 취직을 해서 일을 시작했어요. 첫 직장이고요. 창작과 병행하려는 의욕에 차 있었는데 생각만큼은 잘 안 되어서요. 시간을 잘 조율해보려고 노력하면서 지내고 있습니다.

지 혜 저도 일을 하고 있고요, 저는 일하면서 쓴 지 오래되어서 몇 년 동안 일하면서 쓰는 것을 실험해보고 있거든요. 그런데 계속 실패했어요. 거의 실패예요.(웃음) 낮에는 일하고 밤에는 작업을 해보려고 하다가 울며 잠드는 삶을 살고 있습니다.

조진주 저도 일을 하고 있는데, 저는 집에서 일을 하거든요. 그래서 거의 집에만 있어요. 집에서 글 쓰고 일하고 글 쓰고 일하고……. 굉장히 단조로운 생활을 하고 있는 중이라서, 취미를 만들고 싶어서 고민을 하다가 천 피스짜리 퍼즐을 샀어요. 그런데 일이 갑자기 많아져서 아직 포장도 못 뜯고 그대로…… 잘 모셔놓고 있습니다.(웃음)

전예진 저는 원래부터 집에 있었는데 요새 코로나로 집에 있는 시간이 더 늘어나면서, 주로 청소도구 같은 걸 사기 시작했고요. 그리고 오늘 점심에 뭐 먹을지, 저녁에 뭐 먹을지 이런 걸 많이 생각하면서 보내는 것 같아요.

변미나 전 앤솔러지 마감 끝내고 나름의 휴식을 취하고 있는데요. 원래는 운동을 좀 했었는데 무릎이 아파서 운동을 못하고 있었거든요. 그런데 조금 나아서 날이 따뜻해지면 달릴 준비를 하고 있습니다.

임선우 달리기 하세요?

변미나 네.

임선우 저도 원래 달리기를 좋아해서 일주일에 서너 번은 5킬로미터 달리기를 하려고 했는데 요새 너무너무 추웠잖아요. 그래서 최근에는 집에 있었는데요. 산책으로라도 하루에 한 시간은 꼭 나가 있으려고 하고요. 요리도 시작했어요. 계속 집에 있으니까 이제 할 수밖에 없더라고요. 매일 쓰고 한 끼는 차려먹고 한 시간 걷고, 이걸 루틴으로 삼으려고 하고 있습니다.

편집자 어떤 요리를 하세요?

임선우 미네스토네 수프라는 게 있다는 걸 처음 알게 되었는데, 콩이랑 토마토랑 야채를 넣고 푹 끓이는 스튜예요. 점점 집에 있는 야채를 다 때려넣어 끓이게 되더라고요. 그런데 이게 토마토만 들어가면 먹을 수 있게 돼요. 토마토가 안 들어가면 좀 힘든 맛인데, 가끔 소고기 넣고 그냥 끓여서 함께 먹으면 죄책감이 좀 덜해지고, 요리를 좀 했다는 느낌이 들고요. 한 끼는 직접 만든 음식으로 먹으려고 해요. 배달음식에 질려서. 전예진 선생님은 죽 자주 해 드세요?

전예진 어쩔 수 없을 때만. 수프는 좀 더 맛있어요?

임선우 네. 죽보다는.(일동웃음)

편집자 '작가의 영수증'에 전예진 선생님이 힘들 때 드신다는 사골곰탕죽이 소개되는데요, 저는 이거 정말 만들어 먹어보고 싶었거든요.

전예진 진짜요? 간단해요. 그냥 인스턴트 사골곰탕을 사서, 먼저 파를 볶다가…….

변미나 파를 볶아요?

전예진 파를 볶아야 맛있어요. 사골곰탕에 파를 많이 넣어야 맛있잖아요. 그리고 사골곰탕을 부으면 맛있어요, 짭짤하고. 근데 위장에 좋을지는 모르겠어요.(일동웃음)

편집자 나 힘들 때 이거 먹어, 마감할 때 이거 먹어 이런 게 있으세요?

조시현 전 떡볶이요.(일동 동의) 떡볶이가 진짜 최고. 그리고 마라탕!

주민현 저는 요즘 평양냉면이 맛있더라고요. 밍밍한 맛이어서 왜 맛있다고 하는지 몰랐는데 속이 답답하고 마감 때문에 열받아 있을 때 확 식혀주는 느낌. 그

225

래서 좋더라고요.

임선우 비슷한 걸로 엄청 꽂혔던 게 '칙촉 위즐'이라고 새로 나온 아이스크림인데요. 그게 진짜 엄청 달아요. 유난히 마감만 되면 한 통씩 퍼먹어요. 드셔주세요. 칙촉 위즐.

조진주 저도 단 거 많이 먹는 것 같아요. 초콜릿이라든지.

전예진 저 소울푸드 있어요. 피자. 페퍼로니. 짠 피자 진짜 좋아하거든요. 진짜 매일 먹을 수 있어요.

지 혜 저는 갈비찜이랑 아구찜이 있는데, 그게 엄마가 해준 건데요. 엄마는 이제 그 맛을 못 내세요, 자기가 언제 그런 거 해줬느냐고. 그게 항상 생각나요.

편집자 혹시 선생님이 만들 줄 아세요?

지 혜 예전엔 요리를 되게 많이 했는데, 지금은 그냥 먹는 거를 기피하게 되었어요. 잘 체하고, 마감 때는 밀키트 같은 거 사먹고. 그래서 고민이에요.

전예진 집에 있어서 그러는 걸까요? 오래 앉아 있어서?

조시현 저는 허리 건강이 안 좋아지는 게 실시간으로 느껴져요. 목이랑 허리.

전예진 무릎.

조시현 맞아요. 저 요즘 무릎이 아파요! 걸을 때마다 무릎이 너무 아파서 이게 무슨 일이지? 해요.

지 혜 저는 눈이요. 그래서 안경 쓰고 있어요. 눈이 너무 아파서.

조진주 저는 폐기능이 떨어지고 있는 것 같아요. 걷다 보면 예전엔 숨이 차지 않았는데 요즘엔 정말 쉽게 숨이 차더라고요.

지 혜 모든 기관들이 서로 친하지 않구나. 뇌가 원하는 것을 위장은 싫어하고. 어떻게 살라는 거지?(일동 웃음)

주민현 저는 운동을 못해서 답답해요. 원래 수영을 좋아했는데 1년째 못했네요.

조해주 요새는 못하지만 저도 아침 수영 다닐 때는 일찍 자고 일찍 일어났어요. 그런데 운동하고 나면 졸려서 낮잠 자게 되더라고요.

전예진 저는 수영 너무 하고 싶어요. 제가 동네 수영장에서 제일 상급반까지 올라갔었거든요. 그런데 상급반 올라가니까 같이 끼지도 못하겠더라고요.

조해주 맞아요. 오래 하신 분들이 많다 보니.

전예진 대부분이 수영하고 사이클링하고 요가하고 이런 분들이시다 보니까 하다 보면 한 바퀴 이상 차이 나고 그랬는데, 점점 가까워지고 있었거든요. 그 중 한 분이 저한테 '많이 늘었네' 이런 말씀도 하셨는데, 코로나가 터지면 서…… 이제 반 내려가야 해요.

임선우 저는 다들 글 쓰는 시간이 정해져 있는지 궁금해요.

지 혜 퇴근 후? 매번 다르게 실험을 해보고 있는데 저는 시간보다 더 중요한 건 컨디션인 것 같아요. 컨디션이 좋으면 많이 쓸 수 있고요. 매일매일 일정 하게 쓰는 건 언제 되는 걸까요?(일동 웃음) 한 번도 그렇게 되어본 적이 없 어서.

변미나 저는 낮 시간에 주로 쓰려고 하거든요. 12시부터 5시까지. 정해놓고 쓰는 편이에요. 그런데 늘 그렇게 쓰진 않아요. 12시부터 5시까지 글을 써야겠 다고 생각하고, 어떤 날은 쓰고 어떤 날은 안 쓰고, 어떤 날은 쓴다는 핑계로 돌아다니고.

임선우 이미 한 달이 지났지만, 제 신년 목표가 그런 루틴을 만드는 것이었거든요. 그런데 저도 컨디션 좋을 때 쓰고 아닐 때는…….

조해주 저는 언제나 컨디션이 안 좋은 채로 쓰게 되는 것 같아요. 맑지 않은 정신과 지친 육체가 디폴트.(일동 웃음) 잘 자고 일어나면 좀 나은데.

지 혜 잘 자는 게 정말 중요하죠.

조진주 여러 번 도전해봤거든요. 아침형 인간. 그런데 한 번도 성공해본 적이 없어요.

조해주 아침에 일어나는 거 자체가 영혼을 파괴하는 것 같아요.

변미나 전에는 밤에 주로 썼었는데, 저는 밤에 쓰는 것보다 낮에 쓰는 게 좋더라고 요. 맑은 정신으로 이성적으로 볼 수 있어서요. 절대 술 마시고 쓰지 않고. 맨정신으로 쓰려고 하고.

전예진 저도 명료할 때 쓰는 편이에요. 저는 밤 10시 넘어가면 졸리고요. 그리고 센

227

치해서 쓴 건 다음날 다 지우게 되잖아요.(일동 동의)

지 혜 아침에 일어나서 탄수화물을 먹지 않은 상태에서 위장이 비어 있을 때. 출근해서 9시 반에서 11시 반 사이가 제일 똑똑한 것 같아요. 머리는 너무 똑똑한데, 회사에서는 절대 못하죠. 그래서 뭘 하는 척하면서…….(웃음) 그때 작업할 수 있으면 좋겠다고 항상 생각하면서 내가 원치 않는 장소에 있기 때문에, 거기서 오는 괴로움 같은 게 있어요.

주민현 전 그냥 회사에서 눈치를 보면서 점심시간 같은 때에 작업을 해요.(일동 감탄) 그런데 예전에는 코로나 때문에 활동을 많이 하는 만큼 쓰고 싶은 게 많았는데, 그런 게 줄어든 것 같아요. 다 그러시죠? 예전에는 낭독회도 많고 여행을 갔다가 시를 쓰기도 하고, 여기저기 다니고 사람들을 만나면서 '아 이런 거 쓰고 싶어' 이런 생각 많이 했는데 요즘은 그런 걸 못하니까 좀 답답한 것 같아요.

지 혜 여행을 못 가니까요. 저희 대부분이 예술창작아카데미 지원금으로 해외여행을 가서 거기에서 글을 쓰려는 계획이 있었는데, 다 못 가게 되었죠.

편집자 원래 어디에 가려고 계획하셨었어요?

지 혜 대만.

조시현 치앙마이

전예진 저는 뉴욕이요.

조진주 저는 스웨덴 생각하고 있었거든요.

변미나 저는 파리를 한번 가보고 싶었는데, 못 가게 됐죠.

주민현 저도 가까운 데. 여름 휴가를 5일까지 쓸 수 있어서 주말을 붙이면 9일까지 쉴 수 있거든요. 그래서 멀리는 못 가고 태국이나 치앙마이 이런 데. 요즘에 시인들에게 약간 힙한 곳이에요.

조해주 저도 대만에 가려고 했는데, 검색해보면 나오더라고요. 여자 혼자 가기 좋은 여행지. 대만도 그중 하나였어요.

임선우 여자 혼자 가기엔 아까 말한 치앙마이도 괜찮아요.

지 혜 대만, 베트남도요. 저는 베트남 혼자 2주 갔었는데 좋았어요.

조시현 저는 처음 혼자 갔던 여행지가 뉴욕이었는데 거기서 일주일 있다가 왔거든요. 근데 혼자 있기에 나쁘지 않았던 것 같아요.

지 혜 어디든 너무 늦게 돌아다니거나, 으슥한 데 돌아다니지 않으면 괜찮은 것 같아요. 낮에도 시비를 거는 사람은 걸더라고요. 그런데 무시하고 가면 되기도 하고요.

전예진 저도 작가님들께 궁금한 게 있어요. 글을 쓰기도 하지만 읽기도 해야 하잖아요. 시간 분배는 어떻게 하세요?

주민현 저는 출퇴근할 때 많이 읽는 것 같아요. 출퇴근이 한 시간쯤 걸려서요. 집에서는 거의……(웃음)

조시현 저는 못 써도 읽기는 꼭 읽어요. 그냥 아무것도 안 써지는 날에도. 만약에 소설을 읽는다고 하면 하루 단편 두 편은 읽자. 다른 인문서를 읽을 때는 왠지 여기까지 읽을 수 있을 것 같은 부분에 책갈피를 끼워놓고 거기까지 읽어요. 억지로라도 안 읽으면 안 되더라고요.

조해주 전 그냥 되는대로 많이. 최대한. 시간 될 때는 몰아서 읽고, 안 되면 못 읽어요.

조진주 저도 되는대로 읽고 글이 안 써지면 읽는데, 보통 글이 안 써지기 때문에. (일동 웃음)

지 혜 제 소설 쓸 때 다른 게 잘 읽히더라고요. 그렇지 않아요? 내 것만 빼고 재밌고.

전예진 저는 쓰고 있는 것부터 써야지 하는 생각 때문에, 다른 걸 보고 있으면 놀고 있는 것 같고 그래서요. 그런데 또 안 읽으면 안 되잖아요. 그게 좀 고민이었어요.

지 혜 저도 그게 고민이에요. 저는 개인적으로 인풋이 떨어졌다고 느끼는 시점인데요. 당연히 공부하고 성장해야 하는데 어떻게 해야 하지. 아카데미에서 멀어졌는데 지적인 것을 어떻게 흡수해야 할지. 그냥 읽는 것만으로는 충족되지 않아서 체계적으로 스스로 연구하고 접근해야 하는데, 거기서 오는 막막함이 있어서 고민이에요.

편집자 스스로 인풋이 떨어졌다고 느낄 때 돌아가서 다시 보게 되는 콘텐츠 있으세요?

주민현 저는 옛날에 읽던 걸 다시 읽지는 않고 동시대의 시인이나 소설가, 함께 쓰는 사람들의 글을 읽어요. 최근에 읽은 건 우다영 소설가의 소설집《앨리스 앨리스 하고 부르면》. 그런 데서 에너지를 얻는 것 같아요.

임선우 아 저 있어요. 저는 짐 자무쉬〈지상의 밤〉. 글이 막히면 이상하게 그 영화를 찾아서 보게 되더라고요. 글을 읽을 때보다 더 에너지를 얻어요.

전예진 저는 특정 작품보다…… 제가 좋아하는 작품들이 책꽂이에 꽂혀 있거든요. 제가 막히는 부분이 생겼을 때, 예를 들면 풍경 묘사를 하고 싶은데 너무 뻔한 말만 하는 것 같을 때, 내가 좋아하는 풍경 묘사가 있는 책이 어디 있지? 하고 그걸 찾아서 읽어요. 큰 도움은 안 되지만 마음의 안정이 생겨요.

변미나 저는 쓰고 싶은 마음이 없어질 때는 쓰고 싶은 마음이 들 때까지 안 써요. 에너지가 소진되었다고 느끼면 차오를 때까지 엄청 노는데, 그게 한두 달이 넘어가기도 하고요. 그 기간에는 전에 좋아했던 작가들 중에서 아무거나 뽑아 읽고 에너지를 얻고요. 전에 썼던 기억을 더듬으면서 또 할 수 있다, 스스로를 위로하면서 시간을 보내는 편이에요.

조해주 저도 비슷해요. 옛날에 제가 썼던 거 읽어요.

지 혜 저도 있어요. 저는 작품은 아니고, 제가 일기를 계속 쓰거든요. 1년에 하나씩 파일로 해서 지금까지 10년이 넘은 것 같아요. 10년쯤 된 일기를 보면 모르는 사람이 거기 있거든요. 그걸 보면서 마음을 다잡는.

조진주 저도 특별한 컨텐츠가 있는 건 아니고, 주로 최근에 나온 작가들 책을 찾아보고, 제가 좋아했던 영화들, 지금 쓰고 있는 것과 이미지가 맞는 것 같은 영화들을 다시 찾아보는 것 같아요.

조시현 저도 동시대 작가들 많이 읽고. 토요일마다 친구랑 영화 보는 시간을 만들

어서 랜선으로 '야 팝콘 준비됐냐?' 하면서 영화를 보는데요. 시간을 정해
놓고 계속 보니까 좋은 것 같더라고요.

편집자 그럼 이제 소설에 대한 이야기를 해볼까요?

변미나

×

임선우

임선우 미나 작가님 저희 방금 통화했을 때 고양이 소리를 들었어요. 고양이 이름을 알 수 있을까요?

변미나 파벨하고 봉순이라고 합니다. 턱시도랑 카오스예요.

임선우 파벨이랑 봉순이라는 이름이 언밸런스하면서도 너무 귀여워요. 대담 끝나고 사진 보내주시면 안 될까요?

변미나 네, 원하신다면! 기꺼이 보내드리겠습니다.

임선우 진심이에요. 이성을 찾고 소설 얘기를 시작해보자면, 이번 앤솔러지에 실리는 작가님의 소설 〈하얀 벌레〉 정말 재미있게 읽었어요.

변미나 귀한 시간 내서 읽어주셔서 정말 감사해요! 요즘은 읽는 것 자체가 굉장히 수고로운 시대다, 생각이 들곤 합니다. 할 수 있는 게 많은 시대에 읽고 또 쓰는 행위가 되게 귀한 일인 것 같단 생각이 들어요.

임선우 저는 미나 작가님 소설을 읽으면서 지금 시대에 잘 맞는 이야기들이라고 생각했어요. 그래서 더욱 몰입하며 즐겁게 읽을 수 있었어요. 궁금했던 점은, 작가님 소설에서는 인물의 이름이 드러나지 않는 것 같아요. 성으로 불리거나 익명으로 쓰이는데, 개인적으로는 사회 시스템에 통제된 개인을 강조하는 느낌이 들어서 흥미로웠어요. 이름을 사용하지 않는 이유가 따로 있으신가요?

변미나 소설의 분위기에 그런 이름이 맞다고 생각해서였어요. 개인적으로 누군가가 생각날 만한 이름은 좋아하지 않는 편이기도 하고요. 소설 속 인물의 이야기가 특정인을 떠올리게 하지 않고 모두에게 각자의 방식대로 다가갔으면 하고 바라는 마음에서 조금 거리를 두고자 그렇게 쓰기도 합니다. 사실은 이름을 지어주는 게 어렵더라고요. 다른 이야기지만 제목 짓는 것도 어려워하는 편이에요.(웃음) 작가님은 어떠세요? 이름을 짓거나, 제목을 지을 때 어려움이 없으신지. 저는 개인적으로 임선우 작가님 소설도 좋았지만 제목들이 굉장히 아름답다는 생각이 들었어요. 어떻게 정하시는 편인가요?

임선우 저는 소설 제목 짓는 것을 정말 어려워하는데, 인물들의 이름은 늘 즐겁게 지어요. 항상 어떤 인물에 대해 쓰고 싶다라는 생각으로 소설을 시작하거든요. 제가 상상해낸 인물에 가장 어울리는 이름을 붙여주는 일이 재밌어요. 반면 소설 제목은 소설을 다 쓰고 마지막에 고민하면서 지어요. 보통은 소설에 있는 단어를 골라서 쓰거나, 소설을 관통하는 문구 하나를 떠올려 보려고 합니다.

변미나 제가 굉장히 좋은 팁을 얻어가는 것 같아요. 맨 마지막에 짓는다. 관통하는 문구.(웃음)

임선우 저는 〈하얀 벌레〉에서 아파트 경비원인 화자의 눈에 벌레들이 보이기 시작한다는 설정이 인상적이었어요. 특히 결말이 굉장히 기억에 남더라고요. 아픔, 공허, 구멍과 같은 단어들이 떠올랐는데 결말은 처음부터 생각하고 쓰신 건가요?

변미나 보통 소설을 쓸 때 어느 정도 구상을 하고 쓰는 편인데, 이것은 첫 장면만 쓴 뒤에 이어나가며 쓴 소설이었어요. 그러다 보니 생각하지 못했던 장면들이 나오게 되었고 마지막 장면도 거의 마지막 즈음에 가서 만들어진 거였어요. 소설을 중간 즈음 썼을 때는 그렇게 끝날 거라고 생각하지 못했던 부분 이었거든요.

임선우 즉흥적으로 이렇게 탄탄한 서사를 만드실 수 있다니 너무 대단하세요. 제가 〈하얀 벌레〉에서 눈여겨본 인물은 경비원 윤이었어요. 소설 초반에 주인공이 우울증을 앓는 윤과의 대화를 꺼리던 장면과 나중에 도와달라는 주인공의 요청을 거절하던 윤의 장면이 겹쳐지더라고요. 윤은 처음에 사람들과 어떻게든 길게 대화를 나누려던 인물이라고 나와 있는데, 사람들과의 소통에 실패하고 입을 다무는 편을 선택한 것일까요? 윤의 뒷이야기가 궁금해졌어요.

변미나 그렇게 말씀해주시니까 제가 좀 거창하게 대답한 것 같단 생각이 들어요.(웃음) 즉흥적이었다기보다 다른 방식으로의 구상이었던 것 같아요. 말씀하신 것처럼 윤이 비중이 많은 인물이죠. 소설을 완성하고 여러 번 읽으면서 생각해본 것인데, 윤은 그저 조금 우울하고 조금 이상한 사람 정도로 살아갈 것 같아요. 그렇지만 계속해서 자신의 삶을 살아갈 거라고 생각해요. 윤은 자신의 감정을 솔직하게 말하고 싶었지만 그게 남들을 불편하게 한다는 걸 깨달은 거라고 생각해요. 그런 과정들을 이미 거친 게 윤이고 후에 거치게 된 게 주인공이고요. 윤은 이미 그런 과정들을 다 거치고 약간의 거리를 두는 게 살아가는 데 좋다는 걸 알게 된 사람이라고 봅니다. 윤은 당분간은 더 근무하고 있을 거라고 봐요. 자신의 벌레를 보며 시니컬하게 웃고 있을 것 같네요. 당분간은 말이죠.

임선우 답변을 들으니까 시니컬하게 웃는 윤이 머릿속에 그려지면서, 소설을 읽는 동안 느꼈던 서늘한 감정이 다시금 들었어요. 저는 소설에 나오는 "그는 벌레를 설명하려 하면 할수록 어쩐지 아득해지고 더 멀어지는 기분에 사로잡혔다"라는 문장에서도 서늘함을 느끼며 밑줄을 긋기도 했었는데요. 소설에서 벌레가 명확하게 규정되지 않음으로써 오히려 더 많은 것이 설명되고 느껴져서 좋았어요. 벌레에 대해 작가님이 느끼시는 감정을 알 수 있을까요?

변미나 지금 말씀해주신 것처럼 딱히 무엇으로 정의 내릴 수 없는 것이라고 할 수 있겠네요. 굳이 따진다면 마음속 깊은 곳에 숨겨진 것들이겠죠. 꼭꼭 숨겨둔 마음들. 말하기 힘든 것들. 그런 마음들이 어떤 게 있을까요. 슬픔, 공허, 상실, 분노 이런 감정들이 아닐까 생각해요. 또는 체념일 수도 있겠고요. 저 또한 작가님 소설을 인상 깊게 읽었어요. 이번 앤솔러지 작품뿐 아니라 기존에 발표하신 작품들, 〈여름은 물빛처럼〉〈유령의 마음으로〉. 모두와 관련 있는 질문이 될 수 있을 것 같아요. 소설 전반에 걸쳐서 따스하지만 조금 쓸쓸한 정서가 묻어난다고 느꼈거든요. 겨울철 양달과 응달 사이랄까.(웃음) 따뜻하지만 쓸쓸하고 쓸쓸하지만 조금 따스한 정서를요. 작가님이 생각하시는 쓸쓸함이란 어떤 걸까요?

임선우 양달과 응달 사이라는 표현이 너무 좋아요. 쓸쓸함이 무엇인지는 생각할수록 더 알 수 없어지는 것 같지만, 쓸쓸함이 찾아오는 순간들은 분명히 있어요. 겨울밤 버스에 앉아 있을 때, 오롯이 혼자서 무언가를 선택해야 하는 상황에 놓일 때 찾아드는 감정이라고 해야 할까요. 아무래도 세상을 떠난 이들을 떠올릴 때가 가장 쓸쓸한 것 같아요. 어떻게 이 세상에 존재하지 않게

235

된 걸까? 전처럼 대화하고 얼굴을 마주하고 웃을 수 없게 된 걸까? 다시는 그럴 수 없게 되었다는 것을 생각할수록 두렵고 쓸쓸해져요.

변미나 그래서일까요. 저도 선우 작가님 소설 안에서 이야기하는 쓸쓸함을 설명하기 어려운 감정이라고 받아들였거든요. 가령 나무가 되었다고(되어버렸다고 믿는) 사람의 이야기나 유령과 대화를 나누거나 하는 이야기들을요. 이번 앤솔러지에서도 만날 거라 생각하지 못한 사람을, 상상하지도 못했던 인물을 만나게 되잖아요. 그런 믿을 수 없는 상황들로 소설을 시작하시는 이유가 있을까요?

임선우 최근에 깨달은 사실인데, 저는 인물들이 안정되거나 충만한 상황이었다면 하지 않았을 선택을 하고, 의외의 사람들과 엮여서 감정을 부딪치게 되는 이야기를 좋아하더라고요. 그들이 예상치 못한 일들을 겪으면서 변화되는 모습을 지켜보는 게 좋아요.

변미나 저는 작가님 소설에서 그런 변화의 과정을 '먹는다'는 행위에서 많이 느꼈거든요. 〈여름은 물빛처럼〉에서 우울한 망고를 사온다든지, 아이스크림을 먹고. 빵이라든가. 특히 이번 소설에서는 본격적으로 요리를 하고 같이 식사를 하는 장면이 많이 나오잖아요. 함께 밥을 먹는다는 게 일상에서도 관계를 발전시키고 변화시켜가는 데 굉장히 중요한 점인데, 특히 이런 부분들이 소설 속에 나타나니 독특하게 다가와요.

임선우 먹는 것! 안 그래도 제 소설을 꾸준히 읽어준 사람이 넌 정말 밥에 진심이구나,라고 얘기해준 적이 있어요. 아무래도 제가 좋아하는 사람들과 자주하는 행위가 먹는 것이기 때문에 소설에서 자연스럽게 드러난 듯해요. 음주가무를 즐기지 않는 편이라서 사람들을 만나면 밥 먹고 커피 마시는 게 전부일 때가 많거든요. 그래도 먹는 장면들을 실컷 썼으니, 다음 소설에서는 인물들이 가까워지는 다른 방식들을 더 생각해보려고요.

변미나 저는 그 부분들이 굉장히 좋았거든요. 먹는다는 것. 앤솔러지 수록작인 〈낯선 밤에 우리는〉에서 개인적으로 좋았던 장면도 금옥이 희애에게 요리를 해주는 장면이었어요. 음식을 직접 해준다는 것은 꽤 많은 수고가 필요한 일인데, 구체적으로 묘사된 장면에서 따스함과 함께 허기를 느꼈거든요. 그리고 마주 앉아 머리를 맞댄 두 사람이 굉장히 사랑스럽게 보였어요. 선우 작가님은 어떠세요, 개인적으로 가장 마음에 들었던 장면 혹은 공들였던 부분이 있으실까요?

임선우 말씀해주신 것처럼 금옥이 희애에게 요리해주는 장면들을 저도 좋아해요. 금옥과 희애 둘 다 정말 외로운 사람들인데, 함께 마주 앉아 밥을 먹고 있을 때만큼은 온기가 느껴져서요. 가장 공들였던 장면은 금옥이 사라졌다가 나타난 다음에 희애에게 인천에 다녀왔다고 거짓말하는 부분이었어요. 금옥이 거짓말을 하는 줄 알면서도 이야기를 이어나가는 희애의 마음을 최대한 깊이 생각하면서 썼어요.

변미나 저도 그 장면 좋았어요. 소설을 다 읽고 나서 생각한건데, 희애가 영영 집으로 돌아가지 않을 것 같다 싶었거든요. 그게 물리적이지 않더라도 최소한 마음이 돌아가지 않을 것 같다 싶었어요. 그렇다고 금옥과 오래 지낼 것 같지도 않고요. 소설 마지막 문장에서 말한 '우리가 처음으로 그리는 우리의 목적지'를 공간으로 말한다면 두 사람은 지금쯤 어디에 있을까요?

임선우 저는 이 질문을 받고 정말 행복했어요. 작가님이 말씀해주신 것처럼 희애는 절대 그 이전으로 돌아가지 않을 거예요. 희애뿐만 아니라 금옥도 통제받지 않는 삶, 자신을 지키는 삶을 살게 될 것이라고 믿어요. 소설을 다 쓰고 나서도 금옥과 희애를 종종 떠올릴 때가 있었는데, 작가님 질문을 통해 다시 한번 두 사람의 미래를 떠올릴 수 있었어요. 저는 의심 없이 그들의 미래에 낙관적이에요.

변미나 그런 따스한 시선이 좋아요. 저도 점차 따스해지고 싶어요.

임선우 저는 작가님을 뵐 때마다 매번 따뜻하신 분이라고 생각했어요. 그런데 작가님 소설은 무채색 도시의 느낌이라고 해야 할까, 서늘하고 섬뜩한 감정을 불러일으킬 때가 있어서 그 대비가 더 매력적이었어요. 갑자기 떠오른 질문인데, 웹진에 발표하신 〈나무인간 증후군〉은 코로나 시대에 다시 읽으니 더욱 섬뜩하게 느껴지더라고요. 읽고 나서는 재난 영화 한 편을 본 것 같은 느낌이 들기도 했어요. 이 소설이 어떤 발상으로부터 시작되었는지 궁금했어요.

변미나 나무가 되는 사람이 있다면? 사람들이 나무가 된다면 무슨 이유일까,라는 게 첫 시작이었어요. 식물이 되는 소설들이 여럿 있는데, 이것을 나는 어떻게 이야기로 만들 수 있을까 고민을 많이 했어요. 조금은 다른 이야기, 내가 하고 싶은 이야기를 쓰고 싶었는데, 그러다 보니 평소에 관심 있던 주제와 결합해서 쓰게 되었어요.

임선우 오! 저도 나무가 된 사람에 대해 생각하다가 쓴 소설이 〈여름은 물빛처럼〉이었어요. 사람들이 나무가 된다면 무슨 이유일까,라는 질문에서 이렇게 색다른 이야기들이 나왔다는 게 재밌네요.

변미나 저도 작가님 소설 속 나무로 변한 남자가 인상적이었어요! 저는 좀 더 질병에 가깝게 그리긴 했지만. 실제로 있는 병이기도 하고요. 정말 흥미로운 것 같아요. '변신'한다는 것은! 다른 말인데 제가 처음 가장 좋아하게 된 소설이 카프카의 《변신》이었거든요.

임선우 저도 예전에 《변신》을 읽으면서 이런 소설을 쓰고 싶다고 생각했던 것 같아요. 작가님의 다른 흥미로운 이야기들도 정말 궁금한데요, 혹시 지금 쓰고 있는 작품이 있나요?

변미나 근 몇 달은 소설을 쓰지 않고 다른 일들을 했어요. 그 과정들이 소설을 쓰는 데 도움이 될 거란 막연한 생각을 하면서 지냈거든요. 동물에 관한 이야기를 쓰고 싶다고 생각했는데, 지나치게 감정적이 될 것 같아서 쓰지 못하고 있어요. 지금은 무엇을 쓸지 궁리하고 있습니다. 작가님은 어떠신가요? 구상 중인 작품이 있나요?

임선우 실은 저도 궁리 중인데요, 막연하게나마 몸에 새파란 혹이 생겨난 사람의 이야기를 쓰고 싶다고 생각하고 있어요. 아주 푸르고 빛나는 혹을 생각 중입니다.

변미나 흥미로운 이야기가 될 것 같아요! 선우 작가님 다음 작품 기대하고 있겠습니다. 이제 각자 작품을 쓸 때 가장 염두에 두는 부분에 대해서 이야기해보면 어떨까 해요. 저는 일단 이야기가 지루하지 않은지, 재미있는지 가장 먼저 따져보는 편이고요. 다른 어떤 이야기와 비슷한 게 있진 않은가,라는 점을 생각하는 편이에요. 작가님은 어떠세요?

임선우 저는 인물에 대해 생각하는 시간이 가장 긴 것 같아요. 매력적인 인물을 만들고 싶고, 또 어딘가에 정말로 실재할 것만 같은 인물을 그리고 싶어서요. 그리고 저도 작가님처럼 재미있는 글을 쓰고 싶은 마음이 가장 커요. 혹시 저에게 재미있는 책 한 권 추천해주실 수 있으신가요?

변미나 최근에 읽은 것 중에 가장 기억에 남는 책을 말씀드릴게요. 마리아나 엔리케스의 《우리가 불 속에서 잃어버린 것들》. 작가님은요?

임선우 제목부터 너무 매력적인데요. 당장 장바구니에 담아야겠어요. 저는 요즘 사이하테 타히 시를 자기 전에 몇 편씩 읽고 자는데 정말 좋아요. 최근에는 《사랑이 아닌 것은 별》을 읽고 있는데, 반짝반짝한 도시의 밤들이 떠오르는 책이에요.

변미나 저도 꼭 읽어봐야겠어요. 제가 시티팝을 좋아하는데, 그 말씀 들으니까 정말 읽고 싶어지네요. 반짝반짝한 도시의 밤들이라. 그럼 앞으로의 계획을 서로 나누면서 이야기를 끝내볼까요? 앞으로 어떤 계획을 가지고 계세요?

임선우 저는 올해 안에 단편집을 출간하는 것이 목표예요. 그러려면 올해 정말 열심히 써야겠더라고요. 틈틈이 일기도 써보려고 합니다. 작가님은 어떤 계획을 갖고 계신가요?

변미나 계획이라기보다 개인적인 목표나 다짐에 가까운 이야기일 수도 있겠는데요. 매번 다음에 쓰게 될 소설이 이전보다 나아졌으면 하는 바람이 있어요. 그게 제 계획이자 목표입니다. 올해는 보다 제 세계가 단단해졌으면 해요.

임선우 제 마음에도 와닿는 목표예요. 그럴 수 있도록 저희 함께 열심히 써요!

변미나 네 저도 응원합니다! 긴 시간 이야기 나눌 수 있어서 즐겁고 감사했습니다.

임선우 저도 소설 얘기를 잔뜩 할 수 있어서 즐겁고 행복했어요. 그리고 작가님⋯⋯ 파벨하고 봉순이 사진 보내주시는 거 잊으시면 안돼요. 꼭이요⋯⋯.

변미나 네 알겠습니다.(웃음)

전예진
×
조시현

조시현 안녕하세요, 작가님! 그간 잘 지내셨나요? 〈문장의 소리〉 녹음 이후 거의 두 달 만에 뵙는 것 같아요!

전예진 네, 작가님도 잘 지내셨죠? 같이 뵐 때마다 즐거워서 이번 대담도 너무 기대돼요.

조시현 작가님의 소설을 항상 잘 읽어왔던 터라 조금 더 이야기를 나눠보고 싶었는데, 이렇게 대담을 하게 되어 너무나 영광입니다. 그간 궁금했던 부분들을 정리해보았는데요, 물어보고 싶은 게 많았는데 질문의 개수를 추리는 것이 어려웠어요.

전예진 영광입니다. 저도 개인적으로 재미있게 읽은 소설이 많아서 여쭤보고 싶은 것이 많아요.

조시현 그러면 제가 먼저 질문드리겠습니다. 작가님께서 그간 발표하신 글들을 즐겁게 따라가고 있는 독자로서, 작가님의 '처음'이 궁금해졌어요. 작가님께서는 어떻게 처음 소설을 쓰게 되었는지 알고 싶어요.

전예진 어릴 때부터 이야기 만들기를 좋아했는데 그중 가장 가깝고 좋아하는 장르가 소설이었습니다. 대학교 졸업 후 이대로 취직을 하면 영영 꿈으로 남겠다 싶어 대학원에 들어갔어요. 그전까지는 모든 일을 다 하고 소설을 썼다면 그때부터 소설을 우선순위로 두고 생활했습니다.

조시현 그간 어떤 작품들을 쓰셨는지, 또 어떤 활동들을 해오셨는지 독자분들게 소개해주시면 감사하겠습니다.

전예진 가장 최근에 쓴 단편으로는 《문학과사회》 131호에 실린 〈파도를 보는 일〉이 있고요. 《Axt》 23호에 〈이웃에 방해가 되지 않는 선에서〉, 《현대문학》 2019년 4월호에 〈점심〉, 《문장 웹진》에 〈긍정의 맛〉을 발표했습니다.

조시현 등단작인 〈어느 날 거위가〉부터 얘기해보고 싶어요. 갑자기 등장한 거위로 인해 벌어지는 이야기를 무척 재미있게 읽었습니다. 거위로부터 시작되어 이어지는 일들이 섬뜩하게 느껴지기도 했어요. 전면으로 드러나지 않고 감지되는 이야기들이 많은데, 그게 이 작품을 더 풍성하게 읽게 해준 것 같습니다. 작품의 소재는 주로 어디에서 얻으시나요?

전예진 〈어느 날 거위가〉는 꿈에서 소재를 얻었어요. 꿈에서 같이 걷던 친구가 거위로 변했는데 갑자기 주변 사람들이 친구를 공격하더라고요. 집으로 돌아와 TV를 보니 비슷한 일이 곳곳에서 일어나고 있다는 뉴스가 나왔어요. 다행이라는 생각부터 들더라고요. 제가 거위가 되지 않아 다행이고 또 친구와 제가 그곳을 벗어나서 다행이라고요. 근데 깨서 생각해보니까 그 생각이 좀 섬뜩하고 한편으로는 일상에서 일어나는 일과 비슷한 거예요. 그래서 소설로 쓴 경우였어요. 주로 인상 깊은 장면이나 대화를 떠올리거나 보고 들었을 때 그걸 적어두었다가 하고 싶은 이야기로 버무려내는 것 같아요.

조시현 이번 앤솔러지에 수록된 〈숨통〉도 너무 잘 읽었습니다. 제목부터 무척 기대가 되더라고요. 한국에서 청소년기를 보내는 아이들에 대해 생각해보게 되었어요. 이 작품을 구상하게 된 계기가 궁금합니다.

전예진 고등학생 때부터 입시와 교육에 대한 소설을 쓰고 싶다고 생각했어요. 당시에는 제대로 쓰지 못했고 시간이 지나 입시에서 멀어지니까 제가 경험한 일들이 너무 옛날 얘기가 된 건 아닐까 싶더라고요. 요즘엔 다르지 않을까 하고요. 그런데 〈숨통〉 초고를 쓸 즈음에 어느 학원 강사분의 인터뷰를 봤는데 말씀을 듣다 보니 전혀 달라진 게 없더라고요. 약간 한 대 맞은 기분이 들었고 〈숨통〉을 쓰기 시작했어요.

조시현 작가님께서 〈문장의 소리〉 인터뷰에서 이번 소설 〈숨통〉은 사람들에게 경쟁을 종용하고 1등만을 강조하는 것이 과연 건강한 사회일까, 그런 시절을 거쳐서 성인이 된 우리는 어떻게 해야 할까,라는 질문에서 시작되었다고 말씀해주셨어요. 그 외의 삶은 실패로 여기는, 그래서 실패를 두려워하는 사람들에 대한 이야기이기도 하다고요. 실제로 작품을 읽으면서 저는 김수민에게서도, '나'에게서도 제 모습을 발견할 수 있었어요. 부모와 주변 사람들의 입을 통해서 그려지는 김수민과, 내가 기억하는 김수민의 격차에 대한 장면을 자꾸 곱씹게 되더라고요. 작가님께서 작품을 쓰실 때 담아내고 싶었던 문제의식에 대해 조금 더 말씀해주세요.

전예진 학창 시절을 지나 성인이 되면서 느낀 점들이 담긴 것 같아요. 저는 이십대 후반에서야 제가 어떤 사람인지, 어떻게 살아야 행복한지 고민하고 시도해 볼 수 있었거든요. 근데 더 어릴 때 그런 고민을 더 많이 하고 시도해볼 수 있으면 좋겠어요. 문제의식이라기보다는 교육 전반에 대한 이야기를 같이 나눌 수 있는 소설이었으면 하는 바람이 있었고 또 저를 비롯해 그렇게 자라난 분들께 위로를 건네고 싶었어요.

조시현 마음에 남는 대사들이 몇 개 있습니다. 특히 "의식을 잃을 때까지 숨을 참았다고 하더라고요."나 "하기 싫으면 하지 마. 그래도 돼" 같은 대사들이 그랬습니다. 자신의 숨통을 발견한 김수민과, 나에게 살아 있다고, 잘 있다고 안부를 전하는 듯한 마지막 부분의 회상 장면도 그렇고요. 저는 김수민이 어디에서 지내고 있는지, 나는 숨을 쉬며 살고 있는지가 궁금했어요. 이런 면에서 제목이 작품을 관통한다고 느껴져 인상적으로 다가왔구요. 제목을 무척 잘 지으셨다는 생각이 들어요. 작품에서 말하고자 하셨던 '숨통'의 의미를 조금 더 풀어주실 수 있을까요? 또, 저는 좋은 제목을 짓는 게 너무 어려운데, 작가님이 쓰신 작품의 제목들이 다 너무 좋더라고요. 제목을 어떻게 지으시는지도 살짝 여쭤보고 싶습니다!

전예진 여러 가지로 말할 수 있을 것 같아요. 웃게 하는 것, 하고 싶은 것, 마음을 풀어내도록 도와주는 것, 내일을 기대하게 하는 것……. 제게는 때로 글이고 때로는 수영이고 가까운 이들과의 대화이기도 하고 울거나 요리하고 먹는 일이기도 합니다. 제목은 저도 정말 어려워요. 다 좋은데 제목이 이상하다, 그런 얘기도 많이 듣고요. 주변 분들께 추천받은 제목을 쓴 경우도 있습니다. 〈어느 날 거위가〉도 친한 선생님께서 읽고 제목을 말씀해주셨는데 너무 좋아 감사드리며 가져온 제목이에요. 〈숨통〉은 퇴고하는 과정에서 지금의 제목을 생각하게 되었습니다. 다른 좋은 작품의 제목을 떠올려보고 제 제목을 보고 좌절하고 다시 고민하는 과정에서 간혹 마음에 드는 제목이 나오는 것 같아요.

조시현 저는 〈문장의 소리〉에서 낭독해주셨던, 재연 배우가 나오는 장면이 가장 기억에 남아요. 바다로 떠난 김수민도 오랫동안 마음에 남아 있을 것 같아요. 수민은 정말 행복할까? 라는 생각이 계속 들었거든요. 그리고 수민의 동생인 '나'도 계속 걱정되었어요. 〈파도를 보는 일〉에서는 나와 할머니가 파도를 두고 하는 이야기들이 인상 깊었습니다. 서글프고 좋은 장면이었어요. 작가님의 소설들을 읽으면, 이야기가 끝나고도 인물들의 안부가 궁금해지는 것 같아요. 인물들은 주로 어떻게 떠올리시나요? 가장 기억에 남는 인물도 궁금합니다.

전예진 / 이야기가 끝나고도 인물의 안부가 궁금해진다니! 정말 감사한 말씀이네요. 저는 주로 상황을 먼저 떠올리고 거기에서 인물을 그려요. 예를 들어 바다로 들어가고 싶은 아이가 있다면 그 아이는 어떤 아이일까 생각합니다. 그 뒤에 인물에 맞춰 이야기를 더 자세하게 구상해요. 인물들은 모두 기억에 남는데 그중에서도 〈이웃에 방해가 되지 않는 선에서〉에 나오는 강상미와 옆집 여자가 생각납니다. 아파트 후문 단풍나무에 팬티가 걸리면서 일어난 일을 쓴 소설인데요. 두 사람이 모두 팬티에 반대하지만 그 입장이 미묘하게 달라 쓰면서도 재미있고 공감이 갔던 인물이었습니다.

조시현 / 작가님의 등단작이나 이번 작품을 읽으며 느낀 것인데, 작품에서 현실과 환상의 경계를 묘하게 흐리거나, 변신에 대한 모티프가 드러나는 작품이 종종 보이더라고요. 이런 요소를 주로 사용하는 이유가 있을까요? 또, 작품을 쓰면서 중요하게 생각하는 것이 있다면 여쭤보고 싶어요.

전예진 / 변신 모티프는 변신으로 인해 익숙한 대상이 전혀 다르게 느껴지는 점이 매력적이라고 생각해요. 비현실적인 요소가 오히려 세상을 더 객관적으로 바라보게끔 도와주기도 하고요. 의도적으로 변신을 넣으려고 생각하는 건 아닌데 제가 그렇게 쓰는 걸 좋아하나봐요. 작품을 쓸 때는 어떤 인물이나 대상, 특정 직업에 대해 제대로 이해한 상태로 쓰려고 노력하는데요. 조사 없이 제 상상으로만 쓰지 않으려 합니다. 비현실적인 요소가 있는 글도 그 외에 다른 부분은 최대한 현실과 닿아 있도록 써야 한다고 생각해요. 중요하게 생각하지만 잘하는 것은 아니어서 노력하고 있습니다.

조시현 작가님의 작품들을 읽고, 또 이렇게 인터뷰를 준비하다보니 작가님이 앞으로 쓰실 작품들에 대해서도 덩달아 궁금해졌습니다. 혹시 구상하고 있는 이야기가 있다면 귀띔해주실 수 있나요? 앞으로 어떤 이야기를 쓰고 싶은지, 또 어떤 작가로 기억되고 싶은지 궁금합니다.

전예진 발표를 할 수 있을지 모르겠지만, 가구점을 운영하는 남자에 대한 이야기를 쓰고 있어요. 오랫동안 열정을 가지고 해왔던 일에 흥미가 없어지고 그래서 뭘 해야 할지 알 수 없어 하는 남자의 이야기이고요. 아직 쓰는 중이라 완성이 잘 될지 모르겠어요. 구태의연하지 않으면서 재미있는 글을 쓰고 싶고 오랜 시간 꾸준히 글을 쓰는 작가로 기억되면 좋겠습니다.

조시현 질문이 많았는데도 정성껏 답변해주셔서 정말 감사합니다. 작가님의 작업에 대해서 더 자세히 알 수 있는 좋은 기회였습니다. 이제 작가님의 작품을 더 잘 읽을 수 있을 것 같아요. 앞으로도 좋은 작품 많이 써주시면 좋겠습니다. 늘 기대하고 있겠습니다!

전예진 제가 감사하죠. 작가님께서 해주신 질문을 생각하면서 저 스스로에 대해 더 고민하게 되는 것 같아요. 이런 이야기를 같이 할 기회가 생겨 너무 좋네요. 그러면 이제 제가 배턴을 넘겨받아 질문을 드리도록 하겠습니다. 저도 작가님의 처음이 궁금했는데요. 시와 소설 중 무엇을 먼저 쓰셨고 어떻게 쓰게 되셨나요?

조시현 저는 소설을 먼저 쓰게 되었는데요, 책을 읽는 것은 어렸을 때부터 좋아했지만 제가 직접 쓸 수 있을 거라는 생각은 한 번도 해보지 못했어요. 한국문학에 대해서도 잘 몰랐고요. 그러다 친구의 추천으로 김애란 소설가님의 〈칼자국〉이라는 단편을 읽게 되었고…… 그때부터 시작되었습니다. 대학도 다시 가게 되었고요. 그래서 그 친구 볼 때마다 네가 참 고맙고 원망스럽다, 장난 삼아 말합니다.

전예진 작가님 이름을 검색하면 재미있는 활동들이 많이 뜨더라고요.《문장 웹진》에 연재 중인 〈느린 기린 큐레이션〉도 배우는 마음으로 보고 있습니다. 지금까지의 활동과 발표하셨던 작품 소개 부탁드려요.

조시현 저는 2018년 실천문학 신인상과 2019년 현대시 상반기 신인상으로 작품 활동을 시작하게 되었어요. 기회가 주어지는 대로 발표를 하고 있습니다. 친구들과 낭독회도 두어 번 기획하여 진행했었고, 지금은 조온윤 시인님과 〈느린 기린 큐레이션〉을 함께 하고 있어요. 시인님이 많이 도와주시고 챙겨주셔서 원활하게 진행될 수 있는 것 같아요. 늘 감사하고 죄송할 따름입니다. 문학을 사랑하는 마음으로, 다양한 방식으로 활동하시는 작가님들을 보며 저도 많이 배우고 있습니다.

전예진 작가님 작품을 보면 이번 앤솔러지에 실린 〈어스〉나 《문장 웹진》에 발표된 〈월간 코스모스 6월호: 특집, 외계문학〉처럼 SF부터, 등단작 〈동양식 정원〉이나 2019년 실천문학에 실린 〈중국식 테이블〉과 같이 서늘한 글, 말하자면 스릴러나 공포까지 다양한 장르를 본인의 것으로 잘 소화하시는 것 같아요. 평소에 어떤 작품을 좋아하시는지 작가님의 취향이 궁금합니다. 또 우주와 환경에 관한 소설과 시가 많은데 그와 관련해서 즐겨 보는 책, 다큐멘터리나 다른 자료가 있는지 궁금해요.

조시현 사실 저는 뚜렷하게 독서 취향이라고 할 만한 건 없는 것 같아요. 작품이 좋으면 그냥 푹 빠져서 읽어요. 그래서인지 좋아하는 작가도 읽을 때마다 계속 바뀌는 편이고요. 좋아하는 작가가 정말 많습니다. 문학만 읽는 것은 아니고, 그때그때 관심 있는 여러 분야의 책들을 찾아 읽어요. 최근에 읽고 있는 책은 나딤 아슬람의 《헛된 기다림》과 미치오 카쿠의 《인류의 미래》예요. 여러 권을 번갈아 읽는 편이어서 몇 권 더 있긴 한데, 제목을 전부 나열하기에는 지면이 모자랄 것 같아 두 권만 소개할게요. 우주나 미래는 원래부터 좋아했던 소재였어요. 망상을 좋아해서 그런 것 같기도 해요. 환경은 제가 살아가는 지금 여기에 대한 문제이기 때문에 관심을 가질 수밖에 없는 것 같아요.

전예진 〈어스〉에 대해 좀 더 여쭤볼게요. 〈문장의 소리〉 643회에서 〈어스〉를 쓰게 된 계기에 대해 코로나 중 집에서 나오는 쓰레기 양을 보고 충격을 받아 소설을 구상하게 되었다고 말씀하셨어요. 소설을 읽고 나니 그때의 충격이 이야기로 확장된 과정이 궁금하더라고요. 〈어스〉의 시작에 대해 자세한 말 씀을 부탁드려도 될까요?

조시현 사실 그전부터 환경이라든지 비거니즘이라든지, 우리가 삶을 살아가는 형 식과 생활양식에 관심이 많았어요. 이것들은 단편적인 키워드로 국한되는 게 아니라 페미니즘과도 연결되어 있고요. 그건 또 저의 존재방식과 연결 이 되고요. 지금 여기서 어떻게 살아가느냐는 문제를 여러 방향에서 생각 할 수 있겠지만, 단순히 물리적인 것에 한정 지어서 봐도 단순하지 않잖아 요. 한편 먼저 관심이 있었던 건 플라스틱에 관한 것이었는데요, 이 소설을 쓰기에 앞서 피에 플라스틱이 흐르게 된 신인류에 관한 시를 쓰기도 했어 요. 그렇게 생활 속에서 조금씩 쌓였던 생각들이 조금 더 확장되어 이번 소 설로 이어진 것 같아요. 생활을 하다 보면 많든 적든 쓰레기가 반드시 발생 하더라고요. 비건 식품이나 제품을 구입할 때도 마찬가지고요. 외에도 하 고 싶은 얘기가 정말 많았는데, 소설에 잘 녹아들었는지는 모르겠습니다. 구구절절 설명하는 것보다 더 잘 읽어주실 것이라 믿고 여기서 줄이겠습 니다.

전예진 소설 초반에 미래 사회에 대한 서술이 꽤 길게 나오는데도 지루하지 않고 너무 재미있었어요. 시간과 공간이 잘 짜여 있다는 생각이 들었습니다. 동 시에 구상하실 때 어려운 점은 없으셨는지 궁금했어요. 꼭 배경에 대한 것 이 아니라도 쓸 때 어려웠던 부분이 있으셨는지, 어떻게 해결하셨는지 궁 금합니다.

조시현 미래에 대해 상상하는 건 항상 슬프고 즐거운 것 같아요. 구상할 때 가장 신 경 쓴 부분이 있다면, 이 이야기가 먼 얘기, 그냥 이야기일 뿐인 얘기처럼 느 껴지지 않게 만드는 거였어요. 좋은 소설이 늘 그러하듯이요.

전예진 "나를 묻어줘"라는 안나의 유언이 서사가 진행되면서 계속 그 의미가 바뀌 어 전달돼요. 도입부에서는 언뜻 평범한 유언처럼 느껴지다가 글을 읽어 내려가면서 그게 상당히 어려운 일이라는 걸 알게 되고요. 그다음에는 그 녀가 왜 그런 유언을 말했을까를 고민하게 되고, 그 고민이 결말까지 이어지는 것 같아요. 〈어스〉를 처음 구상하실 때부터 이런 배치를 생각하고 글을 쓰셨는지, 아니면 쓰면서 플롯을 다듬으셨는지, 그 과정을 여쭤봐도 될까요?

조시현 처음부터 이런 배치를 생각했습니다. 같은 말이 끝에 다다라서는 전혀 다르게 느껴지기를 바랐어요. 그리고 그것이 지금 여기와 연결되기를 바랐습니다. 이런 구조로 작품을 쓰면서, 여러 가지를 담고 싶었는데 얼마만큼 되었는지는 모르겠어요. 다만 이 이야기가 이렇게 끝나서는 안 된다는 생각도 들었습니다. 이래도 되는 걸까? 라는 생각을 쓰면서 계속했고, 그러나 이 이야기는 이렇게 끝나야 한다고 생각했어요. 그래서 3부작으로 작품을 구상하게 된 것 같아요.

전예진 〈문장의 소리〉 인터뷰에서 3부작으로 계획한다는 말씀을 들은 때부터 앞으로 나올 작품이 기대가 됐어요. 작업이 얼마나 진행됐는지 언제쯤 다른 작품을 만날 수 있을지 여쭤봐도 될까요? 세계와 장소, 인물들이 흥미로워서 주인공이 아닌 다른 인물의 이야기도 궁금하고 빨리 읽어보고 싶어요.

조시현 지금 두 번째 이야기의 초고는 완성된 상태에요. 병주 동생인 병철의 이야기예요. 사실 데뷔하고 소설 청탁을 거의 받지 못했어요. 발표를 언제 하게 될지는 모르겠지만 천천히 퇴고를 하고 다음 이야기도 쓰고 있으려고요. 항상 쓰고 있는 사람이 되는 것이 저의 바람입니다. 잘 되고 있는 것 같지는 않지만요…….

전예진 작가님께서는 시와 소설을 함께 쓰시잖아요. 같은 생각으로 출발해 다른 결과(하나는 시, 하나는 소설)로 나타난 적이 있는지, 있다면 어떻게 달랐는지 궁금합니다. 더불어 이번 소설과 함께 읽으면 어울릴 작가님의 시가 있다면 추천 부탁드려요.

조시현 이번 작품은 아니었지만 종종 교차해서 작업을 하기도 해요. 같은 세계관을 공유하지만 다른 방식으로 서사를 전개해나가는 것은 저에게도 즐거운 작업이에요. 장르에 구애받지 않고 그때그때 필요한 것을 필요한 방식으로 쓰고 싶어요. 〈무중력지대〉나 〈28880314〉 또는 〈리와인드〉를 함께 읽으면 좋을 것 같아요. 제가 제 작품을 추천하려니 매우 쑥스럽군요……

전예진 벌써 마지막 질문이네요. 작가님께서 써오신 작품을 보면서 한 문장으로 정의되기 어려운 다양한 글을 쓰신다는 생각이 들었는데요. 혹시 작가님께서 자신을 바라볼 때 어떤 글을 쓰는 사람이라고 생각하는지 궁금합니다. 또한 전과 다른 스타일의 글을 쓸 때 불안함이나 걱정은 없는지, 의식적으로 전과 다른 글을 쓰려고 노력하는 편인지 궁금합니다.

조시현 제가 어떤 글을 쓰는 사람인지는 저도 아직 잘 모르겠어요. 다만 쓰고 싶은 글, 쓸 수 있는 글에 한계를 두고 시작하고 싶지는 않은 것 같아요. 계속 다른 글을 쓰려고 의식적으로 뭔가를 하는 편은 아니지만, 여러 시도를 해보는 게 즐겁게 느껴집니다. 하고 싶은 것을 시도해볼 수 있다는 게 계속 글을 쓰는 이유 중 하나인 것 같아요. 그래서인지 아직까지는 이런 부분에 대한 불안함은 없어요. 그래도 뭔가를 말해보자면, 저에게 부끄럽지 않은 글을 쓰고 싶어요. 새롭게 좋은 글, 점점 더 좋아지는 글을 쓰고 싶다는 욕심도 있고요. 갈 길은 멀지만 꾸준히, 끝까지 하겠습니다.

조진주

×

지 혜

지 혜 제가 2017년에 현대문학에 응모했었거든요. 그때 당선작이 작가님의 〈나무에 대하여〉였죠. 나중에 읽어봤는데, 소설이 너무 좋은 거예요. 그때 지면으로 보던 작가를 여기(한국예술창작아카데미. 이하 한예창)에서 만나게 되어서 되게 신기했어요.

조진주 저도 작가님 당선작이었던 〈볼트〉를 좋게 읽었던 기억이 나요. 특히 소설의 분위기가 인상적이었어요.

지 혜 감사합니다. 〈볼트〉는 제가 썼지만 제가 쓴 것 같지 않아요. 당선 후에는 조금 힘들었어요. 계속 〈볼트〉처럼 써야 되나 하는 생각이 들어서.

조진주 그런 게 있죠. 한 작품이 좋은 평을 들으면 계속 그런 걸 써야 하나 싶은 고민이 드는 거요.

지 혜 사실 그게 베스트라는 생각은 안 들었거든요. 작가님은 어떠셨어요?

조진주 저도 그래요. 그래서 아예 다르게 써보려고 하기도 했었어요. 〈나무에 대하여〉 같은 톤이나, 〈베스트 컷〉 같은 톤으로 쓰기도 하고요.

지 혜 무슨 말인지 알 것 같아요. 그런데 제가 보기에는 작가님에게 일관된 톤이 있어요. 문장 때문인 것 같기도 하고. 아무리 내가 변한다고 해도 다른 사람들은……

조진주 나만 그렇게 느끼는 걸지도 모르죠. 이번에 원고 정리를 하면서 다 모아놓고 보니까 또 생각보다는 그렇게 다르지 않더라고요.

지 혜 소설의 일관된 분위기 때문에 그런 것 같아요. 저는 작가님의 이미지들이 무척 독특하다는 생각을 했어요. 소설을 쓸 때 어떤 이미지에 꽂혀서 쓰는 편인가요? 특별히 몰입하거나 반복 혹은 얽매어 있는 이미지 같은 게 있는지?

조진주 글을 쓸 때 어떤 장면에서 시작을 하는 경우가 종종 있는 거 같아요. 〈모래의 빛〉은 모래를 버리는 장면부터 생각을 했거든요. 그러니까 그 어떤 얘기를 쓸진 아직 모르지만 모래를 버리고 싶다, 거기부터 시작을 해서 이야기로 발전하게 됐어요. 작가님은 어떻게 이야기를 시작하는 편이세요?

지 혜 / 그때마다 몰입하게 되는 이야기를 찾게 되면 써요. 〈미미가 내게 말하려던 것〉(이하 〈용〉)을 쓰면서도 뭔가 다른 방법이 없을까, 고민하다가 여러 관심사가 맞물리면서 시작하게 되기도 했고요. 지금은 또 다음을 준비하고 있어요. 쓸 때마다 각각의 테마에 몰두하기 때문에 급작스럽기도 하고 자연스럽게 시작되기도 해요. 〈볼트〉의 경우 조카가 삼촌을 보러 간다는 단순한 설정이었고 〈연희의 미래〉는 세 자매가 냉면을 먹으러 간다. 생각해보니 장면과 설정 중에 마음이 가는 쪽을 선택해서 시작하는 것 같네요. 다른 작가들은 어떨까 무척 궁금해요. 작가님은 언제 처음 소설을 쓰려고 했나요?

조진주 / '내가 쓴 책을 갖고 싶다'라는 꿈은 어렸을 때부터 있었지만 정작 본격적으로 소설을 써야겠다고 생각한 건 이십대 중반 이후였던 거 같아요. 그 전에는 꼭 소설이 아니어도 콘텐츠를 만들고 싶다는 마음이 있었어요. 그래서 청소년 때는 영상 쪽도 건드려보고 이십대에 들어서는 드라마 작가 쪽도 조금 기웃거려보고 했었죠. 그러다 소설 수업을 한 번 들었는데 재밌더라고요. 그래서 그만두지 않고 계속 쓰다 보니 조금씩 욕심이 생기고, 그러다 보니 여기까지 온 거 같아요.

지 혜 / 드라마를 쓰셨다니까 좀 이해가 되는 것 같아요. 저는 단편에서 인물을 두 명 이상 잘 못 쓰거든요. 그런데 작가님은 인물들을 너무 적재적소에 잘 쓰는 거예요.

조진주 / 드라마를 본격적으로 썼던 건 아니고요. 사실 문턱만 밟았다 내려온 거예요.

지 혜 / 드라마 좋아하세요?

조진주 / 네, 좋아해요. 요새 한국 드라마 중에는 〈런 온〉이 재미있더라고요. 성인지 감수성도 높고 불편함을 느끼지 않게 참 세세한 부분까지 신경 썼구나 싶은 드라마예요.

지 혜 / 드라마는 그런 게 장점인 것 같아요. 사회에서 요구하는 최전선의 가치와 대중성이 섞인다는 것.

조진주 어떠세요? 작품에 사회적 이슈를 바로바로 받아들이려고 하시는 편인가요?

지 혜 생활인 지혜는 열심히 받아들이려고 하는데 소설가 지혜는 딜레이가 좀 있어요. 최근에 〈삼각지붕 아래 여자〉의 스핀오프 격인 이야기를 쓰고 있는데 배경이 90년대 초거든요. 한 1년 넘게 그 이야기를 준비하면서 나는 왜 항상 옛날 생각만 할까, 그런 의문이 들었어요. 옛날이야기에서 오는 감성도 있겠지만, 그 이야기를 지금 해결하지 않으면 다음 걸 못 쓸 것 같은 거에요. 결국은 같이 나가야 한다는 생각을 해요. 항상 고민 중이죠. 작가님 소설에는 그런 게 보였어요, 같이 가는 거. 그리고 꼭 적절한 질문을 하시더라고요. 〈꾸미로부터〉도 그랬고.

조진주 저는 제 나름대로 그러려고 하는데 의도했던 만큼 잘 나오는지 않는 것 같아요.

지 혜 모든 질문이 항상 유효할 수만은 없는 것 같아요. 그래도 〈침묵의 벽〉이 그랬던 것처럼, 어떤 시도들이 계속 기억에 남는다는 게 중요한 것 같아요. 저는 그 소설이 직접적으로 거의 말을 했다는 생각이 들었어요. 폭력적인 상황들을 보여주면서 폭력에 대해 얘기하고, 유년에 대해 얘기하고. 저는 되게 인상적이었어요.

조진주 사실 그 작품은 이번에 원고 정리하면서 많이 고친 거예요. 발표할 땐 그런 소설이 아니었는데 책을 내려고 정리하다 보니 좀 달라졌네요.

지 혜 첫 단편집이 올해 나올 예정이라고 하셨죠. 〈침묵의 벽〉을 읽고 〈모래의 빛〉을 읽으면 그 사이 작가에게 무슨 일이 있었나 싶을 정도예요. 둘 다 너무 좋고 인상적이었어요. 〈모래의 빛〉도 책에 실리나요?

조진주 아마 그것까지 실릴 것 같아요.

지 혜 너무 좋을 것 같아요. 책에 실린 하나의 흐름이……. 기대하고 있습니다.

조진주 감사합니다. 지혜 작가님은 여성과 전설에 관심이 많다고 하셨던 게 기억이 나요. 맞나요?

지 혜 네. 거기서 착안한 게 〈삼각지붕 아래 여자〉예요.

조진주 어떻게 그런 것들에 관심을 갖게 됐고 어떻게 접근하고 있는지 궁금했어요.

지 혜 그건 제가 제주도에서 태어났기 때문인 것 같아요. 제가 생각하기에 제주도는 미신과 신화의 도시예요. 제주도에 1만 8천의 신이 있다는데, 예를 들어 집 한 채에도 사는 신이 되게 많아요. 문지방 신, 화장실 신, 앞마당 뒷마당 신들이 한 집에 사니 얼마나 속이 시끄럽겠어요. 제 가족의 경우도 그래요. 미신에 익숙하면서 동시에 유교적인 가부장을 따르고 또 어떤 면으로는 급진적이에요. 되게 희한한 문화권이라는 생각을 했어요. 그걸 의식하게 된 순간부터 그 동네를 이루는 인간과 인간 아닌 것들에 대한 관심이 생겼고, 그걸 어떻게 풀어야 할까 하다가 〈삼각 지붕 아래 여자〉의 모태가 된 칠성본풀이를 알게 되었죠. 제주 신화에서도 다른 많은 신화처럼 여자들이 죽는데, 토막 나서 죽고 버려져서 죽고 그런 얘기들을 보다 보니까 이상하다, 그걸 복수극으로 좀 써봐야겠다 하며 몇 개의 기획이 나왔어요. 거기서 구상한 것 중 하나가 〈삼각지붕 아래 여자〉였어요. 지금은 계속 공부하고 생각하는 과정이에요. 그래서 도전해보는 마음으로 용이 나오는 소설을 쓰게 된 면도 있어요.

조진주 판타지는 하나의 세계를 창조하는 거잖아요. 그 일도 만만치 않을 텐데요.

지 혜 아주 해박한 상태에서 시작한 건 아니었어요. 전에 수의사 관련된 텍스트를 살피게 됐는데, 너무 재미있더라고요. 그러면서 수의사가 나오는 소설을 시작하게 됐어요. 소설 쓸 때 많은 걸 고려해야 하잖아요. 그 와중에 저에게 당연한 이야기 중 하나가 신화였어요. 옛날이야기 속의 사람들, 혹은 존재들. 중요한 건 지금 그걸 왜 얘기해야 하는지인데, 〈용〉을 쓰면서 그런 부분을 해소해보려고 했어요.

조진주 인상적인 게 〈용〉에서 용이 자기가 언제든지 탈출할 수 있는데도 참아주다가 어느 순간 탈출하잖아요. 어떤 계기로 용이 탈출할 마음을 먹게 되었을까가 궁금했어요.

지 혜 실은 그것도 쓰다가 장편 기획을 하긴 했는데.(웃음) 그 소설에서 제가 의
도한 것 중 하나가 용이랑은 아무도 대화를 못한다는 거예요. 아무리 사
육사가 용을 잘 케어하고 교감한다고 해도 용의 언어를 들을 수 있는 인간
은 아닌 거죠. 그래서 제목이 '용이 내게 말하려던 것'. 용의 생각을 우리는
아무도 알 수 없다, 어떻게 알겠나, 그냥 거기 따라가는 거죠. 제가 생각하
는 미래가 지금은 그런 형태인 것 같아요. 사람이 그냥 가보는 거. 무섭고
잘 모르겠지만, 멀리멀리. 안 가봤던 나라에도 가보고. 정신적으로도, 지
적으로도. 〈볼트〉도 어딘가 가는 걸로 시작하고. 저는 어딜 가는 이미지에
몰입하는 것 같아요. 그러고 보니 진주 작가님 소설의 일부 전남친들, 구
남들, 그림자 같은 인물들이 떠오르네요. 그들을 다루는 방식도 인상적이
었어요. 저는 소설에서 애정 어린 관계들을 쓰는 데 인색하거든요.

조진주 〈개명〉에서 연인 이야기를 쓰셨잖아요.

지 혜 망한 연애죠. 내가 날 모르던 때에. 저는 제가 잘할 수 있을 줄 알고 그
만……. 마지막 문장을 쓰면서 그 소설의 문제가 해결됐다는 생각은 안 들
었어요. 그런 면에서, 소설에서 두 명 이상의 연인들을 다룰 때 팁 같은 게
있나요?

조진주 팁이라니.(웃음) 관계의 어긋남, 엇갈림에 관심이 많아요. 그런 걸 보여주려
다 보니까 아무래도 연인 이야기가 종종 들어오게 되는 것 같고요. 매우 친
밀한 관계잖아요.

지 혜 너무 잘 어긋났던 것 같아요. 애매하게 어긋나면 이상한데 〈모래의 빛〉은
처음부터 헤어져서 시작하잖아요. 그게 단편에서는 패기 같거든요. 나 이
제 헤어진 얘기 쓸 거야, 얘가 계속 이별한 상태일 거야. 독자에게 봐라, 이
렇게 말하는 게 되게 재미있었고 너무 좋았어요.

조진주 감사합니다.

지 혜 동인 활동을 하고 계시죠. '어' 동인 분들이랑 작가님 소설 얘기하면서 주로
듣는 말이 있으신지.

조진주 저희는 서로 당근과 채찍을 번갈아 주기 때문에……. 작가님은 소설 쓰면

봐주시는 분 있으세요?

지 혜 친한 작가들이 있어요. 그것도 좀 고민인 게, 누군가가 소설을 봐줘야 할 것 같은데 그렇다고 해서 항상 누군가에게 제 소설을 보여주면서 기댈 수만은 없다고 생각해요. 봐주는 사람들도 그의 스타일이 있고 방향성이 있기 때문에. 고민이에요.

조진주 맞아요. 그 사람은 그 사람의 스타일로 이야기를 해줄 수밖에 없기 때문에 무엇이 정답이라고 할 수 없거든요. 알아서 필요한 부분을 걸러 들어야 할 거 같아요.

지 혜 그것도 점점 혹독해지는 것 같아요. 예전에는 어설픈 상태에서도 오케이 했던 게 점점 정교해지고, 언제까지 이렇게 하나…… 평생 그렇게 해야겠죠. 쓰는 이상.

조진주 장편 준비하신다고 하셨죠.

지 혜 맞아요. 삼각지붕. 그 얘기를 해볼까요. 작가님 장편은 어떠신가요?

조진주 장편은 지금 계속 쓰고 고치고 하고 있는 중이에요. 빨리 마무리 짓고 싶네요.

지 혜 저는 300매 정도 썼는데 반만 더 쓰면 이게 600매니까 어떻게든 해보자, 지금은 그런 상태예요.

조진주 아까 어디인가로 가는 이야기를 많이 쓰신다고 했잖아요. 저도 작가님 작품을 읽으면서 비슷한 것을 느꼈어요. 자기 자리를 찾으려는 사람들이 나오더라고요. 〈연희의 미래〉에서도 모녀와 자매 관계에서 자신의 위치를 고민하고 〈개명〉에서도 연인 관계를 정리하며 자신의 위치를 찾으려 하고요. 〈곁〉에서도 이국에서 자신이 있어야 할 곳과 역할을 찾으려 하죠. 평소에 자신의 위치, 자신이 속한 곳에 대한 고민을 많이 하시는 편인지 궁금했어요.

지 혜 제가 서울에 산 지 오랜 시간이 지났고 서류상으로도 서울 시민인데 어째 선지 서울 사람이라는 생각이 잘 안 들어요. 주변에 동향 출신인 친구들도 비슷한 감성을 공유하고 있고. 어디에도 속하지 못한다는 생각이 있는데 처음에는 그게 좀 서러웠어요. 연민과 애착이 한데 섞여가지고. 지금은 그냥 받아들였는데, 받아들였다고 해서 그 감정과 화해한 건 아니에요. 그래서 매번 어딘가로 가거나, 혹은 어딘가에 잘 머물려고 노력하거나 하는 이야기를 쓰는 것 같아요. 고향을 떠나 대도시로 이동하는 젊은이들의 삶도 그렇구요. 그 모습이 나라마다 비슷하다는 생각이 들었어요. 소설을 쓸 때 이 이야기를 중국이나 베트남, 대만에 사는 사람이 읽는다면 어떻게 느낄까 궁금하기도 하고요. 저도 아시아의 소설을 읽을 때 더 몰입되는 부분이 있거든요. 하오징팡 소설에서 도시에 사는 가난한 사람 이야기라든가, 그곳에 잘 속하려고 하는 사람들. 그걸 SF로 묘사하는 방식, 그런 걸 보면 재미있고 저도 해보고 싶어요. 작가님은 요즘 관심 있는 분야가 있나요?

조진주 저는 요즘은 근미래에 대해 생각하고 있어요. 코로나 일만 해도 재작년까지는 우리 삶이 이렇게 변할 거라고 전혀 예상하지 못했거든요. 그런데 순식간에 참 많은 게 변했어요. 〈이어즈 앤 이어즈〉라는 영국 드라마를 인상 깊게 봤는데요. 가까운 시일 내에 일어날 만한 변화들을 가지고 현실적인 디스토피아를 그려냈더라고요. 그런 이야기를 보면 섬뜩하면서도 앞으로 내가 살아갈 세상이 어떤 모습일지 궁금해져요.

지 혜 저도 무척 재밌게 본 드라마예요. 제 최애는 로지, 사고뭉치 막내요. 저도 언젠가 그런 얘기를 써보고 싶어요. 요즘 관심 있는 건 동물 복지. 인문 잡지 《한편》의 이번호 주제가 '동물'이었어요. 수록된 글을 쓴 분 중에 우리나라에서 곰 해방 운동하시는 분이 계시거든요. 곰 생츄어리로 곰을 보내는. 사육곰의 웅담 채취가 거의 멈춘 후에도 갇힌 곰들이 남아 있대요. 그 곰들을 외국이든 우리나라든 생츄어리를 조성해서 보내야 한다는 수의사분이 계세요. 그분의 행보를 보다 보면 동물 해방 운동에 대해서 관심 갖게 되고 그러다 보면 관련 환경운동 같은 이슈를 알게 되고 그러면서 관심사가 조금씩 넓어지는 것 같아요.

조진주 이 작품을 쓰면서 관심을 갖게 되신 건가요?

지 혜 그렇죠. 수의사를 등장시키는 게 먼저였고 용을 나중에 생각하게 된 거였어요. 수의사를 가장 힘들게 하는 동물은 무엇일까? 수의사가 절대 이해하지도 케어하지도 못할 그런 존재는 뭘까? 그러면서 관련 기사를 읽다가 그만 원고는 뒷전으로 되고……. 왜 마감 때는 모든 글이 재밌을까요? 내 소설만 빼고. 전에는 그런 식으로 소설을 안 썼었거든요. 소설 안에서 특정한 지식을 다뤄보는. 힘들었지만 재미있었어요. 지금은 어떻게 유지하고 변주할지 고민이에요. 저는 작가님 소설의 소재들도 다양하고 흥미로웠어요. 음성 녹음하는 장면이라든가 연극배우의 몰입 문제라든가. 소재를 특별히 가져오는 편이세요? 아니면 알고 있던 걸 쓰는 편이세요?

조진주 여러 소재를 갖고 오고 싶어도 제가 잘 모르는 건 함부로 못 쓰겠더라고요. 그래도 약간의 경험이 있거나 주변에서 봐왔거나 하는 이야기들을 주로 다루게 되죠. 녹음 에피소드는 제가 출판사에서 오디오북 녹음을 맡아한 경험이 있어서 그 배경을 가져오게 되었어요. 그래서 걱정인 게 제 경험은 한정되어 있고, 제가 아는 세계는 참 좁거든요. 전 더 많은 이야기를 하고 싶은데 내가 모르는 이야기를 함부로 써도 좋은지 고민이에요. 언젠가 내가 고갈되지는 않을까 두려워요. 제 안에 가득 찰랑대던 물이 점점 사라져 바닥이 드러나지는 않을까. 그래서 새 물을 제 안에 들이붓고 싶어져요. 새로운 물길도 막 내보고 싶고요. 계속 같은 물길로 흘러가게 되면 나도 지칠 거고 할 수 있는 이야기도 한정될 수밖에 없고 그럼 보는 사람도 지겹겠죠.

지 혜 그 바닥도 바닥대로 아름다울 것 같은데……. 절대 고갈되지 않으실 거예요.

지　혜　작가님 혹시 차 좋아하시나요? 소설을 보니 차 마시는 장면들이 인상 깊었어요.

조진주　차에 대해 지식이 많은 건 아니고요. 사실 제가 원래 커피를 좋아하거든요. 그런데 위가 안 좋아져서 마음껏 마실 수가 없게 되었어요. 자연스럽게 대체품을 찾을 수밖에 없게 되었죠. 허브티나……. 요즘은 홍차가 맛있더라고요.

지　혜　저는 소설에 중고등학교 부활동이 나오면 그냥 쓰러지거든요. 〈모래의 빛〉도 다도실 분위기가 너무 좋았어요. 작가님 소설에서는 인물들이 뭔가 먹는 것보다 마시는 장면이 자주 나오는 것 같아요. 그때마다 중요한 대화나 행동들이 나타나고. 제 소설에서 인물이 어디로 막 가듯이. 〈침묵의 벽〉에서도 인물을 식물인간으로 바로…… 병원에서부터 시작하는 그런 거. 죽기 직전으로 먼저……. 과감한 거라고 생각해요.

조진주　그런가요.(웃음)

지　혜　저는 우선 소설을 시작해야만 알 수 있는 편이에요. 〈모래의 빛〉이나 〈침묵의 벽〉은 사건을 저질러놓고 그 전후의 일을 구성하잖아요. 저는 잘 안 해본 방법이어서 궁금했어요.

조진주　그러고 보면 저희 스타일이 다른 것 같아요.

지　혜　그래선지 모르겠지만 작가님 소설을 보면서 조용히 충격을 받게 되더라고요. 부드럽게 휘었다는 나무의 이미지라든가, 한 번에 차를 마시는 행동이라든가. 모범적인 '낯설게 하기'라고 생각했어요. 저는 오래 관찰하다 무언가 발견하는 것보다 바로 보기에 낯설거나 재밌는 것으로 이야기를 시작하는 편 같거든요. 귀신 같은 거. 제가 귀신 얘기 쓸 거라고 말했나요? 귀신 나오는 건 재미있는데 누가 써줬으면 좋겠다 싶어요.

조진주　저도 귀신 이야기 좋아해요. 오컬트 이야기, 혹시 재밌는 오컬트 영화 추천해주실 수 있나요?

지　혜　넷플릭스 보시나요? '사브리나 시리즈'랑, 〈OA〉.

조진주　〈OA〉, 보려다가 다음 시즌이 안 나온다고 해서 찝찝할까봐 아직 못 봤어요.

지 혜 다음 시즌이 없어서 아쉽긴 한데 무척 재미있어요. 제가 세 단어로 영업할 게요. 임사 체험, 차원 이동, 세헤라자데.

조진주 흥미롭네요.

지 혜 그러고 보니 작가님 소설을 읽으면 어떤 결이 느껴지는데요, 영향받거나 특별히 좋아하는 작가, 작품이 있다면 무엇인가요?

조진주 좋아하는 작가가 많은 편인데요. 한국 작가들은 너무 많고, 외국 작가들의 경우에는 마거릿 애트우드, 아룬다티 로이, 토니 모리슨을 좋아해요. 올가 토카르추크 작품들도 인상적이어서 이번 〈모래의 빛〉에 잠깐 인용된 이야 기도 《방랑자들》에 나온 이야기였어요. 토니 모리슨은 다른 작품들도 좋지 만 《빌러비드》를 읽고 강렬한 이미지에 충격을 받았고 유령을 이런 식으로 등장시킬 수 있구나 감탄했어요. 마거릿 애트우드와 아룬다티 로이는 읽는 작품마다 감탄해요. 이야기를 어떻게 만들어야 하는지 아는 작가들이라고 생각했어요. 대담하고 매력적인 이야기를 써요

지 혜 저도 마거릿 애트우드 좋아해요. 《그레이스》는 드라마도 무척 재밌게 봐 서, 천천히 전작을 읽고 있어요. 한국 작가는 오랫동안 배수아를 좋아했는 데 아마 2000년대 전후의 배수아에게 강렬한 충격을 받았던 것 같아요. 가즈오 이시구로, 옥타비아 버틀러의 소설도 좋아하고. 특히 〈말과 소리〉 라는 단편은 지치고 힘들 때 한 번씩 펴보는 경전 같은 소설이에요. 제가 데뷔 전 마음이 힘들 때 친구가 그 소설을 보여줬는데, 뭐라 말할 수 없는 기분이 들었거든요. 최근에는 오션 브엉의 소설과 킴 투이의 소설들이 기 억에 남아요. 동시대 아시아 작가들을 챙겨보려고 의식적으로 노력해요. 그럼 정리하면서 마지막으로 올해 계획이나 집필에 대해 알려주실 수 있 나요?

조진주 일단 무사히 단편집을 발간하고 싶고요. 장편을 빨리 마무리 짓고 싶어요. 또 쓰고 싶은 새로운 이야기들이 생각났는데 일단 제가 쓰고 있는 걸 끝내 야 할 것 같아 미뤄두고 있어요. 자꾸 일을 벌여놓는 것 같아서요. 작가님의 계획은 어떻게 되나요?

지 혜 전 한동안 소설에게 상처받은 마음을 회복하는 데에 집중하다가…… 그리고 계속 쓰겠죠. 아까 말한 귀신, 여자, 어린아이가 나오는 소설에 빠져 있을 것 같아요. 머릿속으론 다 완성되었는데, 이제 쓰기만 하면 돼요.

조해주

×

주민현

조해주 먼저 첫 시집 이야기를 해볼까 해요.《퀼트, 그리고 퀼트》는 개인적으로 인상 깊게 읽은 시집이었는데 이렇게 이야기할 수 있는 기회가 생겨서 기뻐요. 2020년 3월에 출간된 시집이니까 이 글을 쓰고 있는 시점을 기준으로 1년이 거의 다 되어가네요. 앤솔러지 기획회의 하던 날이었던가요. 시집 서명본을 나눠주셨지요. "유쾌하고 귀여운 해주 시인에게"라고 써주셨어요. 누가 저한테 유쾌하다고 말하는 경우가 거의 없어서 기억에 더욱 남네요.(웃음)

주민현 맞아요. 저에게는 즐겁고 유쾌한 이미지였는데요. 해주 시인의 첫 시집《우리 다른 이야기 하자》의 뒤에 실린 자필 연보에는 언제나 무표정이어서 별명이 귀신이었다고 적혀 있더라고요.(웃음) 무표정한 순간에도 언뜻 다정함이나 단단함이 느껴지곤 해요. 이 시집은 2019년 1월에 출간되었으니 글 쓰는 시점을 기준으로 2년이 넘었네요. 다시 읽어도 좋고 여전히 동시대적으로 읽히는 시집이라 함께 이야기 나눌 수 있어서 반가워요.

조해주 시집 전체적으로 외국을 배경이나 소재로 한 구절이 자주 보이는데요. "치마 입은 남자들과 춤을 추었지"(〈퀼트의 시대〉), "린응사의 여성 불상을 보고 핑크 성당을 향해 걸었지만"(〈가장 완벽한 핑크색을 찾아서〉), "밤은 검고, 검고, 검어서 브루클린, 맨해튼, 빛나는 다리 위로."(〈브루클린, 맨해튼, 천국으로 가는 다리〉)……. 이미 많이 받은 질문일수도 있겠지만, 여행을 자주 다니시는 편인가요?

주민현 이런 질문을 자주 들었는데 해외여행을 많이 가본 편은 아니고요. 밥을 먹고 사람들을 만나고 회사를 가고 책을 읽는 등 일상은 규칙적이라면 규칙적이고 나쁘게 말하면 단조로운 편이라 시에서는 좀 저에게도 새로운 풍경과 사건 속으로 가보고 싶었어요. 다른 사람들이 사진이나 글로 생생하게 쓴 여행 후기들을 보면서 실제로 내가 가보면 어떤 느낌일까 상상해서 쓰기도 하고, 단순히 지명에서 떠오르는 느낌이나 어감에서 출발하는 시들도 있었고요. '히잡' 같은 사회문화적으로 상징적인 의미나 맥락이 있는 것에 대해 쓸 때는 그것에 대한 나름의 느낌이나 생각을 담으려고 노력했던 것 같아요.

조해주 〈철새와 엽총〉이라는 시가 바로 떠오르네요. 화자인 '나'는 "히잡을 두르고 있"는 "이란인 친구"와 "할랄푸드"를 먹지요. 특히 "그녀가 작은 목소리로 노래를 부르기 시작하면 내 발바닥엔 글씨가 적히기 시작한다"는 문장이 기억에 남더라고요. 이 문장에 달린 "이란에서는 여성이 공공장소에서 노래하는 것을 법으로 금지하고 있다"라는 주석을 통해 알 수 있듯이, 금지된 "노래"를 시작하는 "이란인 친구"와 "나" 사이의 연대감이 느껴져요. 그런데 왜 "발바닥"인가요? 나름대로 이유를 상상해보는 재미도 있지만 한번 여쭤보고 싶어요.

주민현 그 시는 '켬' 동인과 그림과 페미니즘을 결합한 낭독회를 준비하면서 쓰게 된 시인데요. 각자 하나의 그림이나 이미지를 바탕으로 시를 썼고, 저는 미술가이자 영화 제작자인 '쉬린 네샤트'라는 사람의 작품을 참고해서 쓰게 되었어요. 손바닥이나 발바닥, 얼굴 등 신체에 글씨를 새겨넣는 작품이 인상적이어서 시도 그 이미지를 바탕으로 쓰게 되었어요. 발바닥은 걸을 때 보이지 않는 내밀한 부위이기에 더 감각적으로 와닿는 것 같아요.

조해주 그렇군요. 다음에는 함께 전시 보러갈까요.(웃음) 말씀하신 대로 감각적인 구절이었어요. 낯선 나라의 풍경이 '바로 지금 여기'의 문제의식과 연결되어 있다는 걸 보여주는 게 이 시집의 놀라운 점 중 하나인데요. 감각적인 표현들이 그러한 연결을 가능케 하는 것 같아요.

주민현 전시 보러 가는 것 너무 좋아요! 날이 좀 풀리고 거리두기 단계가 완화되면 함께 전시도 보고 커피도 마시면 좋을 것 같아요. 그리고 어떤 걸 가지고 쓰더라도 저와 가깝게, 읽는 사람에게도 가깝게 읽히기를 바라고 쓰는 건 늘 고민인 지점이에요.

조해주 민현 시인이 페미니즘에 관심을 쏟고 있다는 걸 많이 느꼈는데요. 이를테면, "한때 노동복이었던 치마를 입은 내가 스코틀랜드에선 남자여도 이상할 건 없지"(《킬트의 시대》). "당신이 원하는 가장 여성스러운 사람이 되고 싶어 나는 낮은 목소리로 말하며 치마를 들췄지만 사실은 결코 그러고 싶은 마음이 없다"(〈가장 완벽한 핑크색을 찾아서〉) 같은 구절들만 보아도 그렇지요. 뿐만 아니라, 〈브루클린, 맨해튼, 천국으로 가는 다리〉에서는 "25층에서 오랜 욕설 전화에 시달린 사람이 기절하거나 승강기를 고치던 사람이 갑자기 세상을 떠나기도 해" 같은 구절을 통해 노동자 문제가 읽히고요. 〈안젤름 키퍼와 걷는 밤〉에서는 '세월호'가 떠오르기도 했어요. 특히 "우리는 누워서 하늘에 떠 있는 삼백사 개의 별을 셌다 아직 돌아오지 못한 사람들과 계속 셀 수 없이 많은 일들을 떠올렸다"는 마지막 구절에서요.

주민현 평소에 뉴스나 신문기사를 자주 보는 편인데, 저 스스로가 여성이자 노동자여서 페미니즘이나 노동자 문제가 단순히 읽고 지나칠 수 있는 사회면 기사가 아니라 몸소 겪고 있는 삶의 문제이자 일상의 문제로 다가오는 것 같아요. 누군가 임신, 출산의 문제로 부당하게 해고당하거나, 여성이라는 이유로 범죄의 대상이 되는 일이 여전히 매일 일어나고, 또 운이 좋았을 뿐이지 저에게도 언제든 일어날 수 있는 일이니까요. 아무리 타인의 일이어도 저의 일처럼 연결된 느낌을 받곤 해요. 또 몇몇 시들은 동인 낭독회나 궁중족발 낭독회 등에 참여하면서 더 의식적으로 주제의식을 갖고 써보게 된 측면도 있어요.

조해주 저도 늘 고민하는 문제여서 공감해요. 말씀하신 대로 삶의 문제고 일상의 문제지요. 그렇지만 페미니즘을 시로 이야기하는 건 또 다른 차원의 문제 같아요. 어려운 주제잖아요. 민현 시인의 시는 페미니즘을 다룰 때 여성을 대상화하거나 전시하지 않는 방식으로 쓰여서 좋았어요. 양경언 평론가의 표현을 빌리자면 "언어를 활용하는 데에 두려움이 없어 보"이면서도 섣불리 확신하지도 용납하지도 않는 어떤 머뭇거림이 느껴져서 더욱 매력적이었어요.

주민현 퇴고할 때 무언가를 소재로만 쓰고 있지는 않은지, 누군가를 대상화하고 있지는 않은지 한 번 더 검토하려고 하는 편이에요. 그리고 인간을, 삶을 너무 이분법적으로, 평면적으로 보고 있지는 않은지도요. 선과 악, 옳고 그름, 좋고 나쁨 등을 이분법적으로 판단하기는 쉽지만 인간이란, 삶이란 복잡하고 다면적인 존재 같아요. 시를 쓸 때의 머뭇거림은 아마도 거기에서 오는 게 아닐까 싶어요. 한편으로는 페미니즘을 이야기하는 시나 소설은 뜨겁게 나오고 있지만 삶의 층위에서는 뿌리 깊은 여성혐오나 성차별을 경험하기도 해요. 어떻게 하면 지치지 않고 계속 페미니즘을 포함해 여러 이야기를 계속 나름의 감각으로 해나갈 수 있을지 고민하면서 답을 찾아가고 있어요.

조해주 분명 메시지를 다량 함유한 시를 많이 쓰고 계시지만, 저는 민현 시인의 시가 그것만으로 이루어져 있다고 생각하지는 않아요. "네가 신이라면 새들에겐 그림자 인간에겐 견딜 만한 추위와 허기를 주고 그들의 기쁨과 슬픔을 공깃돌처럼 가지고 놀겠지"(〈네가 신이라면〉), "버려진 소파에 잠시 앉아보았다 전 생애가 잠깐 무너졌고 일어서며 스프링과 함께 튀어올랐다"(〈스테인드글라스〉) 같은 문장들만 보아도 알 수 있듯이 제게는 탁월하고 아름다운 시집으로 느껴졌어요. 시는 시라는 걸 믿는 태도처럼 느껴졌달까요.

주민현 좋게 읽어주셔서 감사해요.(웃음) 사람들이 걸어가고 있는 평범한 풍경이나 버려진 소파처럼 일상의 사물이 감각적으로 다가오는 순간이 있는데요. 그 느낌을 나름의 이야기로 포착해내려고 시도했던 것 같아요.

조해주 〈킬트의 시대〉에서 "치마는 넓게 퍼지고 돈다는 것은 계속된다는 거지", "허리나 엉덩이 주변을 감싸는 천 또는 그런 손에 대하여 체크무늬의 치마, 우리를 깁지"와 같은 구절에서 '치마' 이미지가 인상적이었어요. 이번 앤솔러지에 수록된 〈오래된 영화〉에서도 "활짝 벌어진 주름치마는 무언가 말하려 살짝 벌어진 입술같이"라는 구절이 있는데요. '치마'라는 시어를 각별하게 여기시는 걸까요?

주민현 치마가 편해서 평소에 자주 입기도 하고요. 일상에서 흔히 성적인 이미지로 소비되는데 그 고정관념에서 벗어나 다른 이야기를 해보고 싶었어요. 또 이번 앤솔러지에 실린 〈오래된 영화〉에서는 걷는 행위와 쓰는(말하는) 행위를 병치해서 써보았는데, 저에게는 유독 '걷기'와 '쓰기'의 행위가 주요하게 다가오는 듯해요. 걸음으로써 다른 사람을 만나고 풍경 속으로 다가가는 행위, 씀으로써 나의 이야기를 하는 행위가 저에겐 유독 중요하게 생각되는 것 같아요. 그럼 이쯤에서 해주 시인의 첫 시집《우리 다른 이야기 하자》에 대한 이야기로 살짝 넘어가볼까요? "나는 다양한 크기의 청바지를 가지고 있다"((눈 깜빡할 사이에))라고 나와 있는데요, 가벼운 질문으로 시작하자면 옷장에는 치마나 바지, 아니면 무채색이나 파스텔 계통 등 주로 어떤 스타일의 옷이 있는지 궁금해요.(웃음)

조해주 긴 치마와 원피스가 많아요. 통이 큰 바지도 몇 벌 있고요. 색깔은 거의 무채색이 많고, 브라운 계열의 옷도 꽤 있네요. 몸에 뭘 많이 걸치는 걸 안 좋아하기도 해서 간편하면서도 무난한 옷을 자주 입는 편이에요. 몸이 너무 무거워서 그런지 옷까지 무거우면 움직이기가 불편하더라고요. 그것 때문만은 아니지만 겨울이 싫어요……

주민현 맞아요. 너무 추운 겨울에는 이불에서 꼼짝 하기 싫어져서 공감이 돼요. 그리고 앞서 말했듯 이 시집은 출간된 지 2년이 지났음에도 현재나 미래의 감각으로 읽히는데요. 제 시는 시의성을 띤 시들이 많은 반면, 해주 시인의 시는 한국이 아닌 외국이라 상상하며 읽거나 5년 전, 10년 후로 가정해서 읽어도 무방할 정도로 자연스럽게 읽혀요. 그래서 감상의 폭도 넓은 듯하고요. 이를 특별히 의도한 것인지 궁금해요.

조해주 좋게 읽어주셔서 감사해요.(웃음) 특별히 의도한 건 아니고요. 오히려 민현 시인의 시처럼 시의성을 띠는 시들이 가진 무게감에 비해 제 시가 너무 사소한 이야기를 하고 있는 건 아닐까 고민할 때도 많아요. 제가 반복적으로 고민하는 키워드들 — 타인, 관계…… — 을 이야기 할 때 페미니즘은 반드시 통과해야 하는 길목으로 느껴져요. 하나 마나 한 이야기지만, 현재와 미래의 감각은 약자에 대한 차별과 혐오 반대편에서만 존재할 수 있을 테니까요. 시의 표면에 드러나든 드러나지 않든 앞으로 꾸준히 고민해야 할 문제인 것 같아요.

주민현 무엇보다 이 시집에서는 일상의 순간을 체험한 감각이나 느낌이 두드러지게 느껴져요. "혼자가 없어져도 물건으로 채워지는 방"(〈방〉), "누군가의 목구멍에 걸려 있는 기분"(〈자립〉)처럼 '방'이나 '자립'에 대한 감각도 눈에 띄어요. "빈틈없이 메워지는 마음이 된다면 그것이 어둠"(〈낭독회〉)처럼 어두운 방에서 누군가 책을 낭독하는 일상적 상황에서 시적인 정서가 환기되는 부분도 재미있고요. 평범한 일상의 어떤 지점에서 특별히 시가 출발하는지, 흘려보내거나 지나치기 쉬운 일상의 감각이 어떻게 시가 되는지 궁금해요. 평소에 일기나 메모를 자주 쓰시나요?

조해주 메모를 자주 써요. 이를테면 언급해주신 〈방〉이라는 시의 경우, 외출 전후로 방 안의 풍경이 조금도 달라지지 않았다는 게 갑자기 너무 이상하게 느껴져서 쓰게 되었어요. 아무리 뭘 채워넣어도 빈 공간이 있을 수밖에 없고, 있어야 하잖아요. 생활할 최소한의 여백 공간이 필요하니까요. 그렇다고 아주 여백으로만 남겨놓을 수도 없고요. 매일 방에서 생활하는 만큼 방이라는 공간의 도무지 실현할 수 없는 불가능함에 대해 자꾸 생각하게 되더라고요. 그처럼 일상에서 가장 많은 아이디어를 얻는 편이에요. 또, 평소 대화할 때 흔히 쓰는 말인데도 어느 순간 이상하게 느껴지는 말들이 있어요. 자연스러운 것들, 자연스러워서 이상한 것들을 자주 메모하는 것 같네요.

주민현 "언젠가 방 안으로 진짜 타인이 찾아온다면 궁금해할지도 모른다. 왜 개가 움직이지 않을까?"(〈정물화〉)처럼 마음의 방 풍경을 그리는 시도 재미있고요. 〈일행〉〈여섯 시〉〈그것, 하나〉 등의 시에서 '나'와 '그'가 자주 등장하는데, 내가 누구인지, 그가 어떤 사람인지가 특별히 두드러지지는 않은 것 같아요. "나는 단골이 되고 싶지 않아서"(〈단골〉)와 같은 부분을 보면 누군가에게 익명의 존재로 남고 싶어 하는 느낌도 들어요. "타인은 나의 반대편/ 왼쪽과 오른쪽이 악수"(〈일요일〉)처럼 타인을 감각하는 부분도 좋았고요. 이번 앤솔러지에 실리는 시에서도 "품 안에 얼음이 다 녹을 때쯤/ 그는 부서지겠지"(〈아이스박스〉)와 같은 부분에서도 '그'와의 관계가 나오는데요.

조해주 '그'는 제가 느끼기에 그나마 중립적인 호칭인데요. '그나마 중립적인'이라고 한 이유는, '그'가 남성으로 특정되어 읽히는 경우가 많아서고요. 그렇다 보니 당연하게 이성애 연애 서사를 다룬 시로 읽히기도 하더라고요. 실제로 낭독회에서 독자로부터 그런 질문을 받은 적도 있어요. 물론 그렇게 읽을 수도 있지만 '당연하게' 시 속 인물들의 성별이 결정되어버린다는 건 좀 답답해요. 시에서 대상이 등장하는 건 불가피한 일이지만, 대상에 대해 함부로 판단하고 싶지 않아요. 관계에 대해서도 그렇고요. 성별 이전에 그저 '있는' 존재로 읽히는 호칭을 쓰고 싶은데 지금은 마땅한 게 없네요.

주민현 그 부분은 저도 시를 쓸 때마다 고민하는 부분이에요. '그녀'라고 쓰면 여성을 타자화하는 느낌이 들어서 '그', '그 사람'이라고 쓰거나 문장 구조 자체를 바꿔보기도 하는데, 어색해질 때가 있어요. 해주 시인에게는 '그'로 대표되는 타인의 존재가, 타인과의 관계가 어떤 의미인지도 궁금해요.

조해주 제 시에서 '그'는 제가 아는 모든 타인들이에요. 가끔 모든 타인들이 한 사람처럼 느껴질 때가 있어요. 누군가에게 받은 상처를 또 다른 누군가로부터 치유하기도 하고, 누군가에게 보답하고 싶은 마음을 또 다른 누군가에게 돌려줄 때도 있잖아요. 참 복잡하지요. '그'라는 말은 판단을 보류하기 위해 선택한 것 같기도 해요.

주민현 타인에 대한 이야기를 하다 보니 불특정 다수의 타인을 만나는 순간은 아마도 여행이 아닐까 싶기도 한데요. 시인의 말을 보면 여행 중에 우연히 들어간 모자 가게에서의 짧은 장면을 담고 있어요. "나는 원하는 기분을 사러 머나먼 나라로 갈 거야"(〈모르는 얼굴〉), "스페인으로 일주일 정도 여행을 갈 거예요"(〈이것, 하나〉), "중국 여행 중 나도 모르게/ 한국어로 된 간판을 찾는 것처럼"(〈형규〉) 등의 구절을 보면 왠지 저와는 다르게 시인은 실제로 여행을 많이 가봤을 것 같은데요. 여행을 좋아하는지, 자주 가는 편인지, 공간의 영향을 많이 받는지 궁금해요. 여행과 관련된 일화가 있다면 그것도 듣고 싶어요.

조해주 해외여행은 그리 멀지 않은 나라들을 위주로 몇 번 가본 적이 있어요. 국내여행을 포함해서 세어보아도 열 손가락을 넘지 않네요. 여행을 좋아한다기보다는, 주기적으로 혼자 훌쩍 떠나야겠다는 생각을 해요. 물론, 친구와 함께 하는 여행보다 훨씬 외롭고 지루하지요. 나름대로 바쁘게 살며 지내다

보면, 제 자신이 파일이 너무 많이 쌓인 휴지통이 된 듯한 기분일 때가 있는데, 혼자 여행을 하면 비워지더라고요. 그런걸 보면 공간의 영향을 많이 받는 것 같아요. 낯선 공간에 놓이는 기분을 느끼기 위해서 여행을 가는 거니까요.

주민현 한편으로는 "형주보다도/ 형우보다도/ 다른 형규가 나에게 말 건다면"(〈형규〉), "아삭,/ 베어 물었을 때// 아직,/ 배추가 말해"(〈슬립〉)와 같은 부분에서는 언어적 감각, 재미가 두드러지는데요. "내가 실제로 가지고 있는 마시멜로는/ 손바닥의 어떤 부분을 지그시 누르면 생각보다/ 손가락이 깊이 들어가는 느낌"(〈소파에 앉아 뜨거운 초콜릿을 마신다 마시멜로를 넣으면 더 맛있다〉)처럼 손바닥의 느낌에 대한 감각도 재미있고요. 이번 앤솔러지에 실린 시에서는 '가방의 밑부분을 손으로 슬쩍 받쳐보는 순간/ 나는 잠시 들어올려진다'(〈가방〉)와 같은 부분에서의 비약도 재미있어요. 평소에 다른 사람이나 사물을 관찰하면서 새로운 상상을 많이 하는 편인가요?

조해주 관찰을 많이 하는 편이지만 사람을 관찰하면서 상상하지는 않는 것 같아요. 사람이 눈앞에 있을 때보다는 없을 때 생각을 많이 하고, 생각을 하다가 잘 생각나지 않는 부분을 상상으로 채우는 것 같아요.

주민현 저는 평소에도 저 사람은 어떤 사람일까, 다른 직업을 갖거나 다른 나라에 산다면 어떨까 하는 딴생각이나 상상을 굉장히 많이 하는 편인데요. 영화, 음악 등의 다른 장르를 즐기는지도 궁금하네요.

조해주 저의 다른 직업이나 국적을 상상해보신 적이 있나요?(웃음) 영화와 음악 둘 다 좋아해요. 아주 깊이 빠져 있는 정도는 아니지만요. 아, 좀비영화는 못 봐요. 그거 빼고는 딱히 가리는 것 없이 닥치는 대로 보고 듣는 편이에요. 몇 년 전에는 음악에 조예가 깊은 지인이 플레이리스트를 보내주어서 그것만 한동안 반복해서 듣기도 했네요.

주민현 해주 시인은 왠지 몽골에서 아름다운 도자기와 보자기를 파는 상인이었다면 어떨까 하는 생각이 드네요.(웃음) 시집 뒤에 해설이나 발문이 들어가지 않고 부록으로 자술 연보가 들어간 점도 재미있는데요. 입학, 졸업과 같은 보통 인생의 중대사라 불리는 부분은 간략히 적혀 있고 수영을 배운 건 상세히 적혀 있어요. 생각해보면 우리의 기억은 상당히 주관적이지요. 이런 사소한 특별함을 기억하고 포착하는 게 시라는 느낌도 들어요.

조해주 / 저는 제 내밀한 이야기 하는 걸 그리 즐기지 않아요. 그럼에도 불구하고 자술 연보를 수록한 이유는 많은 사람이 읽지 않을 거라고 생각했기 때문인데요. 의외로 많이들 이야기를 해주셔서 놀랍고 부끄럽고 그랬어요. 너무 솔직하게 썼거든요. 처음 버전은 더 솔직했는데 큐레이터께서 '평생 남는 거다'라고 만류하셔서 지금의 버전이 됐어요.

주민현 / 더 솔직했던 버전의 글도 굉장히 궁금해지네요.(웃음) 이번 앤솔러지에 실린 시 중에 "TV에서 체조 선수를 보고 나서 '내일은 시금치를 사야지/ 근처 공원을 한 바퀴 돌아야지/ 공원보다 크게'"(〈체조경기를 보다가〉)처럼 일상의 건강함이 나타나기도 해요.

조해주 / 그건 도저히 읽을 게 못 됩니다.(웃음) 첫 시집을 낸 뒤로 들었던 감상이나 평가들 가운데 자주 등장한 단어 중 하나가 '건강함'이었는데요. 감사하긴 하지만 한편으로는 물음표가 생겨요. 이를테면 방금 언급해주신 〈체조경기를 보다가〉 같은 경우도, 무기력하게 하루 종일 누워 텔레비전을 보다가 최소한의 활동만을 기약하며 잠드는 사람의 이야기거든요. 대체로 비관적이고 아주 약간만 희망적이랄까요.

주민현 / 비관주의 속 약간의 희망을 가지는 태도와 절제되고 담담한 어조의 시들이 잘 어울리는 것 같아요. 혹시 지금과 다른 걸 써보고 싶거나 다른 방법으로 시를 써보고 싶지는 않나요? 요즘 시를 쓸 때의 고민이나 생각도 궁금해요.

조해주 / 요즘은 '어떤 시를 써야겠다'는 생각을 하지 않으려고 노력해요. 지금까지와 비슷한 방식이든, 다른 방식이든 너무 부담가지지 않으려고요. 다만, '어떤 시는 쓰면 안 되겠다'는 생각은 종종 해요. 혐오표현을 쓰지 않는 시에 대해서는 모두가 고민해야 할 지점이 아닐까 싶어요. 민현 시인은 요즘 시

271

를 쓸 때 어떤 생각을 하나요?

주민현 저도 너무 부담을 가지지 않고 쓰는 게 지금의 목표인 것 같아요. 내 생활, 내 주변의 이야기와 크게 동떨어지지 않은 이야기를 하면서도 어떻게 새롭게 쓸 수 있을지에 대한 고민이 많아요. 시라는 게 정답이 없고 정해진 길도 없어서 늘 헤매면서 조금씩 길을 찾아나가는 것 같아요.

조해주 시 너무 어려워요. 그렇죠. 조금 더 많이 웃으면서 이야기하고도 싶었지만, 너무 진지한 이야기들만 잔뜩 했네요. 그래도 서로의 시에 대해 이야기 나눌 수 있어서 소중한 시간이었어요. 질문도 답변도 정말 감사해요. 우리는 다음에 또 만나요!

주민현 네, 진지한 질문들이 오가긴 했지만 시집을 읽으며 궁금했던 이야기들을 솔직히 나눠볼 수 있어서 즐겁고 재미있는 시간이었어요. 다음에 건강하게 또 만나요! ☻

어디선가 누구에게

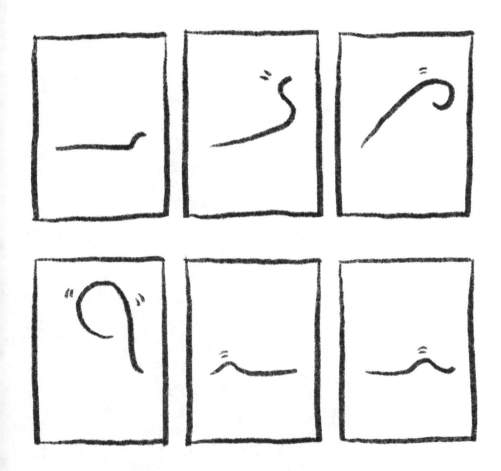

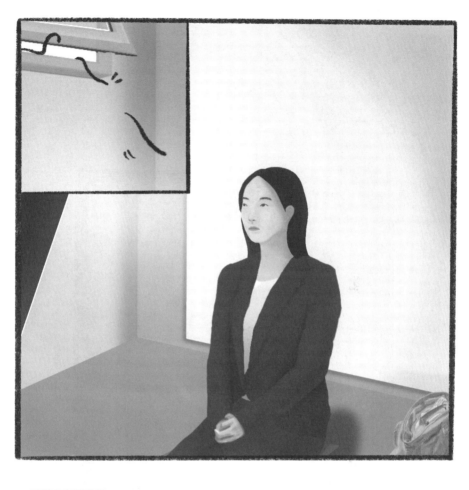

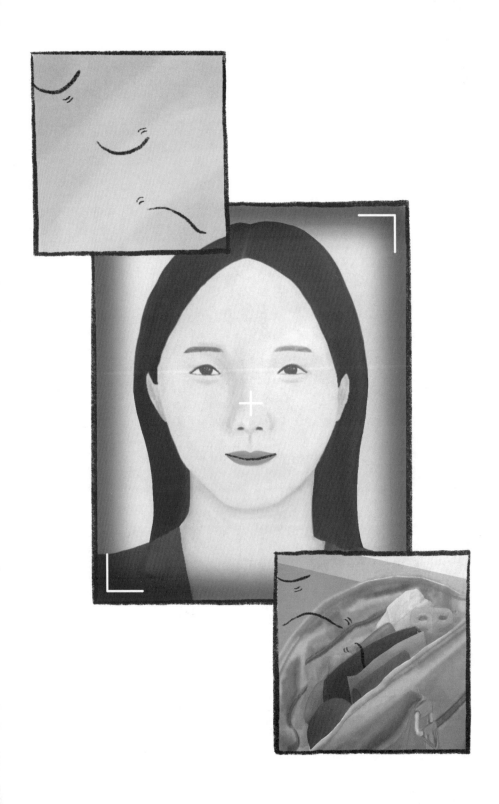

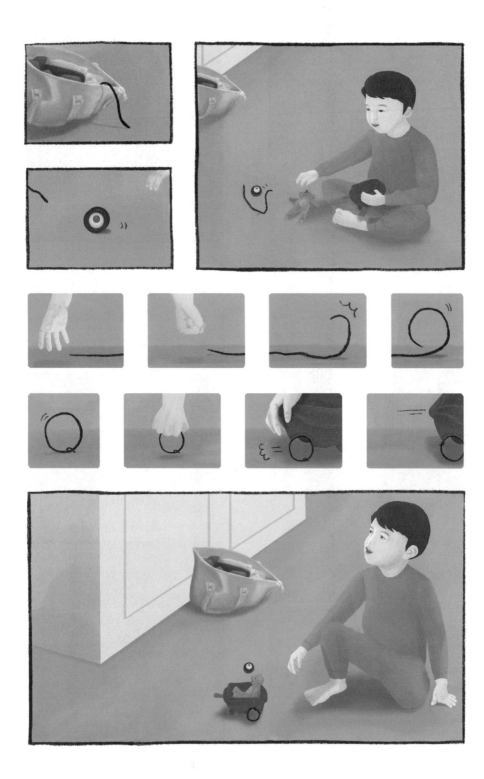

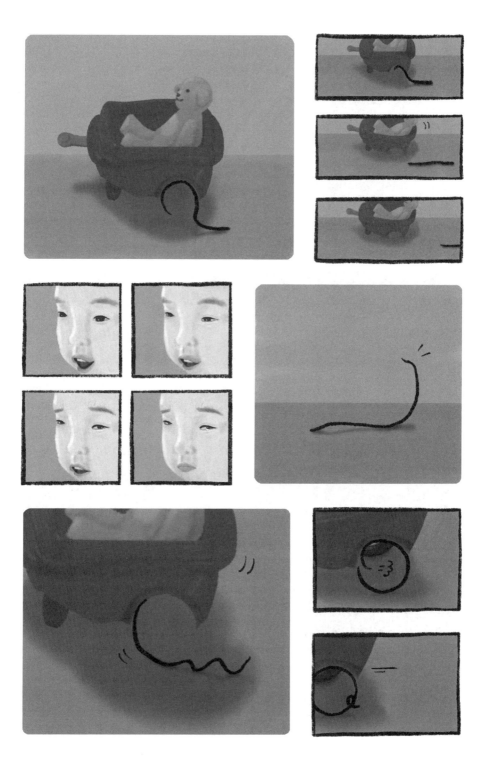

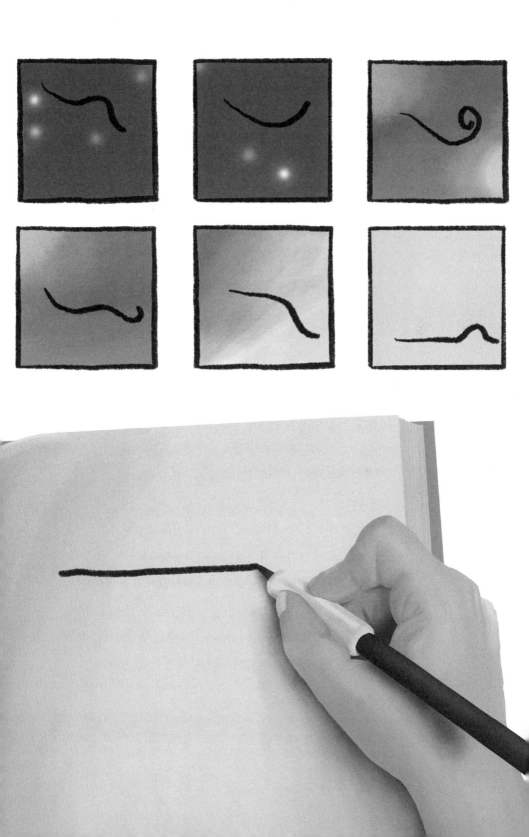

일기 쓰기,
혹은 모닥불에 땔감 던지기

임지은

나에게는 똑같은 공책이 스무 권 있다. 표지에 '나의 노트북'이라고 쓰여 있어서 모아놓고 보면 약간의 광기가 느껴진다. 나는 이것을 베개 밑에 놓고, 책상 위에 놓고, 가방에도 넣고, 아무튼 손닿는 곳에는 전부 늘어놓는다. 그런 다음 무언가 적고 싶어지면 가장 가까운 곳에 놓인 공책을 편다.

내가 공책에 적는 내용을 일기나 소설이라고 말하기는 어렵다. 모닥불에 땔감을 마구잡이로 던져넣듯, 나는 그때그때 내가 흥미를 느끼는 것에 대해 두서없이 적을 뿐이다. 아무렇게나 적다 보면 어떤 땔감은 소득 없이 연기만 나고, 어떤 땔감은 예상보다 오래 타오른다. 어느 것이 좋은 땔감인지는 불에 들어가기 전까지 알 수 없다. 그러니 우선은 불 속에 던져놓고 보는 것이다.

나는 오로지 나의 즐거움만을 위해 공책 글쓰기를 해왔다.
소설을 쓸 때와 달리 공책 글쓰기는 훨씬 더 자유롭고 거침없다.
공책에는 완성된 문장보다 문장의 파편들이, 논리보다 비약이
주를 차지한다. 공들인 일상의 기록이나 생산적인 다짐, 무거운
생각과도 거리가 멀다. 나는 그저 모닥불에 장작을 굴려넣듯,
머릿속에서 굴러가던 생각을 공책에 옮기는 순간을 좋아한다.

그렇게 모아놓은 땔감들이 일기가 될 수도 있겠다고 생각한
것은 최근이다. 무엇이든 땔감이 될 수 있었던 것처럼, 땔감도
잘 손질하면 일기가 될 수 있지 않을까, 하는 생각이 문득 든
것이다. 그럴듯한 일기가 될 수 있을지는 잘 모르겠지만,
일단 시작해보겠다.

Biography Essay

샌드위치를 사러 가다가 마주친 조형물들을 생각함

평범한 날이었다. 동네에서 샌드위치를 사러 가는 길에
나는 조형물을 지나쳤고, 모양새가 독특하다고 생각하면서
걷다가 또 다른 조형물과 마주쳤다. 그 조형물 역시도 알 수
없는 모양새를 하고 있었다. 나는 새삼스럽게 눈에 들어오는
집 앞 조형물들에 관심이 생겨, 샌드위치를 사러 가는 길에
마주치는 조형물의 수를 세기 시작했다. 믿거나 말거나 내가

샌드위치를 사러 가는 길, 다시 말해 도보로 20분인 거리에서
마주친 조형물은 무려 아홉 개였다.

　조형물 아홉 개. 내가 슈퍼마리오고 조형물이 슈퍼
버섯이라면 샌드위치를 구출하는 것은 일도 아닐 것이다.
내친김에 나는 조형물 아래 쓰인 작품 설명을 읽기 시작했다.
조형물은 대부분 2000년대 초반에 만들어졌고 훌륭한 작품
의미를 갖고 있었다. 문제는 작품명이었다. 조형물들은
내가 지난 10년 동안 마음속으로 지어준 이름과는 전혀 다른
이름들을 갖고 있었다.

　구불구불한 기둥들은 선인장이었다. 건방진 세 사람은
가족이었다. 엉덩이는 분수였고 피자는 나비였다. 어디서부터
잘못된 건지 알고 싶지도 않았다. 분명한 것은 조형물의 정체를
알고 난 다음에도 내 눈에 분수는 여전히 엉덩이였고, 나비는
여전히 피자였다는 사실이다.

　그중에서도 가장 이해가 가지 않았던 것은 가족이라는
작품이었다. 화강석으로 만들어진 세 사람은 길가에 선
사람들을 향해 배를 내밀고 서 있다. 어찌나 한껏 배를
내밀었는지 한 사람은 뒤로 쓰러지기 일보 직전이다. 나는
그들의 건방진 태도가 마음에 들었고, 그들이 이 거리를 지배한
깡패들이라고 생각해왔다. 그런데 작품명이 가족이었다. 물론
그들은 가족인 동시에 깡패일 수도 있을 것이다…… 그래도
그렇지 가족이라니…….

내가 이토록 가족 조형물에 배신감을 느끼는 이유는 따로 있다. 나에게는 가족 조형물에 얽힌 추억이 있다. 몇 년 전에 나는 그들 옆에 서서 그들처럼 배를 내밀고 사진을 찍었다. 그때 나는 그들과 함께 불량해진 느낌이었으나, 지금 그 사진을 본다면 일가족 사이에 끼어든 불청객처럼 느껴질 것이다. 내가 지난 10년 동안 작품 설명을 읽지 않은 데는 어쩌면 다 그럴 만한 이유가 있었을지도 모른다.

그나저나 전부터 조형물에 관해 궁금했던 것이 있다. 사람이나 동물 모양의 조형물을 보면 왜 그것을 따라 하고 싶은 마음이 드는 걸까? 그런 욕망은 대체 언제쯤 사라질까? 어쩌면 사람들이 조형물과 함께 사진을 찍는 이유는 조형물의 자세를 따라 하기 위한 좋은 구실 아닐까? 적어도 나는 그렇다.

사람들이 조형물에 대해 어떤 생각을 하는지는 모르겠지만, 개들이 자신과 똑같이 생긴 조형물에 어떻게 반응하는지 본 적은 있다. 우리 집 앞 반려동물용품 가게 앞에서였다. 가게 입구에는 개 조형물들이 나란히 놓여 있는데, 처음에 한 마리로 시작했던 것이 계속해서 늘어나 지금은 네 마리가 되었다. 그것들은 내가 살면서 본 개 조형물 중 가장 개와 흡사해서 볼 때마다 깜짝깜짝 놀란다.

동네 개들도 나와 같은 생각이었는지, 주인과 산책을 하다가도 개 조형물에 가까이 다가가 냄새를 맡는 등 관심을 보였다. 한번은 작고 하얀 개가 자신과 비슷한 생김새의

개 조형물 곁으로 다가가는 모습을 보았다. 정도가 지나친
귀여움에 나는 걸음을 멈추고 개를 바라보았다. 하얀 개는
한참이나 개 조형물을 살피다가 돌연 뒷다리를 들더니 그것을
향해 거침없이 오줌을 싸버렸다. 가만있는 개 조형물에게
모욕을 주는 개의 마음은 또 무엇일까? 세상에는 알 수 없는
것들이 넘쳐난다.

남은 불씨: 내가 사는 동네에 조형물이 넘쳐나는 원인을
알게 되었다. 도시 미관을 위해 1995년 시행된 '건축물 미술
작품 설치 제도' 때문이었다. 일정 규모 이상의 건축물을 지을
때 건축비 일부를 미술 작품 설치에 사용하게 만드는 제도라고
한다. 내가 사는 곳은 신도시라서 새로 지어진 건물들이
넘쳐나고, 그에 따라 조형물도 많아진 것이다. 2000년대 초반
작품들이 주를 차지한 이유도 그 때문이었다. 이러나저러나
가장 중요한 사실은 내 집 앞의 조형물을 아홉 개 지나치면
맛있는 샌드위치를 먹을 수 있다는 것이다.

물고기와 물고기 인공 산란장을 생각함

물고기도 꿈을 꾼다는 사실을 몇 년 전에 알게 되었다.
그 사실을 듣고 한동안 잠이 오지 않을 때마다 물고기의 꿈에

대해 생각했다. 물속에서 생겨나는 꿈들은 얼마나 자유로울까, 얼마나 찰랑일까, 또 얼마나 깊을까. 물고기의 꿈을 단 한 장면만이라도 엿볼 수 있다면 정말 좋을 것이다. 그것은 내가 지금 당장 상상할 수 있는 장면들, 이를테면 깊은 물속에서 올려다보는 희미한 빛이나 흔들리는 수초 같은 것보다도 훨씬 근사할 것이다.

최근에 물고기와 대화할 수 있는 유령이 나오는 소설을 썼다. 물고기와의 대화는 미리 구상해둔 것이 아니라 쓰는 과정에서 우연히 나온 설정이었는데, 돌이켜 생각해보면 물고기의 꿈을 궁금해하던 수많은 밤에서 흘러나온 듯하다. 소설에는 주인공과 유령이 한강에서 물고기에게 빵을 던져주는 장면이 반복해서 등장한다. 나는 그 장면을 쓸 때마다 마음이 부드럽고 평화로웠다. 부디 주인공과 유령도 나와 같은 마음을 느꼈길 바란다. 흐르는 물과 물고기에게는 말로 설명할 수 없는 따뜻한 힘이 있으니까.

한강과 물고기 얘기를 하다 보니 떠오르는 것이 있다. 지난여름 나는 친구들과 한강을 걷다가 강물에 흰 공들이 둥둥 떠 있는 모습을 보았다. 파란 현수막에 의하면 그것은 물고기 인공 산란장이었다. 며칠 뒤에 인터넷으로 물고기 인공 산란장을 검색해보자, 80년대 한강 개발로 인해 물고기들이 알을 낳을 수초가 사라지자, 서울시가 2000년부터 합성 섬유로 만들어진 인공 수초를 설치했다고 나와 있었다. 물고기들이

인공 수초에 알을 낳는다는 점을 역으로 이용해 배스가 알을
낳으면 그것을 제거하는 배스 인공 산란장도 있다고 했다.
참고로 배스는 우리나라가 70년대에 어민 소득증대를
목적으로 미국에서 들여왔던 물고기이다.

　한강의 물고기들은 합성 섬유로 만들어진 수초에 알을
낳으면서 무슨 생각을 했을까? 특히 배스는 무슨 생각을
했을까? 그 순간 그들은 분명 어떠한 생각을 하고 있었을
것이다. 물고기들은 꿈을 꿀 수 있는 존재들이니까.

　인간이 자연에 지나치게 개입하고 있다는 생각을 떨칠
수가 없다. 그러나 지난여름, 나는 이러한 사실을 생각하지
못한 채 물고기 인공 산란장 사진을 여러 장 찍어 왔다.
그날의 기억은 무척 평화로웠다. 산책 도중 길에서 주운
가느다란 나뭇가지 끝에는 뿌리가 나 있었다. 다리 위로
조그맣게 보이는 사람들이 지나갔다. 친구들과 실없는
농담을 주고받았다. 뒤늦게 물고기들에게 미안한 마음이 든다.

　남은 불씨: 왜 사람들은 물가에 가면 곁에 있는 사람에게
조금 더 다정해지는 걸까? 무언가를 털어놓고 싶어지는 걸까?
나는 물가에서 발생하는 사람들의 마음이 가까이에서 헤엄치고
있던 물고기들의 꿈에도 분명 영향을 끼치리라 생각한다.

임신아

그리운 천둥·번개를 생각함

　　나는 자주 뒤돌아보는 사람이다. 내가 그리워하는 것을
전부 모아놓으면 웬만한 운동장 하나를 채우고도 남을 것이다.
나는 심지어 미래에 그리워하게 될 것을 미리 그리워하기도
한다. 이를테면 로스앤젤레스 다운타운을 누비는 우버 뒷좌석에
앉아서, 내가 이 순간을 얼마나 그리워할지 깨닫는 것이다.
혹은 친구와 시시한 농담을 하다가도 문득 그리움을 예감한다.
그렇다고 해서 슬프거나 우울해지는 않는다.
나는 다만 센서에 불이 켜지듯, 이 순간을 그리워하는 시간이
분명 찾아오리라는 느낌을 종종 받는다.

　　그런데 센서가 전혀 작동하지 않을 때가 있다. 그 당시에는
몰랐는데 시간이 지나고 나니 슬그머니 그리워져서, 뒤통수를
치는 것들이 내게도 존재하는 것이다. 최근에 그런 식으로 내가
그리워하게 된 것은 싱가포르의 천둥·번개이다.

　　무진의 명산물이 안개라면, 싱가포르의 명산물은 단연
번개이다. 싱가포르는 1년에 평균적으로 168일 번개가
치는데다가 천둥 소리가 엄청나다. 싱가포르에 비하면 한국의
번개는 조용하고 심심하게 느껴질 정도다. 싱가포르에서
천둥 소리를 처음 들었던 순간, 옆에 있던 엄마는 미간을
손가락으로 가리키며 번개가 정확히 여기를 때리고 지나간
것 같다고 말했다. 나는 그 표현이 정말 마음에 들었다.

Biography Essay

다만 나는 미간이 아니라 심장 위로 번개가 치는 것만 같았고, 그 느낌에 집중하고 있다 보면 온갖 잡생각이 사라졌다. 그래서 싱가포르에서 번개가 치기 시작하면, 나는 하던 일을 멈추고 창가에 가서 번개를 구경하고는 했다.

싱가포르 천둥·번개가 그리운 또 다른 이유는 그와 얽힌 기억들 때문이기도 하다. 카페에 앉아 있는데 밖에서 말도 안 되게 커다란 천둥 소리가 났을 때, 사람들은 깜짝 놀라 주위를 두리번거리다가 옆 사람과 눈이 마주치면 웃었다. 싱가포르의 천둥은 그런 마법 같은 순간을 종종 만들어주었다. 지금의 나는 싱가포르의 천둥·번개와 천둥·번개가 만들어내던 모든 상황이 진심으로 그립다.

2020년 한 해 동안 바이러스가 잠잠해지면 무엇을 하고 싶으냐는 질문을 많이 받았다. 싱가포르에 가고 싶어. 그때마다 나는 대답했다. 그러나 그 말속에 번쩍번쩍하는 번개들이 숨어 있다는 사실은 아무에게도 말하지 않았다.

남은 불씨: 싱가포르 사람들은 비가 내릴 때면 집에 가서 자고 싶다고 말한다. 빗소리를 들으면서 잠드는 것이 평화롭다는 인식을 나라 전체가 공유하고 있는 듯했다. 나는 어릴 적부터 번개는 좋아했으나 비를 싫어했고, 비가 내리면 쉽게 우울해졌다. 그러나 싱가포르에서 만난 친구들이 비 오는 날은 잠들기에 좋아,라고 말하는 걸 몇 번 들은 다음부터는

전처럼 비가 싫지 않았다. 그들이 비를 바라보던 표정,
비를 대하던 자세가 나에게도 변화를 준 것이다. 그런 식으로
사람들에게서 나도 모르는 사이 무언가를 받게 된다는
사실이 근사하다. 🕮

Biography Essay

항상 엔진을 켜둘 순 없겠지만

지혜

올봄에는 처음으로 차를 빌려 운전을 했다. 옆 좌석에는 산이 함께였다. 왠지 불안해하는 산을 안심시키기 위해 나는 다음과 같은 조건을 덧붙였다.

이상하면 무조건 세울 것.

힘들면 하지 않을 것.

무서우면 말할 것.

사실 그건 산이 아니라 나에게 하는 말이기도 했다. 내 주변에서 가장 솔직한 사람인 산은 상대방이 듣고 싶은 말과 들어야 할 말을 구분하는 귀한 능력을 지녔다. 만약 산이 나에게 "언니, 그건 아닌 것 같아"라고 한다면 그건 정말 아닌 것이다. 다행히 차를 빌려 돌아다니자는 내 제안에 산은 동의했고, 덕분에 무사히 드라이브 여행을 할 수 있었다.

렌터카를 타고 출발한 뒤 우리는 무사히 시내를 벗어났다. 국도에 진입하자 사람도 차도 더는 보이지 않았다. 어릴 적 숱하게 지나쳤던 그 길을 운전석에서 바라보고 있다는 게 신기해, 나는 종종 차를 세우고 달려온 길을 돌아보고 싶었다.

차를 빌린 이유는 두 가지였다. 하나는 운전이 하고 싶어서. 다른 하나는 여행을 하기 위해서. 우리는 카페와 상점에 들른 뒤 숙소에 가기로 했다. 예상 시간은 50여 분이었다. 날은 무척 흐렸다. 비가 오는 것도 아닌데 공기는 무거웠고 구름은 회색빛이었다. 5월의 섬은 어딘가 수상하다. 봄과 여름 사이의 계절은 굳이 구분하자면 여름에 가깝다. 한낮에는 반팔을 입고 돌아다니는 사람이 있고 해가 지면 경량 패딩을 입고 바닷가를 거니는 사람도 있다.

어느 쪽이든 섬의 봄을 만끽하는 데는 무리가 없다. 덥든 춥든, 섬의 모든 계절은 대체로 아름답다.

내가 생각하는 섬의 베스트 시즌은 단연코 4월이다. 그 다음은 9월. 막 벚꽃이 피기 직전, 연두색 잎사귀와 꽃봉오리가 같이 피는 시기, 축제가 열리기 직전의 몽글몽글한 계절. 누군가 섬에서 여행하는 최고의 코스에 대해 묻는다면 4월에 차를 몰고 아무 데나 돌아다니라고 하고 싶다. 중산간이든 해안도로든, 시간에 몸을 맡겨…… 그대로 영원히……. 수많은 사람들이 귀도하는 이유에는 분명 드라이브도 있지 않을까? 봄에 섬의 국도를 달려본 사람이라면 그 풍경을 잊기란

Biography Essay

무척 어려울 것이다.

우리가 갔던 5월의 섬은 축제가 취소된 행사장처럼 차분한 분위기였다. 초보 운전자와 그의 친구가 돌아다니기에 오히려 적당한 때였을지도 모른다. 사실, 여행에 적당한 때라는 건 없다. 가고 싶을 때 가거나 갈 수 있을 때 가거나. 두 조건이 맞아떨어져도 좋지만 맞지 않아도 좋다. 가고 싶은 사람이 가는 게 여행이어야 하니까.

처음에는 빌린 차와 도로에 적응하느라 내가 어디로 가는지도 몰랐다. 아는 길이었지만 직접 운전해서 가는 건 처음이어서 흡사 처음 보는 길 같기도 했다. 자리에 따라 보이는 풍경이 달라지다니, 왜 좀 더 일찍 운전을 배우지 않았을까. 그러나 모든 건 때가 있는 법이다. 늦어버린 나의 시간들을 나는 더 이상 혼내지 않기로 했다. 그리고 좀, 늦으면 어때. 늦은 만큼 간절해지는 마음을 나는 이제 안다.

이쪽 맞아?

아, 지나쳤다.

내비대로 갈까?

그게 좋을 것 같아.

도로에 제법 익숙해지자 차선을 바꾸고(30여 분 동안 3차선 도로의 2차선을 나 혼자 탔다) 속도를 올리며(최대 속도인 시속 80킬로미터에 맞춰서) 초심을 잃어버린 운전자가 되어갔다. 텅 빈 도로를 홀로 달리고 있으면 아포칼립스 영화의 한 장면이 떠오른다. 〈버드 박스〉에는 어떤 이유로 '밖을 보면 안 되는' 상황이 나온다. 주인공들은 장을 보기 위해 차창을 가리고 내비게이션에 의지해 가던 중 도로에서 무언가 툭 치고 만다. 그게 뭔지 확인할 수가 없다. 아마 과속방지턱이⋯⋯ 맞겠지? 섬의 도로에는 페이크 과속방지턱이 많은 편이었다. 그만큼 크고 작은 교통사고가 많다는 뜻이기도 했다. 처음에는 일일이 방지턱 앞에서 속도를 줄이고 지나갔는데 나중에는 적당히 진짜와 가짜를 구분할 수 있었다. 가짜 방지턱은 일종의 경고였다. 지금 줄이지 않으면 다음엔 더 위험할 거라는. 속도를 줄이는 데도 요령이 필요하다는 걸 운전을 하며 알았다. 안전 앞에서는 무엇도 중요하지 않지만, 그만큼 나 자신도 중요하다. 부러 겁을 먹을 필요는 없었다. 자만할 필요는 더욱 없지만.

그러던 와중에 길을 잃었다.

평화로를 지나 중산간으로 가는 길목이었다. 어느덧 2차선으로 줄어든 샛길 양쪽으로 기다란 가로수들과 평지가 펼쳐졌다. 내비게이션의 로딩이 살짝 느려진 것 같은 순간, 머릿속 주크박스가 눈치도 없이 열일을 시작했다. 바로 god의 〈길〉이 머릿속에서 재생된 것이다. 이 길이 과연⋯⋯ 우리는 어디로 가는 걸까?

이런 상황일 수록 노래가 끝날 때까지 머릿속 주크박스를 틀어봐야 한다. 안 그러면 하루 종일 같은 구간이 반복되는

'링딩동 효과'가 일어날지도 모른다. 주로 1990년대 말에서부터 2000년대 초반의 노래들. 내가 자라는 동안 들었거나 들렸던 노래들. 나는 내적으로 충만해지는 흥과 외적인 불안 사이에서 점점 말을 잃어갔다. 흥은 흥이고 길은 길인 법이다. 국도는 앞뒤로 뻥 뚫려 오가는 차는 오직 우리가 탄 코나 한 대뿐이었다.

여긴 어디야?

글쎄, 어딜까……?

애서 침착함을 유지하며 갓길에 차를 세우고 내비게이션을 뒤졌다. 다행히 그곳은 가려던 카페에서 그리 멀지 않은 곳이었다. 내비게이션으로 살펴본 길은 여러 갈래로 나뉘어 있었다. 모두 같은 곳으로 향하고 있지만 어떤 길은 더 복잡하고 어떤 길은 더 길었다. 가장 빨리 도착하는 길과 가장 안전한 길이 같지 않은 것처럼. 길을 빠져나가는 방법은 예상보다 많았다. 문득 그 길을 다 가본 사람이 있는지 궁금해졌다.

주변 지리를 확인하는데 7킬로미터쯤 떨어진 곳에 익숙한 장소가 보였다. 언젠가 가족들과 갔던 숲이었다. 나는 충동적으로 산에게 물었다. 여기 가볼래? 예정에 없던 제안에 산은 흔쾌히 좋다고 했다. 살짝 긴장했던 마음이 기대감으로 변했다. 전방을 살펴보니 그제야 아까 지나쳤던 도로가 눈에 들어왔다. 단 한 번의 주춤거림으로 10여 킬로미터를 돌아가게 되다니. 길을 찾는 건 때론 판단하는 일이라는 걸 그제야 알았다.

헤매던 마음은 목적지를 찾는 기분으로 바뀌어갔다. 낯선 곳이었지만 제대로 가고 있는 것 같았다. 게다가 곁에는 괜찮다고 말해주는 사람이 있었다. 날은 여전히 흐렸고 숲으로 향하는 2차선 도로 양쪽으로 새파란 침엽수가 무성하게 자라 있었다. 그건 내가 아주 잘 아는 풍경이었다.

문예부실은 학교 건물 꼭대기 구석자리에 있었다. 3년 동안 학교에서 가장 많은 시간을 보낸 곳도 문예부실이다. 뭔가에 미쳐 있기 딱 좋은 시기에, 미쳐 있을 곳을 찾던 다양한 사람들이 그곳에 있었다. 그곳에 문예부가 있다는 사실을 아는 건 우리들뿐인 것 같았다. 가능하면 오랫동안, 아무도 몰라도 괜찮을 것 같았다.

신입생들이 들어오는 시기에 맞춰 학교는 부지를 옮긴 뒤 새로 지은 건물로 이사했다. 예전 학교가 있던 자리에는 아파트가 들어온다는 소문이 돌았다. 골목 하나를 사이에 둔 고등학교와 중학교는 같은 재단에서 운영한다는 이유로 여러 모로 비슷한 점이 많았다. 성모상과 십자가, 수녀 선생님, 1년에 두어 번 치르는 단체 미사와 촛불을 들고 학교 운동장을 도는 밤의 행사 등등. 중학교 졸업생의 절반 정도가 같은 고등학교에 입학했다. 그때 학교는 잘 세팅된 숲길을 걷는 것과 비슷했다. 두근거릴 만큼 아름다운 풍경 속에서 뭐가

튀어나올지 모를, 저편의 어둠과 불안을 바라보는 일. 그 불안
속에서 부실은 숨겨진 작은 오두막 같았다. 허락된 사람들이
드나들 수 있도록 언제나 문을 열어놓은 곳. 그러나 문은 언젠가
닫힐 수도 있다. 그때는 그걸 잘 몰랐다.

　　고등학교를 졸업한 뒤 어느 여름 밤, 나는 학교가 있던
곳에 갔다. 불이 꺼진 학교 건물은 재건축의 소문에도 불구하고
무너진 곳 하나 없이 그대로 남아 있었다. 안으로 들어가는 문은
모두 잠겨 있었고 오랫동안 비어 있던 폐교의 을씨년스러움이
건물 주변에 가득했다. 화단을 끼고 걷다가 1층 복도에 난 창문
하나를 발견했다. 창문은 한쪽이 열려 있었는데 자세히 보니
열린 게 아니라 창틀만 남기고 유리창이 모두 깨져 있었다.
왜 그런 생각을 했는지 모르겠지만, 나는 창틀을 넘어 건물
안으로 들어갔다. 건물 저편에서 골목의 가로등 빛이 들어와
희미하지만 복도 풍경을 볼 수 있었다. 바닥에는 구겨진
종이컵과 캔, 담배꽁초, 유리 조각 같은 것들이 널려 있었고
라이터와 모기향 주변에는 반쯤 피다 만 재가 소용돌이 모양
그대로 바닥에 떨어져 있었다. 그곳에서 모기향을 피우고 다
타버리기도 전에 떠난 사람은 누구였을까. 유리창이 먼저
깨졌을까 창을 깨뜨린 뒤 누가 들어왔을까. 나는 정신을 차리고
서둘러 그곳을 빠져나왔다. 등 뒤에서 복도에 남은 적막이 나를
바라보는 것만 같았다. 한참 뒤 학교 주변을 벗어나 소란스런

거리로 돌아왔을 때 손바닥과 무릎에는 자잘한 상처와 함께
핏방울이 배어 있었다. 창틀에 남아 있던 유리 조각에 찔린
상처였다. 그것들은 어떤 신호 같았다. 함부로 가면 안 되는
곳에 들어왔다는 경고. 네가 올 곳이 아닌 곳에 왔다는 훈계.

주차장에는 몇 대의 차가 세워져 있었지만 사람은 보이지
않았다. 시내나 관광지에서 조금만 벗어나면 인적이 드문
유휴공간이 섬에는 많았다. 누가 사는지 혹은 살지 않는지 알
수 없는 곳들. 사람이 가면 안 되는 곳. 예전에는 그런 곳이 아주
많았을 것이다. 그 숲도 그런 곳 중 하나였을 것이다. 숲에는
4.3 때 사람들이 숨어 있던 굴도 있었고 곶자왈로 이어지는
습지보호구역도 있었다. 온갖 종류의 식물이 모여 사는 섬의
허파. 숲으로 들어가자 섬의 장기 속을 걷고 있다는 생각에
기분이 이상해졌다. 누군가의 몸속을 돌아다니는 기분이 이런
걸까? 조용하고 편안했지만 어딘가 으스스했다. 한밤의 폐교
같았다.

생각해보면 언제나 어딘가의 안에서, 안으로 돌아다녔던
것 같다. 이곳에서 저곳으로, 섬에서 뭍으로, 동네에서 동네로,
탈것에서 탈것으로, 학교에서 학교로, 안에서 밖으로. 밖 또한
어떤 곳의 안쪽일 테니까.

부실에서는 학교의 거의 모든 풍경을 조금씩 볼 수 있었다.
교직원들이 드나드는 교무실 입구, 맞은편 건물의 교실 복도,

급식실로 가는 길목과 커다란 성모상이 놓인 중간 계단까지.
그 계단의 이름은 '천국의 계단'이었다. 그곳에서 가을마다
문예부에서 주최하는 시화전이 열리곤 했다. 미술실에서 빌려온
이젤에 시화 작품을 올리고 구경 오는 사람들에게 손수 만든
책갈피를 선물했다. 책갈피는 문예부원들이 색지를 자르고 오려
직접 그리고 만들어 코팅까지 했다. 요즘이었으면 디지털로
외주 업체에 맡겨 손쉽게 준비할 수 있겠지만 그때는 모든 걸
직접 했다. 칼과 가위를 잘 사용하거나 손글씨를 잘 쓰는 능력이
가을에는 가장 중요했다. 지금도 책장 어딘가에는 그때 만든
책갈피가 마른 나뭇잎처럼 숨어 있을 것이다.

　　늦은 밤, 문예부실에 모여 자주 듣던 플레이리스트에는
반드시 넬리스파이스가 있었다. 〈차우차우〉〈고양이와 새에
관한 진실〉〈고백〉 등 엄선된 노래를 CD에 구워 틀어놓고 각자
할일을 하거나 수다를 떨었다. 한동안 내 BGM은 〈항상 엔진을
켜둘게〉였다.

　　공회전 유발송이라 우스갯소리를 하곤 했지만, 나는 그
가사가 마음에 들었다. 언제라도 출발할 수 있도록 엔진을
켜두고 기다리겠다는 말. 세상 홀로 사는 것 같은 십대 후반의
감성에 딱 맞는 낭만이었다. 어떤 노래는 타임머신처럼 그
노래를 처음 듣던 순간으로 데려간다. 시간을 달려간 노래는
순식간에 그때의 공간으로 나를 초대한다. 무늬 없는 나무 문과
회색 페인트가 칠해진 아늑하고 작은 부실로.

축축하게 젖은 흙길은 소리도 공기도 냄새도 모두 상쾌했다. 엷게 안개가 낀 나무들 사이로 실낱같은 거미줄과 투명한 햇빛이 번갈아 반짝였다. 이런 곳에서 어떤 사람들은 목숨을 걸고 숨을 죽이고 있었을지도 모른다. 지금도 어딘가, 보이지 않는 존재가 그곳에서 숨을 죽이고 있을 것만 같아 나는 마음속으로 혼자 중얼거렸다. 말할 수 없는 이야기들을. 숲의 신령님께 인사를 드리는 것도 잊지 않았다.

얼마 걷지도 않았는데 주변이 컴컴해지고 곧 해가 질 것 같았다. 숲의 시간은 어떻게 지나가는 걸까. 실제로 해가 지기까지는 몇 시간이나 남아 있었지만, 숲을 빠져나가는 데 걸리는 시간도 생각해야 했다. 서둘러 주차장으로 돌아왔을 때는 고작 30여 분이 지나 있었다. 한 시간은 걸었던 것 같은데.

계속 갈까?

응.

우리는 30분을 더 달려 숙소에 도착했다. 숙소 근처에 도착했을 땐 해가 져 있었다. 비인지 이슬인지 모를 빗방울이 떨어지고 있었는데, 자세히 보니 아주 짙은 안개에 옅은 빗방울이 섞인 것이었다. 창문을 내리고 습기 가득한 공기를 들이마셨다. 숲과 다른 도시의 냄새, 그러나 서울과는 또 다른 공기가 몸속으로 들어왔다. 누군가의 안이었던 곳, 누군가의 밖이었던 것. 그렇게 안개가 낀 밤에는 그동안 몰랐던 것들을 조금 알 것 같은 기분이 들기도 했다.

부실에서의 생활은 3년 만에 끝났지만, 그때 만난 몇몇 사람들은 지금도 내 곁에 있다. 또한 영영 만날 수 없는 사람도 있다. 어떤 문은 한 번 열리는 것으로 끝나기도 하지만 어떤 문은 또 다른 문으로 이어진다. 그때, 내가 연 것은 문이었을까 통로였을까? 어느 쪽이든 상관없지만 깨진 유리창이 달린 창문은 아니었으면 좋겠다. 유리 조각에 찔리며 통과하는 일은 더는 싫다. 예전에는 그렇게 해서라도 가야만 하는 곳이 있다고 생각했지만, 이제 깨진 유리창이 있던 건물은 어디에도 없다. 그곳을 기억하는 사람 또한 점점 사라질 것이다.

다음날 산을 목적지까지 데려다주고 헤어지기로 했다. 가는 길은 전날보다 조금 더 맑았다. 시원하지만 무거운 바람이 부는 것을 보니 곧 비가 올 것 같았다. 가는 길에 부러 해안도로로 방향을 틀어 바다를 구경했다.

노래 듣고 싶어.

뭐 들을까?

드라이브엔 역시 유피지.

〈뿌요뿌요〉로 시작한 플레이리스트는 쿨의 모든 노래로 이어졌다. 〈점보 만보〉와 〈해변의 여인〉, 〈루시퍼의 변명〉과 〈All For You〉까지. 어느 것 하나 모르는 노래가 없네. 우리는 창문을 열고 큰 소리로 노래를 따라 불렀다. 잔뜩 흐린 하늘 아래 얼핏 보이는 바다는 눈부시게 파랗고 반짝였다. 모두가 아는 노래를 만들고 부른다는 건 어떤 기분일까? 그들도 크고 작은 문을 지나쳤겠지. 그래도 지금은, 계속 달리고 싶어. 항상 엔진을 켜둘 순 없지만, 떠나고 싶으니까. 당분간은. ⬛

Biography Essay

조시현

하루가 없는 세계 같은 건 지켜도 어쩔 수 없으니까

—구로사와 기요시의 〈산책하는 침략자〉를 보고

세상이 끝나는 날, 그녀의 마지막 선택이 시작된다!

제 70회 칸영화제
주목할만한 시선 초청
제 50회 시체스영화제
판타스틱 경쟁부문
제 22회 부산국제영화제
아시아 영화의 창 초청

산책하는 침략자
BEFORE WE VANISH

2018.08

구로사와 기요시 감독 | 나가사와 마사미 | 마츠다 류헤이

이제
당신은 …
사랑이란
개념을
잃어버립니다.

세상을 움직이는 건 오타쿠라는 말을 들은 적이 있다. 내 식대로 이해하자면, 결국 사랑의 힘이 세계를 움직이게 한다는 뜻일 테다.

절대 사라지지 않을 거라 생각했던 마음이 지금은 없다. 좋아할 수 있을 때 온 마음을 다해 좋아해야 한다. 영원히 끝나지 않을 것만 같았던 덕질과 지난했던 몇 번의 연애를 거치며 깨달은 것이다. 뭔가가 쉽게 좋아지지도 않고, 기대 없이 마음 깊이 사랑할 수 있는 것이 많지 않으며 그조차 언제 끝날지 알 수 없으니 마음이 시작되면 그것을 아주 소중하게 여겨야 한다. 의외로 무언가를 좋아하게 되는 순간은 자주 찾아오지 않는다. 정말 사소한 것을 계기로 부러지거나 사라지기도 한다. 자주 있는 일은 아니지만, 이 마음이 끝날 수도 있다는 것을 알게 된 뒤로 어떻게든 후회를 남기지 않기 위해 애쓴다. 한편 사랑하고 있다는 것을 자각하는 순간 세계는 내가 알고 있던 것과 다른 모양이 된다. 나는 무력하게 지각변동을 깨닫는다. 그건 사후적인 일이어서, 내가 할 수 있는 일은 아무것도 없다. 금방 끝날 거라 예감하고 시작한 마음이 도무지 끊어지지 않는 경우도 있다. 사랑에 관해서라면, 내 의지대로 되는 일이 거의 없다. 다만 있을 때 그 마음을 다하는 것뿐.

갑자기 MBTI 이야기를 해보자면 나는 ENFJ와 INFJ가 번갈아서 나오는데, 대상을 맹목적으로 사랑하는 것이 이 유형의 특징이라고 한다. 한번 마음에 들어오면 단점을 보아도 없는 척 굴며 앞뒤 안 가리고 좋아한다

❖ 영화의 결말에 대한 스포일러가 있습니다

는 것이다. 어느 정도는 맞는 말 같다. 지금의 감각으로는 영원히 끝나지 않을 것만 같은 사랑 중 하나는 이야기이다. 특히 외계인에 관한 이야기. 외계인이라는 단어를 듣는 순간 나는 이미 그것을 좋아하고 있다. 외계인이 진짜로 있었으면 좋겠다. 어쩌면 평생 외계인을 만날 일이 없을 것이기 때문에 이렇게까지 좋아하는 건지도 모른다. 사람들이 외계인을 상상하는 방식이 다 다른 것도 재미있고, 외계인을 통해 하는 이야기가 다르게 펼쳐지는 것도 참을 수 없다. 에일리언 시리즈나 〈콘택트〉는 너무나 사랑하는 영화 가운데 하나이다. 〈디스트릭트 9〉이나 〈우주전쟁〉도 무척 흥미롭게 봤다. 조금 튀는 특수효과나 CG조차 외계인 때문이라고 하면 마음이 좀 더 너그러워진다. 훌륭한 소설도 끝이 없다. 옥타비아 버틀러의 《블러드 차일드》는 단연코 압도적이다. 조지 R. R. 마틴의 〈샌드킹〉을 읽었을 때의 충격이란! 천선란의 《어떤 물질의 사랑》 역시 재미있게 봤다.

모두의 마음속에서 다 다른 존재라니, 어쩌면 외계인은 사랑의 다른 이름인지도 모른다.

밖에서 활동하는 시간이 줄어들면서 영화를 보는 시간이 늘었다. 토요일 밤마다 친구와 영화를 본다. 보고 싶은 영화의 목록을 짜두었다가 사다리타기를 한 뒤 같은 시간에 각자의 집에서 영화를 감상하고 이야기를 나눈다. 덕분에 혼자서라면 끝까지 볼 수 없었을지도 모를 영화나, 제목은 누구나 알지만 본 적은 없는 바로 그 영화들도 해치울 수 있었다. 〈산책하는 침

략자〉는 그 친구가 추천해준 영화다. 당연하게도 제목
을 듣자마자 나는 사랑에 빠지고 말았다. 〈기생수〉처
럼, 외계인이 지구를 습격하여 인간 사이로 스며드는
일본적 상상력은 많이 접해보았는데, 침략자가 산책
을 한다고? 게다가 잡아먹거나 죽이거나 파괴하는 것
이 아니라 '산책'을 한다니? 다소 이질적으로 느껴지
는 단어의 조합이 매력적으로 느껴졌다. 간단한 산책
마저 조심스러운 상황에서 침략자의 산책을 지켜볼
수 있다는 것도 기대감을 고조시켰다. 더군다나 내가
너무 좋아하는 나가사와 마사미가 주연이었다. 멱살
을 잡혀 끌려가는 기분으로 나는 노트북 앞에 앉았다.
어느 날, 지구를 침략하기 위해 세 외계인이 지구에 찾
아온다. 이들의 침략은 우리가 통상적으로 생각하는
침략과는 다르다. 그들은 인간에게서 '개념'을 빼앗아
간다. 마치 타인을 이해하기 위해 훼손하는 것처럼. 길
을 걷다 만난 사람들이 표적이 된다. 그들은 가족, 피
아, 소유, 자유, 일의 개념 등을 비롯해 탐욕스럽게 인
간의 개념들을 흡수한다. 이를 빼앗긴 인간들은 얽매
여왔던 것에서 해방되거나 돌이킬 수 없이 망가지게
된다. 이 대목에서 무엇이 인간을 인간으로 만드는지
를 생각하게 된다. 무언가에 대한 개념을 이해함으로
써 우리는 삶에 대한 가치를 만들고 그것을 지켜나가
며 '인간다움'을 유지한다. 그러나 그건 정말 지킬 만
한 가치가 있는 것일까? 그 '인간다움'은 때로 삶을 억
압하는 무엇이 되기도 한다. 언어가 인간을 가두는 것
이다. 그 억압은 다시 인간을 인간으로부터 멀어지게

한다. 외계인은 이것을 빼앗는 방식으로 인간을 이해한다. 그렇다면 인간을 인간으로 구성하는 개념을 빼앗긴 인간과 그런 개념을 획득한 외계인, 둘 중 누가 더 인간답다고 말할 수 있는 걸까?

더군다나 우리는, 하나의 단어도 미세하게 다른 결로 이해하고 있을 것이다. 외계인들은 전부 다른 사람들에게서 전부 다른 개념들을 빼앗았다. 언어의 프랑켄슈타인 같은 것이 떠올랐다. 어쩌면 내가 외계인을 사랑하는 이유는, 그 모든 상상이 결국 인간에 대한 것이기 때문인지도 모른다.

한편 신문기자 사쿠라이와 외계인 아마노는 기묘한 우정을 쌓는다. 사쿠라이는 지구를 침략하겠다는 외계인들의 말에 흥미와 거부감을 동시에 느낀다. 또 다른 외계인 아키라가 사람들을 거침없이 공격하고 죽이는 모습을 목격한 뒤에는 이들의 말이 장난이 아니라는 것을 깨닫는다. 하지만 아마노와 아키라의 곁에 계속 머문다는 점이나 이들을 돕는다는 점에서 정말 적극적으로 외계인을 막으려는 것처럼 보이지는 않는다. 오히려 인간의 외피를 하고 있는 아마노에게 묘한 애정을 느끼는 듯하다. 인간의 모습을 하고 있기 때문일까. 외계인의 존재를 홀로 견디던 사쿠라이는 사람들 앞에서 침략에 대해 경고하지만 사람들은 헛소리로 치부하며 그를 비웃는다. 사쿠라이의 외침을 끝까지 가만히 듣고 있던 아마노는 아무렇지도 않게 이제 속이 시원하냐고 묻는다. 이 사건은 둘의 관계에 어떠한 균열도 만들지 않는다. 사쿠라이는 심지어 아마노가 총에 맞아 죽을 위기에 처하자 자신의 몸에 들어오라는 말까지 한다. 사쿠라이의 몸으로 옮겨간 아마노는, 사쿠라이의 몸과 함께 죽음을 맞이한다.

외계인이 된 나루미의 남편 신지 역시 순조롭게 개념들을 빼앗으며 인간을 구성해간다. 신지는 사랑에 대해 이해하고자 교회로 들어간다. 사랑을 빼앗기 위해서는 언어로 정제되지 않은, 사랑에 대한 감각이 필요하기 때문에 성가를 부르던 아이들에게 이에 대해 묻는다. 그러나 모두의 대답이 달라 당황한다. 때마침 들어온 신부에게 물어도 그것은 스스로의 안에 있을 것이라는 뜬구름 잡는 말만 돌아올 뿐이다. 결국 신지는, 그 개념만은 빼앗지 못한다. 그러나 외계인들이 다른 개념들을 너무나 성실하게 빼앗았기 때문에 지구의 멸망은 코앞으로 다가온다. 지구가 멸망하기 직전, 나루미는 신지에게 자신에게서 사랑을 가져가라고 말한다. 지금의 자신은 사랑이라는 상태로 꽉 차 있다는 말과 함께. 어차피 끝날 세상에서 이 사랑이라도 알고 가라고. 그 사랑이 나루미를 기억하게 할 것이고, 자신은 신지가 없어도 슬퍼하지 않아도 되니까 그 편이 모두에게 좋은 것이다. 신지는 직관적으로 거부하지만, 결국 나루미에게서 사랑을 빼앗는다. 결과적으로 지구는 멸망하지 않는다. 사랑을 깨달은 외계인이 나루미를, 그래서 나루미가 사는 지구를 지키기로 결심했기 때문이다. 한편 사랑을 잃은 나루미는 텅 비어 바깥의 무엇에도 반응하지 않게 된다. 세상의 모든 것에 무감해진다. 하다못해 귤에조차도. 나루미는 자신이 지구를 지켰다

는 것을 알까? 그리고 그 사랑이 나루미에게 아주 작은
의미라도 될 수 있을까?

그러니까 당연하게도, 결국에는 사랑이다. 사랑하는
사람이 사는 지구를 지킬 수밖에 없게 돼버린 외계인
의 곤경. 누군가는 뻔하다고 할지도 모르지만, 그래서
나는 이 뻔한 이야기가 좋았다. 무언가를 너무나 사랑
할 때 내 세계가 어떻게 달라지는지 이미 알고 있으므
로. 그리고 그것의 안녕을 위해 세계가 존속되기를 바
라므로. 내가 좋아하는 또 다른 애니메이션인 〈세일러
문〉에 등장하는 미치루는(그리고 보니 세일러 요정들도 모
두 외계인이다!) 하루카와 하루카를 뺀 나머지를 저울에
올린 악당으로부터 연인인 하루카를 구해내며 '하루카
가 없는 세계 같은 건 지켜도 어쩔 수 없'다고 말한다. 물
론 악당의 협박은 거짓말이었기 때문에 지구도 하루카
도 무사하다. 그러니까, 그런 것이다.
영화에서 시종일관 유지하고 있는 유쾌한 톤이나 능
청스러움 덕인지 서사 사이사이의 빈틈이 크게 마음

에 걸리지 않았다. 우리는 어떨 때 잘 만들어진 영화라고 얘기하는 걸까? 영화의 어떤 점이 서사의 비어 있는 부분을 납득 가능하도록 만드는 것일까? 하나씩 따져 묻지 않더라도 자연스럽게 넘어갈 수 있는 것은 영화가 단순히 가상의 현실에 대해서 말하고 있기 때문만은 아닐 것이다. 어쩌면 내가 이미 좋아할 준비가 되어 있었기 때문일까? 그래서인지 희곡 원작의, 비슷한 듯 미묘하게 다른 이야기가 아주 마음에 들었다.

영화의 제목은 우리에게도 열려 있다. 우리는 이 영화를 보며, 영화가 말하고자 하는 사랑의 개념을 이해한다. 자연스럽게 그렇게 된다. 우리 자신이 영화에 침략한 산책자가 되는 것이다. 다른 점이 있다면 영화의 무엇도 뺏거나 훼손하지 않고, 어떤 개념을 가져갈 수 있게 된다는 점이다. 그게 인간의 멋진 점인 것은 아닐까. 아무도 다치게 하지 않으면서 바깥을 이해할 수 있다는 점. 그리고 어쩌면 그렇기 때문에 우리는 문학을, 이야기를 읽는 것일 테다. 그래서 나는 이야기를 사랑한다. 아직 사랑에 깊이 빠진 상태이므로, 영원히 사랑할 거라고 말할 수 있다.

만났기 때문에, 혹은 만나지 못했기 때문에 삶은 영원히 달라질 수 있다. ▪

조진주

어둠을 이겨내는 주인공이 되기 위한 지침서

—연대로 읽는 대중문화 리뷰

영화 〈내가 죽던 날〉 | 박지완 감독 | 2020
드라마 〈블랙독〉 황준혁 연출 박주연 극본 | 2019
영화 〈삼진그룹 영어토익반〉 | 이종필 감독 | 2020
드라마 〈출사표〉 | 황승기 · 최연수 연출 | 문현경 극본 | 2020

2년 전쯤, 작업을 하기 위해 이태원에 있는 한 카페를 찾았다. 이른 아침이어서 4층짜리 카페에는 층마다 한두 명의 손님이 앉아 있을 뿐이었다. 나는 아무도 없는 꼭대기 층에 자리를 잡았고 그 층에 있는 여자 화장실을 이용하게 되었다. 화장실 두 칸 중 한 칸은 이미 누군가 사용 중이었다. 올라오는 사람을 보지 못했는데 언제 들어간 걸까. 화장실을 나설 때까지 그 칸에서는 아무런 소리도 들려오지 않았다. 잠시 후, 음료가 묻은 손을 씻어내기 위해 다시 화장실을 찾았을 때, 나는 그곳에서 나오던 한 남자와 마주쳤다. 남자는 태연하게 여자 화장실을 빠져나오더니 나와 멀지 않은 곳에 자리를 잡고 앉았다. 음료도 시키지 않은 채 멀뚱히 앉아 있는 남자의 행색이 심상치 않아 보였다. 머릿속에 온갖 생각이 스쳐지나갔다. 곧장 다른 곳으로 옮기는 게 좋을까. 눈에 띄게 피하면 남자가 다른 위협을 가해오지는 않을까. 마침 카페에서 무차별 칼부림 사건이 일어난 지 얼마 되지 않았을 때였고, 나는 최악의 상황을 상상하며 이러지도 저러지도 못하고 있었다.

그러던 중 때마침 카페 직원이 나타났다. 나는 휴지를 가지러 가는 척 그녀에게 다가가 작은 목소리로 사정을 설명했다. 그녀는 당황스러워했지만 곧 화장실 안을 확인해주겠다고 약속했고, 나는 그녀가 지켜보는 동안 짐을 챙겨 무사히 그 자리를 벗어날 수 있었다. 잠시 후, 그녀는 다른 층으로 도망온 나를 찾아와 화장실에서 특별한 이상을 찾지 못했다고 알리고는 괜찮다며 나를 안심시켜주었다.

그 직원이라고 무슨 힘이 있었을까. 그러나 그 순간 그녀는 존재만으로도 든든했다. 괜찮다는 그녀의 말에 위안을 얻었던 건 나의 공포를 이해받았기 때문이리라. 굳이 설명하지 않아도 그녀는 내가 느꼈을 불안을 알고 있었다. 아마 그녀 역시 한 번쯤은 나와 같은 두려움을 느낀 적이 있었을 것이다. 그날, 내게 그녀의 이해와 공감은 그 무엇보다 큰 위로로 다가왔다.

당신의 아픔을 알고 있어요
영화 〈내가 죽던 날〉

영화 〈내가 죽던 날〉에서 주인공 현수(김혜수 분)를 움직이게 하는 원동력은 타인의 고통에 대한 공감과 이해이다.

스캔들로 일선에서 물러났던 현수는 복직을 앞두고 한 섬에서 발생한 사건을 맡게 된다. 범죄 사건의 주요 증인인 고등학생 세진(노정의 분)이 유서를 남기고 실종된 사건이다. 절벽에서 뛰어내렸을 것이라고 추정되는 세진의 시신은 당시 태풍으로 파도가 심했던 탓에 끝내 발견되지 않았고, 현수는 사건을 자살로 종결지으라는 지시를 받는다. 그러나 임무 도중 미심쩍은 점을 발견하게 되고 소녀의 행적을 쫓게 된다.

사라진 소녀를 끝까지 찾으려는 사람은 없다. 소녀가 실종 전 의지했던 이들조차 아무도 그 죽음을 깊게 파고들려 하지 않는다. 모든 정황이 세진의 자살을 가리

키고 있고, 윗선에서도 더 이상 이 일을 길게 끌 생각이 없다. 이대로라면 비록 시체를 찾지 못했다 하더라도 자살로 마무리하는 것이 모두에게 깔끔한 길일 것이다.

그러나 현수는 세진을 포기할 수 없다. 매일 벼랑 끝에 서서 아래를 내려다보던 세진의 마음을 알기 때문이다. CCTV에 찍힌 세진의 표정을, 현수는 누구보다 잘 알고 있다. 세상을 향한 적개심과 절망으로 가득한, 동시에 누군가의 손길을 간절히 바라는 그 얼굴은 자신과 너무나도 닮아 있었으니까. 남편의 외도를 몰랐던 현수와 아버지의 범죄를 몰랐던 세진. 두 사람은 자신의 주변에서 무슨 일이 벌어지고 있는지 알지 못했다는 이유로 발 딛고 있던 세계가 무너지고 죄인이 되어 세상에 홀로 남겨졌다.

작은 원룸에서 혼자 잠이 드는 현수는 악몽을 꾼다. 죽어 있는 자신을 내려다보는 꿈이다. 그녀의 죽음은 방치되었다. 눈도 감지 못한 채 식어가는 자신을 보며 애처롭게 중얼거린다. 누가 저 눈 좀 감겨주지. 누가 저 외로운 몸 좀 치워주지. 누가 죽은 그녀를 발견해줄까. 아무도 자신을 찾아주지 않을 것이라는 공포와 외로움을 현수는 안다. 그래서 현수는 세진이 사라지기 전의 시간을 읽어내고 싶다. 낯선 섬에 혼자 버려진 세진이 어떻게 시간을 보내왔는지, 사라지기 전 무슨 일이 있었던 것인지 그녀의 행방을 끝까지 따라가려 한다. 적어도 쉽게 손을 놓아버리지는 않으려 한다.

수소문 끝에 현수는 세진이 섬에서 가장 의지했던 인

물이 순천댁(이정은 분)이라는 사실을 알아낸다. 말을 잃은 채 사지가 마비된 조카를 돌보며 살아가는 그녀는 세상으로부터 등을 돌려버린 인물이다. 그런 그녀가 세진의 유일한 안식처가 되어줄 수 있었던 까닭은 자신 역시 큰 아픔을 겪었기 때문이다. 세진이 느낄 외로움과 공포를 짐작하고 따뜻한 밥상을 차려줄 수 있었다. 세진을 끝까지 포기하지 않은 사람들은 결국 깊은 상처를 간직한 이들이다.

그런데 살면서 한 번도 상처받지 않은 사람이 있을까. 어떤 종류이든, 우리는 모두 고통을 겪어보았다. 이별을 겪고, 실패를 겪고, 혹은 배신이나 좌절을 겪기도 했다. 그 당시, 우리가 얼마나 간절히 그 구덩이를 벗어나기를 바랐었는지 떠올려보자. 작은 도움이 얼마나 절실했는지를. 구덩이에 빠진 이의 절박한 외침을 쉽게 외면할 수 없을 것이다. 현수나 순천댁이 특별한 사람들이었기 때문에 세진을 포기하지 않았던 것이 아니다. 이들이 세진을 외면한 다른 인물들과 다르게 행동했던 까닭은 타인의 고통을 마주했을 때, 자신의 상처를 비추어 보았기 때문이다. 세진의 아픔에 공감하고 그녀의 목소리에 귀기울이려 했다.

외로운 죽음을 외면하지 않으려 하는 사람이 있다면, 모든 것을 잃고 포기하려는 찰나에 아직 이 세상에 "니가 남았다"라는 말을 해줄 사람이 단 한 명이라도 있다면 비극으로 흘러가던 이야기는 바뀔 수 있다. 생각지 못했던 기적 같은 엔딩을 맞이할 수 있을지 모른다.

버팀목이 되어줄게

드라마 〈블랙독〉

때로는 각자의 자리에서 보내는 묵묵한 응원이 위기에 처한 누군가를 구한다. 매일 이어지는 경쟁 속에서 살아남기 위해 치열하게 발버둥치는 우리들에게는 의지할 수 있는 존재가 필요하다. 누군가 내 노력을 비웃지 않고 지켜봐준다는 사실에 한 발짝 더 내딛어볼 용기를 내게 된다. 〈블랙독〉의 고하늘(서현진 분)이 수차례의 위기 속에서도 흔들리지 않고 끝까지 버텨낼 수 있었던 것은 그와 같은 존재가 있어주었기 때문이다.

대치고에서 그토록 바랐던 교사로서의 첫발을 내딛게 된 고하늘. 그러나 자신을 둘러싼 루머와 기간제 교사라는 신분 탓에 순탄치 않은 학교생활이 이어진다. 정교사 자리를 두고 다른 기간제 교사들과 다투어야 하는 상황은 고하늘을 지치게 한다. 서로의 처지를 누구보다 잘

알지만, 그럼에도 서로를 밀어내고 살아남아야 하는 경쟁 사회가 그녀에게 유독 잔인하게 다가온다.

　진학부 부장 박성순(라미란 분)은 그런 고하늘에게 길이 되어준다. 특별히 살갑게 대하거나 티가 나게 챙겨주는 것은 아니다. 대신 고하늘의 능력을 의심하지 않고, 때로는 불필요한 공격을 받지 않도록 울타리가 되어준다. 고하늘이 자신의 일에 의문을 품을 때면 먼저 겪어본 자로서 자신의 생각을 이야기해주기도 한다. "사람이 자기 미래에 대해서 제일 크게 관심 갖는 거, 누가 뭐라 그러겠어. 여기 있는 그 누구도 이런 일로

선생님 욕 못해." 불안한 미래로 인해 갈등하는 고하늘에게 박성순의 덤덤한 말은 무엇보다 위로가 되어주었을 것이다. 유난스럽지 않은 그러나 묵직하고 지속적인 응원이다.

그 응원을 받으며 고하늘은 조금씩 성장해간다. 학교에 들어온 지 얼마 안 되었을 때, 고하늘은 자신을 반기지 않는 사람들 사이에서 항상 주변을 경계하던 인물이었다. 드라마 제목인 '블랙독'은 흰 개에 비해 환영받지 못하는 존재, 차별받는 존재를 의미한다. 사람들은 검은 개를 두고 말한다. '검정 강아지 키우는 거 아녀. 그냥 그것들은 태생부터가 그렇당께.' 검은 개와 같은 처지에 놓인 고하늘도 스스로를 고립된 위치에 두며 자신에게 호의를 보이는 사람들을 경계한다. '늘 혼자였던 검은 강아지에게 누군가 나타나 갑자기 관심을 보이면서 호의를 보인다면 그 강아지는 기뻐하기보다 아마 이런 생각부터 하지 않을까? 갑자기, 저한테 왜 이러세요?' 그러나 시간이 지날수록 고하늘은 점점 자신에게 다가오는 이들을 받아들이고, 상처 입을 줄 알면서도 상대와 마주하려 하는 사람이 되어간다. 도움이 필요한 후배 기간제 교사에게 먼저 다가가 손을 내미는 여유도 갖게 된다. 고하늘이 성장할 수 있었던 배경에는 시간이 지나며 쌓인 교사로서의 경험도 있겠지만 박성순을 비롯한 진학부 선생님들과의 관계가 중요한 역할을 하고 있다. 언제든 내쳐질 준비를 해야 했던 고하늘에게 소속감을 느끼게 해주고, 자신이 소외된 검은 개가 아니라는 것을 알게 했다. 그가운데 고하늘은 자신이 발을 딛고 서 있는 곳에 믿음을 가지고, 자신이 가야 할 길에 대해 집중하여 성장할 수 있게 된 것이다.

사실 고하늘은 원래 본인의 일에 대한 의지와 사명감이 강한 사람이다. 그러나 만약 혼자였다면 지금처럼 잘해낼 수 있었을까. 모두가 그녀를 의심하고 못 미더워했다면, 힘이 들 때 고민을 들어주고 공감해주는 이가 없었다면, 아무리 자신의 일에 애정이 강한 사람이라 해도 결국 지쳐버렸으리라. 긍정적인 관계는 한 사람을 성장시키고 결국 어려움도 이겨낼 수 있게 만든다.

우리를 버티게 하는 사람. 조금씩 앞으로 나아갈 수 있게 하는 사람. 우리 옆에는 그런 존재가 있을까. 우리는 누군가에게 그런 존재가 되어줄 수 있을까.

작은 힘이라도 함께한다면
영화 〈삼진그룹 영어 토익반〉

서로를 의지하는 가운데 우리는 성장한다. 그리고 더 큰일을 해낼 수 있는 힘을 갖게 된다. 입사 8년 차 동기 자영(고아성 분)과 유나(이솜 분), 보람(박혜수 분)은 회사에서 언제든 대체 가능한 말단 직원이다. 고졸인 그들에게 맡겨진 일은 잡심부름과 가짜 영수증 메꾸기 따위. 일처리 능력이 뛰어나도 지위 때문에 자신이 세운 공을 다른 이들에게 넘겨야 하기 일쑤다. 한마디로 회사 내 최약체들이다. 이들의 목표는 토익 600점을 넘겨 대리 진급을 하는 것. 대리가 되기 위해 '마이 네임

이즈 자영 리'를 읊어대던 자영은 심부름 중 우연히 자
신이 일하는 회사가 폐수를 유출하고 이를 은폐하려
한다는 사실을 알게 된다. 그리고 유나, 보람과 함께
회사가 감추고 있는 문제를 파헤치고자 한다. 그들의
목표가 하루아침에 토익 600점에서 대기업 비리 폭로
로 업그레이드되었다. 이 최약체들이 거대 기업과 맞
붙는다면 그 결과는 누구나 짐작할 수 있지 않을까. 그
런데 이들은 예상처럼 쉽게 좌절하거나 패배하지 않
는다. 집요하고, 운도 좋다. 무엇보다도 이들은 함께이
다. 혼자서는 할 수 없는 일도 셋이서는 가능하다. 그
리고 이 셋을 돕는 다른 이들이 있다. 함께 커피를 타
고 복사기 심부름을 하던 고졸 출신의 여자 직원들, 이
들과 함께 일하며 유대 관계를 쌓아온 동료 직원들의
힘이 더해진다. 시작은 혼자였지만, 곧 셋이 되고 여럿
이 되었다. 이제 회사가 상대해야 할 사람은 말단 직원
하나가 아니다.

폐수를 몰래 방출하고 그 지역 사람들을 속이는 것이

옳지 않은 일이라는 사실은 누구나 알고 있다. 그러나 자신의 생계를 걸고 옳지 않음을 지적하는 것은 누구나 할 수 있는 일이 아니다. 우선 잘못된 일에 앞장서 목소리를 낸 자영이 있었기에 싸움이 시작될 수 있었다. 틀린 일을 틀리다고 말할 수 있는 자영은 분명 남들보다 조금 더 큰 용기와 정의감을 가진 인물일지 모른다. 그렇지만 자영이라고 해도 자신을 지지해주고 함께 상무의 호텔방까지 침입해주는 보람과 유나가 아니었다면, 그들에게 크고 작은 도움을 준 직원들이 아니었더라면 더 이상 일을 진행할 수 없었을 것이다. 모두가 자영처럼 선봉장이 되지는 못하더라도 누구든 힘을 더할 수는 있다. 의지를 갖고 하나가 된 약체들은 쉽게 무너뜨릴 수 없는 단단한 방벽이 된다. 꿈쩍할 것 같지 않았던 권력을 결국에는 무너뜨리고 만다. 옳다고 생각하는 일에 가장 먼저 목소리를 높이는 일도 중요하지만 그 목소리가 사라지지 않도록 끊임없이 메아리가 울리게 하는 일도 반드시 필요하다.

이들의 싸움은 '영화' 같은 결말을 거둔다. 그들의 투쟁 과정이 낭만적이고 이상적으로 느껴질지도 모른다. 하지만 우리는 이미 함께하는 힘이 가진 가능성을 알고 있다. 그렇기에 청원을 하고 광장에 모인다. 불의를 저지하고 변화를 만들어낸다. 영화 같은 이야기가 현실이 될 수 있다. 그러니 서로에게 다시 한번 부딪칠 용기를 건네야 한다. '사람들이 요만큼이다 하고 정해놓은 세상이 전부라고 생각하지 마.' 함께한다면 가능한 세계는 더 넓어진다.

우리가 손을 잡을 때

드라마 〈출사표〉

좀 더 괜찮은 세상을 만들고 싶다는 바람이 우리를 움직이게 한다. 각자가 그리는 세상의 모습이 닮아 있을 때, 서로의 손을 잡는다.

다니던 회사에서 부당해고를 당하고, 민원실 사무보조 아르바이트를 구하지만 구의회 회의에서 옳은 말을 했다 다시 일자리를 잃는 구세라(나나 분)는 연봉이 5000만원이라는 말에 구의원 보궐 선거에 직접 출마하게 된다. 무소속에 무경력인 젊은 여성 후보. 당선 가능성은 당연히 낮다. 한바탕 해프닝으로 끝날 수 있었던 도전을 실현시킨 결정적인 사건은 손은실(박미현 분) 후보와의 연합이다. 구세라가 그동안 작성해온 민원 수첩을 본 손은실 후보는 자신이 바라던 세상을 만들 수 있는 길을 고민하고, 구세라 지지를 선언하며 사퇴를 결정한다. 이에 힘입은 구세라는 구의원에 당선되고 드라마틱한 구의원 생활이 시작된다. 자신처럼

부당해고를 당한 이들을 구제하기 위해 애쓰고 해결되지 않는 민원으로 고통받는 이들을 도우려 한다. 그리고 정치 싸움으로 인해 잊혀가던 사랑 리조트 사고 희생자들을 제대로 추모하기 위해 노력한다. 만약 손은실 후보의 결정이 없었다면, 구세라가 보직을 얻고 자신의 소신을 펼치는 정치를 해나갈 기회를 만들기 힘들었을 것이다. 두 사람의 연합은 드라마 후반부에 다시 빛을 발한다. 비리를 저지른 구청장이 물러나며

구청장 보궐 선거가 열리고, 강력한 당선 후보인 조맹덕(안내상 분)이 출마하게 된다. 정치 생명을 위해서 자신의 아들과 사랑 리조트 사건까지 이용하려 하는 조맹덕은 분명 좋은 정치인이 아니다. 그러나 구세라 혼자의 힘으로는 그가 당선되는 것을 막을 수 없다. 이에 구세라는 다시 손은실 후보를 찾아가 구청장 선거 입후보를 제안하며 성심껏 도울 것을 약속한다. 그리고 손은실의 당선을 위해 힘쓴다. 이전까지 접점이 없던 이들이 서로에게 거리낌없이 손을 내밀었던 까닭은 더 나은 사회를 만들고 싶다는 의지가 있었기 때문이다. 이 공통된 목적이 그들을 연합하게 했고 가능하지 않을 것 같던 일을 가능하게 만들었다.

조맹덕의 당선을 저지하는 데 중요한 역할을 한 인물 중 또 하나는 구세라와 함께 구의원 활동을 해온 윤희수(유다인 분)이다. 구세라와 윤희수는 잦은 마찰을 빚던 사이였다. 나름의 욕망과 소신을 갖고 정치판에 뛰어든 윤희수에게 구세라는 아무것도 모르는 천둥벌거숭이일 뿐이고, 구세라로서는 자신의 의견에 사사건건 태클을 거는 윤희수가 마음에 들 리 없다. 마원구의

젊은 여성 구의원이라는 공통점을 가진 두 사람이지만 좀처럼 가까워질 수 없는 경쟁 관계를 유지한다. 그러나 두 사람은 티격태격거리면서도 서로에게 완전히 등돌리지 않는다. 필요하면 도움을 청하기도 하고, 충고의 말을 건네기도 한다. 그리고 조맹덕을 막기 위해 손을 잡는다. 윤희수가 안정된 정치 생활을 포기하고 구세라를 돕게 된 것은 자신이 중요시하는 가치를 지

키기 위해서였다. 자신의 신념이 구세라의 신념과 맞닿아 있었기에 좀처럼 맞는 게 없던 구세라와 한 배를 타게 된 것이다. 서로를 완전히 이해할 수 없더라도, 그동안 다른 길을 걸어왔더라도, 바라는 세상이 같다면 목적을 이루기 위해 함께 나아갈 수 있다.

연대는 계속 싸울 힘을 주고, 불가능을 가능하게 만든다. 문제를 해결하기 위해 누군가의 사망 원인을 밝히고 회사의 비리를 폭로하고 정치판에 뛰어들어야만 하는 것은 아니다. 상대의 아픔에 공감하고, 응원하는 것에서부터 변화가 시작된다. 서로의 곁에 서로가 있다는 것. 누군가의 두려움을 이해한다는 것. 그 사실이 그 우리를 일어서게 했고, 목소리를 내게 했다. N번방 사건을 파헤친 추적단 불꽃을 움직이게 했던 것 역시 피해자가 겪은 고통에 대한 공감과 이해였다.

> "각자의 자리에서 함께 연대하며 움직이는 이들이 있기에 내일을 그릴 수 있는 것이다. 추적단 불꽃은 성범죄 피해자의 고발을 지지한다. 그들의 고통은 우리의 몸을 통과해 심장을 건드렸다. 피해자의 상처가 나의 고통으로 바뀌어 발화하는 순간, 뜨거운 용암이 심장에서 솟구친다."
> 《우리가 우리를 우리라고 부를 때》, 추적단 불꽃, 이봄, 2020

그러니 서로의 목소리에 귀를 기울여보자. 너와 나의 상처를 함께 보듬어보자. 함께하는 과정에서 많은 시행착오를 겪겠지만, 언젠가는 우리가 바라는 세상에 더 가까워질 수 있지 않을까. ☚

변미나

변미나는 1985년 서울에서 태어났다.
2018년 《문학사상》 신인문학상을
수상하며 작품활동을 시작했다.

윤파랑

윤파랑은 문학편집자였다가 광고기획자였다가
지금은 어쩌다 만화가이다.
네이버 웹툰 〈1인용 기분〉을 연재했다.
yddggi@naver.com

미나

우선 작품을 읽어줘서 고맙다.
다른 것보다 어떻게 읽었는지 궁금하다.
이 소설에서 가장 인상 깊었던 부분은
어디인가.

파랑

개인적으로, 이번 작품에서 '그'가
버스에서 차창 밖을 바라보았을 때 벌레들이
일제히 고개를 돌려 '그'를 바라보는 장면이
강렬하고 좋았다. 학생 때부터 생각해보면
변미나 작가의 장점은 그로테스크한
이미지를 잘 살리는 것이라고 생각한다.
그리고 그 점이 이 소설에도 잘 드러나
있다고 본다.

미나

고맙다. 어쩐지 이런 자리에서 듣고 보니
고마우면서도 조금 부끄러워진다.
이왕 질문한 김에 한 가지 더 묻고 싶다.
학창 시절부터 그로테스크한 이미지를
잘 그려낸다고 말해줬는데,
혹시 학교 다닐 때와 지금의 내 소설에서
달라진 점 같은 게 있을까?

파랑

내게 단편소설들은 대사(문장)로 기억되는
소설과 이미지(장면)로 기억되는 소설로 크게
구분된다. 변미나 작가의 소설은 강렬한
이미지로 오래 기억된다는 점에서는
학창 시절이나 지금이나 비슷한 것 같다.
다만 소설이 그리는 크기가 점점 더 넓어지고
있다는 것이 다른 지점처럼 느껴진다.

전에는 최소한의 인물과 공간에 집중했다면, 최근에는 좀 더 많은 인물과 넓은 공간이 그려진달까. 진행도 좀 더 빨라지고 인물 간의 관계 양상도 다양해져, 늘 다음 단편에서는 어떤 소재를 다룰지가 기대된다.

———

미나

이번에는 내가 질문하고 싶다. 윤파랑 작가는 웹툰을 그리고 있다. 웹툰을 그리고 만화가로 활동하면서 어려운 점이 있다면, 또는 좋은 점이 있다면 어떤 것일지 궁금하다.

———

파랑

일단 좀 더 제약이 많다. 말풍선 안에 대사를 넣어야 해서 길게 못 쓰고, 컷 전환 같은 것도 소설과 달리 여러 연출이 필요하고. 좋은 점은, 일단 구독자 층이 더 크다는 것. 반응도 빨리빨리 와서 소설보다는 좀 더 독자들과 소통이 쉽지 않나 생각한다. 그래서 말인데 나는 웹툰을 그리면서 대중성에 대해 고민하게 된다. 소설을 쓸 때도 독자의 반응이 분명 신경이 많이 쓰이는 부분일 텐데. 어떤 마음가짐으로 이 부분을 대하는지 궁금하다.

———

미나

사실 아직까지 어떤 반응이라는 걸 받아본 적이 없다.(웃음) 아마 더 많은 반응들이 있다면 그런 부분에 대해 좀 더 고려하게 될 것 같다. 웹툰은 조금 더 대중과 가까이, 대중의 즉각적인 피드백이 있다는 것이 작가에게 부담이 될 수도 있지만

동시에 부럽게 느껴지기도 한다. 어떤 면에서는 함께 호흡하고 있다고 생각될 것 같기도 하다. 웹툰도 그렇고 창작자들이 읽고 보는 사람도 중시하지만 일단은 개인이 먼저 만족하는 작품을 만든다고 생각한다.

대부분이 그렇겠지만 일단은 스스로 괜찮다고 생각되는 작품을 만드는 게 가장 먼저 고려하는 점이다. 적어도 내가 만족하는 작품을 내야 독자들에게도 덜 미안해진다고 생각한다. 읽는 행위 자체가 얼마나 수고로운 세상이 되었는가. 그렇게 어려운 일을 시작해준 사람들에게 망친 작품을 보여주면 안 되겠다 싶다.

물론 마음은 그렇게 먹는데 쉽지 않아서 괴로울 때가 많다.(웃음)

———

파랑

괴로울 때가 많다고 했는데, 그럼에도 소설을 쓰는 이유가 무엇인가? 소설을 쓸 때 즐거운 점과 힘든 점도 궁금하다.

———

미나

즐거운 점은 머릿속에 구상했던 것이 그대로 작품으로 드러날 때, 만족한다. 힘든 것은 그게 쉽게 될 때가 무척 적어서(웃음) 괴롭다. 글을 쓰는 건 말보다 내 생각을 정리하기 쉬워서 시작한 것이었다. 소설을 쓰게 된 건 아주 어릴 때였는데, 1세대 아이돌 팬으로 살아간 사람으로서, 막 팬으로 시작할 즈음에는 팬픽이란 게 존재하지 않았다. 그때는 친구들하고 좋아하는 아이돌 그룹을 두고 릴레이로 이야기 만들기를 했다. 재미있었다.

그게 시작이었다. 책 읽는 건 어릴 적부터 좋아하긴 했는데, 그즈음 재미를 붙인 것 같다. 내게는 그래도 가장 즐거운 일이라 시작했다.

파랑

작품 이야기로 잠깐 돌아가겠다. 등단작 〈구멍에 관한 취재 보고서〉, 문장 웹진에 발표한 〈나무인간 증후군〉은 개인의 작은 균열이 다수의 현상으로 모이는 느낌이라면, 이번 앤솔러지에 실린 〈하얀 벌레〉는 다수의 현상이 개인의 균열로 다가오는 이야기로 느껴졌다. 그동안 작가에겐 어떤 변화가 있었는지, 또 어떤 마음으로 이번 소설을 쓰게 되었는지 궁금하다.

미나

사실 이 소설을 쓸 때 처음 구상은 회사에서 벌레를 보는 사람의 이야기였는데, 너무 재미가 없었다. 그래서 주인공 캐릭터를 생각하는 데 시간을 들였다. 앞선 두 작품들이 외부의 사건에 의해서 다양한 인물들의 모습을 그려냈다면 이 소설에서는 한 사람의 내면에 조금 더 집중하려고 생각했다. 그렇게 된 것은 앞서 썼던 방식들에서 조금 다른 소설을 써야 할 때가 되지 않았나 싶어서였다.

파랑

소설을 다 읽고 '슬픈 걸 슬프다고 말할 수 없는 외로움'에 대해 생각했다. 제목 때문인지 진지충, 설명충 등 요즘 자주 쓰이는 혐오 표현인 '−충'이라는 표현이 떠오르기도 했고. 이전 소설들에서는 어떤 이질적인 현상을 어떻게든 무마하고 덮어보려는 시도들이 나오는데, 〈하얀 벌레〉에는 그런 시도들이 나오지 않는다. 이미 벌레를 경험하고 있는 듯한 윤이나 다른 사람들은 "이상하잖아요"라며 "보여도 말하지 않는 것뿐입니다"라며 이 현상 자체를 부정해버린다. 그래서인지 '그'라는 인물이 더욱 쓸쓸하고 외롭게 읽혔다. 이 구도를 통해 의도한 것이 있을까?

미나

부정이라면 부정일 수 있겠지만 완벽한 부정을 의도했다기보다 그렇게밖에 할 수 없지 않나 생각해서였다. 개인이 가지고 있는 슬픔을 남들에게 드러내 보였을 때 본인이 느끼는 그대로 전달하는 건 어렵다는 생각을 가지고 있다. 또 깊은 슬픔과 상실은 사라지는 것이 아니라 지속되는 것이므로. 매 순간 불쑥 닥쳐오는 그 감정을 누군가에게 끊임없이 토로한다면 이상하고 불편해지지 않나. 그렇다고 사라지는 것도 아닌데. 결국 그런 상처들은 자신의 가슴속에 내면에 묻어두고 사는 게 사람이 사는 것 아닌가 싶었다. 그리고 다른 사람의 상처를 두고 보아도 서로가 불편해질까봐 말하지 않는다. 그런 태도로 보아도 될 것 같다. 처음에 그 대사를 의도하고 쓴 것은 아닌데, 불쑥 윤이란 인물이 '이상하잖아요'라고 대답했다. 그 순간 아 그래, 이상한 일이겠구나 싶었다.

파랑

앞서 이야기했듯이 학창 시절부터 지금까지,
그로테스크한 이미지를 잘 살리는 것이
변미나 작가의 매력이라고 생각한다.
개인적으로, 이번 작품에서 '그'가 버스에서
차창 밖을 바라보았을 때 벌레들이 일제히
고개를 돌려 '그'를 바라보는 그 장면이
강렬하고 좋았다. 변미나 작가 스스로 가장
마음에 들었던 장면이 있다면 무엇인가?
혹은 가장 공들인 장면이 있다면?

미나

개인적으로 인물이 자신의 상처받은 마음을
돌아보고, 슬픔을 직시하는 장면들이
좋았다. 상자를 들고 버스에 오르는
장면과 거의 끝에 지저분한 자신의 정원을
돌아보면서 스스로 돌보지 못한 자신의
마음을 돌아보는 장면들.
그 부분이 마음에 드는 장면들이다.

파랑

오랜 친구니까 할 수 있는 질문을 하고 싶다.
몇 년 동안 슬럼프로 힘들어하다 스스로
극복하고 등단이라는 좋은 결과를 얻었다.
슬럼프를 어떻게 극복했는지, 그리고 앞으로
어떤 소설을 쓰고 싶은지 듣고 싶다.

미나

이건 하지 않았던 말일 텐데 최종심에 올랐던
작품만 몇 년간 붙들고 있었다. 그렇게 써야
등단할 수 있다고 생각했다.(웃음)
그런데 정답이 아니었다. 그러고 나서는
그냥 새로 쓰자, 쓰고 싶은 걸 쓰자고

생각했다. 그러니까 조금 자유로워졌다.
내가 만족할 만한 작품을 쓰자,라고.
이전에는 잘 안 써지는 시기를 슬럼프라고
생각했는데, 요즘은 내가 내 글이 조금
변화하려고 하는 거구나,라고 생각하는
시기로 바뀌었다. 앞으로는 그때그때 쓰고
싶은 소설을 쓰고 싶다.

미나

이제 마무리를 해야겠다. 창작하면서
우리가 잊지 말아야 할 것은 무엇이 있을까.
윤파랑 작가에게 듣고 싶다.(웃음)

파랑

결국은 모두 '사람'이 아닐까 싶다.
창작하면서 잊지 말아야 할 것도 사람이고.
창작을 하는 이유도 결국은 사람(타인)이
궁금해서, 서사 작품을 읽는 것도 사람을
이해하기 위해서라고 나는 생각한다.

미나

깊이 공감한다. 우리 서로에게 힘이 될 수
있는 소설 문장이나 영화 대사를 교환하는
것은 어떨까.

파랑

영화 〈벌새〉에 이런 대사가 나온다.
"다만 나쁜 일들이 닥치면서도, 기쁜 일들이
함께한다는 것. 우리는 늘 누군가를 만나
무언가를 나눈다는 것. 세상은 참 신기하고
아름답다." 코로나 시국을 겪고 있어서인지,
관계의 거리와 외로움에 대해 더욱

332

생각해보게 되는 요즘이다.
변미나 작가는 어떤가.

미나

필립 로스《미국의 목가》의 문장으로
답을 대신하겠다.
"산다는 것은 사람들을 오해하는 것이고,
오해하고 또 오해하다가 신중하게
생각해본 뒤에 또 오해하는 것이다."
우리는 결국 남을 이해할 수 없지만
나 역시 타인에게는 남이지 않나.
요즘 들어 이 문장을 곱씹으면서 결국
서로가 서로를 영원히 이해할 수 없고
그래서 외롭고 실망할 때가 있지만
그래서 더 사람에게 기대며 살 수 있지
않은가,라는 생각을 했다. 결국 사람에게는
사람이 필요한 거라고. 그런 의미에서
윤파랑 작가 같은 친구가 있어서
기쁘고 감사하다.

파랑

마지막으로 서로에게 해주고 싶은 말들을
해보자.

미나

계속해서 새로운 작업을 해나가는 모습이
자랑스럽고 멋지다. 지금처럼 늘 하고 싶은
일들을 해나가기를. 진심으로 응원한다.

파랑

"재미있어야 계속 할 수 있다.
기왕할 거 즐기면서 하자." 작업할 때마다

속으로 되뇌는 말이다. 친구이자 응원하는
독자로서 변미나 작가에게도 이 말을 해주고
싶었다. 변미나 작가가 즐겁게,
그래서 지치지 않고 오래오래 글을
썼으면 좋겠다. 진심으로. ☏

조해주

조해주는 1993년 서울에서 태어났다.
시집 《우리 다른 이야기 하자》가 있다.

승현

1993년 서울에서 태어났다.
딱히 큰 업적은 없다. 현재 크리에이티브
디벨롭퍼로 IT회사에 재직중이다.
블로그에 글 쓰는 걸 좋아한다.

와루

1993년 안양에서 태어났다.
현재 약국에서 근무 중이다.

조해주 X 승현 X 와루

이번 크리스마스에 나는 〈해리포터〉를 다
보았다. 익히 알려져 있다시피
2001년 〈마법사의 돌〉을 시작으로 2011년
〈죽음의 성물2〉까지 10년 동안 이어진
시리즈이다. 아이였던 배우들이 시리즈마다
몰라보게 자라는 것도 관전 포인트 중
하나. 하룻밤 만에 사람이 쑥쑥 자라는 걸
지켜보는 건 신비로운 일이었다.
마지막 편의 마지막 장면을 볼 때쯤에는
첫 편에서의 어린 해리, 헤르미온느, 론의
모습이 아른거렸다.
나도 영화 속 그들처럼 오랜 친구들이
있다. 영화 속 세 친구의 우정이 아름다운
잔상으로 남아 있음에도 불구하고,
어린 시절부터 알고 지내온 친구들과 나의
첫 시집에 대해 이야기를 나눈다는 건
참으로 쑥스러운 일이었다.
나만큼이나 쑥스러움이 많은 친구들이라
대담에는 실명 말고 다른 이름을
사용하기로 했다. 이번 대담에 참여해준
와루, 승현은 나의 고등학교 및 대학교
동창이다. 간략히 이들에 대해 소개하자면,
와루는 약국에서 일하고 있고,
승현은 IT회사에서 일하며 블로그를
운영 중이다.

335

해주

2019년 1월 31일, 날짜를 잊을 수가 없네.
퇴사일이기도 하고 첫 시집 출간된 날이었어.
퇴근하자마자 시집 실물 확인하러 아침달
서점으로 향했지. 와루도 같이 갔어.

와루

맞아. 생각해보니 나도 막 직장 그만두고
신나게 백수 생활 즐기고 있을 때였네.

해주

행복한 시기를 보내고 있었군. 그날 시집에
서명해서 툭 건넸던 기억이 난다.

와루

네가 '이토록 튼튼한 마음'이라고 써줬어.

해주

길게 좀 써주지. 왜 그랬대.

와루

ㅋㅋㅋㅋㅋㅋ

해주

그날 다른 친구들도 축하해주러 서점으로
모였는데, 그들에게 서명해 줄 때 각기
다른 문장을 적었어. 정신도 없고 서명은
처음이니까 아무 말 적었던 거 같아서 지금
생각해보면 창피해. 다들 자주 펼쳐보지 않길
바라야지, 뭐.

와루

음, 일단 나는 자주 봤다.

승현

나도 시간 날 때마다 봤어.

해주

정말? 내 시집 언제 처음 읽었어?(두근)

와루

그날 바로 집 가서 읽었어.
다 읽은 건 아니고 띄엄띄엄 읽었지만.

해주

요새는 또 어떨지 모르겠는데 등단 절차를
거치지 않고 시집부터 출간하는 일이 내게
있어 쉬운 결심은 아니었어. 어느 날은
할 수 있을 것 같다가 어느 날은 겁이
나서 출간일정을 미루기도 하고 그랬는데
친구들이 용기를 많이 줬지.

와루

근데 나는 오히려 시집부터 나오는 게
좋았어. 당사자가 아니라서 같은 마음일 순
없지만. '기다려온 게 드디어!'라는 느낌.

해주

승현이한테는 내가 시집 언제 줬지?

승현

봄이었나? 출간되고 좀 지나서 받았어.
나는 〈익선동〉이 제일 좋았어.
내 블로그에도 올려뒀는데 반응이 꽤 좋아서
내가 다 기분 좋더라.

와루

오~

해주

오~

승현

특히 좋았던 문장은
"천국이 우유 한 잔이라면 좋을 텐데",
"비가 온다고 했는데 오지 않았다
몸을 만져보면 축축했다"였어.

해주

익선동 가면, 사람들 줄 서 있던
유명한 만두집 있잖아. 한 번도 먹어본
적은 없는데 만두집에서 나오는 수증기가
너무 뿌얘서 시로 쓰고 싶었어.

익선동◆

저번 여름에 죽을 거라고 말했던 사람으로부터
먼저 연락이 왔다

익선동에서 보자고 했다

그는 지근거리에 살고 있으면서도
익선동은 처음이라고 했다

가까워서

늦은 저녁에 만나 안부를 묻자 그가 대답했다
천국에도 가고 싶지 않아
거기서도 살아야 하니까

매미가 얼마나 길게 우는지 측정하기 위해
머리 위로 무언가가 지나가는 동안

생겨나고 있고
없어지고 있고
끊임없이 이야기하며 걸었다 좋은 곳들에 대해

지친 그는 처마 아래 쭈그려 앉아
손으로 이마를 가리며 눈을 찡그렸다

만두집 앞에 사람들이 서 있었다
끝이 보이지 않는 줄이어서
나는 다른 곳으로 가자고 했다

하얀 수증기 속에서 언뜻언뜻 생각나는 사람들

얼마나 기다려야 해요?
방금 도착한 사람이 종업원에게 말하는 소리
가 들렸다

천국이 우유 한 잔이라면 좋을 텐데

어떤 것이 천사
어떤 것이 맞잡은 손인지 알 수 없도록

이번 주말에도
다음 주말에도

비가 온다고 했는데
오지 않았다

몸을 만져보면 축축했다

승현
그 집 만두 진짜 맛있다더라.
나도 먹어본 적은 없어.

해주
우리 셋이서도 익선동 한 번 가지 않았나?
지붕 뚫린 식당에서 밥 먹었던 기억이 나.

와루
맞아. 엄청 더웠어. 냉방이 잘 안 되는 거
같더라고. 승현이는 그날 먼저 일어났었지.

해주
승현이는 늘 바쁘게 사는 거 같아. 그런데
그 바쁜 와중에 산문집도 만들었잖아.

와루
그러게 말이야. 대단해.

◆ 조해주, 《우리 다른 이야기 하자》, 아침달, 2019.

조해주 × 신해인 × 와루

승현

'인생설계학교'라는 프로그램 지원받아서
만들었어. 만드는 데 한 7개월 정도
걸렸던 것 같아. 애초에 판매용은
아니어서 주변 사람들 다 나눠주고 나니
재고 두 권 남았어. 일단 원고 좀 더
다듬어서 출판사 투고 해보려고.
잘될지는 모르겠어.

와루

그런 희귀본이 나한테 있다니 영광이야.

해주

잘됐으면 좋겠다.

승현

책은 정말 아무나 만드는 게 아닌 것 같아.

와루

대학교 2학년 때였나. 학과 행사에서
해주가 〈돌멩이의 탄생〉 낭독하는 걸
봤을 때 미래가 그려지더라.
나는 예나 지금이나 〈돌멩이의 탄생〉이
제일 좋다. 그때 읽었던 시가 시집에도
수록되어 있는 걸 보고 반가웠어.

해주

(감동)나의 미래 어떨 거 같았니?

와루

음, 험난하겠지.

해주

ㅋㅋㅋㅋㅋ

와루

하지만, 뭐랄까. 이룰 수 있을 것 같았어.
나는 특히 "나는 아무래도 알이
아니었던 모양이다 아무리 품어주어도
태어나지 않았으니"
이 문장 읽을 때마다 눈물 나.

해주

내가 중요하게 생각한 문장을 와루가
짚어주니까 감동적이네. 〈돌멩이의 탄생〉은
시집에 수록된 시들 중에 가장 오래된 시여서
넣을까 말까 고민하긴 했지만 나한테도
소중한 시여서 넣었어.

승현

나는 해주가 평소에 말없이 가만히 있을 때
무슨 생각을 하나 싶었어. 나는 침묵을
잘 못 견디는 편이라. 그런데 시집 읽고 나서
'해주가 이런 생각을 하고 이렇게 세상을
보느라 잠깐씩 말이 없던 거였구나' 하고
생각했어.

와루

오~

338

서해주 X 승현 X 와루

해주

오~

와루

나도 승현이 산문집 읽고 비슷한 생각했어.
평소에 무슨 생각하는지 궁금했거든.

해주

승현이는 잘 떠들다가도 가끔 슬픈 눈빛인데
그럴 때 어떤 생각들을 했는지 산문집
읽으니까 알겠더라.

와루

해주 시집 읽으면서 왜 이런 문장이
나왔는지 알겠다 싶어서 재밌었어.
오랜 친구 경력이 빛을 발한 순간이랄까.

승현

나도 그 생각했어.
시가 해주랑 많이 닮아 있었어.

돌멩이의 탄생◆

 나는 아무래도 알이 아니었던 모양이다 아무
리 품어주어도 태어나지 않았으니 아이들이 공
처럼 가볍게 뛰어다니는 호숫가를 내려다보면
서 나는 주먹을 쥐었다 폈다 이사 오기 전에 놓
고 온 물건을 떠올리듯

 어렸을 때 사과나무에서 떨어진 적이 있었다 그
전에는 창가에 있던 구두를 떨어뜨렸는데 그때
처럼 호되게 혼나지는 않았다 아이는 입안 가득
모래를 머금은 채 달리다 턱이 깨졌고 누군가가
퍼즐의 마지막 조각을 맞추기 위해 커튼을 열었
기 때문이다 굴러가는 데에 다소의 불편함이 있
을 뿐

 실은 그 순간 나는 처음으로 터널을 느꼈던 것
같다 장래희망은 공룡으로 바뀌었다 가장 중요
한 감각을 스스로 지킬 수 없다니, 최초의 생일을
찾아 꿈틀거리는 수많은 다리들 그중 내가 부러
뜨린 다리는 다리가 아니었을 것이다 구불구불
한 원통모양의 아픔이었을 것이다

 깨져도 깨져도 태어나지 않은 이유는 어쩌면
아무것도 토하지 않았기 때문일지도 몰라 세계
와의 왕래를 위해서는 몸에 구멍 하나쯤 파야
하는 법이니까 이왕이면 불을 뿜는 공룡이 좋겠
다 주스를 토하는 공룡, 색연필을 토하는 공룡,
부서진 창문을 토하는 공룡······.

 일부러 그런 적은 없었다 나는 그저 맨몸인 것
이 무서웠다 한 발짝도 움직이지 못했다는 게
믿어지지 않을 정도로 가볍게 날아가는 순간 그
런 식으로 날카로워지려던 건 아니었다 그러나
단 하나, 사과도 아니면서 나뭇가지에 걸려 있

◆ 앞의 책.

었다는 우연만큼은

누구든 구름이 자리를 바꾸듯 사라진다면 이
별의 아픔은 멸종하지 않을까? 화장실 수도꼭
지가 녹슨 지 한참 되었다 터널에서 그림자가 새
고 있었다 스스로 그것을 지킬 수 없는 걸까 부
러뜨려도 두 개로 나뉠 뿐이라는 걸 알기에

아주 오래전부터 몸에는 상처 하나 나지 않았
음을 까마득히 모른 채로 나는 그 이후로도 한
참 동안 어떻게하면 탁월하게 탄생의 울음을 들
려줄지를 고민했다 멍든 사과 속을 헤메고 지렁
이처럼 토하고 먹고를 반복하고 텅 빈 손을 잊
고 앞과 뒤를 잊었다 단지 별이 녹아내리면 어
떤 맛인지 알고 싶어서

내 친구를 소개합니다

해주

다들 책을 언제 읽는 편이야?
나는 직장 다닐 때 기분 안 좋은 일 있으면
책을 펼치곤 했었어.
점심시간에 밥 안 먹고 책만 읽은 적도 있어.

와루

나는 우울할 때 읽어.

승현

나는 우울해질까봐 읽어.
뭐라도 맨날 하지 않으면 무기력해져서.

해주

직장에서 틈틈이 책 읽는 편인가?

와루

나는 틈틈이 읽진 않고 항상 읽어야지
생각만 하는 편이야.

승현

나는 그런 편이지만 그냥 가볍게 읽어.
눈알에 글자가 묻었다 후두둑 떨어지는
느낌이랄까.

해주, 와루

!

340

그 뒤로도 우리는 많은 대화를 나누었지만
그 뒤의 대화는 굳이 기록하지 않아도
될 것 같다. 대화 내내 분위기는 평소보다
어색했다. 간지러워서 하기 어려웠던
대화들을 충분히 나눌 수 있었으므로
충분하다는 생각이 들었다.
우울할 때 책을 읽게 된다고 대답한 나의
친구들이 내게 미처 알리지 않았던 어두운
시간 속에서 내가 쓴 시편들을 읽었을
생각을 하면 마음이 좋지만은 않다.
대담을 마무리하며, 〈해리포터〉의 대사 중
한 구절을 인용하고자 한다.

"가장 어두운 시간에도 행복은
존재하는 법이란다.
불을 켜는 것을 잊지 않는다면 말이지." ◻

저해수 X 승현 X 아람

주민현

주민현은 1989년 서울에서 태어났다.
2017년 한국경제신문 신춘문예로 등단했다.
시집 《킬트, 그리고 퀼트》가 있다.
창작동인 '켬'으로 활동 중이다

김수영

김수영은 1989년 경기 부천에서 태어났다.
홈쇼핑 회사에 다니고 있으며
유튜브 '목각뮤직' 채널을 운영하고 있다.

주민현 X 김수영

민현

안녕! 맨날 웃고 떠드는 너랑
이렇게 대화한 기록을 남긴다니 재밌네.
간단한 자기소개를 부탁해!

수영

나도 좀 어색하네. 이름은 김수영이고,
너랑 같은 대학교를 나왔지.
지금은 회사 다니면서 취미로 작사를 하며
유튜브 채널을 운영하고 있어.

민현

요즘 어떻게 지내? 코로나 때문에
너희 회사도 재택근무 하지?

수영

지금은 거리두기 2.5단계라 필수 인력만
출근하게 되어 있어. 일이 있는 경우에는
출근할 수도 있는데 연말연시는
마감해야 할 일이 많아서 주 3회 이상은
출근하고 있어.

민현

그렇구나. 우리도 한시적으로
재택근무를 하고 있어. 옷을 편하게 입고
있는다든지 하는 건 좋은데 혼자 있으면
일하는 느낌이 잘 안 나기도 해.

수영

난 출퇴근이 왕복 세 시간이나 걸리는데
그것만 안 해도 삶의 질이 달라지는 거 같아.

특히 불편한 사람을 안 만나고 혼자
자기 일을 할 수 있다는 게 너무 좋아.

민현

그렇군. 시집 얘기를 좀 해볼까. 작년에
내 시집《킬트, 그리고 퀼트》가
출간되었잖아. 넌 어떻게 읽었어?

수영

네 시의 장점이 잘 나타난 시집이라고
생각해. 친숙하지만 흔하게 접할 수 없는
단어를 잘 선택하고 모호함과 분명함의
경계선을 잘 넘나들고 있다고 할까?

민현

하지만 넌 합평할 때 내 시를 자주
깠던 거 같은데?!

수영

합평은 장점보단 단점을 말해야 도움이
된다고 믿어서 주로 네 시의 단점들을
말했었지. 그런데 첫 시집은 그런 단점은
찾아볼 수 없었고 사실 처음에 완독하고서
네가 글을 참 잘 쓰는 친구였다는 걸 새삼
다시 깨달았어.

민현

오, 웬일로 좋은 말들을 해주는군! 낯선
이 느낌……. 어떤 시를 써야 할지 갈피를
못 잡을 땐 합평에서 듣는 혹평에 굉장히
위축되는데 방향성을 조금 찾았을 땐 오히려

그게 길잡이가 되는 거 같아.
그럼 시집에서 아쉬운 점은 없었어?

수영

첫 시집의 아쉬운 점이라면 개인적으로
좋아하는 등단작〈전쟁의 시간〉이 실리지
않았다는 거?

민현

그 시를 왜 뺐는지 궁금해하는 분들이
많더라. 등단작으로 여기저기 많이 노출돼서
개인적으로는 식상한 느낌이라 뺐는데
두 번째 시집에라도 넣었으면 좋겠다는
얘기를 꽤 들었어.

수영

그렇군.

민현

시집에서 좋았던 문장이나 장면은 있어?

수영

제일 앞에 실린 첫 시가 좋았어. "독재자의
동상 앞에서 예술가들을 추방한 철학자들과
춤을 추겠네", "그들의 기쁨과 슬픔을
공깃돌처럼 가지고 놀겠지" 등 다소 무거울
수 있는 주제를 아름답게 잘 살려낸 거 같아.

민현

반대로 이해가 안 가거나 궁금했던 건?

이 부분은 왜 이렇게 썼지,
싶은 부분이 있다면?

수영

시는 해석하는 게 아니라 감상하는 거라고
생각해. 핑크색을 보고 어떤 사람은
피부색을 떠올릴 수도 있고 어떤 감정을
떠올릴 수도 있는 것처럼 그림을 감상하듯
시를 읽기 때문에 어려운 건 없었어.
너의 시를 읽는 느낌은 따뜻한 안개로 뒤덮인
거대한 광장을 홀로 걷는 느낌이었어.

민현

그렇게 읽어주었다면 다행이네.
우린 대학교 때부터 꽤 오랫동안
서로의 시를 봤잖아.
그때랑 지금 내 시는 어떻게 다른지도
궁금해.

수영

예전엔 서정적이고 낭만적인 시를 썼는데
지금은 현실이나 사회적인 메시지를 많이
담는 게 많이 달라진 부분 같아.

민현

우리 합평 모임 이름이 '숙희'였잖아.
사실 너랑 이렇게 오랫동안 친구일 줄은
몰랐는데…….

수영

나도 마찬가지거든? 우리 합평 모임은

문혜원 선생님이 만들어주셨지.
아직도 그날 학교 매점에서 오랜만에 만난
너랑 커피 우유를 마시면서
'숙희'를 구상하던 게 생각 나.

민현

맞아. 시 소학회에서 적응을 못하고 나와서
방황하다가 너랑 따로 합평 모임을 만들면서
대학 생활을 더 재밌게 했던 거 같아.

수영

사실 그때까진 모임의 이름이 없었는데
인원이 늘어나고 선생님이 김상혁 시인을
소개해주면서 '숙희'라는 이름이 생기고
구체적인 모습이 생겼지. '숙희'가 촌스럽고
아름다운 이름이라 어쩌다 그냥 사용하게
된 거였는데 네가 유일하게 여자 멤버라
사람들이 너한테 '네가 숙희냐'라고 많이들
물어보곤 했어.

민현

난 그런 것까진 기억이 안 나는데, 재밌다.
시인이라고 해서 별다를 건 없지만,
시인 친구를 둔 기분은 어때?

수영

시를 쓰며 만난 사람들과 사회생활을 하며
만난 사람들은 분명히 달라.
이젠 현금을 쥐고 있어야 할지,
금을 사야 할지 고민만 하는 복잡한
자본주의 세계에서 시 쓰는 친구를
만나는 게 작은 도피처 같아.

주민현 X 김수영

민현

나도 그래. 서로의 글로 친해진 친구들은 훨씬 친밀하고 가깝게 느껴져.

수영

맞아. 그런 사이가 오래가는 거 같아.

민현

우린 졸업을 앞두고서 시를 써야 할지 돈을 벌어야 할지 고민도 많았는데. 넌 공무원 준비도 했었잖아.

수영

그땐 고민이 많았지. 나도 너도 이직을 몇 번 하기도 했었고. 지금은 결과적으로 다들 자기 길을 잘 찾은 거 같아.

민현

시집이 나오고 '숙희' 멤버가 오랜만에 다들 모여서 좋았어.

수영

노무사가 된 사람, 프리랜서로 일하는 사람, 시인이 된 사람, 그리고 나는 회사에 다니고 있지.

민현

난 네 시도 재미있고 같이 합평하는 것도 좋았는데 말이지. 넌 이제 시를 안 쓰니?

사는 게 허무하고 남는 게 없다고 종종 말하던 게 기억 나. 다시 시 쓸 생각은 없어?

수영

사회생활은 생각보다 훨씬 고단해. 수시로 야근하며 하루의 대부분을 업무에 시달리다 보니 결국 시와 멀어지게 되었어. 결국 삼십대가 되던 해에 시인이 되겠다는 꿈을 접고 평범한 직장인으로 살아야겠다고 마음먹었어.

민현

그렇구나. 그래도 회사 다니면서 운동도 하고 맛있는 것도 많이 먹으러 다니고 나름 재미있게 사는 거 같은데?

수영

맞아. 회사 다니면서 취미로 작사 활동도 하고 있어.

민현

노래 가사를 만든다니, 재밌을 거 같아. 시랑은 어떻게 다른지 궁금해.

수영

많은 점에서 달라. 시와 달리 작사는 음절을 맞춰 작성해야 돼. 그리고 구어체라 조금이라도 묘사를 넣으면 가사가 어색해져. 음악 템포에 맞춰 흡수력이 빠른 말을 만들어야 하고.

민현
노래는 네가 부르는 게 아니고
다른 사람이 부르는 거지?

수영
맞아. 가수와의 공동 작업이라 서로
얘기할 일도 많아. 최대한 받침이 없이
써달라는 요청을 자주 받아서 음절 맞추랴,
받침 없애랴 시를 쓸 때와는 또 다른
어려움이 많아.

민현
오, 신기하네. 나도 언젠가 다른 장르에
도전해보고 싶기도 해. 음악이라든지
유튜브라든지…….

수영
너는 출판계에 있으니까 출판 관련
V-log를 찍어도 재밌을 것 같아.
책이 어떻게 만들어지는지,
출판사에 입사하기 위해선 어떤 소양이
필요한지 등을 보여주면 많은 관심을
받을 것 같아.

민현
코로나 때문에 집에 있는 시간이 길어졌잖아.
난 확실히 넷플릭스나 유튜브 같은
콘텐츠를 보는 시간이 늘었어.
넌 주로 쉬는 날 뭐 해?

수영
아무래도 작사를 하며 유튜브를 하다 보니
거기에 시간을 많이 쓰는 거 같아.

민현
난 책을 보기도 하고 미술관에도 자주 가고.
요즘은 《인섬니악 시티》와
《젠더 트러블》이라는 책을 읽고 있지.
넌 재밌게 읽은 시집이 있어?

수영
주민현 시인의 《킬트, 그리고 퀼트》가 최고지.

민현
너무 입발림하는 말을 잘하는 거 같은데?
끝나면 맛있는 걸 사준다고 했더니…….
요즘 주식 수익률이 아주 좋다고 들었어.
돈을 많이 벌면 제일 먼저 뭘 하고 싶어?

수영
서울에 집을 사고 싶은데 우리 세대엔
너무도 어려운 일인 거 같다.

민현
집값이 더 오르기 전에 샀어야 했는데…….
물론 돈이 없어서 못 샀겠지…….
우리가 처음 만난 건 대학교 때였잖아.
내 첫인상은 어땠어?

주민현 X 김수영

347

수영

시 창작 소학회에서 처음 봤을 땐 마치
유령처럼 조용하고 굉장히 방어적으로
보였어. 요즘처럼 합평에 참석하거나
여러 사람들이랑 술 마시고 다니는 건 절대
상상이 안 됐지.

민현

그렇군. 난 사실 예전의 내 모습이 별로
기억이 안 나. 기억하고 싶지 않아서인가?

수영

그때 네가 썼던 시도 기억나.
교내 잡지에 실리고 상을 받았던
〈달의 고원〉. 지금의 시와는 다르게
엄청 서정적이고 낭만적인 시인데
나만 보긴 아깝군.

민현

그것도 땅에 묻도록 하자. 호호호.

수영

넌 그 시를 말하면 부끄러워서 일기라도
들킨 것 마냥 숨기려고 하지만
사실 스물한 살이 썼다고 하기엔
믿기지 않는 시였지.

민현

너무 과찬인데? 나한테도 네 시가 실린
교내 잡지가 아직 집에 있어!

수영

제일 최근에 쓴 〈지하실 골키퍼〉만 공개해줘.

민현

그래. 오늘 같이 이야기해줘서 고마워!
맛있는 걸 살게.

수영

나도 즐거운 시간이었어.
두 번째 시집도 빨리 출간되면 좋겠다. 🎙

photocopies

writer's receipt

Byeon Mi Na

경이로운 소비

변미나

영수증 드릴까요, 라는 말에 버려주세요, 안 주셔도 돼요, 라고 말한 지도 몇 해째 인지 모른다. 그러다 보니 내가 하루에 얼마만 큼의 돈을, 무엇을 위해 쓰는지 안다는 게 쉽지 않다. 사실 그동안 모르는 게 속이 조금 편하기 도 했다. 나는 스스로 사치스럽다고 생각하지는 않지만 매달 나오는 카드값을 보며, 도대체 무 엇에 이렇게 많은 돈을 썼나 생각할 때가 많았 다. 나는 이 글을 '작가의 영수증'이란 부제보다 나라는 인간의 소비패턴을 분석하는 쪽으로 써 야겠다고 마음먹었다. 더불어 이 글을 쓰기 위 해서 나는 그동안 돌아보지 않았던 (돌아볼 수 없 었던) 소비습관을 보고 진단할 생각이다. 그리하 여 곧 다가올 2021년에는 조금 더 적은 카드값 으로 인해 여유로운 마음을 가질 수 있는 인간 으로 거듭나고 싶은 소망이다.

우선 밝혀야 할 점이 있는데, 나는 돈을 쓰는 게 취미인 사람이다. 그렇다고 내가 경제적으로 여유롭냐, 하면 그것은 아니다. 나는 매달 벌어 서 매달 돈을 탕진하는 유형에 가깝다. 그렇게 말하면 누군가는 '굉장히 사치스러운 인간'이겠 구나 오해할 수도 있겠지만 딱히 그렇지도 않 다. 내 나름대로 항변을 하자면 나는 현명한 소 비자다. 본래 비싼 제품이 염가에 올라왔다는 정보를 듣고 사는, 소위 말하는 '핫딜' 제품을 사 는 사람이다. 나는 스스로를 어떤 면에서 '스마 트 컨슈머'라고 생각한다. 그 근거로 최근에 구 매한 제품들 중 기억에 남는 것들의 리스트를 공유하겠다.

최근 한 달 사이 산 물건 중, 첫 번째로 차량용 자석 휴대폰 거치대가 있다. 정가는 29,700원 이나, 무료배송으로 4,900원이라는 놀라운 할인 가격에 구매할 수 있었다. 이 제품은 강력한 자성으로 차량에 따라 찐득한 양면테이프를 붙이지 않고도 접착이 가능하다. 단, 서로 붙여야 하기 때문에 휴대폰 케이스에는 접착제가 붙은 자석을 부착해야 한다. 그렇지만 휴대폰이 아닌 휴대폰 케이스에만 부착하는 것이기 때문에 본체가 지저분해지지 않는다. 이 얼마나 획기적인 아이템인가.

두 번째 제품은 감자다. 10킬로그램에 9,800원이었는데, 구워 먹고 쪄 먹고 국에도 넣어 먹을 생각으로, 그러니까 식비를 조금 절약해볼 생각으로 구매한 것이다. 사실 감자의 시세가 어느 정도인지는 모르지만 10킬로그램이라는 엄청난 양과 10,000원이 채 안 되는 가격에 이것은 분명한 '핫딜'이라는 확신으로 구매했다.

세 번째는 도자기 소재의 크리스마스 장식품이다. 눈사람, 산타클로스, 루돌프 인형까지 세 개를 몽땅 다해서 29,700원에 구매했다. 플라스틱도 아니고 도자기가 이 가격이라니 믿을 수 없어서 당장 구매하게 되었다.

그 외의 제품들은 셀 수 없이 많다. 편의점에서 제법 비싸게 파는 수입 쿠키와 홍차. 급한 대로 다이소에서 구매해서 몇 년째 쓰고 있었던 스테인리스 뒤집개를 대체하기 위해 산 실리콘 뒤집개가 있다. 한정판으로 나온 김 서림 방지 안경닦이와 신축년을 기념하기 위해 산 송아지 인형까지. 할인폭이 적게는 30퍼센트에서 많게는 80퍼센트까지 되는 제품들이다.

일단 물건을 사고 나면 기억에서는 지워진다. 일단 사는 데 '성공'했기 때문이다. 점점 흐릿하게 잊혀가던 물건들의 존재가 상기되는 건 하루에도 서너 건씩 배송되는 택배 상자로부터이다. 언젠간 필요할 거라는 사기 전의 확신은 택배 상자를 여는 것과 동시에 거짓말처럼 사라지고 만다. 모니터 속에서는 반짝반짝 빛나던 제품들이 (심지어 감자조차도 빛이 나 보였으니) 갈색 택배 상자 안에서는 이상하리만치 칙칙해 보인다. 그러고 나면 드는 생각은 '내가 이걸 뭐에 쓰려고 샀을까'다. 분명 사면 유용할 거라 생각했는데 말이다. 제품에 비해 터무니없이 싸다고 생각했던 차량용 자석 휴대폰 거치대는 그런 면에서 정말 대책 없이 산 것이다. 일단 나는 차가 없다. 심지어 운전면허도 없다. 그런데도 산 거였다. 다른 사람에게라도 선물할 수 있다고 생각해서. 그런데 막상 선물을 하려고 보니 실제로 마주한 물건은 터무니없이 조잡하고 쓸데없이 편리해서 도리어 불편을 야기할 수 있는 모양새였다. 감자는 먹는 거라 괜찮았을까. 그건 아니다. 사기 전에는 이것저것 해 먹어야지 원대한 계획을 가지고 샀던 감자는 배달 왔을 때 상자 그대로 세탁실에 방치되고 말았다. 나는 감자 과자를 제외하고는 감자를 좋아하지 않는다. 감자가 도착한 뒤에야 새삼 그 사실을 깨닫게 되었다. 그렇다면 먹는 것도 아니니 썩을 걱정도 없고 크리스마스 시즌에 어울리는 장식품은 어떨까. 각기 다른 작은 상자 속에서 꺼낸 장식품은 적어도 귀여웠다. 그럭저럭 마음에 들어서 이건 실패가 아니구나 싶었는데. 웬걸. 손을 보자 자잘한 반짝이가 가득 묻어났다. 그랬다. 장식품을 빛나고 돋보이게 하기 위해 뿌린 반짝이 때문이었다.

그렇게 추천받아 산 '핫딜 제품'들은 모조리 실패하고 말았다. 남들이 좋다고, 싸다고, 이 가격으로 다시는 팔지 않는다는 말에 현혹되어 그렇게 사 나른 것들은 애물단지가 되어 자리만 차지한 채 먼지가 쌓여가는 중이다. 일부는 나눔을 하지만 일부는 결국 폐기물이 되고 만다. '득템'의 실질적인 실패는 쌓여가는 신용카드 사용 내역과 텅 비어버린 통장 잔고로 돌아온다.

새삼 카드 사용 내역과 더불어 영수증을 뒤져보면서 내가 참 생각 없이 돈을 써 재꼈구나 생각하게 되었다. 진짜 필요하고 진짜 좋아하는 것도 아니면서 왜 그렇게 샀을까. 쉽게 이유를 찾자면 오프라인보다 온라인에서 구매하는 것이 싸다는 인식 때문인데 이는 실제로도 그렇다. 그렇기에 제품에 대한 평은 이미 사용한 사용자들의 후기에 기댈 수밖에 없다. 그러나 커뮤니티나 카페, SNS상에 소위 '바이럴'이 판치고 있는 세상에 순수한 상품평을 기대하는 건 쉽지 않다. 또한 남들이 좋다고 해도 나한테 맞지 않을 수도 있지 않은가. 결과적으로 나는 조금 더 적은 기회비용을 지불하려다 실패한 것이다. 발품을 팔아(비대면 시대이니 좀 더 깊이 있는 상품평 검색이라 해두자) 직접 찾아볼 수 있고 조금 더 고민하고 살 수도 있는데 노력하지 않은 것이다.

물건을 사는 데 수고로움과 노력까지 생각해야 하나 싶은 사람도 있겠지만, 반대로 이렇게 물어보자. 돈을 쓰는 데는 노력하지 않으면서 돈을 버는 데는 왜 그렇게 노력을 하는 거냐고. 소중하게 번 돈이기 때문에 물건을 사면서 스트레스를 풀 수도 있지만, 그것은 정말 순간이지 않은가. 내가 말하는 것은 물건을 사지 말라는 것이 아니라 이왕이면 필요한 것들을 사자는 것이다. 이렇게 생각한 데는 새삼 영수증을 정리하면서 내가 그간 얼마나 허투루 돈을 쓰고 있었나 하는 깨달음이 있었기 때문이다.

이렇게 글을 쓰고 보니 작가가 되고 싶다,라고 생각해온 사람이 미래와 돈을 운운하는 것이 조금은 이상하다 여겨지기도 한다. 내가 조금 더 안정적인 미래와 돈을 기대하는 인간이었다면 글을 쓴다고 마음먹지 말았어야 하지 않나, 라는 생각이 든다. 그렇게 생각하다가도 왜 나는 스스로 작가라는 길을 선택하면 필연적으로 안정적인 미래와 돈을 포기해야 한다고 여겼던 거지 싶다. 내게 글을 쓰고 싶은 거냐, 작가가 되고 싶은 거냐 묻는다면 나는 망설임 없이 글을 쓰고 싶은 거다,라고 말할 것이다. 그러니까 나는 작가 이전에 글을 쓰고 싶은 사람으로서 살아가면 되는 것이다. 그러므로 안정이니 불안정이니, 미래니 이런 것들에 대해 조금은 고민하지 않아도 괜찮겠다 여겼다. 뭐든 쓰면 되는 것이니 말이다.

그렇다면 다시 말해 앞서 내가 통장 잔고가 비어간다고, 내가 내 취향조차 모르고 샀다고 반성하던 것 마음 역시 조금은 가볍게 가져가도 되겠다 싶다. 사실 손에 넣고 사용하거나 먹기 전에는 그것이 나와 맞는지 아닌지 모르는 것이다. 100개를 실패해도 그중에 하나 놀랄 정도로 내 취향이거나 유용한 것들을 발견할 수도 있다. 그로 인혜 약간의 손해를 보더라도 말이다. 도리어 나의 취향을 확장하거나 견고하게 만드는 기회가 될 수도 있는 것이다.

나는 작가가 되고 싶다고 마음먹기 이전에 재즈댄서가 되고 싶었고 연극배우가 되고 싶다고 생각한 적이 있었다. 그때 나는 아무 생각 없이 재즈댄스 학원에 등록하고 연극영화학과에 진학했다. 결과적으로 나는 그 두 직업과 내가 너무나도 맞지 않는다는 사실을 깨달았지만 그 과정에서 내가 무언가를 표현하고 싶어 하고 글을 쓰고 싶어 한다는 것을 알게 되었다. 그러니까 그런 값비싼 실패들이 결국 나를 여기까지 이끌었던 것이다. 그러므로 사는 동안 이것저것 경험하는 것들, 그것에 돈을 지불하는 게 결코 사치라고 생각되지 않는다. 그렇다고 딱히 뭔가 대단한 걸 경험하고자 하는 건 아니다. 그저 내가 좋아하는 것들을 찾아가고 조금 더 좋아하는 것들을 만들어가자는 말을 하고 싶은 것뿐이다. 나는 당장 그저 신인작가일 뿐이지만, 앞으로 내가 무엇을 경험해 또 다른 무엇이 될지 늘 기대가 된다.

앞으로 내게 배달될 택배 상자가 무수히 많다. 그중에 내가 기대하는 것은 신년이 되면 찾아올 신축년 송아지 장식품이다. 이미지 컷보다 구리든 구리지 않든 품고 갈 생각이다. 그러고 보면 지나간 시간이 어떻든 간에 다가올 시간들은 늘 설레는 것 같다. 살아 있는 동안 오늘보다 내일이 좋은 날이 많기를.

오늘보다 내일 더 득템하길 바라는 마음으로, 신년에 나는 매일매일 무엇이든 (저)지를 각오가 되어있다. 🖅

photocopies

writer's receipt

품 명	단가	수량	금액
오뚜기)사골곰탕350G			
8801045299419	1,300	2	2,600
*흙대파/단			
1300000000000	3,500	1	3,500
CJ)비비고단호박죽450G			
8801007745732	3,200	1	3,200
동원LS참치100G			
8801047111733	2,350	1	2,350
사조리얼닭가슴살90G			
8801075010985	2,300	1	2,300
*인큐애호박/개			
1301000000000	1,000	1	1,000
*흙당근			
201018	1,680	1	1,680

면세합:	6,180
과세합:	9,500
부가세:	950

합 계:	**16,630**
카 드:	**16,630**

항상 이용해 주셔서 감사합니다.
바코드 앞에 *가 있으면 면세상품입니다.!!!

[출력일자] : 2020-10-21 12:27:37

2020102101 0027
재발행영수증

Jeon Ye Jin

갈비뼈 아래가
따가운 날

전예진

아침을 거르고 침대에 눕는다. 며칠 전부터 위가 따끔거리더니 배에 가스가 차 부글거리고 어제는 침대에 눕자마자 복통이 일어 늦게까지 자지 못했다. 갈비뼈 아래가 따가운 날은 격주로 찾아온다. 하루 굶고 꿀물이나 이온 음료를 마시다가 죽을 먹는다. 죽이 질리면 바나나를 먹고 바나나가 질리면 사과를 먹는다. 그러다 보면 부글거리는 소리가 멎고 배가 고파온다.

빈속으로 누워 고구마 맛탕을 만드는 영상과 찜닭 레시피를 찾아본다. 반 시간 뒤에는 나도 모르게 각종 케이크나 식빵, 디저트를 만드는 영상을 보고 있다. 뭐든 쉽고 빠르게 만들어내는 영상을 보니 같은 재료만 있으면 나도 잘해낼 것 같은 생각이 든다. 내 예산과 위장이 함께 힘을 내는 날, 어쩌면 커스터드 크림이 가득한 영상 속 쿠키 슈는 내 입으로 들어올지 모른다. 입맛을 다신다. 하루 대부분이 소비하지 못하는 것을 눈으로 흡입하며 흘러간다.

어제 읽은 책에서 시인은 자신의 자아를 세 개로 나누었다. 시만큼이나 에세이도 잘 쓰는 작가였다. 위아래로 퍼지는 위장의 감각을 느끼며 거실로 나간다. 내 자아를 몇 개로 나누든 간에 그들은 모두 위장을 떠받들며 살아갈 것이다. 팥 찜질팩을 배에 댄 채 따뜻한 물을 마시는 지금의 나처럼.

배가 고프지 않은데 욕심을 부려 먹으면 꼭 탈이 난다. 커피를 끊고 술을 끊고 아이스크림을 끊고 찬물을 끊었는데 뭘 더 어떻게 하라는 거야. 배를 내려다보며 위장의 얼굴을 그린다. 찜질팩을 댔으니 벌겋고 통증이 있으니 인상을 찌푸리고 있겠지.

그래, 좋아하는 것은 피자와 과자요, 튀기거나 치즈를 얹은 것에는 사족을 못 쓴다. 그렇기는 하지. 어, 너 방금 혀 찼니. 중얼거리며 찜질팩을 윗배로 끌어올린다. 위장이 검지를 들어 뱃가죽을 찌르는 것 같다. 정신 차려 이 사람아.

그래야지. 나는 카드를 챙겨 밖으로 나간다.

최소 4일 치 죽 재료를 사야 한다. 인스턴트 죽은 하루 이상 먹기 힘들다. 대체로 맛이 없고 맛이 없으면 위장을 자극하는 음식을 탐하게 된다. 음식점에서 파는 죽은 너무 비싸고 빨리 상하니 오래 두고 먹기 어렵다. 맛있고 다양한 죽을 만들어보자. 비장하게 집 앞 슈퍼로 들어간다.

소설을 쓰며 살기로 한 뒤 숨 쉬는 비용을 줄이려 노력한다. 적게 버니 적게 쓰자. 그게 삶의 새 모토가 되었다. 적은 돈도 허투루 쓰지 않으려다 보면 욕망이 투명해진다. 어제는 초콜릿 하나면 세상을 가질 것 같더니 초콜릿을 먹고 나니 이젠 치킨을 욕망하는구나. 배가 자주 아프니 과자 대신 채소를 선택하는구나. 그렇게 먹기 싫던 채소와 사과가 매일 먹기에는 비싸구나. 그렇게 생각하고 다시 보니 맛있어 보이는구나. 10,000원 안쪽으로 결제하자니 눈치가 보여 꼭 몇 개를 더 골라 결제하게 되는구나.

가장 간편하고 맛있게 해 먹을 수 있는 죽은 이른바 사골곰탕죽이다. 참기름에 파를 볶다가 밥과 인스턴트 사골곰탕을 부어 끓이면 짭짤하고 맛있다. 파를 많이 넣을수록 향이 좋고 단맛이 난다. 사골곰탕을 두 팩 담고 옆에 있는 참치 캔과 닭가슴살 캔도 담는다. 노란색 사진을 보니 군침이 돌아 충동적으로 인스턴트 호박죽도 고른다. 대파 한 단, 당근과 애호박도 하나씩 산다.

처음 야채죽과 참치죽을 만들었을 때 생각보다 만들기가 쉽고 맛이 좋아 놀랐다. 한동안은 연락하는 사람마다 자랑을 해댔다. 참치죽 만들어본 적 있어요? 야채죽은? 그러다 누군가 물었다.

그냥 죽에 참치만 넣으면 되는 거 아니야?

그렇기는 하지. 그러나 나는 당당하게, 아닌데요? 생각보다 어려운데요?

갈비뼈 아래가 따가운 날, 참기름을 두른 냄비에 다진 채소와 불린 쌀을 넣고 볶는다. 냄비에 달라붙는 쌀을 나무 주걱으로 긁다가 생각한다. 그땐 왜 그렇게 대답했을까? 긁고 끓이고 스쳐간 욕망을 곱씹다 보면 배가 고파온다. 앓던 배가 낫고 있다. 🍲

photocopies

writer's receipt

주문상품

로얄퍼플방석 심플리 퍼플방석
옵션 : 타입 : 심플리

주문금액	88,500원
수량	1
배송비	3,500원(택배,등기,소포 / 선결제)

엠제이아이 | 사업자명 : 엠제이아이 |
대표자명 : 이은임 대표전화 : 010-8338-6442 | 대표주소 : (21633) 인천광역시 남동구 은청
로 47 (남동공단산업용품상가) B동 334호
판매자 특이사항 : 특이사항 없음

추가상품   라스 레드

주문금액	12,000원
수량	1

엠제이아이 | 사업자명 : 엠제이아이 |
대표자명 : 이은임 대표전화 : 010-8338-6442 | 대표주소 : (21633) 인천광역시 남동구 은청
로 47 (남동공단산업용품상가) B동 334호
판매자 특이사항 : 특이사항 없음

상품금액	1 0원
배송비	+3,500 원
쿠폰할인	-41,500 원

주문금액	**104,000원**

Cho Si Hyun

12월의 아이템

요즘 나는 접속당한다,의 상태에 놓여 있다.

외출할 일이 현저히 줄어든 탓이다. 생활의 대부분은 온라인에서 이루어진다. 다룰 수 있는 툴도 한글과 워드가 다였는데, 이것저것 해야 할 일이 많아지면서 포토샵과 엑셀을 배우기 시작했다. 사실 기계와 나는 상성이 잘 맞지 않는다. 기계는 통 믿을 수가 없다. 그것을 알아서인지 기계도 내 손만 닿으면 거부반응을 일으킨다. 그러나 코로나 상황이 길어지면서 줌으로 수업을 듣고, 스터디를 하고, 회의를 하고, 종종 수다도 떨게 되었다. 심지어 보드게임까지 해봤다. 만나지 않고도 이 모든 일이 가능하다니. 각종 전자기기가 있기 때문에 이 시기를 이렇게나마 보낼 수 있는 거라는 생각도 들지만 기기 안으로 생활이 몰아넣어지는 기분도 든

다. 어디서나 접속할 수 없는 사람들의 생활은 어떨까. 웹으로 쉽게 들어올 수 없는 사람들이 많은 일에서 차단당하고 있다고 생각하면 마음이 복잡하다. 안과 밖의 경계가 점점 더 뚜렷해지고 있다.

처음 작가의 영수증을 기획했을 때만 해도 내 계획은 이런 것이 아니었다. 영수증을 빙자해 간만에 외출을 해서 좋아하는 비건 빵집을 소개하고, 편집숍에서 귀여운 메모지와 스티커를 구입하고, 망원에 있는 인생 맛집 얘기는 꼭 넣어야지. 구독하고 있는 미세스 그로스만 스티커 클럽도 소개해야지. 나름대로 연출된 일정을 짜보면서 소소한 즐거움도 느꼈다. 여느 집순이답게 한 번 외출할 때 모든 일을 전부 처리하는 편이니까 언제 나가는 게 좋지, 너무 추우면 돌아다니기 힘드니까 10월 말이 좋겠어, 같

은 걱정을 미리 하기도 했다. 그러나 안타깝게도 상황이 나아질 기미가 보이지 않는다. 불필요한 외출을 자제하게 되면서 밖에서 무엇을 구매할 일이 거의 사라지고 말았다. 기껏해야 집 앞 카페에서 커피 정도를 사 오는 게 다인 일상을 보내고 있다.

인터넷으로 클릭 몇 번만 하면 하루나 이틀이 채 지나지 않아 집 앞으로 물건이 배달된다. 인터넷으로 구입하는 것의 단점은 무엇도 내 손을 거쳐가지 않는다는 것이다. 그래서인지 뭘 사는 기분이 들지 않는다. 집에 머무는 시간이 길어지니까, 있으면 좋을 것 같은 것들이 자꾸 생긴다. 최근에 나는 무이자 할부의 매력을 알게 되었다. 그전까지는 항상 체크카드만 이용했기 때문에 수중에 아직 없는, 앞으로 생길 돈을 믿고 물건을 사본 적이 한 번도 없었다. 사용할 수 있는 범위 안에서 규모 있게 쓰는 것이 나 자신과의 규칙이라면 규칙이었다. 그런데 약속된 돈을 믿고 아직 없는 돈을 쓸 수 있다니…… 미래의 나를 믿고 지금의 달콤함을 살 수 있다니…… 진정한 어른의 세계에 들어선 기분이었다.

"나 이러다 안 되겠어. 가계부를 사야겠어."

친구에게 말하자 새로 사지 말고 어플을 다운받아 쓰라고 했다. 나는 얌전히 가계부를 장바구니에서 지웠다.

그렇게 구입한 물건 중 12월의 아이템을 꼽자면 바로 퍼플 방석이라고 할 수 있겠다. 자리에 앉아 있는 시간이 늘어났기 때문인지 가끔 허리에 찌릿찌릿한 통증이 느껴지기 시작했다. 먼저 허리통증을 느끼기 시작한 친구가 수험생용 퍼플 방석을 사용하고 있는데 효과가 좋다는 말을 해주었다. 곧장 주문할 수밖에 없었다. 기분 탓인지 모르겠지만 허리가 덜 아픈 것 같고, 앉아있을 수 있는 시간도 늘었다.

그러니까 최근 나에게 가장 중요한 것은, 건강한 몸과 마음으로 오래 쓸 수 있는 환경을 만드는 것이다. 원래는 내 방에서 작업을 하는 편이고 그게 가장 집중이 잘돼서 처음에는 크게 어려움을 느끼지 않았지만, 강제로 나갈 수 없는 상황이 되자 자꾸 딴생각이 들기 시작했다. 스톱워치는 그 때문에 구입한 것이다. 유튜브에 들어가면 빗소리, 모닥불 소리, 연필 쓰는 소리, 카페 배경음과 같은 ASMR이 많이 있다. 하나씩 골라 들으며 내게 가장 잘 맞는 것을 찾아냈는데 요새는 해리포터 자율학습 시리즈가 가장 좋다. 마음에 드는 중국노래도 많이 생겼다. 알고리즘이 이끄는 대로 따라 듣다가 좋은 게 나오면 보관함에 담아 두고두고 듣는다. 또, 친구와 주말마다 랜선 영화관 타임을 갖고 있다. 보고 싶은 영화의 목록을 짜서 공유하여 사다리타기로 영화를 고른 뒤, 각자의 집에서 같은 시간에 접속해서 보고 카톡으로 영화에 대한 감상을 나누는 소소한 시간이다. 운동하는 시간도 정했다. 엄마랑 같이 하는 중인데 최근 구독하고 있는 채널은 '요가소년'이다. 억지로라도 일정표를 만들어 최대한 바쁘게 움직이기 위해 노력하고 있다.

일주일에 두세 번은 문 앞에 상자가 도착한다. 내가 편하다는 것은 누군가가 더 일하고 있다는 뜻이라는데, 내 삶이 큰 무리 없이 유지되고 있다는 사실에 당혹스럽기도 하다. 그리고 이 모든 것은 인터넷에 접속한 상태로 이루어진다. 안에 갇힌 사람이 될까 두렵다. 바깥에, 사람들이 있다.

건강하게 지내다가 만나요, 전보다 더 진심을 담아 인사하게 되었다. 🖥

photocopies

writer's receipt

>> **모바일 영수증**   우체국 고객 안내사항

서울   우체국

고객문의 전화 : 1588-
평일(09~18시),토요일(09~13시),공휴일(ARS만가능)
영수증NO :10271920
접수일자 :2020-12-21 16:42

〈국내등기(통상/소포)우편물〉
발 송 인 : 조해주

등기번호	요금	우편번호	수취인
1120802663	3,170	02830	
통상			

합계   1통   3,170원

 총요금 :   (즉납) 3,170원
수납요금 :   3,170원
신용카드 :   3,170원
카드번호 :
카드사명 :하나체크카드, 매입사명 :하나카드
할부개월 :일시불, 승인금액 :3,170
승인번호 :13688710, 가맹점번호
기프트카드잔액 :

----

* 손해배상 등의 청구 시 영수증이 필요합니다.
* 등기우편물 반송 시에는 등기반환수수료(2,100원)를 받습니다.
* 우편법시행령 43조 제10호에 근거하여 수취
  인도 등기우편물의 배달장소를 본인이 원하는
  곳으로 변경할 수 있습니다. (*특별송달,내용
  증명,선거우편,외화현금배달우편물,냉장,냉동
  보관이 필요한 우편물,종적조회 시 이미 배달
  완료처리된 우편물 제외)

Jo Hae Ju

보관하는 마음

조해주

나는 영수증을 잘 받지 않는다. 물건을 산 후 점원이 "영수증 드릴까요?" 하고 물으면 "버려주세요" 하고 대답한다. 그렇게 대답할 타이밍을 놓쳐 영수증을 받으면 구겨서 주머니에 넣거나 잘게 찢어 쓰레기통에 버린다. 그마저도 매장에서 물건을 구입하는 경우에나 그렇고 인터넷으로 구매하는 경우에는 영수증을 받을 일도 버릴 일도 딱히 없다.

거의 유일하게 받아서 보관하는 영수증이 있다면 그건 우체국에서 우편물을 보낸 뒤 받는 영수증이다. 등기 우편을 이용하는 편이지만 혹시라도 우편물이 분실될 경우를 대비해서 영수증을 챙겨둔다. 지금껏 보낸 우편물이 분실된 적은 한 번도 없었다. 그렇지만 늘 혹시나 싶은 마음이 들곤 하는 것이다. 우체국에서 내가 보내는 우편물이란 투고 목적으로 보내는 시 원

고가 대부분이었다. 원고가 잘 도착했다는 알림 문자가 올 때까지 영수증을 몇 번이나 들여다보곤 했다. 언제나 원고는 잘 도착했지만 그게 전부였던 적이 많다. 한동안 우체국에 가는 일이 뜸했다가 최근 우체국에 자주 가게 된 데에는 계기가 있었다.

가을에 선물 받은 엽서집 때문이었다. 수첩처럼 한 장씩 뜯어 쓰는 방식이었다. 엽서집은 꽤나 두꺼워 다 쓰려면 긴 시간이 필요할 것 같다. 엽서의 한쪽 면은 아름다운 사진이어서 엽서의 본래 목적대로 누군가에게 쓰지 않고 소장하더라도 괜찮을 터였다.

이렇게 생각하려고 한 이유는 내가 엽서에 자신이 없기 때문이다. 엽서에 잘하고 못하고를 따져도 되는 것인지 모르겠지만, 여간해서는 펜을 잘 들지 않을뿐더러 손가락이 뻐근할 정

도로 꾹꾹 눌러쓴 엽서를 부치지 못한 적도 있다. 어쩐지 부끄러웠기 때문이다. 반면 엽서로 감동을 주는 사람들을 보면 신기하다. 그리고 그런 엽서를 나는 못 쓸 것 같아서 답장을 주기가 괜스레 미안해지곤 했다.

겨울에는 엽서 한 통을 받았다. 전염병으로 인해 모임이 어려운 시기이니만큼 조용히 생일을 보내던 차에 좋아하는 시인 친구가 소포를 보내주었다. 소포에는 곰이 그려진 양말과 체리무늬 손수건, 그리고 엽서가 들어 있었다. 엽서에는 안부와 함께 요즘 읽는 책에 대한 이야기가 쓰여 있었다. 귀여운 선물도 기뻤지만 엽서가 주는 기쁨은 색달랐다. 나는 메일이 이미 상용화된 후 태어났으므로 나의 인생에서 아무리 과거를 거슬러 올라가봤자 우편으로 엽서를 주고받은 기억은 없었다. 카톡으로 한다면 메시지를 보내고 나서 한 시간만 지나도 꽤 오래 기다렸다고 여길 텐데 엽서는 보내는 데에만 기본 이틀이 걸리니까 훨씬 오랜 기다림이 필요하다. 헌데 이런 기다림이 퍽 달갑게 느껴졌다. 엽서를 읽고 나는 당장 책상에 앉아 답장을 쓰기 시작했다. 그렇지만 우체국에 가서 부치기까지는 또 며칠이 더 걸렸다. 뭐라고 쓰면 좋을지, 엽서와 함께 동봉할 물건은 무엇으로 할지를 고민하느라 그랬다. 소포를 완성해서 우체국으로 갈 때는 홀가분한 기분마저 들었다. 우편 요금을 지불하고 나니 소포는 내 손을 벗어났다. 보통 값을 지불하고 나면 두 손이 무거워지는 법인데 우체국에서는 반대가 되는 것 같다. 가벼워지는 느낌이 낯설고 이상하면서도 마음이 든든해졌다.

"모바일 영수증으로 받으시겠어요?" 하고 물으면 "네, 주세요" 하고 대답한다. 영수증을 들여다보면서 내 손을 떠난 마음이 도착하기까지 느긋하게 기다린다. 답장이 오지 않더라도 괜찮은 이유는 기다리는 기분이 겨울과 잘 어울리기 때문일지도 모른다. 물론 그런 기분에는 딱히 이유가 없다. 그래도 어느 날 갑자기 답장이 도착해 있다면 내가 웃음을 짓게 될 것은 보나마나 뻔한 일이다. 🖂

photocopies

writer's room

Lim Sun Woo

내 방 불을 켜둘게

임선우

토마토

가수 박원은 사랑을 노력한다는 게 말이 되냐고 물었지만, 나는 사랑을 노력해야 하는 상황에 자주 처한다. 그동안 내가 사랑하려고 노력한 대상들은 다음과 같다. 연습한 지 3일 된 하모니카, 충동구매한 앨범들, 약정 남은 휴대폰, 마감이 코앞에 닥친 소설 원고……. 기나긴 목록 끝에 한 가지가 더 추가되었다. 바로 내 방이다.

올해 나는 마음이 쉽게 흐무러졌다. 바이러스로 인해 많은 계획이 무산된 탓도 있지만, 무엇보다 소설을 쓰면서 다양한 한계에 부딪혔다. 더 좋은 글을 쓰고 싶은 마음이 조바심으로 바뀌는 순간도 있었고, 전날 썼던 글을 전부 들어내며 전에 없던 불안에 휩싸이기도 했다. 그러다 하루는 오랫동안 방치

한 토마토를 손에 쥔 채 생각했다. 단단했던 마음이 최근 들어 너무 물렁물렁해졌다고. 물렁물렁한 마음으로 밥을 먹고 글을 쓰는 일. 그것은 단단한 마음으로 생활하는 것보다 훨씬 고단했다. 언젠가부터 방문을 열면 무거운 감정들이 방에 남아 나를 기다리고 있었다. 마치 그것들이 내 방의 주인이 되고, 내가 그들의 눈치를 살피는 손님이 된 꼴이었다. 나는 이대로는 안 되겠다고 생각했다. 또다시 사랑을 노력해야 할 때가 온 것이다.

흰 벽

방을 사랑하기 위해 첫 번째로 한 일은 페인트칠이었다. 몇 년 전부터 나는 새하얀 벽을 갖고 싶었다. 기존의 칙칙한 벽지가 마음

에 들지 않기도 했지만, 무언가를 생각하거나 생각하지 않기에 흰 벽만 한 것이 없었기 때문이다. 나는 그 사실을 동생 덕분에 알게 되었다. 내 동생은 작년 여름까지 싱가포르에서 학교를 다녔는데, 그때 동생이 살던 집은 특이하게도 내부가 온통 흰색이었다. 흰 천장, 흰 벽, 흰 바닥, 흰 테이블까지 눈이 부실 지경이었다. 나는 바로 그곳에서 흰 공간만의 매력에 빠져버렸다. 환한 집은 마음이 가라앉을 틈을 내어주지 않았고, 흰 벽을 바라보고 있으면 평소보다 글도 잘 쓰이는 듯했다.

그러나 내 방 벽이 전부 새하얘지기까지의 과정은 순탄치 않았다. 페인트 가게에서 마음이 갈대처럼 흔들린 나머지, 방에서 가장 커다란 한쪽 벽면을 흰색이 아닌 에메랄드 색으로 칠해버렸기 때문이다. 두 달 동안 애매한 초록과 함께 지낸 나는 애매한 심경이 되었다. 결국 나는 최근에 그 벽마저 흰색으로 덮은 다음 비로소 안정을 찾았다. 내 방 벽을 볼 때마다 나는 무한한 애정을 느낌과 동시에 그곳에 쏟은 노동력을 생각한다. 노동이 무색하게도 벽이 하얘졌다고 해서 글이 술술 나오지는 않았다. 그럼에도 불구하고 흰 벽을 바라보는 일은 칙칙한 벽지를 바라보거나 애매한 초록을 바라보는 일보다 훨씬 즐겁다. 나는 그것만으로도 충분하다.

불빛과 불빛

술술 써지지는 않았지만 나는 올해 대부분의 날을 방에서 글을 쓰며 보냈다. 내가 글을 쓰기 시작하는 시간은 남들이 퇴근하는 시간과 엇비슷하다. 책상에 앉으면서 출근이다, 속으로 되새기지만 별 효과는 없다. 침대와 달리 책상에서는 벗어나고 싶은 유혹에 수시로 휩싸인다. 집중력을 잃거나 글이 막힐 때면 나는 책상 위에 놓인 벌집 모양의 양초를(위에 플라스틱 벌이 꽂혀 있는데 이것과 정들었다) 만지작거리거나, 손목 바깥쪽에 향수를 살짝 뿌린다. 향수를 뿌리면 타자치는 내내 좋은 향을 맡을 수 있어서 의욕이 생긴다.

글을 쓰거나 쓰려고 노력하다 보면 조용한 시간이 찾아온다. 거실 텔레비전 소리가 멈추고, 가족들 대화 소리가 멈추고, 윗집의 소리가 멈추는 시간. 나는 밤새 책상 혹은 침대에서 혼자 오랜 시간을 보낸다. 주변이 지나치게 조용해서 때로는 묘한 생각이 든다. 사랑하는 사람들은 내 연락이 닿지 않는 곳에서 꿈을 꾸고 있고, 나 혼자 유령처럼 남겨졌다는 생각. 그런 생각이 들 때면 하던 일을 멈추고 창밖을 바라본다.

창밖으로는 경부고속도로와 고속도로 너머 산속의 실버타운이 보인다. 실버타운은 한눈에 보기에도 규모가 있는데, 이 글을 쓰는 도중 검색해보니 390가구가 산다고 한다. 밤 10시만 넘어가도 390가구 중에서 불 켜진 집을 발견하기 힘들지만 조금만 더 기다리면 어두운 새벽부터 부지런히 켜지는 불빛들을 볼 수가 있다. 한 번도 가본 적 없는 곳이나, 나는 밤마다 내 방과 실버타운이 어둠을 매개로 긴밀하게 연결된다고 느낀다. 멀리서나마 불빛이 켜지는 걸 보고 있으면 더는 스스로가 유령처럼 희미하게 느껴지지 않는 것이다.

올해는 불빛을 바라보는 내 마음에도 변화가 있었다. 이 앤솔러지에 리뷰를 실은 책 《게에게 홀려서》에서는 '불빛 하나하나 속에 인간이 살고 있다고 생각하면 기묘한 기분이 들곤 한다'라는 문장이 나온다. 마찬가지로 작년까지 추상적이기만 하던 건너편 불빛들이 내게도 조금 더 구체적으로 다가오기 시작했다. 내가 바라보는 실버타운 안에는 병원과 요양원도 포함되어 있고, 그곳에는 가까운 이들과의 면회가 제한된 사람들과, 또 그들을 위해 애쓰는 사람들이 있다는 사실을 되새긴 것이다. 지금까지 불빛들에 위안을 받기만 했다면, 이제는 그들이 부디 무사하길 바라는 마음이 더해졌다.

어두운 밤, 불을 켜는 마음으로 지상의 수많은 방을 생각한다. 사람들이 누군가와 함께이거나 혼자 있을 그 방. 한 해가 지나가는 순간 내가 바라는 것은 부디 그 방에 있을 모두의 몸과 마음이 탈 없이 건강하길 바라는 것이다. 나는 건너편 집들 창문에 어김없이 불이 켜진다는 사실, 그곳에 사람들이 있다는 사실에 여전히 위안을 받는다. 부디 내 방의 불빛 또한 누군가의 늦은 밤에 따뜻한 힘이 될 수 있었으면 좋겠다. 🦀

photocopies

writer's room

Jo Jin Ju

책상의 시간

조진주

이사를 하며 책상을 바꿨다. 이전 책상은 초등학생 때부터 써오던 것이었는데, 막상 버리려니 아직 튼튼하고 쓸 만한 것 같아 바꾸기가 망설여졌다. 좀 더 써야 하나 고민했지만 책상 폭이 너무 좁은 게 문제였다. 나는 프리랜서라 집에서 일을 하는데 업무 관련 자료라도 펼쳐놓으려면 이리저리 물건을 옮기며 빈자리를 만들어야 했다. 서랍 손잡이도 떨어져나갔고 자세히 보니 곳곳에 낡은 흔적이 눈에 띄었다. 결국 이사를 핑계로 새 책상을 들여놓기로 했다. 오랫동안 사용해온 물건을 버릴 때면 서운해진다. 내가 그 물건에 대해 알고 있는 만큼 물건도 나를 알고 있는 듯한 기분이다. 생물과 같이 무생물에게도 길들인다는 표현을 쓰는 게 그런 까닭이 아닐까. 그러나 아무래도 옛 책상과 나의 관계는 수명을 다한 듯했다. 지난 추억에 발목 잡히지 않으려 과감히 대형 쓰레기 딱지를 붙였다.

새 책상은 이케아에서 구매하기로 했다. 조립형 가구를 사는 것은 처음이라 과연 제대로 된 책상을 만들 수 있을까 싶었는데 이케아의 설명서는 꽤나 친절했다. 언제 어느 구멍에 무엇을 끼워넣어야 하는지, 어느 판을 어떤 위치에 놓아야 하는지 차근차근 알려주고 있었다. 설명서를 들여다보고 있으려니 어릴 적 프라모델을 조립하던 기억이 떠올랐다. 상자 안에 담겨 있는 크고 작은 부품들을 조심스레 꺼내던 순간과 따로따로 떨어져 있던 조각들이 맞물려 점점 하나의 형태를 갖추어가던 과정이. 그럴듯하게 모형을 완성시키고 나면 뭔가 대단한 작품을 만들어낸 것 같은 뿌듯함을 느낄 수 있었다. 사실은 이미 준비되어 있던 것을 시키는 대로 끼워 맞춘 것일 뿐인데도. 소설을 쓰는 일도 이와 같으면 얼마나 좋을까. 준비된 소재들을 순서대로 끼워 맞춰 제법 괜찮은 글을 만들어낼 수 있다면 말이다. 그러나 힘겹게 완성하고 나면 언제나 처음 생각과는 다른 글이 되어 있곤 한다. 계획대로라면 이미 한 세기를 풍미할 명작이 되어야 하는데 결과물은 손볼 곳 투성이다. 친절한 설명서가 있었다면 나아졌을까. 애초에 재료부터 잘못되었던 것은 아닌지 의심하게 된다.

다행히 소설과는 달리 책상은 계획한 형태로 완성되었다. (이모와 동생의 도움이 컸다.) 새 책상은 이전 것보다 폭이 넓어 좀 더 자유롭게 공간을 이용할 수 있게 되었다. 책과 인쇄물도 마음껏 쌓아놓을 수 있다. 이전 책상에 대한 아쉬움 따위는 사라진 지 오래고 왜 진작 바꾸지 않았을까 하는 생각이 든다. 사랑이 다른 사랑으로 잊히듯, 책상은 다른 책상으로 잊히나보다. 이 작은 변화에 내가 느끼는 만족감이 큰 까닭은 하루 중 대부분의 시간을 책상 앞에서 보내기 때문이다. 코로나로 인해 카페를 찾지 못하게 된 뒤로는 더욱 그렇게 되었다. 그만큼 '내 책상 앞'이라는 공간은 내게 다양한 의미로 다가온다.

집에서 노동을 하기에 책상은 나의 직장이다. 침대에서 일어나 책상으로 가는 것이 나의 출근 행위이다. 직장인들이 출근을 미루고 싶어 하듯, 나 역시 책상 앞으로 가기까지 최대한 미적거리게 된다. 책상 앞에 앉기가 싫어 태블릿PC를 들고 침대나 리클라이너에 앉은 채로 작업을 할 때도 종종 있는데 그래도 결국에는 책상 앞에 자리하게 된다. 침대에서 책상까지 몇 발짝 되지 않는데도 다른 공간에 들어서는 것 같다.

책상 앞에 앉으면 외로운 전투가 시작된다. 시간 내에 정해진 일을 끝내기 위해, 자꾸 인터넷 사이트를 기웃거리지 않기 위해, 보다 나은 결과물을 내기 위해 애를 쓴다. 책상 앞에서는 유독 잡념에 사로잡히기 쉬운데, 그 생각들은 자꾸 나를 부정적인 방향으로 몰아가고는 한다. 그럴 때엔 우울의 파도에 휩쓸리지 않도록 열심히 허우적거리기도 해야 한다. 그렇게 싸우다 보면 또 하루가 지나간다. 열심히 싸운 날에는 제법 생산적인 하루였다며 스스로를 칭찬한다. 내가 조금은 쓸모 있는 인간이 된 것 같다. 그러나 그러지 못한 날에는 세상에서 가장 비루한 패잔병이 된 것 같다.

그렇다고 꼭 치열한 시간만 보내는 건 아니다. 책상 앞은 때로 치유의 공간이 되기도 한다. 어릴 때부터 혼자 책상에 앉아 음악을 듣거나 낙서를 하며 상처를 다독이곤 했다. 침대에서 취하는 휴식과는 또 다른, 깨어 있는 상태에서의 활동적인 방어 행위였다. 방해받지 않고 오직 내게 집중하던 그 시간이 나를 버티게 했다. 지금도 이곳에 한참을 앉아 있노라면 문득 바깥세상이 저만큼 멀어진 것만 같다. 무균실에 들어온 것처럼 마음이 안정되며 안전한 기분이 든다.

나의 설렘과 눈물과 혼잣말이 고스란히 쌓여가는 곳. 내 하루를 지켜보는 과묵한 목격자. 새 책상이 낡아갈 즈음이면, 곳곳에 나의 시간이 스며들어 있을 것이다. 낡아버린 책상을 살피는 내 안에도 그만큼의 시간이 축적되어 있겠지. 그때가 되면 또 다른 책상을 찾게 될지 모르겠지만, 아직은 먼 이야기인 것 같다. ▰

photocopies

writer's room

Joo Min Hyeon

바다 옆 방,
햇빛이 물들이는 곳

주민현

내 방은 이사와 함께 몇 번인가 바뀌었다. 지금의 방은 별다른 꾸밈이 없고 가구들은 실용적으로 배치되어 있다. 방은 거의 정사각형에 가깝고 비교적 넓다. 처음 이사 왔을 땐 오빠 방이었다가 얼마 뒤에 상대적으로 책과 짐이 많은 내 방이 되었다.

방에 있는 가구 중에서 가장 아끼는 것은 한쪽 벽면을 차지한 책장과 책상이다. 책상 위에는 노트북과 여러 책들이 중구난방으로 쌓여 있다. 도서관에서 빌려온 책들, 계절이 바뀌며 날아온 계간지들, 서점에서 사온 책들이 그때그때 바뀐다. 얼마 전 읽었던 책 중에는 《작가의 창: 글쓰기의 50가지 풍경》이라는 책도 있다. 세계 작가들의 방에서 보이는 풍경을 그린 드로잉과 짧은 산문이 실려 있다. 펼치자마자 "어떤 창문은 몽상을 위한 탈출구지만 어떤 창문은 함께하는 친구다"라고 쓰인 문구가 보인다.

내 방에 난 창문을 열면 아파트와 연결된 조그만 숲, 좀 멀찍이 떨어진 곳에 불 켜진 다른 아파트들, 멀리 고속도로를 달리는 차들이 보인다. 아무래도 내 방 창문은 몽상을 위한 탈출구보단 현실을 환기하는 환풍구에 가깝다. 차들이 달리는 소리와 근처 초등학교를 다니는 아이들이 뛰는 소리가 내 귀를 잡아끈다. 그리고 이내 여러 생각에 사로잡힌다. 점점 높아지는 집값, 언제쯤 독립할 수 있을지, 오늘의 교통량, 오늘의 날씨, 요즘 재밌는 영화는? 출근을 위해 알람을 맞추기 등등.

침대 위에는 수수한 보라색 꽃들이 그려진 가리개가 걸려 있다. 반대쪽 벽에는 에드워드 호퍼의 그림 〈바다 옆 방(Rooms by the sea)〉이 걸려 있다. 그림 속 방 안으로 노란 햇빛이 가득 쏟아져 들어오고 활짝 열린 문 밖으로 곧장 출렁거리는 바다가 연결된다. 이 그림을 오래전부터 좋아했다. 그리고 이 그림을 보면서 내 방도 창문 밖으로 조금은 생경한 풍경이 연결되어 있기를 꿈꾸었다. 마치 나의 시가 그러하길 바라는 것처럼.

내가 가장 좋아하는 책장에는 세계시인선과 국내시인선의 시집들, 그리고 페소아와 카프카, 쉼보르스카 등의 책들이 꽂혀 있다. 다른 책장엔 그때그때 꽂혀서 산 소설책, 사진집, 철학책, 산문집 등이 꽂혀 있다. 어떤 미술책 안에는 뉴욕의 전시장과 거리도 있다. 나는 늘 '바로 지금, 여기'에 붙들리지 않기 위해 필사적으로 돌아다니곤 한다. 책을 통해, 그림을 통해, 음악을 통해서. 집에서도 조금 새로운 곳에 가닿고 싶다.

주로 집이 아닌 곳에서, 회사를 오가는 출퇴근길이나 도서관을 오가는 자전거 위, 친구들을 만나러 가는 버스 안에서 착상하고 쓰고 출력한 종이를 들고 다니며 퇴고하는 걸 좋아하지만, 코로나로 인해 집에 머무는 시간이 길어지면서 내 방을 좀 더 사랑하게 되었다.

가장 아끼는 소품은 책장 한쪽에 놓여 있는, 모딜리아니의 그림 조각상, 마리 로랑생의 그림엽서를 넣어둔 액자, 실비아 플라스의 사진을 끼워둔 액자이다. 어디서 사거나 선물받은 것들인데, 이것들은 마감을 앞두고 초조하고 막막해서 스스로를 몰아붙이게 될 때 약간의 용기를 준다.

나는 이곳에서 사진이나 그림을 검색하고 크리스마스 캐럴을 틀어놓고 작업을 하곤 한다. 그러다 이내 포기하고 벌렁 드러누워 강아지와 놀기도 한다. 집에서 집중하기란 아주 어려운 일이다. 그럼에도 햇살이 가득 들어오는 오전이나 가까스로 마음을 잡고 앉은 퇴근 후의 저녁이면 다시 무언가를 쓸 수 있다고 꿈꾸게 된다. 나는 밝은 인간이고 싶다. 동시에 조금은 어둠을 간직한 인간이라는 것도 안다. 좋아하는 친구와 안부를 물으며 즐겁고 행복한 이야기를 주고받다가도 왠지 그것만으로는 충분치 않다고 느낀다. 거기서 한발 더 다가가고 싶다. 약간의 어둠, 약간의 차가움, 건조한 슬픔이 섞인 공간. 내 방은 아마도 그런 나를 조금 닮아 있다. ✈

writer's room

Ji Hye

오래된 책상

지혜

책상 위의 감시자들

기운을 주는 물건을 눈앞에 늘어놓고 그것들을 한참동안 바라본 뒤에야 무언가 할 마음이 생기곤 한다. 몇 년 전부터 책상 메이트가 된 베트남에서 온 부엉이 한 쌍은 가장 날카로운 책상 위의 감시자들이다. 그 동그랗고 까만 눈을 보고 있으면 부엉이를 만나던 때가 떠오른다. 오랫동안 모아온 엽서—잃어버린 아이들의 도시, 펄프픽션, 툴루즈로트렉과 이름 모를 그림, 황예지의 사진 엽서, 편지, 도움이 되지 않을 것 같지만 버릴 수도 없는 메모, 무의미한 글귀(단지 글씨를 마음에 들게 썼다는 이유로), 폴라로이드 사진, 미래 서점의 미래. 부타동 그림이 그려진 홋카이도발 엽서, 과천 과학관에서 가져온 테오 얀센의 작품 사진, 결혼 이야기 브로슈어(마지막으로 극장에 간 게 언제였더라?) 그리고 이런 메모. '유치원 연못의 수상한 풍경', '한자를 생각하는 일은 내가 잊고 지냈던 무언가를 떠올리는 일이었다', '쓰면서 알아낼 수밖에 없어', '언젠가 비밀을 캐리라'.

올해의 아이템

모두의 시선을 사로잡는 커튼은 당근마켓에서 5만 원 주고 샀다. 옥스퍼드 재질의 다소 두꺼운 사계절용 커튼은 여름에도 유용했다. 한낮에는 빛을, 밤에는 추위를 막아 서늘한 책상의 풍경을 안락하게 만든다. 그리고 책상 앞에 앉아 있으면 뭐라도 하겠지, 쓰겠지.

올드 프렌드

토템과 더불어 반드시 챙기는 물건인 독서대는 나와 나이가 비슷하거나 그보다 더 됐다. 짙은 체리색의 나무로 된 독서대에는 두 마리의 학이 날아가는 그림 아래 이런 글귀가 쓰여 있다. '위로 보면서 天文을 견지하고 내려다보면서 地理를 살핀다.' 곳곳에는 아무렇게나 파여 있는 음각의 흔적이 남아 있다. 어릴 때 심 없는 샤프심 머리로 내가 파놓은 것들이다. 자파리의 기억. 상처가 잔뜩 난 오래된 물건은 왜 쉽게 버리기 어려울까? 오래된 건 이것뿐만이 아니다. 어릴 적 피아노 학원에서 금요일마다 나눠주던 선물 중 하나인 액자, 그 안에는 언제 찍었는지 기억도 안 나는 사진이 들어 있다. 나는 챙이 넓은 모자를 쓰고 두 사람의 품에 안겨 렌즈를 보고 있다. 빛바랜 사진 속 풍경은 어느 폭포인지 산인지 자세히 보이지 않고, 등 뒤의 두 사람은 무척 젊다. 저런 때가 있었나 싶을 정도로. 회전목마 오르골과 파란 곰돌이, 유니버설 스튜디오의 스노우볼, 소이 캔들, 필로우 미스트와 향수와 손 소독제와 달력과 수시로 자리를 옮기는 수많은 물건들, 사물들. 나의 말없는 친구들.

구겨진 책들

동시에 읽고 있는 책들; 소녀 연예인 이보나, poppies, 죽음을 사색하는 시간, 문어의 영혼, 깡패단의 방문, 러브 레플리카, 비타와 버지니아, 키미—늙은 개 이야기, 베네치아의 종소리, 하이누웰레 신화, 연년세세, 로봇의 결함, 다정한 세계가 있는 것처럼, 당신과 나의 안전거리, 이카이노: 일본 속 작은 제주, 사랑의 역사, 홍수, 가만히 부르는 이름, 희망은 사랑을 한다, 우리가 우리를 우리라고 부를 때……. ▣

기적에 대한 상상

변미나

책을 사고 싶어지는 데는 여러 가지 이유가 있다. 이전에 그 작가의 작품을 즐겁게 읽었다든가 아니면 제목이나 책의 표지가 끌린다든가 하는 이유들이다. 책장에 책을 잔뜩 쌓아놓으면서도 앞선 이유들로 새 책을 습관처럼 사곤 한다. 그리고 쌓아놓은 책들 중에 눈이 마주치는 것을 골라 읽는다. 이런 눈맞춤은 당장 책을 구입하고 하루 만에 이루어질 수도 있지만 어떤 책에는 며칠,

몇 년이 걸리기도 하고 영영 이루어지지 않기도 한다.

루이스 세풀베다의 《갈매기에게 나는 법을 가르쳐준 고양이》는 앞선 첫 번째와 두 번째의 이유가 절묘하게 맞아떨어져서 읽기 시작했다. 무엇보다 고양이라니, 얼마나 멋진 존재인가. 하물며 그 고양이가 갈매기에게 나는 법을 가르쳐준다니 몹시 환상적이지 않은가. 갈매기와 고양이의 우정을 기대하며 책장을 넘겼던 나는 그 예상이 절반은 맞고 절반은 틀리다는 것을 깨달았다. 이 소설은 환상이 아니라 적나라한 현실과 마주하며 시작된다. 북해의 항구 근처에 살고 있는 갈매기 켕가로부터. 켕가는 자신이 살고 있는 바다가 인간들로부터 위협당하는 모습을 자주 봐왔다. 대표적으로 항구에 정박한 유조선의 독한 유해

갈매기에게
나는 법을
가르쳐준 고양이

루이스 세풀베다 | 이억배 그림 | 유왕무 옮김 | 바다출판사 | 2015

물질과 기름들. 그것이 언젠가는 자신과 동료들을 위협할 수도 있다는 것을 알면서도 살아간다. 그리고 그 어느 날이 도래했을 때, 켕가는 앉아서 죽음을 맞이하는 대신 높이 날아올라 도시로 향한다.

나로 말할 거 같으면 인간을 저주하는 데 전력하는 바람에 탈진해 그 자리에서 죽어버렸겠지만 켕가는 현명하게도 그러는 대신 도시로 날아간다. 그리고 그곳에서 검은 고양이 소르바스를 만나 세 가지 약속을 지킬 것을 당부한다.
첫째, 알을 먹지 않을 것.
둘째, 새끼가 태어날 때까지 알을 보호해줄 것.
셋째, 새끼에게 나는 법을 가르쳐줄 것.

이 약속에 확답한 뒤 소르바스는 갈매기를 돕기 위해 다른 고양이들을 찾아간다. 여기서 재미있는 대목은 고양이들이 백과사전에 의존한다는 것이었다. 방대한 양의 백과사전에서 필요한 것들을 찾아내 새로운 것을 배우지만 그것은 어느 정도 도움이 될 뿐 결정적인 정답은 아니다. 소르바스가 돌아왔을 때, 갈매기는 죽고 그 자리에 푸른 줄무늬의 하얀 알을 발견하게 된다. 고양이들은 알을 지키고 나는 법을 알려주겠다고 약속했다는 소르바스의 말에 난감해하지만 곧 함께 지켜내야 한다고 말한다.

항구의 고양이들은 자신이 내뱉은 말에 대해서는 약속을 지킨다. 고양이들의 세계에서 약속은 인간들의 세계에서보다 견고하다. 사람들은 동물들의 사고가 인간보다 단순하다고들 말한다. 인간은 조금 더 복잡하며 이성적이라고 하지만, 나는 이성의 내면에 깊은 본능이 숨어 있다고 생각한다. 때론 그 본능을 합리화하려 이성의 영역으로 끌고 와 설명한다고 말이다. 나는 인간이야말로 지구상의 생명체 중에 가장 많은 변명을 늘어놓는 존재라고 생각한다. 그러나 동물들은 변명하지 않는다. 변명을 하지 못하는 걸 수도 있고 변명을 할 필요가 없어서일 수도 있을 것이다. 어느 쪽이 되었든 뭔가를 지켜야 하는 상황에서는 이보다 확실한 믿음을 줄 수 있는 존재가 있을까 싶다. 그래서 인간이 때론 같은 인간보다 개나 고양이와 같은 반려동물에게 더 많은 위로를 받고 기대게 되는 것은 아닐까 잠시 생각했다.

고양이들의 살뜰한 보살핌으로 태어난 아기 갈매기는 소르바스를 '엄마'라고 부르며 따르게 된다. 소르바스 또한 아기 갈매기를 기꺼이 자식으로 받아들인다. 그렇게 항구의 힘센 고양이는 갈매기를 위해 보잘것없는 벌레들을 잡느라 애를 쓰는가 하면, 쥐 소굴에 가서 왕초 쥐와 협상을 한다. 그렇게 소르바스는 자연스럽게 엄마가 된다. 아기 갈매기는 행운아라는 뜻의 '아포르뚜나다'라는 이름을 얻게 되고 고양이가 되길 바란다. 자연스럽게 흐르는 시간 속에서 고양이들과 아기 갈매기는 다른 종이라는 사실과 관계없이 서로를 깊이 이해하는 사이가 된다.

> 너를 고양이처럼 만든다는 생각은 추호도 없었단다. (······) 우리와는 다른 존재를 사랑하고 존중하며 아낄 수 있다는 사실을 배웠지. 우리가 같은 존재들을 받아들이고 사랑한다는 것은 아주 쉬운 일이야. 하지만 다른 존재를 사랑하고 인정한다는 것은 쉬운 일은 아니지.(118쪽)

이 이야기가 결국 아포르뚜나다가 멋지게 비행에 성공하는 것으로 끝날 거라는 것을 짐작하기란 어렵지 않다. 다만, 이 이야기를 쭉 읽어내려간 뒤에 비행에 결정적인 도움을 '인간'에게 구하려 한다는 것은 많은 울림을 준다. 이 여정의 가장 중요한 역할이 될 '인간'이 이성과 합리성과는 거리가 먼 '시인'이라는 점에서 특히 더 그렇다. 사실 도움을 구했다기보다 고양이들이 '시인'을 선택하고 그 역할을 맡긴 거라 볼 수 있다. 그리고 그는 어떤 고민도 없이 아기 갈매기를 날아오르게 한다. 그것을 본 소르바스는 시인의 옆에서 이렇게 중얼거린다.

"오직 날려고 하는 자만이 날 수 있는 것이죠."

나는 이 말을 결국 모든 것은 의지에 달려 있다는 것으로 받아들였다. 환경오염과 서로 다른 종의 갈등과 화합 같은 현실적인 문제들에 대한 이야기를 하면서, 모든 고난을 극복하며 목표로 나아가는 것은 결국 각자의 몫이라는 말을 하다니. 얼마나 현실적이면서 희망적인 말인가. 이런 과정을 통해 멀리 멀리 날아가게 된

아포르뚜나다가 나는 언젠가 다시 도시로 돌아올 것이라 상상했다. 그리고 마침내 긴 여정을 마치고 도시로 돌아왔을 때, 그땐 고양이에게 나는 법을 가르쳐줄 수 있을 것이라고. 그리하여 사람들은 산미구엘 성당 위를 날아오르는 소르바스를 보고 놀라워하며 기적에 대해서 이야기할 것이라고. 그리고 그 기적은 사람들 사이에서 점점 사라져가는 믿음과 사랑, 이해와 용서에 관한 것이라고 말이다. ▣

@&*!#$한 세계

임선우

중학교에 입학했을 때였다. 같은 반 친구 두 명이 나에게 같이 하교하지 않겠느냐고 물었고, 나는 그러겠다고 대답했다. 친구가 없어 쓸쓸하던 중 반가운 제안이었다. 그러나 교문을 나서는 순간 그들이 한 말은 내 귀를 의심하게 만들었다. 친구들은 동네에 숨겨진 비밀의 문을 찾으러 가자고 했다. 농담인 줄 알고 웃었지만 그들의 표정은 진지했다. 동시에 나는 마음이 복잡해졌다. 이 친구들은 옷장 문을 열면 다른 세계가 펼쳐진다는 이야기를 믿는 걸까? 9와 4분의 3 승강장이 때마침 서울에 있겠냐고⋯⋯. 하지만 나는 그때도 거절을 어려워했고, 그들을 따라 비밀의 문을 찾아 나설 수밖에 없었다. 무슨 근거인지는 알 수 없으나 둘은 비밀의 문을 거의 찾을 뻔한 적도 있다고 말했다.

얼떨결에 따라나선 것이었으나 진지하게 동네 구석구석을 살피는 그들의 모습에 나도 찾는 시늉이라도 해야 했다. 그러다 어느 순간부터는 나도 모르게 몰입하게 되었다. 비밀의 문이 정말로 있을지도 모른다고 생각하니 7년째 살던 동네가 묘하게 달리 보이기까지 한 것이다. 아파트 단지 뒤에 이런 공터가 있었나? 담벼락의 개구멍은 대체 누가 파놓은 거지?

총 19편의 단편 만화가 수록된 판판야의 《게에게 홀려서》는 그날 내가 느꼈던 낯선 감정을 그대로 담고 있다. 책은 주인공이 동네에서 우연히 발견한 게를 쫓는 장면으로 시작한다. 주인공은 샛길로 게를 쫓으며 "같은 동네이긴 하지만 게 때문인지 몹시 신선하게 느껴진다"(8쪽)라고 생각한다. 주인공은 생선가게 앞에서 마침내 게를 잡았으나, 생선가게 점원이 바로 게의 주인이었다. 《게에게 홀려서》의 영문 제목은 'An Invitation by a Crab'인데, 이때 초대는 주인공이 게로부터 생선가게에 초대받았다는 웃지 못할 의미가 되기도 하지만, 익숙함에서 벗어난 낯선 세계로의 초대를 뜻하기도 한다.

판판야는 새롭고 기발한 이야기들을 통해 미스터리한 세계로 독자들을 초대한다. 작가는 우리의 일상을 감싸고 있는 시대의 분위기, 사물의 부자연스러운 움직임, 사람의 눈이 감지할 수 없는 명멸 등에 대해서 곰곰이 생각할수록 세계는 돌연 수상해진다고 말한다. 신호등의 크기는 묘하게 신경쓰이기 시작하고, 대낮에 켜진 가로등을 어떤 징조처럼 여기게 되는 것이다.(《불온한 날》) 판판야의 주인공은 익숙했던 세계를 자세히 들여다보며 아이처럼 흥분하고, 기뻐하고, 때로는 두려움에 빠진다.

이 글을 읽고 있는 누군가는 자신이 그런 낯선 세계로부터 초대받은 적이 없다고 생각할지도 모르겠다. 그러나 《게에게 홀려서》는 누구든 눈앞에 놓인 세계에 의문을 품는 순간 미스터리한 세계로 진입하는 일이 가능하다는 사실을 알려준다. 우리가 어떤 대상을 바라보는 방법은 크게 두 가지로 나뉠 수 있다. 첫째는 의심하지 않고 바라보는 것. 둘째는 의심하며 바라보는 것. 전자는 자신이 마주하고 있는 대상을 파악하고 있다고 믿기에 더는 그것에 대해 궁금해하거나 경계하는 일이 없다. 반면 후자는 자신이 대상을 알고 있다고 믿지 않는다. 그에게 대상은 미스터리한 것이며, 자신이 이해할 수 없는 부분이 존재한다고 생각한다.

물고기가 말을 하게 된 사회에서(《물고기 이야기》), 생선가게 점장은 살려달라고 말하는 물고기가 그저 사람의 말을 흉내낼 뿐 언어를 이해하는 것이 아니니 신경쓰지 않아도 된다고 한다. 집으로 돌아온 주인공은 반려 물고기에게 밥을 주며 너도 그냥 말만 하는 것뿐이냐고 묻는다. 그런 다음 말만 하는 것뿐이야,라고 대답하는 물고기를 바라보며 울적한 표정을 짓는다. 점장은 말하는 물고기에 대해 명확하게 설명해주었으나 주인공은 어쩐지 그의 말이 미심쩍다. 그래서 점장의 설명이 놓치고 있을지도 모르는 부분과 물고기에 대해 생각하길 멈추지 않는 것이다. 의심은 우리를 사유로 이끌고, 사유하다 보면 우리는 확실한 주장들의 이면에 펼쳐진 더 넓은 세계를 발견하게 된다. 그렇게 해서 다시 마주하는 대상은 우리가 알고 있던 진실과는 전혀 다른 모습일 수 있다. 혹은 겉보기에는 비슷하나 전에 놓쳤던 중요한 부분이 드러날지도 모른다. 물론 우리가 언제나 미스터리에 대한 해답을 찾을 수 있는 것은 아니다. 이를테면 여기 파인애플을 미스터리하게 느끼는 주인공이 있다.(〈파인애플을 모르신다〉) 파인애플 통조림을 먹던 중 파인애플이 어떻게 나는지 모른다는 사실을 깨달았기 때문이다. 주인공은 파인애플 재배법을 알아내기 위해 파인애플 산지까지 찾아가지만, 우여곡절 끝에 만나게 된 파인애플 생산자 또한 생과일 파인애플에 대해서는 아는 바가 없다. 생산자는 그럴듯하게 보이기 위해서 파인애플 통조림의 내용물을 파인애플 모양 외피에 담고 있을 뿐이라고 대답한다.

미스터리를 풀려는 주인공의 시도는 이처럼 "파인애플은 어떻게 나는지, 파인애플은 실재하는 것인지, 파인애플이란 무엇인지. 결국 아무것도 모른다는 것만 알아냈다."(71쪽)로 끝날 때도 있다. 그러나 판판야의 세계에서 주인공은 쉽게 낙담하거나 포기하지 않는다. 파인애플 산지에서 돌아온 주인공이 기념품으로 받은 파인애플 모양의 외피를 베개 커버로 쓰고 잠들어 파인애플을 재배하는 꿈을 꾸듯, 주인공은 꿋꿋하게 생각을 이어나간다.

미스터리를 발견하고, 또 그에 대해 끊임없이 생각하는 일은 어떤 의미를 가질 수 있을까? 어쩌면 우리는 세계를 낯설게 바라보는 것을 통해 잘못된 관습을 찾아내거나, 세계의 어두운 비밀과 맞닥뜨리게 될 수도 있을 것이다. 실제로 판판야의 작품에는 현재 우리가 당연하게 받아들이고 있는 법칙이나 관습에 대해 돌아보게 만드는 장치들이 분명 존재한다. 그러나 판판야는 복잡한 논의들을 뒤로한 채, 책의 마지막 장에서 "두서없는 생각을 어딘가 즐기고 있는 것 같기도 하다."(219쪽)라는 명쾌한 대답을 내놓는다. 즐거움이야말로 독자들이 판판야의 만화를 읽는 가장 큰 이유일 것이다.《게에게 홀려서》는 독자들을 미스터리에 빠져들게 만드는 것과 동시에 조금 더 유쾌하고 유연한 세계, 조금 더 사유하는 세계로 이끌어준다. 이처럼 세계의 세부를 들여다보는 연습, 미스터리한 것들에 대해 사유하는 연습은 우리의 단조로웠던 세계를 일순간 특별하고 반짝이게 만든다.

단편 〈decoy〉에 등장하는 인물은 매일같이 호수에 찾아오는 오리들을 그림으로 그린다. 오리가 한 마리도 찾아오지 않는 날에는 오리 모양의 인공물인 디코이만 그린다. 매일 그림을 그리면 뭔가 달라지는 게 있느냐는 주인공의 물음에 그는 수면을 좀 더 잘 그리게 되었다고 대답한다. 바쁜 일상에서 우리는 미스터리한 것들에 매번 주의를 기울일 수는 없을 것이다. 그러나 미스터리를 오리에 대입해서 말해보자면, 우리가 세상에 수수께끼 같은 이면들이 존재한다는 사실을 늘 염두에 둔다면 오리들이 찾아오든 찾아오지 않든 우리의 일상은 반짝이는 수면처럼 좀 더 특별해질 수 있을 것이다.

올해 여름, 나는 판판야를 통해 오랫동안 잊고 지내던 중학교 때의 짧은 모험을 다시 떠올렸다. 그날 우리는 해가 떨어질 때까지 동네 골목과 담벼락을 구석구석 살피며 걸었지만 비밀의 문을 찾지는 못했다. 그러나 10년이 지난 지금, 나는 어쩌면 그날 내가 비밀의 문을 찾은 걸지도 모른다고 생각하게 되었다. 판판야에 의하면, 친구들이 나에게 비밀의 문을 찾으러 가자고 제안하는 순간, 미스터리한 세계로 가는 비밀의 문을 연 것이나 다름없기 때문이다. 오랫동안 살던 동네지만 그토록 자세히 들여다보고, 그 과정에서 낯선 감각을 느낀 것은 그때가 처음이었으니까. 그들과의 산책은 내게 동네 전체를 거대한 미스터리로 만들어주었다.

지금은 그 친구들과 자연스럽게 연락이 끊겨졌지만, 나는 그들이 그토록 찾던 비밀의 문을 열어 반짝이는 세계를 발견했길 진심으로 바라면서 이 리뷰를 쓰기 시작했다. 그러니 이 글은 내가 그들에게 보내는 편지라고도 할 수 있을 것이다. 혹은 미스터리한 세계에서 기묘한 모험을 하고 싶은 당신에게 건네는 초대장일지도. 🖼

우리의 마음이
무성해질 때

전예진

《소년이로》에 실린 여덟 편의 소설은 마음속 축축하고 후덥지근한 곳에 돋아나 어느 틈에 무성해진 감정을 이야기한다. 깊숙이 넣어두고 지나치려 애쓰던 적의, 욕망, 유혹, 충동 같은 것을. 소설 속 인물들은 보이지 않는 곳으로 그 감정을 밀어내지만, 감정은 그들이 예상치 못한 틈으로 자라 나온다. 각각의 이야기는 사소한 문제로 시작해 그 이면에 놓인 감정을 파고들고 이내 독자의 마음속까지 그 줄기를 뻗는다.

〈잔디〉역시 제 기능을 하지 못하는 제초제에서 이야기를 시작한다. 들쑥날쑥한 잔디로 엉망이 된 마당 앞에서 화자는 제초제 회사에 항의하는 남편을 관찰할 뿐이다. 독자는 남자와 결혼한 화자의 입장에서 그를 본다. 잔디를 밟으며 제초제 회사에 전화를 거는 남자, 그가 보이는 삶의 방식, 규칙적인 일상, 직업적 태도, 친절한 이웃이자 친구 같은 아빠로서의 모습을 함께 지켜본다. 시간이 많아진 남자는 잔디에 집착하고 제초제 회사에서 사과를 얻어 내려 하지만, 담당자는 호락호락하지 않다.

받아들이기 어려운 것을 참아내는 일에는 그것에 맞서는 일보다 많은 에너지가 필요하다. 화자는 남편을 두둔하기 위해 여러 번 그와 '그 문제'에 대해 생각한다.

그를 관찰하고 다른 사람들이 묻지 않는 그의 이야기를 마음속으로 중얼거린다. 그사이, 생겨났지만 마땅한 출구를 찾지 못한 감정은 남편이 아닌 다른 대상을 찾는다. 그렇게 다른 사람에게 감정이 향하고 나면 화자는 부적절하게 느껴지는 자신의 행동을 합리화하기 위해 새로운 이유를 찾아야 한다. 그 과정에서 화자는 조금씩 달라진다. 그녀는 "나를 툭 치고 가는 임시교사에게 분노를 느끼"고 "욕을 욱여넣기 위해 입술을 깨무는" 사람이 된다.

이를 막는 방법은 간단하다. 받아들일 수 없는 일을 참지 않으면 된다. 그 사람을 떠나거나 그럴 수 없더라도 그 사람의 잘못을 짚으면 된다. 그러나 이는 생각만큼 쉽지 않다. 그를 부정하는 일이 '우리'를 부정하고, 함께 살아온 과거를 부정하고, 그를 알고 살아온 화자 자신을 부정하는 일처럼 느껴지기 때문이다. 그를 부정하면 '지금'과 '우리'가 흔들리고 함께 살아온 24년의 세월이 무너진다. 함께 보냈던 일상, 견디며 살아온 날들, "의미 없이 흘러간 지루한 시간들"도. 자신과 일면식도 없는 누군가에게 피해를 주었다는, 고작 그런 이유로 그를 부정하고 '우리'를 해체하기에는 그 대가가 너무 크게 느껴진다. 그러므로 화자는 이렇게 말한다.

> 임시교사가 휴대전화를 찾지 못해도, 더한 것을 잃어버렸다고 해도 나는 결코 그녀를 생각하지 않을 것이다. 대신 우리가 잃은 것을 생각했다. 그것을 어떻게 되찾을지 궁리하고, 못 찾는다면 없는 채로 어떻게 살아갈지 생각했다.(189~190쪽)

그러나 그러는 동안에도 균열은 일어난다. 판단을 유보하고 욕설을 삼키고 '그 문제'의 피해자인 임시교사를 원망하고 아빠를 비난하는 이수에게 섭섭한 마음을 느끼며 남편을 두둔하는 동안에도 균열은 생긴다. 그리고 화자는 결국 욕을 뱉어낸다.

처음 남편에게 '그 문제'에 대한 말을 들었을 때 화자가 보이는 태도는 소름 끼치도록 익숙하다.

> 남편은 그런 사람이 아니다. 호의는 왜곡되기 마련이다. 의도가 선하다고 해서 항상 결과가 옳은 것도 아니다. 그런 줄도 몰랐으니 남편은 얼마나 어리숙한가.(186쪽)

비슷한 말을 했던 사람들을 떠올린다. 그들이 그 말을 하기 전 건넨 이야기와 그 말을 듣고 내가 지었던 표정도. "힘들지 않으면 이상한 거죠." 아빠가 힘들어한다는 화자의 말에 이수는 차갑게 말한다. 당시 내가 보였던 반응도 이수와 비슷했다. 나는 그들이, 잘못을 두둔하는 말 이면에 담긴 자신의 감정을 살피지 못하는, 틀려먹은 인간이라고 생각했다. 그러나 이제 나는 언젠가 나를 경멸하는 시선과 마주칠까 입을 다문다. '네가 모르는 게 있어'라고 말해버릴까봐.

〈잔디〉를 읽으며 나는 이수보다는 화자에게 감정을 이입했다. 그녀의 망설임에, 판단을 유보하는 행위에 공감하고 그녀의 대상을 잃은 분노와 혼란에 공감했다. 내 감정에 혼란스러울 때면 나는 자주 상대방을 관찰하거나 합리화하는 일조차 잊은 채, 감정과 생각을 마음 한쪽에 묻어두고 하루를 보낸다. 그와 동시에 변해가는 내 모습에 두려움을 느낀다.

예상치 못한 틈으로 터져나오는 감정을 막는 가장 좋은 방법은 아이러니하게도 그 감정을 마주하는 것이다. 어둠 속 집채만 하게 보이던 감정은 그 실체를 마주하면 그렇게 크고 두렵지 않다. 문제는 외면하는 일보다 마주하는 일이 어렵고 복잡하며 무엇보다도 두렵다는 것이다.

그런 핑계로 웅크리고 외면하던 내 옆에 이 소설이 등을 붙이고 앉아 손을 내밀었다. 나는 이 소설을 동아줄을 잡는 마음으로 읽었다. 🖲

review

언더
더 테이블

→ **novel**
poem
essay
etc

조시현

먹는다.
흩어진다.
심장이 뛴다.

자고 산다, 입고 산다는 말
은 거의 들어본 적이 없지
만 먹고 산다는 말은 일상
속에서 곧잘 듣게 되는 말
이다. 일차적으로, 먹는 것
은 사는 것과 직결되어 있
다. 한편 음식을 먹는 행위
에 사람들은 여러 가지 의
미를 부여한다. 누구와 무
엇을 먹으며 어떻게 시간을 보낼지를 고
민하는 건 나에게도 무척 소중하고 즐거
운 일이다. 식탁을 사이에 두고 사랑하는
사람들과 마주앉아 보내는 시간의 밀도.

그러나 동물권과 비거니즘에 관심을 가
지기 시작하면서, 그 시간이 전혀 다른 의
미가 될 수도 있다는 것을 깨달았다. 내
몸. 정확하게는 내 몸을 이루고 있는 것
들. 내게 들어왔다 나가는
것들. 나를 나로 유지시켜
주는 것들. 몸은 하나의 기
호이자 장소가 된다. 고기
는 곧잘 성적인 의미로 환
원되고, 암컷은 두 번 착취
당한다. 무언가를 먹음으로
써 환경은 내게 틈입하고,
나는 환경의 연장이 된다.
바깥과 내가 연속체가 되는 것이다. 그렇
다면 나는, 바깥과 어떻게 연결되어 있을
까?

히틀러의 음식을   로셀라 포스토리노 | 김지우 옮김 | 문예출판사 | 2019   394
먹는 여자들

로셀라 포스트리노의 《히틀러의 음식을 먹는 여자들》은, 실제로 히틀러의 시식가였던 마고 뵐크의 증언을 토대로 구상된 역사소설이다. 늘 암살의 위협에 시달렸던 히틀러는 자신의 음식을 먹어줄 사람들을 강제로 동원하였고, 그들에게 먼저 음식을 먹인 뒤 아무도 죽지 않는 것을 확인하고 나서야 식사를 했다고 전해진다. 시식가는 열다섯 명으로 모두 여성이었고, 그중엔 유대인도 섞여 있었다. 마고 뵐크는 그들 중 유일한 생존자로, 96세의 나이가 되어서야 용기를 내 자신의 비밀을 세상에 털어놓았다. 이들의 존재는 이때 처음으로 세상에 알려지게 되었다. 히틀러가 동물을 지극히 사랑했으며 채식주의자이기도 했다는 것은 유명한 사실이다. 작가인 로셀라 포스트리노는 주인공에게 자신의 애칭이기도 한 로자라는 이름을 부여하여, 체제의 동조자이면서도 동시에 희생자인 여성을 조명한다. 시식가로 등장하는 열 명의 여성 인물들은 제각각 다른 입장에서, 다른 시선과 생각으로 그 일을 해나간다.

주인공 로자는 베를린 출신의 독일인 여성으로, 전쟁으로 부모를 잃고 남편과 결혼하여 그의 고향으로 내려온다. 그녀의 아버지는 공공연하게 히틀러를 반대했지만 죽었다. 그녀는 아버지와 같은 생각을 가지고 있지만, 그것을 입 밖으로 내지는 못한다. 한편 남편은 극구 말리는 로자를 자신의 부모와 함께 고향에 내버려두고 참전한다. 어느 날 군인들이 집으로 찾아온다. 노인과 아이를 제외한 남성들은 모두 전쟁에 동원되었으므로 시식가는 전부 여성으로 구성될 수밖에 없었다. 타인의 몸을 자신의 것처럼 사용한다는 점에서도, 군사주의는 문제적이다. 열 명의 여성들은 방에 갇힌다. 오랫동안 잊고 있었던 호화로운 식탁이 차려진다. 군인들이 먹기를 종용한다. 독약이 들어 있을지도 모를 음식을 입에 넣은 순간, 그들은 허기를 느낀다. 정신없이 먹고 소화를 시키지 못해 토하기도 한다. 그녀들의 몸으로 안전이 확인되면 히틀러는 마침내 식사를 한다. 히틀러는 세끼를 먹는다. 먹는 행위는 곧장 죽음으로 수렴된다. 히틀러의 의지와 삶이, 그녀들의 몸을 침략한다. 그것이 그녀들의 몸의 세포를 구성한다. 이 신체들을 경유하여 히틀러는 삶을 이어나간다. 벗어날 방법은 없다. 나중에 이들은 아예 기숙사에 갇혀 식사를 기다리는 처지가 된다. 로자는 이에, 야스퍼스가 말한 일종의 도의적 책임을 느낀다. 적극적으로 동의하지는 않으나, 이 행위 자체가 체제에 대한 적극적인 동조일 수 있는 것이다. 그런데 섭식 행위는 사고의 무능과는 조금 다른 영역에 있다. 그것은 삶의 기본 조건이다. 존재하기를 그만두는 것을 누군가는 비윤리적이라고 한다. 여성의 몸은, 아주 근본적인 영역부터 통제당하며 타인의 의지로 관통당한다.

이런 방식으로 여성의 몸을 작동시키는 것은 단순히 먹는 행위뿐이 아니다. 로자는 아이를 간절히 원했지만 남편은 거부한다. 그녀는 남편의 고향인 시골마을에서 남편 없이 시부모와 함께 살며 욕망을 가진 육체를 끊임없이 감시당하고 통제당한다. 도시에서 온 그녀는 외부인이며, 옷을 입거나 말을 하는 것도 수군거림의 대상이 된다. 그녀는 몸의 욕망을 따라 자신으로 존재하고자 하지만 쉽지 않다. 전쟁에 나간 남편은 실종되었다. 자신의 몸이 스스로의 것이라는 걸 확인할 수 있는 순간은 사랑을 좇는 순간뿐이다. 그러나 그 역시 자유롭지는 못하다. 그녀는 불륜 관계에 있는 남자의 아이를 임신했을지도 모를 상황에 처하게 된다. 그녀는 오래 전부터 아이를 원했다. 결국 임신은 아니었다. 그녀의 몸과 욕망이 일치하는 일은 거의 일어나지 않는다.

일련의 사건들이 벌어지고, 다시 40여 년이 지난다. 그녀는 살아 있었으나 결국 함께할 수 없게 된 남편의 병실을 찾아간다. 그녀의 몸이 그녀의 말을 듣지 않았기 때문에 그들은 천천히 조용히 헤어질 수밖에 없었다.

시간이 흘렀다고 해서 모두 과거가 되는 건 아닐 것이다.

그렇다면 로셀라 포스트리노는 왜 주인공에게 하필 자신의 이름을 부여한 걸까.

나는 먹는다. 나는 매일 먹는다. 지금 내 몸을 통과하고 있는 건 무엇일까. 나는 무엇이 그러도록 허락하고 있을까. 그것은 무엇과 연결되어 있을까. 의식하면서, 혹은 인지하지 못하면서 나는 무엇에 동조하고 있는 것일까.

또 그렇게 여기 존재하는 몸은, 다시 어떻게 살아가는가.

먹는다. 연결되어 있다.

나는 무엇으로 나를 구성하고 싶은가.

내 몸을 온전히 내가 가진다는 것은 어떤 의미일까.

성인의 신체를 구성하는 세포가 전부 바뀌는 데에는 평균 7년이 걸린다.

유리를 통과한 빛이 산란한다.

빛은 인간의 몸을 통과하지 못한다.

과학이다. ▣

나는 작은 씨앗
위에 서 있습니다

조진주

줄곧 아파트에서만 생활해온 나는 정원을 가져본 적이 없다. 그래도 식물은 몇 번 길러보았는데 모두 안 좋은 결과를 맞이하고 말았다. 마지막으로 우리 집에 머물렀던 식물은 몇 년 전 어느 연말 파티에 참석했다 받은 포인세티아였다. 살아 있는 것을 방치해둘 수 없어 돌보기 시작했는데 의외로 잘 자라났다. 겨우내 줄기가 쭉쭉 뻗어서 조금 큰 화분으로 바꾸어주었는데 얼마 안 가 또다시 화분이 작아졌다. 어쩌면 내게도 식물을 키우는 재능이 있을지도 모른다는 착각에 의욕이 생겼다. 살아 숨 쉰다는 대형 화분을 사들이고 영양제도 알아보았다. 그러나 식물

을 기르는 일은 역시 만만하지 않았다. 두 번째 분갈이를 한 뒤, 하얗고 작은 날벌레가 꼬이기 시작했다. 살충제를 뿌려보았지만 어쩐지 벌레는 사라지지 않고 이파리만 누렇게 변해갔다. 상한 잎들을 떼어내고 난 뒤 듬성듬성해진 줄기가 애처로웠다. 날벌레를 일일이 손으로 잡아 죽이다 보면 이 한 생명을 살리기 위해 얼마나 많은 생명을 죽이고 있는가 따위의 생각이 들며 그만 포기하고 싶어지곤 했다. 결국 나는 불쌍한 포인세티아를 소생시키지 못했고, 내게 남은 것은 커다란 화분뿐이었다. 다시 무언가를 심을까 생각해보았지만 병충해로 죽어가는

정원가의 열두 달　　카렐 차페크 글 | 요제프 차페크 그림 | 배경린 옮김 | 조혜령 감수 | 펜연필독약 | 2019

식물을 속수무책으로 지켜만 봐야 했던 무력감이 나를 의기소침하게 만들었다. 포인세티아를 죽인 뒤에야 알게 되었다. 식물을 키우는 일은 수십 가지 흙의 종류를 공부해야 하는 일이라는 것을. 가만히 식물을 감상하는 시간보다 식물이 자라기 좋은 온도와 습도를 찾고 잎을 닦아주고 벌레와 사투를 벌이는 시간이 더 길다는 것을.

식물을 키워내는 사람들을 두고 체코의 유명 작가 카렐 차페크는 이렇게 말한다.

정원가는 장미 향기를 음미하는
사람이 아니라
'흙에 석회를 더 넣어야 할지',
아니면 흙이 너무 묵직하여
(정원가는 '납덩이같다'는 표현을 쓴다)
'모래를 조금 더 섞어야 할지'를 두고
고민하는 사람이다.(60쪽)

카렐 차페크가 쓰고, 그의 형 요제프 차페크가 그린《정원가의 열두 달》을 읽다 보면 정원가가 집중하는 것은 멋지게 자라난 식물의 모습이 아니라 식물을 키워내는 과정 그 자체라는 것을 알 수 있다. 그들의 주장에 따르면 정원가란 1년 내내 바쁜 존재다. 아무리 바쁜 사람이라도 집에서는 휴식을 취해야 할 터인데 이들은 자신의 정원에 할일이 무궁무진 쌓여

있다 보니 도무지 쉴 수가 없다. 온 세상이 얼어붙은 1월에도 그들은 땅속의 뿌리와 구근이 얼지 않도록 노심초사하고 얼은 땅을 일구려 시도하고 다가올 봄을 준비한다. 봄의 첫 신호를 기다리는 2월, 겨울을 밀어내려는 3월, 싹이 트고 나무를 심는 4월, 땅의 빈자리를 채워넣는 5월, 풀을 베는 6월, 장미를 접목하고 더위에 마르고 굳은 흙을 일구는 7월, 휴가지에서도 정원 걱정을 하는 8월, 식물을 또 한 번 심을 수 있는 9월, 식물을 새로 심거나 옮겨 심기 좋은 10월, 흙을 갈아엎는 11월, 가드닝 카탈로그를 들여다보며 내년을 계획하는 12월. 열두 달로 나누어 상세하게 기록해둔 1년 치 스케줄을 따라가다 보면 숨 돌릴 틈이 없다. 매달 그 시기에 해야 할 일은 정해져 있고 이 스케줄은 매년 반복된다. 정원가의 일상은 온통 정원 일과 관련되어 있다.

정원가는 온 힘을 다하여 열망하는
존재다. 그 열망의 대상은 다음과 같은
것들이다. 하루빨리 이엉을 벗겨내고 꽃
마주하기, 괭이질하기, 거름주기,
배수로 내기, 땅파기, 흙 뒤섞고 일구기,
끌질하기, 각종 씨앗 주문하기, 물주기,
저미기, 자르기, 식물 심기, 접붙이기⋯⋯

(63쪽)

이후로도 약 스무개 가량의 일들이 더 나열되어 있다. 그래봤자 취미 생활인데 이렇게까지 매달려야 하는 걸까 싶다. 그렇지만 나는 그들의 호들갑을 이해할 수 있는데, 정원을 향한 정원가의 열정이 '덕질'과 같기 때문이다. 우리는 모두 어떤 분야의 '덕후'였던 적이 있을 테니, 불가항력적으로 한곳에 집중되는 마음을 짐작할 수 있을 것이다. 자신이 좋아하는 대상에 얼마나 많은 애정과 시간을 쏟게 되는지를. 게다가 내 손에 그 많은 생명이 달렸는데 더더욱 그렇지 않겠는가.

그렇다면 이토록 바쁜 정원가는 대체 언제 정원의 풍경을 제대로 감상할까. 바로 식물이 모두 잎을 거두고 흰 눈이 정원을 덮어버린 12월이다. 본말이 전도된 것은 아닌지 의심이 든다. 즐기지도 못할 거면서 왜 굳이 꽃을 심는 것인지. 차페크 형제는 이렇게 답한다. 정원가란 씨앗에 깃든 생명을 깨우고 그것을 길러내는 일 자체를 중요시하는 사람들이라고. 싹눈에 숨어 있는 가능성을 보고. 돋아난 싹이 더 힘껏 잎을 펼칠 수 있게 돕는 것이 그들의 일인 것이다. 그리고 이는 우리 삶에 잠재된 가능성을 들여다보고 자라게 하는 일과도 닮아 있다.

미래란 우리 앞에 놓인 것이 아니라 지금 여기, 싹눈 속에 자리하고 있다. 미래는 이미 우리 곁에 있다. 지금 우리 곁에 자리하지 않은 것들은 미래에도 우리와 함께할 수 없다. 단지 땅속에 숨어 있기에 새싹을 보지 못하듯, 우리 내부에 자리하고 있기에 우리는 미래를 보지 못하는 것이다. (……) 얼마나 많은 씨앗들이 비밀스럽게 싹을 틔우는지, 얼마나 많은 힘을 끌어모아 새로운 싹눈을 품는지, 생명을 한껏 꽃피울 순간을 그네들이 얼마나 고대하는지. 우리 내면에 자리한 미래의 비밀스럽고도 분주한 몸짓을 볼 수만 있다면, 우리는 멜랑콜리와 불신이 얼마나 어리석고 덧없는지를, 또한 살아 있음이, 인간(시간에 따라 성장할 수 있는 존재)으로 난 것이 얼마나 감사한 일인지를 깨닫게 될 것이다.(185~186쪽)

그 과정은 결코 쉽지 않다. 여린 새싹이 어엿한 꽃과 나무가 되어가는 동안 여러 위기가 찾아온다. 잘못된 삽질에 뿌리가 상하기도 하고 더위에 땅이 마르기도 한다. 아무리 대단한 정원가라도 병충해에는 별수없는 모양인지 진디의 습격이 찾아온다. 살충제를 사용하니 독성 때문에 식물은 죽어가고 진딧물은 계속 번져가 결국 가지 하나하나 문질러가며 벌레를 터트려 죽여야 한다. 그렇게 갖은 시행착오 속에 고생을 하면서도 정원가는 여전히 흙을 일구고 새로운 식물을 구해온다. 이 고난을 겪으면서도 정원가들은 왜 정원을 떠나지 못하는 것일까.

오리를 상상하는 일은 제법 설레는 일이었다. 가능성을 확인하는 즐거움이 우리로 하여금 정원을 가꾸게 한다. 그 즐거움을 알아버린 나는 실패를 두려워하면서도 또다시 작은 화분을 들여놓게 될지도 모른다. 🖝

> 사람들은 자신이 무엇을 딛고
> 서 있는지엔 별로 관심이 없다.
> (……) 발밑을 내려다보며 자신이
> 딛고 있는 땅이 지닌 아름다움을
> 칭송하는 사람은 없다. 인간은
> 손바닥만 한 정원이라도
> 가져야 한다. 우리가 무엇을
> 딛고 있는지 알기 위해선
> 작은 화단 하나는 가꾸며
> 살아야 한다.(153~154쪽)

우리의 발밑에 감추어져 있을 수많은 씨앗을 상상해보자. 씨앗이 가진 무한한 잠재력과 우리가 아직 풀어내지 못한 복잡한 생명의 비밀을. 지금 나는 무엇 위에 서 있는가. 나를 둘러싼 이 땅에서 무슨 일이 일어나고 있는가. 아무것도 없는 듯 보이는 땅 밑에서 세상에 나올 준비를 하는 여린 잎을 떠올려본다면 정원을 가꾸는 이들의 마음을 이해할 수 있을까. 식물을 기르며 느꼈던 기쁨을 기억한다. 돋아난 새잎을 발견하고, 앞으로 맺힐 꽃봉

책 한 권과 차

조해주

이번 겨울에 뭐 해?

여행 가려고.

누구랑?

혼자,라고 말하면 상대방은 '괜찮겠어?' 또는 '심심하지 않겠어?'와 같은 말들을 늘어놓는다. 걱정 어린 시선으로 이해가 잘 되지 않는다는 듯이 말이다.

여행에도 여러 종류가 있겠지만, 혼자 떠나는 여행이라면, 나는 어디로 가는지보다 언제 가는지를 중요하게 생각하는 편이다. 무엇을 하는지도 그리 중요하지 않다. 여행지나 여행코스, 특산품 등에 큰 의미를 두지 않는다는 뜻이다. 굳이 중요하게 따지는 게 있

다면 여행지의 치안과 숙소의 청결 상태 정도일까.

마음에 무언가 가득 차서 더는 들어갈 공간이 없을 때 떠나고 싶어진다. 바쁘고 충만한 나날들이 계속되고 사람들과 잘 지내다가 어느 순간 모든 게 너무 빨리 지나가고 있다는 생각이 들 때. 버스 창가에 기대어 잠시 졸다가 눈을 떴을 뿐인데 갑자기 다 끝난 기분이 들 때. 씽씽 잘 달리고 있는 내 일상을 슬쩍 넘어뜨리고 싶다.

어제의 나와 오늘의 내가 너무 똑같다. 지루하다.

달력을 보면 자꾸 깜짝 놀란다.
벌써 날짜가 이렇게 지났나 하고.
그동안 나는 무얼 했나 하고.
거울을 보면 더 깜짝 놀란다.
간절함이 사라져버린 멍한 눈빛.
생기를 잃은 표정.
좋아해주기 힘든 표정의 내 얼굴.
들뜨거나 설레본 적이
언제였는지 까마득하다.
'빠담빠담' 뛰지 않는 심장.
'무덤무덤' 뛰는 심장. (……)
자꾸 원치 않은 길 위에 서서
원치 않은 방향으로 이끌려가는 느낌이
든다. 그래서 매번 애를 쓴다.
욕망을 점검하고 취사선택을 하느라,
방향을 측정하면서 이탈과 탑승의
타이밍을 체크하느라. 나다움을
지키기 위해 지나치게 용의주도해지고
지나치게 예민해진다. 그래서 아무것도
하지 않아도 피로하고 피로하다.(30~31쪽)

아무것도 하지 않아도 피로한 마음. 이를
두고 김소연 시인은 '나다움을 지키기 위
한 마음'이라고 말한다. 서울에서의 바쁜
삶이 어느 순간 심장을 "무덤무덤" 뛰게
만들었을 때 여행은 "낯선 내가"되도록,
"낯설지만 나를 되찾"도록 만들어준다.
'여행 산문집'으로 이름 붙여진 이 책은
총 3부로 구성되어 있다. 1부와 3부는 소
제목 아래 여행지가 작은 글씨로 쓰여 있
고 운문과 산문이 혼합되어 있다. 2부는

인도여행 이야기이며 날짜가 붙어 있다.
그날그날의 이야기를 간략히 적어둔 일
지에 가깝다. 이 책은 여행 산문집답게
국내부터 해외까지 여러 나라를 여행하
면서 겪은 일들을 다루고 있으나 맛집이
나 숙소 등 실용적인 정보를 찾는 사람
에게는 그다지 도움이 되지 않을 것이다.
이 책이 집중하고 있는 것은 여행 그 자
체보다는 '마음'이기 때문이다. 나 아닌
모든 것들에 발맞추느라 지쳐 있던 마음
에게 여행하는 동안만은 주도권을 쥐여
준다. 1부가 시작되기 전 순서에 배치된
〈찻물을 끓이는 데에 한나절을 보냈다〉
에는 여행에 앞서 준비해야 할 것들에 대
해 쓰여 있다.

여행가방을 열고 꼭 필요한 물건을
챙겼다. (……) 짐을 최대한 줄여야 했고,
식당이 딱 한 군데밖에는 없으며
맛없고 비싸다니 비상식량을 싸
가야 했다. 커피콩을 갈아서 드립백을
만들었고 홍차나 녹차 같은 티백들을
챙겨 지퍼백에 넣었다. 소낙비가
오고 그리고 맑게 개고 그리고
무지개가 뜨고 햇살이 이 지상에
가득하게 떨어지는 오후의 광경 속에서
느긋한 시간을 보낼 작정이므로,
책 한 권과 차는 꼭 있어야 했다.(15쪽)

마음 가는 대로.

'서울'의 일상에서는 그토록 어려운 일이 여행에서는 미덕이 된다. 시인은 빠듯한 여행 일정에 맞추어 최대한 많은 곳을 돌아다니기보다는 머물고 싶은 광경 속에서 느긋한 시간을 보낸다. 읽다 보니 문득 내가 오랫동안 이런 여행을 꿈꿔왔다는 걸 알게 되었다. 책 한 권과 차. 여행을 떠날 때마다 얇은 책 두어 권과 차를 꼭 챙기는 편이었지만 그걸 다 소진하고 돌아온 적은 없었다. 책은 읽다 말았고, 차도 다 마시지 않았다. 무리한 일정을 짜지는 않았지만 최대한 많은 맛집에 가는 게 언제나 여행의 낙이었고, 처음 먹어본 음식 사진을 잔뜩 찍어 잠들기 전에 보는 게 여행의 보람이었다. 어떤 광경 속에서 한참 머무는 경험을 해보고 싶다는 생각이 들었다. 그 시간을 책과 차로 채운다면 좋겠다……

> 무더위가 창궐하고 있다.
> 나는 타지마할 호텔에 묵지도
> 않으면서 이 호텔의 로비에서 누군가를
> 기다리는 척을 하며,
> 책을 읽거나 엽서를 쓰면서
> 소일하고 있다.(145쪽)

이는 2부에 수록된 인도여행 이야기 가운데 2월 21일 뭄바이에서의 기록이다. 짤막하지만 이 또한 한 번쯤 해보고 싶은 여행이다. 귀엽기도 하고 웃기기도 하고. 묵지도 않는 호텔 로비에서 더위를 피하며 소일하는 여행자의 지혜만큼이나 나는 그가 여행을 기록하는 태도가 흥미로웠다. 1부와 3부에 실린 글들은 대부분 시가 섞여 있거나 심지어 시만으로 이루어져 있다. 단순하지만 이런 질문도 가능할 것 같다. 산문집에 수록되어 있는 글을 시로 볼 수도 있나? 이 책에서 꽤 많은 비중을 차지하는 시가 시인지 아닌지 판가름하는 문제는 우선 미뤄두고. 이 책에서 드러난 여행자의 태도에 다시금 주목해본다면 시는 여행자가 여행을 기록하는 하나의 방식으로 볼 수 있다. 이 책은 걸어가고 싶을 땐 걸어가고, 풍경을 바라보고 싶을 때는 멈춰서기도 하는, 마음의 속도를 기록한 여행기이다. 그건 아마 마음을 다루는 사람이기보다는 마음을 '대하는' 사람이라서 가능한 일일 것이다.

앉을 데가 있어서
앉는 게 아니라

앉고 싶으면
아무 데에나 앉는 것에 대하여.

살 데가 있어서
집을 얻는 게 아니라

살고 싶으면
아무 데에나 짐을 푸는 것에 대하여.

갈 데가 있어서
떠나는 게 아니라

떠나고 싶으면
아무데에나 가는 것에 대하여.

말할 게 있어서
사람을 만나는 게 아니라

사람을 만나서
어떤 말이든 하는 것에 대하여.(162쪽) 📖

중심을 향해 쏘아 올린 한 발의 총

주민현

살면서 뜻대로 풀리지 않을 때도 있고, 원하는 모든 걸 다 가질 순 없는 노릇이어서 내가 그리는 이상적인 자아상대로 살아가기란 참으로 어려운 일이다. 그러면서도 나름대로 존재의 의미와 행복을 찾으며 긍정적으로 살아가기란 더더욱 어렵다. '원하는 대로 살고 싶다'라는 요청과 그 응답의 불협화음 속에서 우리는 한 발 더 발돋움해 원하는 대로 살기 위해 노력한다. 결국 우리를 성장하게 하는 건 우리 내면의 메시지, '이대로 살아선 안 되고 이대로 살 순 없다'라는, 변화와 도약을 향한 메시지이다. 우리는 지난한 후퇴와 되새김 속에서 어느 순간 스스로 한

발 앞으로 나아갈 용기를 내게 된다.

소설은 결혼한 동생이 남편과의 갈등과 폭력으로 집으로 돌아오고, 그렇게 동생의 아이 둘을 화자가 대신 떠맡아 건사하는 데서 시작된다. 그런데 이 화자의 위치는 조금 모호하며 양가적이다. "그것이 슬픔인지 아닌지조차 가늠할 여력이 없었다"라는 진술처럼 주인공은 스스로의 생각과 감정도 확신하지 못하는 듯 보인다. 문창과를 졸업했을 뿐 대학을 졸업하고 딱히 변변한 직업을 갖지 못하고, 그렇다고 작가로서 자리 잡은 것도 아닌, 그리하여 사회로부터 '무엇을 하는, 어떤 사람'이라고 규정되지 못하는 데에서 오는

우울함과 좌절감은 소설 전반에 자리한다. 이러한 상황에서 비롯된 양가감정을 회피할 법도 하지만, 화자는 그럼에도 자기 대면을 끝까지 계속해나간다.

이 소설이 내 마음에 남은 건 나 역시 대학을 졸업하고 이렇다 할 직업 없이 글만 쓰던 시절이 있었기 때문일 것이다. 아무것도 하지 않고 글만 썼으니 행복했다면 좋았겠지만, 그 시절은 얼마간 고통스럽고 지난했던 나날로 기억 속에 남아 있다. 집에 있다는 이유로 가족들의 각종 택배 지시사항이나 급작스러운 이벤트, 밥상 차리기, 치우기 따위를 떠맡곤 했기 때문이다. 돌이켜보면 그 일들 하나하나는 사소했으며 가족의 일원으로서 얼마간은 기쁘게 해낼 수도 있는 일이었을 테지만, 괴로웠던 건 그저 그런 티 나지 않는 일만 하며 살아가고 있을 뿐이라는 자학적인 생각 때문이었을 것이다.

소설 속 화자 역시 불안정한 시간과 마음을 견디고 있다. 시를 쓰고 싶지만 시에서부터 도망치고 싶어 하고, 자신과 함께하고 싶어 하는 사람을 밀어내면서도 그 사람과 함께 하는 삶을 꿈꾼다. 동생의 새 연애를 응원하면서도 자유롭지 못한 자신과는 다른 모습에 섭섭함을 느끼고, 동생의 아이를 돌보고 살림을 도맡은 것에 괴로움을 느끼면서도 그 일로부터 존재의 가치를 내심 확인받고 안심한다. 가족에 대한 원망이 향한 자리에는 가족으로부터 중요한 구성원이라고 인정받고 싶은 욕망이 동시에 자리한다. 끝나지 않는 가사 노동과 돌봄 노동을 "지긋지긋해"하면서도 이렇게 하지 않으면 의미 있는 존재로 거듭날 수 없다는 강박적인 생각을 거듭한다.

소설은 조금의 능청스러움도 없이 각자의 자리에서 삶의 무게를 견뎌야 하는 가족을 촘촘히 보여준다. 소설 속 가족은 서로에게 의지하면서도 동시에 벗어나고 싶은 존재이며, 적당한 거리에서 보듬고 싶지만 온전히 책임지기엔 부담스러운 존재처럼 보인다. 또한 모두에게 닥치는 엄청난 대재난이 아니라 나에게만 미치는 사소한 불행이 삶을 잠식해 좀먹게 하는 법이다. 화자는 자신에게만 주어지는 하루치의 가사 노동과 돌봄 노동을 모두 끝내고 나서야 간신히 누군가의 시를 필사할 수 있는 밤을 맞이한다.

테리 이글턴은 《인생의 의미》라는 책에서 '삶의 의미는 무엇인가?'라는 질문을 다루기에 앞서 '삶의 의미'에 대한 근본적인 질문을 제기한다. "양배추나 심박동 측정기" 같은 것이 그 자체로는 아무 의미가 없으며 "우리의 대화에서 거론될 때에만 의미가 있"듯이, "우리는 삶에 대해 얘기함으로써 삶을 의미 있게 만들 수 있을 뿐"이라는 것이다.

이러한 면에서 본다면 인생의 의미라는 거대한 주제 앞에서 인생의 의미가 '있다, 없다'라는 식의 손쉬운 결론을 내리는 건 어찌 보면 공허한 일이다. 인생이나 시, 행복, 시간 따위의 추상적인 것들에는 그 자체로 아무런 의미가 없기 때문이다. 혹은 의미가 있다 하더라도 우리는 그것을 결코 알 수 없다. 다만 인생을 겪으며 살아가고, 시를 직접 읽거나 써보고, 또 행복을 경험하면서, 시간이 흐르는 걸 느끼면서 우리는 그 체험에 대해 이야기해볼 수 있을 것이다. 그걸 통해 겨우 그 의미를 더듬거리며 모색해볼 수 있을 것이다.

그리하여 삶에 대한 고유한 이야기를 하며 그 삶을 의미 있게 만들 수 있는 건 우리 자신이다. 소설 속 화자는 성실하기만 할 뿐 "단 한 번도 밀어붙여본 적 없다"라는 자기 이해에 도달하며 글쓰기를 향해, 독립을 향해 한 발 더 나아간다. 그래서 화자는 시에 얼마나 용감하게 자기의 이야기와 생활을 담을 수 있었을까? 또 그건 얼마나 재밌고 반짝이는 시가 되었을까? 그래서 우리는 '시'라는 것에 얼마나 새로운 견해를 갖게 되었을까? 그건 너무도 궁금하지만 독자인 우리로서는 알 수 없다. 다만 그때쯤이면 어떻게 등단을 했든, 얼마나 유명세를 떨쳤든 그런 건 별로 중요하지 않을 것이다. 매 순간 '시'란 그것을 쓰는 행위로만 갱신되는 그 무엇일 테니까. ☻

목소리
내기

지혜

올해 본 드라마 중 가장 인상 깊은 작품 중 하나인 〈OA〉는 차원이동과 평행세계에 대한 흥미로운 관점을 제시한다. 주인공은 모종의 사건으로 수년 간 실종되었다 돌아온 뒤 친구들에게 매일 밤마다 자신이 겪은 일을 들려준다. 단지 이해시키기 위해서. 그의 귀환을 의심하던 친구들은 점점 주인공의 이야기에 빠져들고 눈물을 흘리며 이야기의 다음을 기다린다. 사지에서 돌아와 아무도 믿지 않을 이야기를 한다는 점에서, 인물의 서사가 이야기 ― 말로 존재한다는 점에서 주인공은 신화 속 인물들을 떠올리게 한다. 나는 이 드라마를 본 이후 다른 차원에 대한

믿음을 좀 더 굳히게 되었는데, 겪어본 적 없는 일을 믿게 한다는 점에서 이야기는 확실히 마법 같은 구석이 있다. 강력한 화자, 매력적인 화자, 눈을 뗄 수 없는 화자 혹은 생전 처음 보는 화자가 제각각의 방식으로 존재하는 것처럼,《우리는 밤마다 수다를 떨었고, 나는 매일 일기를 썼다》의 저자이자 화자인 궈징의 목소리는 시간과 공간을 넘어 1년 전의 우한으로 독자들을 데려간다.

이 원고를 쓰고 있는 날로부터 정확히 1년 전인 2019년 12월 30일, 중국 우한시 중심병원의 의사 리원량은 정체를 알 수 없는 전염병 소식을 SNS에 알렸다.

2019년 11월, 작가가 우한으로 이사 간 뒤 한 달 만에 원인 불명의 폐렴이 퍼지기 시작했고 이듬해 1월 23일 도시가 봉쇄된다. SF소설의 도입부 같은 이 상황은 지난해 중국에서 실제로 일어난 일이다. 저자는 봉쇄된 도시에서 자신을 잃어버리지 않기 위해 무엇이든 시도한다. 일상의 루틴을 지키고 자신이 누구인지 잊지 않기 위해. 그 첫 번째 시도는 밥을 잘 먹는 것이다.

도시가 봉쇄되자 저자는 우선 집밖으로 나가 살 수 있는 걸 사 모은다. 그러나 이미 밖은 아수라장이다. 약국 앞은 사람들로 북적이고 마트에는 쌀과 고기, 야채가 거의 동이 나 있다. 그는 자신의 하루를 복기하면서 무엇을 먹고 보고 들었는지 상세히 기록한다. "갇히는 거야 어쩔 수 없더라도 그 때문에 멈춰 설 수는 없다. 뭔가 할일을 찾아서 행동해야 한다."(103쪽)는 말에는 당혹스런 현실에도 쉽게 지지 않으려는 활동가의 마음이 묻어난다.

아주 조금의 낙관과 소량의 자신감, 그리고 많은 불안이 온 도시를 지배하지만 저자는 힘을 낸다. 셀러리와 마늘종, 돼지고기와 청경채를 볶아 먹고 동네를 한 바퀴 도는 일도 잊지 않는다. "그래도 열심히 살아가야 한다. 열심히 살아가는 것도 일종의 투쟁이다. 그래서 평소처럼 운동

을 했다.(135쪽)"라는 말처럼 봉쇄 초반에는 각자의 일상을 유지하려는 시민들이 도처에 존재한다. 공원에서 매일 마주치는 노인과 환경미화원들, 벌거벗고 섹스하는 연인과 개를 데리고 산책하는 사람들. 당황스러운 풍경을 마주보며 오히려 안심하게 되는 상황에는 아직 일상이 존재한다는 증거가 남아 있다.

팬데믹이 선언된 지 1년이 다 된 지금, 나는 저자가 말한 수다와 일기의 힘을 생각한다. 비대면과 언택트가 대화에 자연스럽게 등장하고 마스크 없이 집밖으로 나갈 수 없는 나날에 우리는 어떻게 서로에게 안부를 묻고 인사를 나눠야 할까?

> "우리가 말하지 않는 게 비밀이 되지.
> 이런 비밀들이 수치심과 공포를
> 유발하고 신화를 만들어내는 거야."
>
> (중국판 《버자이너 모놀로그》라 불리는 《질의 말》의 한 대사)

저자는 저녁마다 친구들과 화상 채팅을 한다. 친구들은 우한에 홀로 갇힌 저자를 걱정하면서 자신들의 불안한 상황을 가감 없이 이야기한다. "봉쇄 이후 느끼는 온갖 감정을 표출할 공간과 기회를 박탈당"했기 때문에 친숙한 사람들의 평범한 이야기가 도움이 된다. 힘내라는 말 한마

디보다 오늘 자전거를 타다 넘어졌다는 이야기가 살아 있음을 느끼게 해주는 것이다.

"많은 글이 삭제되고 많은 계정이 폐쇄되었지만, 사람들은 결코 목소리 내기를 멈추지 않았다."(245쪽) 작가의 SNS 계정이 지워지고 언론이 말하지 않은 진실을 알리는 사람들이 잡혀가거나 친구들이 겪은 일이 은폐된다. 봉쇄된 도시에서 사람들은 "허가를 받아야만 밖으로 나갈 수 있"고 다양한 감정 또한 고립된 채 우울감을 느낀다. 끝을 아는 이야기처럼, 더 이상 우한이 봉쇄되지도 않고 이 상황이 과거와 조금은 달라졌음을 안다. 그럼에도 응원하게 된다. 1년 전의 우한 사람들을. 봉쇄된 도시에서 속수무책으로 살아가는 저자를.

"다른 사람에게 쉽게 '다 지나간다'고 해서는 안 된다. 그렇게 쉽게 지나가지 않을 테니까."(121쪽)라는 다짐은 아파트 단지 사람들과 공동으로 야채를 구매하고, 계란과 간장을 나누며 새로운 음식법을 채팅으로 주고받는 일로 이어진다. 디스토피아 서사에서 전염병이 번지거나 세상이 망하는 식의 전개가 펼쳐질 때, 가장 먼저 노약자와 여성, 어린아이가 죽거나 피해를 입을 거라 상상할지도 모른다. 그러나 이곳에선 모두가 비슷하게 힘들고 막막한 내일을 살아가기 때문에, 오히려 그 사실로부터 서로를 도와야 한다고 말한다. 무작정 밖으로 나가 환경미화원들을 인터뷰한 저자처럼, "희망이 있어서 행동하는 게 아니라 행동하니까 희망이 생기는 것"이기 때문에.

단지 기록하고 말하는 것만으로 우리는 이 난관을 헤쳐갈 수 있는 걸까? 그런 의문이 들 때마다 말하기를 거부하지 않은 여자들을 떠올린다. 최선을 다해 말한 사람들을 생각한다. 밤마다 수다를 떨고 기록하기를 포기하지 않은 사람들. 이 싸움에는 승리도 패배도 없다. 계속되는 내일이 있을 뿐이다. 가능하면 밥을 굶지 않고, 야채를 많이 먹으면서, 건강을 유지하고 햇빛을 쬐며 옆집 사람의 안부를 묻는 일상이. 그러기 위해서는 목소리를 내야 한다. 말을 걸고 수다를 떨자. 가능하면 매일매일. 🖥

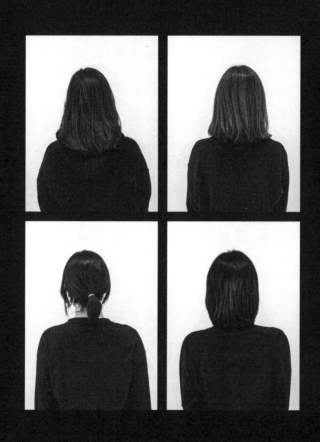

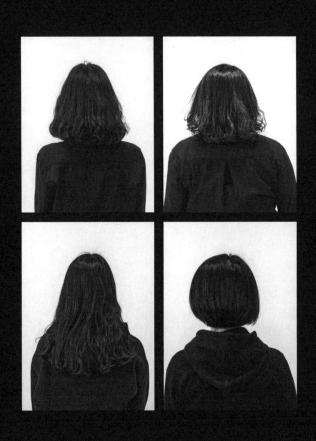